大地足音

一个记者的扶贫心路

张军朝 ◎ 著

陕西师范大学出版总社

图书代号：WX22N0236

图书在版编目（CIP）数据

大地足音：一个记者的扶贫心路 / 张军朝著. —西安：陕西师范大学出版总社有限公司，2022.4
ISBN 978-7-5695-2825-1

Ⅰ. ①大…　Ⅱ. ①张…　Ⅲ. ①纪实文学—作品集—中国—当代　Ⅳ. ①I25

中国版本图书馆CIP数据核字（2022）第031484号

大地足音：一个记者的扶贫心路
DADI ZUYIN：YI GE JIZHE DE FUPIN XINLU

张军朝　著

出版统筹	刘东风　冯晓立
责任编辑	庄婧卿
责任校对	张旭升
封面设计	丁奕奕
出版发行	陕西师范大学出版总社
	（西安市长安南路199号　邮编710062）
网　址	http://www.snupg.com
印　刷	陕西龙山海天艺术印务有限公司
开　本	700 mm×1000 mm　1/16
印　张	22
插　页	2
字　数	326千
版　次	2022年4月第1版
印　次	2022年4月第1次印刷
书　号	ISBN 978-7-5695-2825-1
定　价	68.00元

读者购书、书店添货或发现印装质量问题，请与本公司营销部联系、调换。
电话：（029）85307864　85303629　　传真：（029）85303879

引子

聆听大地足音

两年多的时间一晃而过，而我似乎还沉浸在初来乍到的那个早晨，渭北高原上雨雾蒙蒙，田野、村庄、残塬，还有汩汩冒着泉水的沟壑，一切都笼罩在潮潮湿湿的气息中，等待着艳阳高照的收获季节的到来。

小时候在父亲的教导下读《诗经》时，每当读到"民之初生，自土沮漆""漆沮之从，天子之所""猗与漆沮，潜有多鱼"时，对诗句中描写的"漆沮"之地充满了好奇与向往，那是一块多么神奇的地方啊！我们的祖先在那里繁衍生息，兴建家园；漆水河和沮水河在这里交汇后，缓缓流向关中大地，那是天子所在的地方；河水碧波微澜，两岸草木葱茏，水中鱼儿肥美，林中鸟儿自由飞翔……父亲说，这就是我们的家乡！

出生在这块黄土地上，吃着这里的小麦玉米长大，如今又回到这片神奇的土地上，心中那种久违的亲切感、踏实感也随之回归。两年多的时间里，让我对这块土地有了比《诗经》里所描写的更加深刻的认识和更加深邃的眷恋。

文王山下阡陌纵横的原野上，曾是先祖教子民们种庄稼的地方；漆水河岸郁郁葱葱的山峦间，孙思邈将济世救人的良方镌刻在"石大医"上；莽莽群山中，范宽用纤弱的画笔描绘出千古溪山胜镜；苍茫古塬上，柳公权用大义风骨书写着"心正则笔正"……那一处处灿若星辰的文化遗迹，留存着我们民族数千年的文化血脉！

红色照金的巍巍山寨上，响彻山涧的枪炮声依然回响在耳旁；陈家坡的那盏马灯，依然照亮着老区人的心灵；兔儿梁的茅草屋中，那一群为了理想而奋斗的年轻人的事业，还在不断深入进行中；柳林川里，昔日陕甘宁的商贸明珠，谱写着新时代前进的壮歌……那一个个英雄的故事，时时鞭策着我们"不忘初心、牢记使命"！

如今，我又回到了这里，参与这场向贫困宣战的斗争，与无数肩负时代使命的战友一起，打赢这场必须打赢的战斗，亲历中华民族历史上这场波澜壮阔的伟大实践，见证脚下这块土地前进的步伐，聆听它坚实的足音！

几年中，我们做了，我们也做到了！所有的艰辛和快乐，都将化作美好的记忆，融入时代前进的洪流中，激励我们砥砺前行！

网上流传着多首关于脱贫攻坚的歌曲，我想，还是用最喜欢的这首《我依然记得你》为本书拉开序幕——

也许多年以后，我已记不起你的名字，

但我依然记得，你扶贫路上奔忙的影子。

金色的田野，逶迤的青山，

还有那灿烂的笑脸，挥洒汗水的足迹。

也许多年以后，我已记不起你的样子，

但我依然记得，你用爱播种结下的果实。

流淌的小河，丰收的喜悦，

还有那质朴的乡音，亲如一家的情谊。

驻村的日子里，你曾惦记的每一个乡亲，

其实都在心里，给你腾出了一个位置。

你用脚步一回回，丈量的那一片土地，

已然成为小小村落，最温暖的回忆。

时光荏苒像流水匆匆离去，

而你早已驻扎在我的心底，

梦里也甜蜜！

冬去春又来，也许彼此不再相遇，

回首凝望，我依然记得你，

梦里也甜蜜！

目 录 | CONTENTS

第一章　高原秋冬

渭北高原上，秋意正浓 / 002

拒绝签字的贫困户 / 004

他们用"山东话"，传承着思乡的情愫 / 006

凭啥当不了五保户 / 008

谁叫咱就爱种树呢 / 010

再次研判 / 012

绵绵秋雨 / 015

合作社 / 017

多雨而漫长的日子 / 019

签字的问题解决了 / 021

吕社娃的房子和闫志英的家庭 / 023

从地窖到"别墅"的变迁 / 025

病困家庭 / 028

民主评议 / 030

孙小顺，儿子两年没回家了 / 033

国家扶贫日，贫困户喜分新房 / 035

龙石寨的传说 / 038

愿你成为太阳，拥有温暖的力量 / 041

心里光明，世界便温暖如春 / 043

"诗人"赵博兴 / 045

生猪一斤6块钱 / 047

浪子回头金不换 / 049

工作中的短板 / 051

记者节 / 053

住在地窖的女人 / 055

孙小顺的羊卖掉了 / 057

18万元的资金解决了 / 059

热腾腾的酸菜挂面 / 061

变"输血"为"造血" / 063

红火火的油糕摊 / 065

强者脚下都是路 / 067

谁给他们当"红娘" / 069

水管冻住了 / 071

风车拆除引起的震动 / 073

冬至走亲戚 / 075

下雪的日子 / 078

第二章　春回大地

新年祝愿 / 082

平凡而琐碎的一天 / 084

毛小玲的养猪场 / 086

但愿，就此好过 / 088

名下有车的贫困户 / 090

腊月，寒冷中的温暖 / 092

我敬岁月一杯酒 / 095

大年三十走照金 / 098

瑞雪兆丰年 / 100

葫芦村的女书记 / 102

与死神擦肩而过是一种幸运 / 105

一号文件 / 108

闫正长的后事 / 110

18岁起，她等了他50年…… / 111

在逆境中奋起 / 115

谁当领头雁 / 118

能不能分出三头六臂 / 120

猪崽涨价了，猪肉会不会涨 / 122

事急，心不能急 / 124

爷台山，远去的枪声 / 127

火患猛于虎 / 129

活跃在小丘塬上的文化人 / 131

春雨贵如油 / 134

猪崽发放的风波 / 136

葫芦泉 / 139

海浪姑娘 / 142

没有过不去的坎 / 145

办什么样的项目 / 147

张宝善教授的实验室 / 150

张小荣的宅基地 / 153

向海浪学习 / 155

关于种粮的思考 / 157

住房安全排查 / 160

结对共建 / 164

第三章　攻坚克难

雨中，令人感动的身影 / 168

主题党日 / 170

残疾女青年，年入600万 / 172

"边缘户"的研判 / 174

地窖遗址如何利用 / 178

土地承包能否动态管理 / 180

经历更多的考验，是件好事 / 182

英雄郭正喜 / 184

考上大学的贫困学子 / 188

关于脱贫攻坚的思考 / 190

村委会的选举 / 195

对忤逆不孝者说"不" / 198

猪肉价格飞涨 / 200

阴雨连绵的中秋节 / 202

小产品与大产业 / 204

红色照金的红色故事 / 206

山湾处，红军后代的家 / 210

李长海的"承诺"书 / 212

年度脱贫20户 / 215

苹果的价格有点低 / 217

烈桥村的经验 / 220

李长海的"承诺"再次落空 / 222

百岁老人的生日 / 224

消费扶贫 / 226

怎样把石头捂热 / 228

年度帮扶成果 / 231

清峪河飞来白天鹅 / 234

暖冬迹象 / 236

《半月谈》：扶贫不能扶无德的恶汉 / 238

一年到头了，喝回酒吧 / 240

获得清单 / 242

日日行，不怕万里路 / 244

扶贫干部的不容易 / 246

移风要易俗 / 249

年关临近，病毒来袭 / 251

与病毒抗争的庚子新年 / 253

第四章 雨后彩虹

严防死守 / 258

众志成城 / 260

胜利曙光 / 262

解除封闭 / 265

春暖花开 / 268

最后的堡垒 / 269

海浪姑娘的未来规划 / 272

李长海的旧房拆掉了 / 275

遗落在山间的传统民居 / 277

村医"孙来子" / 279

春天里的寒流 / 281

山里有个葡萄寺 / 284

垃圾围村如何解决 / 286

遭遇车祸，贫困家庭雪上加霜 / 288

兔儿梁，山洼间那座茅草房 / 290

冰雹，冰雹 / 292

杨柳坪的地母庙 / 294

三个再来一遍 / 296

麦子上场，杏儿黄黄 / 298

村庄要发展，选对带头人 / 300

移村正能量 / 303

建一个什么样的养殖场 / 305

养羊场的规划 / 307

沉甸甸的获得清单 / 309

"八星励志"活动的推进与拓展 / 312

项目入库 / 314

牛兴保老人的党旗 / 316

国家普查 / 318

"历史文化名村"的保护与发展 / 321

共享农庄的构想 / 323

班子研判 / 325

渭北雨季 / 327

平地风波 / 329

总有雨过天晴的时候 / 331

不经历风雨，怎么见彩虹 / 333

深恋这片黄土地 / 335

后记　诗和远方 / 338

高原秋冬

第一章

渭北高原上，秋意正浓

2018年9月5日，星期三。细雨从昨晚一直下到清晨，上午8点从西安出发，一路向北。雨点在车外飘落，关中大地笼罩在迷离的雨雾中。

驻村扶贫，昨日接到命令，此刻大脑还是懵懵的。即将面对一份陌生工作、一个陌生的环境和一群陌生的人，能做好吗？能适应吗？好相处吗？一大堆问题萦绕在纷乱的思绪中……

城市在身后越来越远，前方的山峦越来越近。当嵯峨山峭拔的身姿被甩到身后的时候，渭北的残塬沟壑展现在了眼前。雨渐渐停了下来，原野上绿树成行，田里的庄稼已呈收获景象，成片的果园果实累累。清峪河、浊峪河一西一东从小丘塬畔的沟壑中缓缓流向关中平原，经流石川河后注入渭河。

移村位于这块南北约40公里长的黄土残塬腹部地带，村民沿耀旬公路两旁居住，是一个跨度约4公里的超大村庄。农户门前盛开着粉红色和金黄色的花，刚收获的玉米堆放在屋檐下，等待天晴后脱粒入仓。村委会是一座朝南的两层楼房，灰色的琉璃瓦屋顶，黄色的墙壁，门前有宽敞的文化广场，一面国旗飘扬在广场正中矗立的旗杆上。村委会旁边有成排的连体小楼和独立小院，这是部分从老村搬迁来的农户新家。初到移村的人，都会有这样的印象和疑问，规划建设得如此漂亮的村庄，也需要扶贫吗？若不是此前所在党支部在移村帮扶贫困户，曾经入户走访慰问过两次，我心中这样的疑虑也不会打消。

车子刚停好，村党总支书记吕建文、村委会主任王小红、副支书常建军等一群人就迎了上来。初来乍到，大家就像盼了许久的老友一样寒暄起来，没有客套，没有初次相识的拘谨。这让我多少有点局促的心情一下子放松了下来。

吕建文40多岁，是一个标准的关中汉子，双眼皮，大眼睛，壮壮实实的身材，晒得黑红的面庞，言语不多，却句句都是干货，担任村支部书记已经8年。

从他的介绍中得知，移村位处耀旬公路与移（村）三（原）公路交会处，东南距铜川新区20公里，北距著名的照金革命根据地25公里，现有村民826户3170人，全村有建档立卡贫困户65户178人。65户中有43户孤、寡、病、残家庭，其余12户因子女上学、突发变故等原因致贫。

报社从2012年底起就在移村开展帮扶工作，2014年起正式派驻干部，我已是第三批驻村队员。8月30日，报社刚刚为移村捐助了20万元的"八星励志"扶贫扶志活动奖励基金，让帮扶干部和贫困户都备受鼓舞。去年以来，报社还提供了20多万元的产业帮扶资金，为贫困户购买猪、羊、鸡等养殖种苗。

建文谈道，村中目前最大的困难是集体经济薄弱，没有固定收入来源，近几年因修路、绿化等还有欠账，压力较大。经过几年的努力，村中目前的基础设施基本完善，唯有水的问题还存在短板。小丘镇自来水主要靠清峪河上游的高尔塬水库供给，若逢旱季水量不足，便不能满足全镇人、畜、灌溉需求。为了解决这一困难，报社通过协调相关部门，争取专项资金为村上打了一眼600米深的机井，目前水样已送到省上相关部门做水质检测。村北的机井旁，不断有村民开着三轮车来拉水。村委会的自来水管中尚不通水，驻村队员和村干部喝水需到机井去拉，厕所无法用自来水冲洗，洗漱卫生用水均有困难。

村委会二楼腾出了两间房子，作为驻村工作队员的宿舍和办公室，室内除了办公桌、沙发和床之外，让我欣喜的是还有空调和电视，这是帮扶单位为改善驻村队员的办公条件专门购置的。村委会距离镇政府1.5公里，吃饭可以到镇政府机关灶上。

感觉自己还没有从懵懂的状态中缓过来，继而被一种既兴奋又不知所措的情绪所左右着。我知道，排解这种情绪的最好办法就是忙碌和紧张起来，就是找人沟通和交流。午后顺道拜访镇党委书记张凌宇和镇长封振涛，了解小丘镇脱贫攻坚工作的基本情况。下午又分别拜访区人大常委会副主任董卫民、区农业农村局局长左琛、区果业局局长童耀宏、区委统战部副部长李禄宏等熟识的领导干部，希望他们在以后的驻村扶贫工作中给予信息、项目等方面的支持。

夜幕降临，天空上还挂着薄薄的雨云，其他帮扶干部都已回家，村委会突然寂静下来。办公桌上有一本书《追梦照金》，一看书名就让人有了阅读的兴趣。作者名叫李双霖，是镇政府干部。

拒绝签字的贫困户

清晨5点就已醒来，天已经彻底放晴，东方天际的云彩格外壮观，橘红色的阳光从云缝中透射出来，让村庄、田野、道路都笼罩在一片神秘静穆的气氛中。听见旁边农户的院内传来扫地的声音，"唰——，唰——"，每一声都感觉是那么亲切。小时候，每当听到这种声音，就知道母亲已经起来，我得去上学了。

正在翻看《陕西省贫困村驻村工作队选派管理办法》，一个精神矍铄、个头不高的村干部走了进来。一边打招呼问候吃没吃早饭，一边自我介绍，原来是村监委会主任王瑞民。老王要是不说，谁也看不出他已经65岁了，从17岁开始就在村上当文书。问起村里的情况，老王如数家珍，从人均耕地、每户的收入到每个贫困家庭的基本情况，甚至是哪个残疾人的病根是如何落下的，如今享受多少政策补贴，都说得清清楚楚。

我随口问道，村上有多少户享受低保政策？老王不假思索："全村按低保实行补贴的总共有17户，贫困户中有5户为五保户，其中今年新增1户。"

老王说到移村6个村民小组总共有耕地面积6543亩，人均1.9亩，村民主要以养殖和种果园为收入来源，要想长远发展，必须想办法发展产业，壮大村集体经济，只有集体经济壮大了，农村发展才会有后劲，全面完成脱贫任务后才能保证后续发展，脱贫不能永远靠帮扶，要让村集体和村民有自我造血能力。

短短半个小时的聊天，我已经对面前这个看上去普普通通的"小老头"佩服不已。

说话间，驻村工作队队长、耀州区果业局总农艺师崔连超进来，谈到一件棘手的事。

月底前要上报今年拟脱贫退出的11户家庭的收入统计资料，但是，一户贫困户却拒绝签字。该户户主为移村二组村民，丈夫目前有比较稳定的打工收入；儿子肢体残疾，无工作及生活自理能力，享受残疾人低保补助；全家在村中有砖混结构住房100平米，1996年建成，使用安全；家中有耕地9亩。根据驻村工作队核算，其家庭"两不愁三保障"均已达标，人均可支配收入2017年为4175元，且不含政策性补助，已达到脱贫标准。但该家庭却拒绝签字。

只要有一户存在问题，就是影响脱贫任务按期完成的大事。该家庭究竟是什么原因拒绝签字，是帮扶政策不到位，还是收入核算不准确，需要帮扶干部上门去了解其思想根源。

晚上，连超终于联系上了户主，得知了其思想症结所在。原来，为了解决村上无房或经住建部门鉴定为危房的42户贫困家庭住房问题，村委会争取住建部门支持，按人均25平米的标准，集中为这些家庭修建了一栋安置房，计划10月份开始搬迁入住。该家庭对相关政策不了解，认为都是贫困户，别人能分到住房，她家为什么没有，感觉心里不平衡。了解到事情根源，问题就不难解决。

经过几日梳理，基本上理清了全村65户建档立卡贫困户的家庭情况，从致贫原因来看，大致可分为四种。

第一种是孤寡老人或残疾智障家庭，21户25人，这些家庭基本上无劳动能力，大多单身无人赡养，无稳定的收入来源；80岁以上的有3户3人，其中张金莲老人已经88岁；智力残疾家庭多达13户13人。

第二种是因肢体、精神残疾导致无劳动能力的家庭，10户28人，这些人中，有少数是在平时生产生活中因车祸等突发事故造成的身体残疾，也有个别是先天原因的身体缺陷，患精神疾病的为20人，这是一个非常奇怪的现象。

第三种是因突发疾病导致的贫困，这类家庭比例最大，达29户106人。这些家庭虽有支撑的主心骨和劳动力，但疾病造成的沉重负担导致整个家庭陷入困境。

第四种是因孩子上学或盖房等原因致贫，5户18人。65户建档立卡贫困户中，已有10户在2016年、3户在2017年成功脱贫退出，目前仍有52户未脱贫，任务艰巨。

经摸底核查，今年有11户已达到脱贫退出标准，这些家庭的人均年可支配收入都已超过国家规定的贫困线，住房、饮水条件都已达标，全部参加了农村基本医疗保险并享受到了相关合作医疗政策，义务教育阶段在校学生均享有相关扶贫保障措施。

按照脱贫退出程序，拟退出的11户贫困户需在相关表格中签字。然而通知各户到村委会开会，却只有王耀利、常炳兴、柴战民3户前来签字，其余均未签字或不到场。

工作似乎陷入了僵局，委屈、不解、无奈，几乎所有帮扶干部都觉得难过，辛辛苦苦帮扶了这么长时间，为什么就不被理解，该配合的工作为什么就不配合？从大家闷闷的表情中，我第一次感到了这份工作的难度和压力，感到挑起肩上这份沉甸甸的担子并不是一件轻松容易的事情。

他们用"山东话"，传承着思乡的情愫

天气格外晴好，大部分农户的玉米已从田间收回，开始脱粒、晾晒，村委会广场上被金灿灿的玉米棒子铺满。对农家来说，除了夏收，这是一年中最忙碌的时候，田里的庄稼收完，苹果就该采摘了，紧接着又得整好土地播种麦子。

副支书常建军要给二儿子结婚了，中午受邀到他家中吃饸饹。这是渭北农家过红白喜事时最为可口的家常待客小吃。建军今年49岁，黑红面庞，见谁都是一副乐呵呵的表情，老婆做得一手好饭菜，尤其是刀剺面远近闻名。两个儿子在外打工，老二谈了个周至的对象，姑娘文静大方，建军两口子非常满意。

建军与我聊天时说的是陕西话，一转向其他村民，却马上变了"频道"，成了山东话。一问方知，他们祖籍都是山东人。在移村，有三个村民小组都是山东籍的移民，人口约占全村的60%。他们祖上是哪朝哪代因何原因迁居到陕西的，已没人能说得清楚，一种说法是明朝初年由朝廷强征迁徙，一种说法是清朝末年因战乱避祸逃亡内地。至于祖籍在山东哪县哪村，只是流传在老人口中的一点念想。虽然他们早已与山东老家断了联系，平时却保留着一个有趣的现象，与本地人交流的时候，说的是纯正的关中方言，但他们之间，平时说的却是山东话，保留了许多山东的风俗习惯。尽管这种"山东话"在岁月的磨蚀中已带上了明显的陕西味，但丝毫不影响他们用这种方式一代代传承思乡的情愫。

移村村名的来历是否与山东移民有关，没有明确的文字记载。在《陕西省耀县地名志》上是这样解释的：自古以来，这一带的村民世代依托土塬，临沟面河挖掘窑洞而居。清乾隆时，一场暴雨引发洪水，村庄被冲毁，村民被迫迁移到塬上重建新村，并取名为移村。清光绪年间，随着人口的增多，部分村民又向北迁居，逐渐形成了一南一北两个村庄，北移村以陕西人为主，南移村以山东籍人为主。

下午，崔连超送来一份驻村队员必须学习领会的文件，是2015年11月29日《中共中央国务院关于打赢脱贫攻坚战的决定》。另有一份2018年9月6日的《陕西日报》，报上有关于脱贫攻坚工作的最新报道《我省全面开展脱贫攻坚"两对两补"工作》。从报道中得知，陕西省围绕脱贫攻坚政策、责任、工作"三落实"，全面开展"两对两补"工作——对标任务标准、对标时间节点，补充攻坚短板、补强工作弱项，必须确保10月底全省脱贫退出认定工作启动前，各项任务全面完成。

驻村工作队的气氛一下子紧张起来。我告诫自己，下周内必须全部搞清楚全村所有贫困户的基本情况。

夜幕降临，突然想到，明天周末，已经好长时间没有回去看母亲了。老家是文王山下一个美丽神奇的小村庄，父亲去世后，母亲一个人在老家居住，常常以家里没人、父亲回来门都锁着为理由，不愿到城里长住。每年清明节母亲就要执意返回老家，直到冬天来临水管冻住的时候，才愿跟我到城里。而我，却总是忙于各种事务，常常连个电话都顾不上打。

母亲一个人在老家过得好吗？我的心隐隐作痛……

凭啥当不了五保户

清晨6点，听见扫帚响的声音，知道母亲已经起来了。昨晚躺在母亲的土炕上和她聊天，觉得是那样安稳、踏实，好久没有这种安然的感觉了。那一刻，似乎觉得远在城市的家，只是旅途中一个歇脚的地方，回到故乡，才真的到了家。

赶紧起床洗漱，发现母亲已经做好了早饭，一盘炒土豆丝，两个煎鸡蛋，两个热气腾腾的馒头。平时母亲不喝茶，今天却特意为我泡好了茶水。本想回家来照顾母亲，却还是让母亲照顾。眼睛突然就潮湿了，心中平日积攒的情绪似乎要喷涌而出。此刻，在母亲面前，我又成了一个需要呵护安慰的孩子。昨晚给母亲说我回来驻村扶贫，母亲没有问我理由，但她似乎读懂了我的眼神，她没有说一句鼓励的话，却用一个母亲最温暖的行动来给我加油。

7点钟从家出发，母亲站在门口，说："路上开车慢点，有空了就回来吃饭！"车子已经开出巷子口，回头看见母亲依然站在那里，天边红色的早霞照在周身，那是世上最美的剪影，而我腮边早已挂满泪珠……

一大早就接到了两户村民的投诉和上访，崔连超对此很是焦虑。连超是一个工作非常认真细致的人，个头不高，戴一副眼镜，是长期坚持在一线的全能型技术干部，驻村扶贫已经3年，小我6岁，头发已经掉落得有点稀疏起来，鬓角也露出了白丝。

村"四支队伍"开例会安排完本周工作后，与连超、建文分析商量了一下投诉和上访的内容，决定上门走访和处理。

村民赵某向市长热线反映说，移村扶贫干部对残疾人关心不够。赵某是移村四组村民，家中4口人，本人右眼残疾，56岁，妻子肢体残疾三级。夫妻二人虽身体较弱，但均有劳动能力；女儿出嫁后，户口一直在娘家未转走；儿子29岁，在西安打工。

赵某的家是一个两面盖有平房的干净院落，夫妻两人看上去也和善本分。残联为赵某及妻子均办有残疾证，享受残疾补贴。交谈中，赵某先是有点紧张，不承认他打电话投诉的事情。当听帮扶干部解释说，来的目的只是了解情况，帮其解决问题，绝不会为难他时，赵某才放松下来。原来，他看到村中其他残疾人家庭被识别为贫困户，有帮扶单位帮助，而他家没有，对此想不通、不服气。连超按照贫困户识别的条件，逐一将其家庭收入、住房条件等与其他贫困家庭进行了对比，并指出，他和妻子所享受的残疾人补贴与贫困残疾人家庭没有区别。赵某终于认可，他的家庭不符合贫困户条件，国家政策很好，他不该怪罪扶贫干部。临走，赵某和妻子送出门，反复说："你们别往心里去！"

从赵家出来，又奔赴贫困户孙石头家。孙石头现年54岁，单身，过去享有五保户补贴政策，在去年的普查调整中，因其具有劳动能力、年龄不够60岁、身体无残疾，不符合五保户条件，因此转为低保户。其间，村上为了解决其生活困难，还专门为其申请了2000元的生活补助。但孙石头一直对取消其五保户资格非常不满，多次上访。

孙石头家的院子位于村巷的西头，三间砖混的土瓦房已经非常破旧，其中一间是卧室，光线灰暗，只有一张旧方桌可以算作家具；东边一间做灶房，老式的柴火灶台上落满灰尘；西边一间堆放着杂物和粮食；泥土地面的院子里杂草丛生、落叶满地。

一进门，孙石头就对着帮扶干部喊了起来："你们来干啥？凭啥把我的五保户取了？为啥别人能当五保户我就不能？"强烈的抵触情绪对着帮扶干部扑面而来。灰暗的光线下半天才看清，这是一个黑黑壮壮的中年汉子，个头不高，面色并不显老，牙齿好像掉了几颗。

连超和建文向其解释国家相关政策，孙石头却怎么也听不进去，反复强调他的理由："我这么大年纪了，身体有病，娶不到老婆，凭什么当不了五保户？"吵嚷的声音越来越大。

见此，我尽量放缓声音说："石头，以后千万别再跟别人说你有病了！"孙石头一愣，我接着说："我看你身体很壮实呀，来之前我们几个还商量说，有机会给你介绍一个老婆，你逢人说身体有病，哪个女人还敢跟你，谁愿意跟一个身体不好的人过日子呀！"

孙石头一下子安静下来，怯怯地问："你说的是真的？"

"当然真的！"我答道。我知道此刻自己说的只是一句善意的谎言，但话一说出，还真心希望眼前这个单身了54年的男人晚年能有一个好的归宿。

来之前，就已经了解到，报社针对孙石头的实际情况，为其购买赠送了5只羊崽，每只成本800元，希望其逐渐滚动发展养殖业。但在羊崽发到手后，孙石头却以每只600元的价格转卖给了别人。对此，我装作不知情，故意问他："石头，看一下你的羊长得怎么样？羊圈还要不要扩大？"

孙石头不自然起来，低声说："我卖了。"看到其憨态可掬的样子，我觉得，这其实是一个本质不错的老实人。

趁孙石头情绪平复下来，建文和连超抓住机会，向其介绍起了村"四支队伍"研究的对他的帮扶措施：已将其纳入移民搬迁户，10月份就能入住新房；在条件成熟时，村上将为其申请公益性岗位；报社还会支持他发展养猪养羊；村上尽快协调将其土地流转的费用和合作社分红发到手中。

临走，孙石头的脸上已挂满灿烂的笑容。大家出了门，他突然在身后喊了一句："给你们添麻烦了！"

谁叫咱就爱种树呢

村委会主任王小红到办公室来说11户贫困户的签字问题，经逐户沟通，已经有6户签字认可，仍有5户未签字。

王小红与吕建文同岁，两人从小一起长大，2010年起两人就开始搭班子。王小红的名字给人一种文文弱弱的感觉，其实这是一个身高近一米九的黑脸大汉，脖子、胳膊都晒得黝黑，眼睛里布满红红的血丝。几日来，没黑没明地做贫困户的工作，这个魁梧的大个子男人脸上明显有了疲惫之态。

在未当村干部之前，小红已创业多年，开煤场、跑货车、包工揽活、植树造林，事情干得红红火火，闲了还喜欢写写诗。自从被组织动员回来当选村委会副主任、主任后，自己的生意全都放下不管了。他说，不是不想管，是顾不上。移村是3000多人的大村，算上支部委员和村委会委员，也就十几个干部，整天忙得团团转，顾了这头顾不上那头。小红每月有1800元的岗位津贴，但却从不知道什么时候发，发到何时，村委会需要的日常用品，只要他看见没有了，就自己买回来大家用，从没有报销过。仅他自己能记起来为村委会垫付的费用，就有近2万元。

　　小红说，他最喜欢的事是种树。曾经为了绿化一处荒山，他垫资栽了1.2万亩刺柏，第一年栽活后，第二年春上去看，却发现大多树苗被野兔拦腰咬断，损失惨重。他说，那一刻，他想上吊的心都有。说到这里，我看见眼前这位关中大汉的眼里，噙满了泪花。他强忍着没有让泪珠滚出眼眶，接着说："谁叫咱就爱种树呢！我就看不惯山坡上光秃秃的样子！"

　　正说话间，一个瘦高个、嘴噘脸吊的老人闪进门来，头上戴着一顶藤编的遮阳帽，手中提着的购物袋里，装着一叠参差不齐的纸张。还没等我说话，来人就已从袋子里取出一页纸，说："我有困难，请领导给解决一下。"

　　小红介绍说："这是李长海，咱们村六组的贫困户。"

　　接过李长海手中的纸，听着他含混不清的叙述，半天才弄懂上面的内容，原来他想让村委会为他解决两件事情，一是儿子李某（重度精神残疾）近期犯病住院，想申请应急困难救助；二是即将秋播，他无钱购买种子，希望村上帮忙给予解决。

　　听说我是报社来的，李长海马上眉开眼笑起来，从手提袋里掏出两个还呈绿色的苹果，硬往手里塞。见我拒绝，他将苹果放回袋中，又取出两页发黄破旧的纸说："我写的诗，表扬报社的，你看能不能在报上给发表一下。"

　　小红接过李长海手中的纸张又装回他的袋子，说："张老师只管扶贫，不管发表稿子。老李你先回，村上专门研究解决你的问题。"李长海走了后，我向小红询问这一户的情况，小红叹了声气说："以后慢慢给你讲。"

　　中午有点少有的闷热，农户抓紧晴好的天气收获玉米。沟坡上的核桃树下，主人用长长的杆子敲打着树枝，落地的核桃已蜕去了青皮。今年开春果树扬花时节，一场风冻横扫了渭北高原，许多农户家的核桃遭了灾，收获比往年减少三成以上，个别区域几乎绝收。风冻也影响到了苹果树，挂果量普遍比往年减少，从已成熟的果子看，霉心病非常普遍，果农忧心忡忡。

常建军明天就要为儿子举办婚礼，中午到他家去吃连锅面，帮忙打理明天的准备事项。几日来，每天都有附近的亲友来串门祝贺，连锅面是最好的招待饭。建军说："农村人过事就这样，时间拉得长，都要招呼到。"忙完村上忙家里，建军的脸上明显挂着疲倦。

正在吃饭间，村委会打来电话，说扶贫检查组的人到了，要看村上脱贫攻坚的会议记录和贫困户建档立卡资料。建文放下筷子就走，匆匆赶了过去。

再次研判

黎明时分，窗外传来密集的雨点声。清晨起来拉开门，空气中有了阴冷的气息，细密的雨点还在飘落。对农户来说，这个季节要有雨水，但不能太多。麦子播种需要好墒，玉米要收获晾晒，苹果此刻需要更充足的阳光。这是一个难以平衡的矛盾，什么时候能把开启的钥匙掌握在自己手里，而不看老天爷的脸色，依然是中国农民为之奋斗的梦想。

今天的"四支队伍"例会有点凝重。针对仍有5户拟脱贫退出的贫困户不签字的问题，驻村工作队与村"两委"班子成员一起，再次详细核算了各户的收入情况，按照"两不愁三保障"的标准进行研判，还特意通知各村民小组组长到场，听取他们的意见。

按照研判结果，11户的基本情况如下——

王耀利，44岁，全家3口人，本人因患病导致身体残疾，妻子在铜川市新区摆摊，女儿待业。家庭年收入28455元，其中种植收入1600元、妻子打工收入18500元、残疾补贴720元、种粮补贴130元、合作社分红605元、低保补贴6900元，人均年可支配收入达到9485元。

常炳兴，77岁，全家6口人，本人与妻子常年患病，女儿、女婿打零工，两个孙子上学。家庭年收入19815元，其中种植收入1600元、产业分红1500元、家具租赁收入6000元、打工收入4700元、土地流转收入3770元、种粮补贴325元、残疾补贴720元、高龄补贴1200元，人均年可支配收入达到3302.5元。

柴亚茹，54岁，全家3口人，丈夫下岗打工，儿子重度残疾无法行走。家庭年收入（按在村户口2人计算）14305元，其中种植收入3200元、土地流转收入1000元、产业分红1500元、低保补助4860元、残疾补贴2160元、残疾人阳光家园补助1000元、种粮补贴585元，人均年可支配收入达到7152.5元。

郝志文，56岁，全家5口人，本人与妻子肢体残疾，儿子打零工，女儿已出嫁（户口未转）。家庭年收入22928.5元，其中土地流转收入2000元、产业分红2105元、打工收入10000元、低保补助7980元、残疾补贴720元、种粮补贴123.5元，人均年可支配收入4585.7元。

吕社娃，62岁，全家5口人，本人左手因伤截肢，妻子与两个儿子、女儿打零工，家庭年收入28715元，其中打工收入14000元、土地流转收入5700元、产业分红2105元、低保补助4380元、养老保险1440元、残疾补贴720元、种粮补贴370元，人均年可支配收入5743元。

柴战民，49岁，全家3口人，本人打零工，妻子半身不遂无劳动能力，儿子正在上大学。家庭年收入15204元，其中土地流转收入2600元、产业分红1500元、低保补助7200元、种植收入3280元、种粮补贴624元，人均年可支配收入5068元。

常建宏，43岁，全家5口人，本人打工，妻子务农，父亲年老多病，儿子上高职，女儿偏瘫无法行走。家庭年收入20031元，其中种植收入1040元、土地流转收入2000元、打工收入12000元、养老补贴1920元、高龄补贴1200元、残疾补贴1680元、种粮补贴191元，人均年可支配收入4006.2元。

赵振德，69岁，全家4口人，本人与妻子务农，儿子赵军英打工，小儿智力残疾。家庭年收入16446元，其中种植收入2400元、土地流转收入400元、产业分红1500元、打工收入8000元、残疾补720元、养老保险2880元、种粮补贴546元，人均年可支配收入4111.5元。

刘军峰，46岁，全家5口人，本人打零工，父母亲年老多病，妻子弱视，儿子智力残疾患有癫痫，女儿已出嫁（户口未转），家庭年收入20877元，其中种植收入1100元、养殖收入1700元、土地流转收入6000元、残疾补贴1227元、打工收入10850元，人均年可支配收入4175.4元。

张双全，47岁，全家3口人，本人患脑出血后生活不能自理，妻子打零工，儿子上大学。家庭年收入18444元，其中种植收入3200元、种粮补贴268元、打工收入6000元、残疾补贴1680元、产业分红1500元、低保补助5796元，人均年可支配收入6148元。

孙士华，72岁，全家3口人，本人患有风湿、高血压等慢性疾病，妻子智力残疾，儿子打工。家庭年收入17416元，其中种植收入400元、土地流转收入4680元、低保补助5436元、养老保险3120元、高龄补贴600元、残疾补贴1680元、产业分红1500元，人均年可支配收入5805.3元。

研判结果表明，上述11户达到脱贫退出标准没有问题。结合几日来的走访和沟通，基本上弄清楚了这些户不签字的原因：担心脱贫退出后再也享受不到国家相关扶贫政策。

这种担心是多余的，国家有关教育、医疗、养老、残疾人补贴等保障措施都是普惠性的政策，不会因为其脱贫退出而终止，另外，帮扶单位对所有建档立卡贫困户的帮扶，也会一直持续到脱贫攻坚战胜利结束。

研判认为，贫困户有这样的担心，也反映出村"四支队伍"对政策宣传不到位，工作不扎实不细致。对此，要求所有帮扶责任人，立即深入到各户中宣传解释，了解贫困户的需求，掌握其思想动态；对打工在外居住的家庭，电话沟通要有效果；对拒绝签字的家庭，不论难度多大，都要面对面沟通；本周内必须完成所有脱贫退出户的签字工作。

会议还对李长海提出的两项要求进行了研究，现场电话咨询了残联相关政策后，决定为其申报临时困难救助。对其提出解决种子的问题，由村民小组再详细了解情况，确有困难的话，通过帮扶单位资助的方式帮其解决。

绵绵秋雨

淅淅沥沥的秋雨连绵不断，空气中弥漫着浓重的潮气。农户堆放在村委会广场上的玉米垛子，有些已经长出了白色的霉点，让人心不由得纠结起来。心中默念：老天爷，快点放晴吧！

铜川市扶贫产品交易会已在雨中举办了三天，全市各区县均亮出了自己的特色，许多产品立足本土，颇有新意。小丘镇的苹果、刀削面、草莓被誉为交易会上的"王冠"，吸引了大批游客雨中参观、品尝、订购，在展位上坚守的镇长封振涛高兴得合不拢嘴。

据交易会官方报道数据，本次交易会上，耀州区签约42个项目，签约金额达到16.96亿元。这些项目要能全部落地，对耀州这个尚未摘帽的贫困区县来说，起到的作用不可估量。其实，交易会最大的意义是示范和引导，当看到其他村子的产品精彩亮相时，相信那些无产业无产品的村子一定会思考自己应该如何去做。

驻村工作队和村委会组织移村干部和60多位村民冒雨参观。长期以来，移村以种植、果业和小规模养殖为主，村上尚无农副产品深加工企业，产业如何发展和布局，还需要很长的路要走。

到贫困户常信华、王志琪等家中走访。常信华家庭现有4口人，因其长期患糖尿病及老伴患病致贫。常信华75岁，老伴去年去世；儿子常刚46岁，原在煤矿打工，现回村务农，养了10头猪；常刚妻子张爱42岁，女儿现上高二。从环境来看，这是一个勤快、有能力摆脱贫困的家庭，住房条件很好，后院有专门的养猪场。常刚前段时间刚被推选为村民小组长，他说今年养的这10头猪，以每头1500元左右出栏后，保守会有1.5万元销售收入，纯利润估计有5000元。随后，他将再购20头猪崽，继续扩大养殖规模。

王志琪，现年77岁，患轻微脑梗死长期服药，但精神状态很好，牙齿完整，面色红润，二儿子外出打工十多年未回，孙子王辉打零工。平时生活由大儿照顾，家中住房条件不错。

雨点时大时小，一直持续到午后，变成潮潮的湿气，路边白杨的叶子已有了发黄的迹象。

贫困户朱秋玲不在家，父亲在家看门。朱秋玲47岁，丈夫去世后，一人带着两个孩子，在铜川新区一边打工，一边照顾正在上高中的儿子，女儿上大学。

张双全坐在轮椅上，痴痴地看着门前来来往往的车辆和行人，一句话也不说。脑出血手术后，他的头部凹陷下去一处令人恐怖的深坑，生活不能自理。妻子王月玲养了10头猪以补贴家用，猪崽是报社帮扶的。儿子张鑫今年大专毕业，虽已与兰州铁路部门签订了用工协议，却迟迟没有接到上班的通知。王月玲说，丈夫最近的状况很差，身边没人时，大小便都没法自理。张双全母亲已经70多岁了，平时有空就过来照顾儿子，提起帮扶干部的好，老人抹着眼泪不停地说："这一家人，多亏你们了。"

72岁的孙士华患风湿病已经多年，前段时间才出院回家，身体状况恢复尚好。老伴是先天性智力残疾，见人就呵呵地笑，会做一些简单的饭食。儿子孙某44岁，一直未婚，外出打工十多年很少回来。要过中秋节了，我问老孙，儿子有没有打过电话，老孙摇了摇头，神情落寞。

中秋节，妻子一大早就打电话说她要到村上来看看，再一起回家陪母亲过节。没想到在网上拼车，到中午还没有拼上。驻村已经两个多星期，家中大小的事都落到了她的身上。想到这些。心中满是歉疚。一直等到下午5点，终于接到妻子的电话，说已经坐长途车到了铜川新区的汽车站。匆匆赶到车站去接，见她背了一个大包，一问，里面全是给我带的衣服。这才想到，两个多星期以来，从家里带来的衣服已经没有可换的了。

回到家时，已是傍晚。还没顾得上陪母亲说几句话，却又接到了值班村干部打来的电话。电话中说，一位贫困老人的儿子质问村干部和驻村工作队，报社的人到其他贫困户慰问，为什么不到他家来？

老人今年已经80岁，一生养育了5个儿子。大儿子多年前因车祸死亡，儿媳也因病去世。老人原与三儿一起生活，因琐事家庭内部产生矛盾。后经村委会及法庭调解，老人的生活由二儿、三儿、四儿及在三原县落户的五儿轮流照顾，每个儿子三个月。老人几年前因脑梗死导致偏瘫，近期又不慎摔了一跤，卧床不起。

老人虽然是独立的户口，但由于有4个儿子承担赡养责任，加之各种政策性保障已到位，2016年已按政策退出贫困户，但报社及区上的帮扶单位仍继续对其进行帮扶。

走访看望和慰问贫困户，报社没有做硬性的规定，由各支部根据自己的时间和具体帮扶情况安排。中秋前，报社一些支部到所帮扶的贫困户家里进行了走访慰问，见没有人到他家来，老人的儿子觉得心里不平衡。

尽管觉得其质问没有道理，我还是立即将情况反馈回帮扶支部。入夜，天色越来越重，"嗖嗖"下起了小雨，期盼中的那轮圆月躲到了云后……

合作社

天气终于放晴，至中午，阴云已完全退去。农户家的玉米又铺满了村委会广场，把门前装点成金灿灿的世界。

区果业局及镇上的联户帮扶干部都到村上来开展帮扶工作。根据安排，帮扶干部继续做细化任务完成清单、整改存在问题、补强短板弱项三个台账，要将自查报告、工作方案等文件的纸质版与电子版一起上报镇脱贫攻坚办。

区脱贫办转来《陕西省扶贫办、陕西省人力资源和社会保障厅、陕西省农业厅关于印发〈贫困户家庭年人均纯收入核算工作导引〉的通知》，要求各村"四支队伍"即日起对所有建档立卡贫困户2018年度的收入进行核算，计算时间为2017年10月1日至2018年9月30日，该项工作必须于9月底前完成。

驻村工作队与村"两委"商议后决定，村集体经济合作社及托管贫困户的合作社收入及分红核算同时进行。

　　合作社是近年来在农村兴起的一种新型经济体，主要的模式是集中流转农户闲置多余土地，或联合自愿加入的农户，规模化经营，集约化管理，具有比农户家庭经营更强的抵御风险能力。

　　王小红牵头组织的果业合作社团结了第二村民小组十多户村民，栽植矮化苹果，发展势头良好，午后与连超一起前往调研。

　　通往果园的生产路上还积着一洼洼的泥水，田里依然湿滑泥泞，无法进地。站在果园旁的高坎上，小红自豪地说："这块园子有50多亩，均按株距1米、行距2.4米的科学方案密植，全部铺设了滴灌设施，其中3年前栽植的20多亩，明年就能挂果。"

　　连超是果树专家，他估算后得出结论，这种科学管理的矮化密植果园进入盛果期后，每亩产量保守在16000斤以上，果品质量远优于普通果园，还可以合理避开大小年之分。以每斤2元的保守批发价格计算，每亩销售收入可达3万元，纯利润是普通果园的2倍。

　　听连超这样一说，小红咧嘴笑着，半天也合不上。

　　只晴了两日，田里的辣椒、西红柿、南瓜就舒展出了诱人的色泽。在农村人眼里可以随便采摘的香菜，近日在城里要卖到40元1斤，这是什么逆天的价格？让人怎么也理解不了。

　　果园里，一些农户开始卸摘苹果上的套袋。这种袋子有两层，先要摘掉最外边灰黑色的一层，等三四天后再取掉红色的第二层，否则苹果的表皮会被晒伤。

　　回村的路上，看见一些农户的门上着锁，门口的杂草表明，主人已很长时间没有回来住了。在眼下秋收农忙时节，这是一个奇怪的现象。小红说，这些都是常年进城打工或早已在城里买房居住的人家，这种常年闲置的民宅全村不下百套，其中他所在的第二村民小组就有15套。

　　这些民宅长期闲置非常可惜。我对小红说，村上能否也成立一个这样的合作社，把这些闲置的住宅集中管理、有效利用起来，面向有需求的人特别是城市中想体验乡村生活的人出租，也可结合乡村旅游发展民宿产业。

小红说，这是好事，就是村上缺乏资金和管理人才。

沿路又看了几处闲置的民宅，发现主体结构和水电路等设施都很完好，稍加整理就可使用。与村监委会主任王瑞民探讨此事，老王说，要真的把这些民宅整合利用起来，农户可以创收，村集体也可以从管理和服务中受益，是一件既利于农户又利于集体的好事情，但不能不考虑投资的问题，还要有管理人才和能够深度推进的好思路。

晚上，从微信朋友圈中看到一条信息，大喜，真是想啥来啥！北京有机构推出"共享农庄"的概念，利用其线上平台与农户合作，在京郊已经整合了约2000套农户闲置住宅，未来计划在全国整合10万套，这无疑是盘活农村闲置民宅一个非常好的做法。

结合移村的实际，脑中有了一个简单的思路——成立共享农庄或候鸟农庄、休闲农庄之类的管理运营公司（中心），建设网上共享平台与农户签订代理开发协议；对闲置民宅进行初步整修，使水、电、路、网、卫生及小菜园等达到使用要求；面向城市有需求的人群，如退休干部职工、艺术家等推广寻租，租用方在不破坏民宅主体的前提下可进行个性化的装修；平台建设、日常管理及人员工资由管理运营公司承担，农户及村集体不承担运营亏损的风险；租用价格由运营公司根据房屋面积、房屋装修程度确定，平均价格预定为每年5000—10000元；运营利润按农户30%、村集体10%、管理运营公司60%的比例进行分红。

但是，投资从哪来，找谁合作呢？

多雨而漫长的日子

这个秋天，注定是一个多雨而又漫长的季节。从窗外麻雀叽叽喳喳的吵闹声中醒来，一打开手机，就看到报社同事在群里发的一条消息："真不愿告诉大家，但又不得不说，今天凌晨3时，朱秀霞告别我们，永远地走了！想不到如此善良的一个人，偏偏英年早逝。谨告！"

朱秀霞与我同一年进报社，每次见面，老远就笑眯眯地打招呼，从没见她给谁发过脾气生过气。一个月前在院子碰见她，突然发现她瘦了许多，原本不高的个头更显单薄，脸色蜡黄却仍带着笑意。我问她最近怎么了，她声音有点暗哑，说有空了慢慢告诉你。谁知竟是永别。从老同事们写的悼念文字中才知道，她早就清楚自己患了癌症，却一直瞒着大家，坚持锻炼身体不做化疗，直到上周她感觉生命的终点即将来临，才叮嘱朋友和家人，她走后，不要麻烦大家，不要举办任何仪式……

记得去年报社到村开展帮扶活动时，路上我与秀霞聊天，说起她所在的部门为贫困户赵振德捐赠了一头牛的事情，秀霞显得特别开心。她笑着对我说："牛要是一年能下两茬牛娃就好了！"我说："下两茬不可能，一次下两个是常有的事。"她若有所思地说了一句："那就一次下俩好了！"如今，牛还在，人却走了。

"生活总是让我们遍体鳞伤，但到后来，那些受伤的地方，一定会变成我们最强壮的地方。"想起了海明威的这句话，觉得先贤们其实一直在用各种方式启迪和宽慰我们，让善良的人不至于在磨难中颓唐和失去勇气。

村委会院子里仍铺摊着农户的玉米棒子，一群麻雀在雨中觅食，不时飞起落下。我想，人都像这些生灵一样快乐无忧就好了。但我们不能，因为我们身上有责任，有梦想，所以需要坚强和担当，需要有面对挫折的勇气。

报社机关党委副书记吴军与张龙章、王海纳等干部一行5人到村，看望慰问张宏升老人。老人躺在一张木板床上一动不动，面容枯槁青黑，身体已经干瘦如一段枯枝，如果不是眼珠子还在转动，你无论如何不会相信这还是一个有生命体征的人。老人的三儿接过了大家送来的米、面、油等慰问品，吴军将500元钱放到老人枕边时，我看见两行眼泪从老人浑浊的眼眶里流了出来，在光线昏暗的屋子里，那泪珠显得是那么刺亮。

从张宏升老人处出来，半天都没人说话。雨停了，天色依然阴沉。吴军提议，到果园去看看今年苹果的长势情况。

两周前，吴军与报社机关党委专职副书记杨春生曾专程到村，陪同海南航空公司所属供销集团相关人员考察、洽谈苹果采购事宜。海航人员表示，可以考虑从移村采购200万元份额的苹果，由村集体经济合作社代为办理。但建文一直担心，今年天雨造成的苹果霉心病会影响移村苹果的质量和市场形象，成为合作的一大隐忧。

在去往果园的路上，吴军说，海航已将苹果收购的标准发了过来，报社希望能够促成其与移村的合作，为贫困群众多增加点收益。果园里，少数果农已将第二层套袋摘了下来，地面上也铺上了反光膜。但令人忧心的是，许多苹果的表皮都可以看到黑色的小斑点。

连超给大家分析说，这是由于今年春季一场突发的冷空气影响所致，虽对果子口感影响不大，但外观不好看，会严重影响到果品的销路及价格。目前大面积的果园尚未开始卸袋，严重程度尚无法估计。除了霉心病，这些果面的黑色斑点，更加剧了大家对与海航合作的担忧。

深夜，村委会的院子里空旷寂静，突然有一股无名的孤寂感。旁边村巷里传来清脆的笛子声，吹的是《走在乡间的小路上》，一遍又一遍，只有这一首曲子。

村委会值班室，堆放的报纸中夹杂着几张废弃的打印纸，随手翻看，见背面写着这样的话："人生最痛苦的，就是成为自己以外的人。你应该感谢自然，让你成为如此独特的你。手里有柠檬，就做柠檬水。从窗子向外看，可以看到满地泥泞，也可以看到满天繁星！"心里顿时释然，在任何你看似贫瘠的地方，其实都不缺思想，不缺坚强，不缺快乐，不缺诗意和歌声。

签字的问题解决了

村党总支和村委会决定召开贫困户2018年度产业分红大会。事先在通知中告诉各户，除非特殊情况，户主必须到场，不得代为领取。上午8点，村委会门前就已聚集了几十号人，个个喜笑颜开，七嘴八舌聊着家长里短。

9点钟，分红大会正式开始，驻村工作队和区、镇帮扶干部到场见证。吕建文将分红的现金整齐地放在会议桌最显眼的地方，不慌不忙地说，正式分红前，先请镇党委副书记杨军战给大家讲几句。

杨军战是镇上包抓移村脱贫攻坚的领导，个头不高，戴一副眼镜，既有机关工作的沉着干练，也有基层工作的丰富经验。他在简短的讲话中，没有解释一句关于分红的事，而是讲脱贫攻坚的政策和各级帮扶单位开展的工作，重点强调说："随着脱贫攻坚工作的深入，我们所有建档立卡贫困户都要陆续脱贫退出，这是必须完成的任务。经过大家几年的努力，我们有一些家庭已经成功达到了脱贫标准，大家应该向这些家庭表示祝贺。成功脱贫，这是非常光荣的事！在这里我还要向大家郑重承诺，国家的政策是，对脱贫退出的家庭，所有帮扶政策不会变，帮扶单位的帮扶力度不会变，像今天这样的分红，也不会变！"

围坐在会议桌两边的人群中，响起了热烈的掌声。

崔连超接着杨军战的话说："我们去年以前已经有13户脱贫退出，最近驻村工作队和村委会对大家的收入情况、住房和安全饮水情况等再次进行了核查，今年又有11户达到了脱贫标准，这11户的核算清单几天前已经书面或通过微信发到了大家手里，相信各户也一定仔细核对了清单。今天分红大会大家都来了，有个工作希望大家配合一下，按照脱贫退出的程序要求，各户要在核算资料清单上签字认可，希望大家给予支持！"

会场上静悄悄的，没人吭声。吕建文扫视了一圈，突然提高声音说："几年来，陕西日报社、区果业局和镇上的帮扶干部，把大家当亲人，帮钱帮物，发猪发羊，修路打井，这些人与大家非亲非故，不图大家一毛钱的回报。我们要讲良心，不能忘恩负义。最近，我们在一些工作程序上，需要大家配合签字，可是，我们个别户，不但不配合，还说一些风凉话，做一些出格的事。给你的收入算的不对，可以重算，有什么政策没给你落实，你可以提出来。不接电话，不见面，算什么事？帮扶干部一趟趟跑，是吃你的了还是喝你的了？是为了他家的事？"

建文停顿了一下，我注意到会场上有人低下了头，也有人脸色很不自然地红了起来。

建文接着说："杨书记刚才说过了，脱贫退出是光荣的事。大家说，谁愿意一辈子当贫困户？你以为当贫困户给娃娶媳妇就容易了？多次给大家讲过，脱贫不脱政策，脱贫不脱帮扶，你们问问，去年以前退出的13户，帮扶力度减了没有？崔队长刚才也说了，希望大家配合工作。我不相信，我们移村有那种不讲道理、不讲良心、黑红不分的人！今天分红大会结束后，还没有签字的户，尽快把该办的事办了！"

"现在开始分红！"刚才还凝重的会场气氛，一下子又活跃热闹起来。

镇扶贫办主任张继臣按名单叫人，合作社逐户发放，贫困户领钱签字并盖上红红的指印，整个过程用了不到两个小时。29户贫困户从村集体合作社每户领到分红1000元，30户贫困户从移村福地种养殖合作社每户分到了605元。贫困户柴新民在离村20多里的水库看门，联系不上，村委会委员赵西军主动帮其代领，等柴新民回村取生活用品时交给他。

下午，村委会主任王小红兴冲冲地跑来告诉我，今年拟脱贫退出的11户已全部签字认可，包括之前拒绝签字的家庭，各户的收入核算资料已经上报到镇扶贫办。

我问工作是怎么做通的，小红呵呵笑着说："都是一个村的，过来过去都是亲戚，谁家的情况大家都清楚，算清账，讲明理，谁能为难谁呢！这事放到咱身上，不算个啥！"

有些问题的解决，看似困难，但在经验和智慧面前，却又似乎出人意料地简单。今天分红大会上，军战、连超、建文几个人的讲话，没有客套，没有拖泥带水，干净利落，句句切中要害，配合得恰到好处，让人叹服不已。

吕社娃的房子和闫志英的家庭

贫困户吕社娃反映，其住房存在问题，希望能够解决。住房安全是脱贫的一项重要保障，驻村工作队了解掌握的无房和有危房贫困户中，并没有吕社娃的名字。难道工作存在漏洞？

距离村委会约1.5公里路的第三村民小组东临浊峪河，三面环沟，有130多户人家，过去都是依山就势，在塬畔临沟挖掘窑洞而居，如今都已搬到塬上，盖上了瓦房或平房。吕社娃家位于村巷西边，是一处坐北朝南的院落，门前宽阔敞亮，正北是三间一明两暗的瓦房，南面是门厅和厨房。院内农具、杂物摆放整齐有序，室内家具不多，但干净明亮，尤其是厨房，灶台、案板一尘不染。

从外观看，这不像是一户有危房的人家，也不像一户懒散的人家。

62岁的吕社娃非常健谈，看起来比实际年龄要精神得多，说起话来嗓门洪亮，乐呵呵的，也不像不讲道理的人。

吕社娃20岁时，在一次村集体劳动时被打草机铰断右手，落下残疾。他聪明勤快，脑瓜灵活，靠帮耀州、三原一些砖瓦场做推销、做生意，成为十里八乡有名的能人，日子过得红红火火。然而，20多年前妻子病逝后，给他留下两个年幼的孩子，加之他又查出膀胱癌，住院、治疗花费了七八万元，生活一下子跌落到了低谷。2014年，吕社娃续弦再婚，妻子阮转宁是照金人，勤快能干，离异后带着一儿一女艰难度日。再婚后，吕社娃对妻子非常满意，两人辛苦将4个儿女拉扯成人。如今，大儿已成婚到泾阳落户，二儿到西安打工。继女22岁，继子19岁，均在外打工。

谈到住房问题，吕社娃介绍说，11年前，他还住在沟边的破旧窑洞中，天阴下雨时，一家人战战兢兢，生怕窑洞倒塌或被水淹了。实在熬不下去，就借住到三弟吕高社在塬上的三间瓦房中。吕高社是陈家山煤矿工人，全家在矿上生活居住。

吕社娃说，如今，三弟已经退休，随时都有可能回村来住，他得把房子还给兄弟，这样一来，他全家人就没地方住了。

我答应吕社娃，尽快将他所说情况反映给村委会和镇政府，绝不会让他和家人没有地方住。

回到村委会，刚安排好国庆假期值班的事，第六村民小组组长闫铁牛来反映，该组村民闫志英家庭境况艰难。于是我立即叫上崔连超和常建军，与闫铁牛一起，赶到闫志英家了解情况。

这是一处面南、面西有两排平房的干净院落，一个面色苍白清瘦的姑娘站在屋檐下，怯怯地看着来人。铁牛说，这是老闫的孙女闫欣。女孩笑了一下，又恢复了怯怯的神情。一个戴着帽子的中年男子从屋内走出来，铁牛问："吃了么？"男子反应有点木讷，半晌才怔怔地回了一句："吃馍了。"铁牛介绍说，这是老闫的儿子。

闫志英上地才回来，头上、身上沾着泥土，面色有点灰暗。老伴李芳贤今年72岁，倒是显得干净利落。

从老两口的叙述中得知，闫志英今年75岁，原为乡镇干部，退休后回村居住。儿子闫雪峰今年48岁，患有先天性智力障碍，婚后妻子生下女儿闫欣不到一年，就离家出走，再无音讯。如今闫欣已经22岁，也患有先天性智力障碍。全家的生活来源主要靠老闫每月4000多元的退休金和种植6亩地的收入。

闫志英和老伴均患有糖尿病、肺气肿等慢性病，长期吃药。2017年10月，儿子闫雪峰突然全身浮肿，被查出患有严重的肾病综合征，一年来先后三次住院，花费达十五六万元，目前靠药物维持，每月药费花销4000多元。祸不单行，近期，孙女闫欣又被诊断为严重贫血。老闫说，家里已没有任何积蓄，每月就盼着工资早早发下来，好给儿子买药，实在转不动了，就靠女儿女婿接济，地里的活也主要靠女儿女婿帮忙打理。

这是一个让人十分忧心的家庭。现场与连超、建军商量后，决定立即将闫志英家庭的情况上报镇政府，为其争取困难救助。

闫志英一家就有两个患先天性智力障碍的残疾人，一个令人不安的现象再次引起我的注意：据了解，在全村的167名残疾人中，智力残疾和精神病患者多达46人，其中贫困户中就有33人，比例远远高于周边村庄……

从地窖到"别墅"的变迁

秋高气爽，天气晴朗。天刚麻麻亮，村委会广场上传来脱粒机"吱哇——

吱哇——"的鸣响，这段时间以来，这种声音主宰了村庄的频道，农户在抓紧晴好的日子颗粒归仓。

国庆节，与村监委会主任王瑞民一起值班。老王一大早就给村委会广场中央旗杆上换上了一面崭新的国旗。他说，这是移村每年国庆必做的一件事。在广场上金灿灿的玉米和蓝天碧空的衬托下，飘扬在微风中的国旗显得格外鲜艳。

到村近1个月来，一直想从南到北把整个村子走一圈，趁今日过节，有老王值守，正好落实这个心愿。

这是一个南北长约4公里的超大村庄，除第一、第三村民小组位于临近浊峪河的塬畔外，其他村民小组均沿公路两旁分布。

大自然的妙手给了移村得天独厚的地理位置，如果把狭长的小丘塬比作一个仰卧在渭北高原上的巨人的话，移村就是那丰腴健美的腹部。清峪河和浊峪河一西一东从村旁的山沟中缓缓流向关中平原，远眺可见爷台山、凤凰山和嵯峨山连绵起伏的雄姿。

村子最南端有一处美丽的花海，薰衣草已经敛籽，菊花成了此刻最美的景色。凉亭、廊道和两湾碧绿的水塘边，三三两两的游人悠然自得，享受着这惬意的时光。花海北端的高台上，一架高高矗立的欧式风车成为小丘塬上的标志性建筑。几对穿着婚纱的年轻人以风车为背景，正在拍照。

沿花海旁红色的旅行便道北行，站在一处木制观景台上，可见浊峪河的全貌，河道绿树成荫，两岸沟壑交错，山坡上已显出浓浓的秋意。便道向北蜿蜒约1公里，一处高大的仿古式门楼横在眼前，上书"丘隅"两个大字。丘隅是史籍中对小丘塬的称呼。这里便是移村地窑遗址的保护区了。

窑洞是改革开放前渭北的主要民居，分明窑和地窑两种。明窑是背靠土塬、面向沟坡开凿的窑洞，遇到下雨，可向沟内排放；而地窑是在塬上平地中挖掘出四四方方的深坑，再依坑壁开凿窑洞，挖出通向地面的通道。地窑的排水只能靠院内的渗井完成，一旦遇上大暴雨，渗井灌满，地窑就有被淹的危险。

但在过去物资极度匮乏的穷困年代，为了能够遮风挡雨，勤劳的渭北人只能用汗水换取这种建筑成本最低的住所。粗略估算一下，挖掘一处有5孔窑洞（可供三代人居住）的地窑，其土方量就多达上万立方米，在只能用镢头挑担作为挖掘工具的年代，一个农家要完成一座地窑的建设，起码也得2—3年。

地窑，承载着几代移村人的酸甜苦辣和生活梦想。一位在移村度过童年的朋友在诗中这样写道：

记忆里，窑洞是奶奶做饭时厨房里无法排出的炊烟，

呛得你一把鼻涕一把泪；

窑洞是连阴雨时崖畔滑落的泥土，

是雷雨时奶奶彻夜不眠的夜晚，

和随时准备携我逃出的惶惶不安；

窑洞是夏日黄昏驱蚊艾叶拧成的火绳，

和蚊子叮咬后被手抓烂旧伤没好又添新伤的腿。

窑洞是奶奶等我放学时的身影，

是泥炉煮好的面条和土豆，

还有奶奶时不时变出来的苹果和一小块猪肉。

窑洞是奶奶坐在炕头上那忽明忽暗、吧嗒吧嗒的烟锅，

是妈妈回来时我和奶奶的喜悦，

是我童年冬暖夏凉的家……

20世纪80年代后期开始，逐渐富起来的渭北人开始搬离窑洞，在塬上盖起瓦房，从刚开始的土坯房到砖瓦房，再到后来的平房和楼房，30多年间，实现了居住环境天翻地覆的变化。

如今，在移村遗存下来的地坑窑初步统计还有99处，其中20处被列入地窑遗址保护区，有14座重新得到整修和加固，以备开发特色的民宿旅游项目。

从地窑保护区回到公路，两边的农家院落多以平房和二层小楼为主，房前屋后鲜花簇拥，翠绿的丝瓜、鲜红的月季，还有那葡萄架下的茶台，无不显露着精致的美。

村委会旁边，是近几年才建的新居民区，200多栋别墅式连体小楼美观漂亮，家家门口都有整齐的绿化带。小区北端，建有一处供村民休闲娱乐的开放式小游园。游园里枫叶飘红，槐叶变黄，樱花树裹上了黄澄澄的外装，小桥流水，诗意盎

然。让人有种错觉，这不是在一个乡村里，而是在大都市的公园里。翠竹青青，俏石耸立，小桥静默，凉亭下更是秋风习习。榕树的叶子黄绿相间，悄然点缀在走廊的上面。大石碑上的人物栩栩如生，像是艺术品，又像是诉说往昔的故事。

从地窑到"别墅"，移村人实现了祖祖辈辈安居乐业的梦想。用村民的话说："过去连想都不敢想！"

走完了全村，不知不觉间两个多小时已经过去，仍有点不舍得移步，在这令人醉美的秋天里，觉得自己已经被这个村子深深吸引。

老王自豪地说："这都是近几年特别是脱贫攻坚以来美丽乡村建设、人居环境改善的结果！"

病困家庭

吕社娃的房子、闫志英的家庭，节前了解到的这几个事情一直困扰在心里，搅得过节也没有心情。早晨6点就从报社出发，一路狂奔，到村上时，正好8点。天空蔚蓝，天边挂着一缕白云，愈加显得高远，心情也逐渐明朗起来。

村"四支队伍"陆续到岗，正在与崔连超、张继臣说吕社娃房子的事情，门口就传来吕社娃的声音："老张，吃了没？过节到哪逛去了？"

从连超和继臣的介绍中已经基本了解清楚了吕社娃房子的来龙去脉。原来，吕社娃所住房子是其父母30多年前所建，时间比较久远，房子也比较破旧，父母去世后房子由吕社娃居住。精准扶贫政策出台后，吕社娃被识别为贫困户，为了解决其安全住房问题，村上按照危房改造项目，为其争取到4900元的资金，对其住房进行了维修，并为其补缴了2000元的宅基地使用税。近期，在看到其他无房或危房户分到了移民搬迁点的新房后，吕社娃觉得心里不平衡，也担心儿子结婚后房子不够住，于是就找借口想再分一套搬迁安置房。

见张继臣在，吕社娃笑骂道："你这个张哈哈，就不给人办事。"

张继臣笑着回道："你这老家伙，啥萝卜都想两头切！张老师刚来村上，你就给张老师出难题。报社对你不好？"

张继臣48岁，白里透红的面庞，见人总是乐呵呵的，在乡镇工作已经20多年，有着丰富的群众工作经验，一些艰难冷场的事情，往往在其轻描淡写的笑骂中得到缓和解决。

之前从帮扶台账中已经了解到，吕社娃去年以来患上白内障，眼睛看东西模糊，报社帮扶党支部专门将其接到西安治疗，手术非常成功；为了帮其儿子学习电脑技术，帮扶支部还专门捐赠了一台电脑。

吕社娃说："报社好，就你这张哈哈不好，不给人办事。"

继臣答道："老家伙没良心，啥事都先替你想着，你就看不到。想要移民搬迁点的房子，行啊，按你家5口人，只能分125平米，有你现在的院子敞亮不？"

吕社娃若有所思，继臣继续说："搬到新房后，原来的旧房必须拆除腾退，你愿意不？"

吕社娃说："那不行！"

"这不就对了么！"继臣接着说，"老房子已经给你收拾得好好的，那么大的院子，将来儿子结婚不够住了，再盖上两间平房，啥问题都解决了。难道不如一家人挤在单元房里？你这老家伙，人都说你聪明，咋就连这轻重都掂量不来呢！"

吕社娃停了一会，哈哈大笑起来，不再提房子的事，说："哪天有空了，你把张老师叫上，到咱屋里去吃饭，你嫂子面擀得好！"

继臣说："你快回去，看哪儿娃多到哪耍去。你家饭贵，吃不起！"

吕社娃乐呵呵地笑着走了。

还没来得及商量闫志英家庭的事，又有两户家庭因病导致生活困难的问题反映到了村委会。

村民刘更利，现年46岁，全家有4口人，住在居民新区的两层小楼中，房子装修得整洁漂亮，看得出来，这原本应是一个境况不错的家庭。五六年前，刘更利与妻子一起到北京打工，后开了一个小饭馆，日子过得相对宽松，儿子在西安上技校，父亲69岁，帮忙照料家里的土地。不料今年1月份，刘更利突然被查出患有胰腺癌，手术及治疗花费近20万元，目前已负债10多万元，两口子不得不关掉北京的小饭馆。因无钱治疗，刘更利在还没有拔掉术后导流管的情况下返回村上，靠吃药维持。没有了收入来源，刘晓英一边照顾丈夫，一边到镇上新开的扶贫工厂打工。

35岁的乔扁扁本来家庭情况也不错，全家4口人，丈夫胡小军常年在外打工，孩子上小学。去年以来，乔扁扁突患小脑萎缩，丧失行动能力，目前家里家外主要靠其76岁的公公胡世钊勉强照料。

闫志英、刘更利、乔扁扁3户家庭都不是建档立卡贫困户，但却因突发疾病导致家庭生活陷入困境。村"四支队伍"安排完召开村民代表大会的事项后，重点研究解决3户群众生活困难的问题，决定立即将3户的实际情况上报镇政府，为其申请临时困难救助。同时，按户内人员实际情况为其申请农村生活最低保障。

按照国家政策，对农户的临时性困难救助每次可申请4000元，每年可申请两次，再加上最低生活保障，应该可以缓解这3户家庭暂时的困难。村文书常学文按照政策规定核算了一下，最低生活保障审批下来的话，闫志英家庭每月可以领到1341元，乔扁扁家庭每月可以领到1234元。

民主评议

年度脱贫退出及动态调整工作紧锣密鼓地展开，按照安排，需在10月底前完成两次公示。

上午9点，村党总支、村委会与驻村工作队组织召开村民代表大会，对2018年度达到脱贫标准的家庭和拟新增的返贫户进行民主评议，55名村民代表参加，20多名贫困户代表列席旁听，村监委会和区、镇帮扶干部到场监督见证。

会议由村委会主任王小红主持："今天我们召开民主评议大会，就今年拟脱贫退出的贫困户和拟新增的贫困户调查摸底情况听取大家的意见。本次会议应到村民代表59人，实到55人，符合规定人数。首先，请驻村工作队长崔连超向大家通报脱贫退出条件和摸底调查的各户具体情况。"

崔连超就"两不愁三保障"的脱贫标准做了详细解释后，逐一介绍了达到标准的11户收入及政策保障、家庭住房、饮水等情况，同时介绍了村"四支队伍"摸底后拟新增为贫困户的刘更利、乔扁扁、李芳贤（闫志英妻子）和乔民学的家庭情况。

吕建文动员大家说："针对各户的情况，请大家充分发表意见，收入计算不准确的、家庭情况调查不详细的，还有没有列入名单的，大家都可以提出来。"

原以为村"四支队伍"之前的调查摸底工作做得已经非常扎实，今天只是走个程序，没想到评议刚一开始就进入白热化的状态。有村民代表提出："有的户收入及住房等各项条件都已达标，为什么没有列入退出名单？"

连超解释："这些户的情况我们清楚，不是残疾人就是超过60岁的孤寡老人，分析其收入来源，主要是低保等政策性补贴，没有其他稳定的收入，没有赡养人，属于政策保障的兜底户，暂时都不纳入脱贫退出户。"

有村民代表突然提出："王来朝的儿子、女儿都已大学毕业，有了稳定的工作，最近还新买了一辆车，是不是应该退出？"

这是一个新的情况，之前村"四支队伍"竟然没有掌握到这些信息，若情况属实，是一大漏洞。建文立即表态："这位代表提的情况非常重要，也很及时，会后村上马上进行调查，如果情况属实，一定纳入退出户，并请大家在下一次评议时讨论监督。"

针对拟新增的贫困家庭，有代表提出，刘更利、李芳贤、乔扁扁三户属于临时突发性的困难，住院、治疗费用有农村合作医疗和大病保险托底，加之三户的住房等条件远好于村中平均水平，建议不纳入新增贫困户，村上只要帮他们度过暂时的困难，并争取到最低生活保障，就会逐渐好起来。此提议得到大多数村民代表附议。

关于乔民学，因其单身一人，年龄已超过60岁，打工回乡后，身体有病，也没有稳定的收入来源，符合国家规定"五保"条件，应该纳入贫困户。对此，代表们都没有意见。

评议持续了近两个小时才结束。驻村干部将民主评议投票表发到每个代表手中，进行无记名投票。投票表收齐后，现场唱票、计票、监票。接过计票人员的统计表，王小红通报投票结果："本次共发出评议投票55张，收回55张，其中有效票50张，弃权和作废5张。根据统计投票结果，同意王耀利等11户脱贫退出的50票，同意乔民学纳入新增贫困户的50票，不同意李芳贤家庭纳入贫困户的48票，不同意乔扁扁家庭纳入贫困户的48票，不同意刘更利家庭纳入贫困户的47票。"

王瑞民代表村监委会宣布："以上投票结果真实有效！"

会后，驻村工作队立即对村民代表提出的王来朝家庭情况进行核实调查，基本搞清了王来朝家庭的情况，事实证明，村民代表的反映是对的。

王来朝是二组村民，54岁，全家6口人，母亲患病长期瘫痪在床，家庭收入以本人与妻子席粉婷种地和打零工为主，曾因老人患病、孩子上学和缺少技术致贫。大儿王浩浩自主创业，二儿王浩昭、女儿王康乐均大学毕业，家庭有了稳定的收入。去年以来，王来朝新盖了房屋，家庭住房条件得到很大改善。为了支持儿子创业，王来朝在亲戚朋友帮助下，为儿子购买了一辆7万多元的轿车用于跑业务。加上儿子、女儿的工资，2018年度王来朝家庭的人均可支配收入达到了6000元。

鉴于以上情况，村"四支队伍"研究后认为，王来朝家庭应该纳入今年脱贫退出户中，并决定随已通过民主评议的11户一起进行公示，公示时间为7天。

拟退出贫困户（12户）：王耀利　郝志文　柴亚茹　柴战民

吕社娃　赵振德　刘军锋　王来朝

常建宏　张双全　常炳兴　孙士华

拟新增贫困户（1户）：乔民学

孙小顺，儿子两年没回家了

听说孙小顺的儿子孙增增大学毕业后一直没有找到工作，还陷入到了传销组织，我和连超赶到其家中了解情况。

这是一个没有围墙的院落，院子里堆满了苞谷秆。只有面朝东的三间瓦房，中间是卧室，右边是羊圈，左边是厨房和堆放粮食、杂物的地方。卧室进门左边有一方土炕，炕上的被褥翻卷在炕角，右边靠墙放置着一张简易的木板床，床上凌乱地放着零碎东西。屋内没有一件像样的家具，却让各种杂物挤占得无处下脚。卧室弥漫着浓浓的羊粪味道，苍蝇乱飞，仔细看才发现右墙角掏着一个小小的门洞，与右边的羊圈连通。羊圈里养着5只绵羊，羊崽是报社捐助的。厨房给人的感觉依然是凌乱、灰暗，黑乎乎的锅台和案板，笼布下放着几个大馒头。

55岁的孙小顺给人的第一印象是单薄、瘦小，穿着一双明显偏大的胶鞋，走起路来有一种摇摇晃晃的感觉，神情木讷，用落寞来形容似乎更合适。妻子刘小芹，53岁，身材不高，但说起话来要比小顺利索得多。

问起儿子孙增增的情况，孙小顺半天才说，儿子已经有两年没有回过家了，电话也经常打不通。

从刘小芹的叙说中才知道事情的大概。孙增增，今年28岁，让夫妻俩最满意的是儿子身高长到了一米七，没有遗传他们的缺点。高中毕业后，孙增增考上了云南昆明理工大学，但却没有拿到毕业证。从学校出来后，一直在昆明、广州等地打工，从来没有给家里寄过钱。前年春节，儿子回来过年，两口子多说了几句，儿子不高兴，离开家后再也没回来。去年，从其他到南方打工的村民处得到消息，说儿子被传销组织控制了。小顺把还没到出栏时间的羊卖了，凑了6000元钱赶到昆明，才把人赎了出来。但儿子拒绝跟小顺回家，一转身就不见了踪影。小顺一个人回来，眼泪流了一路。

对小顺这样一个特殊的家庭来说，把儿子养大成人已非常不易，但儿子不成器，则比他们20多年付出的艰辛更让人痛苦。

我要来孙增增的电话号码，拨打多次都无法接通。无奈，只好告诉小顺，儿子回来时一定要通知我。

村委会已经在移民搬迁点为孙小顺家庭分到了一套75平米的两居室，近期就可以搬迁入住。小顺说，想搬，没钱买家具，想把羊卖了，可是最近价格太低没人要，贩子来收，一只羊只给400元，连羊羔钱都不够。

这个家庭的境况让人心里五味杂陈。回村委会的路上，我对连超说："得想办法联系到孙增增，如果这个已经近30岁的男人能扛起家庭的责任就好了！"

驻村工作队和各户帮扶干部开始逐项填写相关报表，要填报的资料很多，入户调查、收入核算、住房情况、子女教育、合作医疗保险缴纳情况等，每一个环节都不能马虎出错。

新华社播发了中共中央国务院印发的《乡村振兴战略规划（2018年—2022年）》，按照产业兴旺、生态宜居、乡风文明、治理有效、生活富裕的总要求，对乡村振兴做出了阶段性谋划。

规划要求，2018年—2022年的5年时间里，既要在农村实现全面小康，又要为基本实现农村现代化开好局、起好步、打好基础。

乡村振兴，产业兴旺是基础。在中国大多数乡村特别北方农村，产业发展目前大多还停留在种植、养殖等保障性农业层面，技术性、多链条的产业还没有形成，集体经济尤其薄弱。就拿移村来说，农户靠苹果栽植、小规模养殖和外出打工逐渐富裕起来，但村集体却没有收入来源，村干部的补贴、村委会办公、村集体公用事业等，全部靠财政输血。只有依靠产业发展壮大集体经济，乡村振兴才会有充足的后劲。

脱贫攻坚以来，耀州区在深度贫困村实施"五个一"工程（一个光伏电站、一个标准化养殖场、一个社区工厂、一个标准化种植基地、一个标准化设施蔬菜基地），为贫困村的产业发展打好了基础。与连超探讨这一问题时认为，乡村振兴对非贫困村来说，是解决产业发展的一次重大机遇。只有产业兴旺了，乡村才能留住人，生态宜居才有了基础，生活幸福才不是一句空话。

得到一个好消息，区财政支持移村建设一座连栋大棚，项目资金计划57万元，已拨付到镇财政所。与连超、建军现场察看后认为，第一村民小组龙石寨有一处用废旧砖厂复垦的20多亩土地，是绝佳的大棚选址。这里东临浊峪河坡地，处于村庄下风位置，三面有台地，是冬季天然的保温墙，可有效抵御寒流的侵袭。

看到沟边一块块坡坎地还没有利用起来，突然有个想法：可以把这些地从农户手里集中起来，统一栽种抗寒耐旱的柿子、核桃，发展特色采摘园。连超认为，目前柿子的连片成规模栽种，在耀州区尚属空白，而渭北高原又是柿子的优质生产区，成规模后不仅可以借鉴邻县富平的柿饼发展经验，还可以酿制柿子醋，应该尽早布局这一产业。小红、建军均认为可行。

对移村来说，还有一个特色的优势资源，就是精心保护下来的渭北现存规模最大的地窑遗址群。据建文介绍，移村地窑经市县两级开发保护，连同花海和道路等美丽乡村建设，共计投资4700多万元。利用花海和已经整修出来的14座地窑，移村已经搞了两届传统民俗旅游赏花活动，每次吸引的游客超过15万人次。

国家扶贫日，贫困户喜分新房

2018年10月17日，多云。伴随着昨晚的一场沙尘，气温明显降低，清晨起来觉得冷飕飕的。道旁已经干黄的杨树叶子在风中飞舞。

今天是全国第五个扶贫日，也是第26个国际消除贫困日。今年的国际消除贫困日主题是："与落在最后面的人一起，建立普遍尊重人权和尊严的包容性世界！"

1992年12月22日，第47届联合国大会决定，从1993年起，将每年的10月17日定为国际消除贫困日。然而，26年过去，贫困依然严重阻碍着贫穷国家的社会经济发展，依然是当前地区冲突、恐怖主义蔓延和环境恶化等诸多问题的重要根源之一。

据联合国发布的有关数据显示，目前全球仍有10亿人生活在极端贫困线以下，8.52亿人处于饥饿状态，每年有500多万儿童因饥饿和营养不良而夭折。全世界有6亿人生活在危害健康和生命的环境中，11亿人无法得到安全饮用水，26亿人缺乏基本的卫生条件。

26年来，特别是近5年来，只有中国在举全国之力，决心从根本上消除贫困，也只有中国，取得了举世瞩目的成就。

改革开放之初的1979年，我国贫困人口数量是7.7亿人。党的十八大召开时的2012年，全国农村贫困人口下降到9899万；截至2017年底，全国农村贫困人口减少到3046万人；到今年底，预计减少至1660万人，相比1978年，累计减少7.5亿人；相比2012年，累计减少8239万人。从历史的角度看，从全球视野来看，这是人类历史上一件十分了不起的伟业，震惊世界！

村党总支和村委会决定，今天为全村41户无房或危房贫困家庭分配住房。各户按家庭人口的多少，分批到搬迁安置点看房、选房、确定房号。

孙小顺站在等待选房领钥匙的人群中，瑟缩着双手，依然是那副落寞的神情。这是几天来第三次见到他，上身依旧是那一件洗得发白的夹克衫。第一次见时，气温很高，觉得他穿得太厚，今天只有10度，天气阴冷，同一身衣服在他瘦小的身体上，却显得十分单薄。昨天在村委会广场上看见他时，他伸展着两条腿坐在冰冷的水泥台阶上，眼睛直直地望着办公楼的门口，问他有什么事，他只说等人，就不再说话。

孙小顺是第五个选好房子的人，拿到钥匙那一刻，我终于看到他嘴角露出了一丝笑容。我问他，什么时候搬？他看了看我，嘴角动了动，却没吭声，只是眼睛里露出了一闪难得的光亮，就那么一闪，又恢复了往日的表情。

88岁的贫困户张金莲老人没有到现场来选房，我与张继臣、常建军决定到老人暂住的地方去询问情况，顺便为老人送去过冬用的棉被。老人原有2个儿子、5个女儿，如今2个儿子均已去世，5个女儿也有3个已经去世。老人独自一人生活，原居住在地窖中，在村委会的协调下搬出地窖，暂住在亲戚一间瓦房中，女儿偶尔来为其打理一下。村中按五保户为老人办理了相关帮扶政策，每月还有高龄补贴。尽管已年近九旬，老人的身体依然硬朗，牙齿没有脱落，听力、视力均不存在问题，自己可以做饭洗衣，料理一些简单的农活。

老人不在，门上着锁。询问邻居，邻居说拾柴火去了。屋檐下整整齐齐码放着干柴棒子，都是老人平时捡回来剁好准备做饭烧炕用的。等了一会，见老人从村巷西边进来，手里拖着一根胳膊粗的果树枝。老人说，是别人剪树不要的。

说明来意，叫老人去选房，老人说，你们看着分，只要不上楼就行，害怕爬不动楼梯。

我说："您老放心，不会让你爬楼梯的！搬过去的话，你这些柴火就用不上了！"

贫困户赵润生家5口人，分到了一套125平米的三居室。赵润生外出打工，妻子吴凤蒙负责村委会和周边区域的保洁工作。下午在村委会碰到吴凤蒙，问她最近能否搬到新居。吴凤蒙说，正在筹备入住的事情，装修费已筹到了1万元。

这是一个多灾多难的家庭。2002年，赵润生12岁的长子赵建意外受伤后左手肌肉神经性萎缩，落下终身残疾；2003年，不幸再次降临，二儿赵鹏跌倒受伤导致中枢神经受损，全身瘫痪，失去生活自理能力。赵润生两口子靠打零工将两个孩子拉扯长大。2010年，20岁的赵建开始分担家庭的重担，外出打工时赢得一位姑娘的芳心，两人恋爱结婚。然而，家中的横事接连不断，赵润生在打工时撞伤头部，留下严重后遗症；吴凤蒙长期患脑梗死、高血压，原本极度困难的家庭雪上加霜。吴凤蒙说，2015年前，家里几乎年年要靠借粮借钱过日子，还欠了十几万元的外债。有一年大年三十，连祭祖的烧纸都没钱买，最后从邻家借了10块钱才算应付过去。赵建的妻子实在忍受不了贫穷的日子和接连不断的灾难，在女儿不满1岁的时候，选择了离家出走。

2015年精准扶贫开始后，赵润生全家终于看到了生活的希望。村上为其申请办理了低保、临时救助和残疾人补助，区残联为赵鹏送来了护理床、床垫、轮椅等物品。镇上还为赵建安排了公益性岗位，每月有700元补助。赵润生家庭也是报社重点扶持的养殖户，两年多来，赵建从50只鸡苗起步发展养殖产业，2017年存栏达到300只，今年扩大到了1500只，其中报社支持了1000只鸡苗。

吴凤蒙说，今年已售出500多只鸡，除去成本，净赚了1万多元。儿子赵建想继续扩大养殖规模，目前还有困难，新鸡场虽然建好了围墙、鸡舍，因缺少周转资金，仍未加盖顶棚。

提到新分到的房子，吴凤蒙满心欢喜地说，这下没有后顾之忧了，全家人信心更足了，打算在手头宽松时，为赵建再说个媳妇。

龙石寨的传说

按计划，移村贫困户安居工程顺利竣工后，应该于近日开始搬迁入住，但因多种原因，该项工作尚未完成。村委会虽已动员搬迁入住，但部分贫困户入住仍有困难，特别是无赡养人、无劳动能力、无收入来源的18户"三无"贫困户，多数是年龄较大的孤寡老人和残疾人，他们没有能力购置搬入新居需要的家具和生活用品。

驻村工作队与村"两委"就此专门进行了研究，决定多方自筹资金，帮助这些贫困户购置床、铺盖、衣柜、沙发、桌椅、厨具及取暖用具等，争取在天寒地冻之前，让他们顺利入住新居。粗略估算，每户约需资金1万元，总计需要筹措18万元左右。如何解决这些资金，大家认为可以通过两个渠道，一是向帮扶单位求助，另一个是通过社会各界寻求爱心捐助。

起草好了给报社的报告，打电话向机关党委说明情况，建议报社在各党支部及全体党员干部职工中开展送温暖献爱心活动，通过捐助的方式为这些贫困户筹集到搬迁费用，同时附上了18户的基本情况——

孙石头，54岁，单身，多病；

张平军，48岁，单身，聋哑人；

柴新民，55岁，单身，智力残疾；

陈继高，55岁，单身，体弱多病；

王东九，57岁，重度视力残疾，五保户；

张金莲，88岁，年事已高，单身独居，五保户；

孙三娃，56岁，单身，体弱多病；

吴守福，78岁，老年组合家庭，体弱多病；

王永红，43岁，单身，智力残疾；

孙兰顺，47岁，单身，智力残疾，五保户；

王营朝，66岁，单身，智力残疾，五保户；

赵向阳，55岁，单身，肢体残疾；

乔羊娃，56岁，单身，智力残疾，五保户；

牛兴保，82岁，单身，年事已高，体弱多病；

柴战利，48岁，单身，智力残疾；

张罗义，78岁，年老多病，五保户；

杨忠魁，67岁，单身，无固定住所；

吕小明，54岁，单身，智力残疾。

按照区、镇扶贫工作安排，周末不休假。村"两委"和驻村工作队组织村民代表、贫困户代表召开第二次民主评议会。这次的评议非常顺利，代表们对将王来朝家庭纳入脱贫退出户表示满意，也没有人对其他拟退出的11户50人和拟新增的1户1人提出异议。在公示的7天中，村民代表和村监委会没有收到群众的反对意见。经过举手表决，全体代表一致通过。

与王小红、常建军到第一村民小组查看土地流转进展情况时，从组长刁立虎处听闻了一段神奇的传说。第一村民小组聚居在一个相对独立的自然村，有个美丽的名字——龙石寨。龙石寨位于村委会东北约2公里，东临浊峪河谷，现有60多户村民，以吕、乔两大姓为主。

据《陕西省耀县地名志》记载，龙石寨村东沟壑绵延，宛如一条巨龙，沟内多巨石，村民称其为"龙石"，村庄因而得名。沟底巨石下有一眼清泉，清澈见底，甘甜可口，天旱不枯，逢雨不浊，四季长流，人称龙泉，过去为村民取水饮用。旧时，龙石寨人沿沟畔居住，打窑挖庄，屋舍依地势所建，层层叠叠，呈梯田状分布。现村民均已迁居塬上，房屋以平板房和瓦房为主，土窑洞已弃用复垦。

在龙石寨村东沟畔一处台地上，原有一座土庙，人称龙王庙，又叫白龙寺，传说中为唐僧取经所骑白龙马的圆寂之所，有"白龙普救众生"的故事。

相传，白龙马随唐僧取经回来后，被封为"八部天龙广力菩萨"，人们在小丘塬浊峪河岸立像建庙。唐末战乱四起，华原县（耀州古称）小丘塬上连年干旱，瘟疫蔓延，民不聊生。白龙到龙宫求来药书，灭掉瘟疫，为民疗病，并把龙池之水引入此地，是为龙泉，亦称龙池。白龙派人马日夜看守龙池，不使其干涸，天长日久，看守的人马都变成了石人石马。从此，人们就把这里叫作"龙池寨"，时间久了，传成了"龙石寨"。老人们说，在沟下悬崖上，还留有一个石鼓，过去在沟边居住的时候，每当月黑风高时节，能听见石鼓的响声和人喊马叫的声音，有"石鼓响了，石马跑了，人唱戏了"的说法。据《重修白龙寺碑记》刊载，白龙庙始建于明末清初，香火兴盛，闻名遐迩，后因战乱和时世变迁，历经劫难，沦为废墟。2008年，经区宗教局批准、村民捐款进行了重修和保护，现有正殿三间，侧殿二间，偏房一间，定于每年农历七月二十三日举办庙会，每月初一、十五有香客进香。目前，庙基旁有30余亩荒坡地可用。

正沉浸在白龙普救生灵的传说中，刁立虎说了一件棘手的事情。近期，在小丘镇现代采摘观光园建设过程中，按项目要求需要流转土地300亩，项目承建方除每年支付农户每亩1000元土地流转费用外，还需对地面附着物进行赔偿。村委会与项目承建方之前通过调查已经确定了地面附着物的数量，协商议定了每棵苹果成树300元、每棵花椒幼树30元的赔偿标准。但就在昨天晚上，有个别农户在准备流转的土地上突击栽种花椒，1亩地上竟密密麻麻栽种300多棵（正常栽植密度为70棵），企图获得额外的补偿。

这种歪风一旦得不到制止，将严重影响移村的形象和投资环境，破坏村风甚至扭曲人们的道德观、价值观。

村"三委"与驻村工作队立即碰头研究，紧急叫停土地流转签约事宜，特别是对突击栽种树苗的农户，放弃流转，坚决不予签约，待其纠正错误做法后再谈。

愿你成为太阳，拥有温暖的力量

自来水时停时有，就算有，放出来的水也呈黄色且拌杂着黑色的碎末，饮用水只好到水井上去取。村委会的卫生间得不到及时冲洗，臭味弥漫在楼道中。我的建议很快得到采纳，便池旁每天放置一桶备用水，配备有洗刷工具。有了这些东西的提醒，卫生间比原来干净了许多。

安全饮水是脱贫攻坚的重要指标之一。了解后得知，村中自来水不正常有三方面的原因：一是全镇采供水系统正在升级改造；二是部分农户不交或长期拖欠水费；三是村内水网管道老化锈蚀，经常出现断裂漏水现象。针对以上原因，村委会已多次和供水站协商并达成一致意见，对拖欠水费的农户，补缴100元水费后先恢复供水，以后所有农户按新装水表持卡购买供应。全镇供水系统的升级改造年内就可以完成，管网陈旧破损问题也在排查整改中。

从镇政府获悉，闫志英、刘更利、乔扁扁家庭因病导致生活困难的情况已上报区上有关部门，临时困难救助很快会得到批复，纳入农村最低生活保障户的申请也在按程序办理。

昨天拜访区委统战部常务副部长、区侨联主席李禄宏，请其为移村地窑民宿旅游开发项目出谋划策，并帮忙联系有意向合作的商家。没想到他很快就联系好了一个商家，一大早就到村上来考察。

这是一对30多岁的年轻企业家，丈夫叫周小信，是铜川市印台区人。夫妻两个多年来一直在拉萨从事旅游接待和民宿开发工作，与全国许多驴友俱乐部有长期业务合作关系。近期拉萨进入旅游淡季后，两人返回家乡考察，欲在铜川投资发展。周小信夫妻对移村地窑非常感兴趣，同意先考虑经营与合作思路，再与村上进行商议。

昨晚开始，母亲的电话一直打不通，今天整整一天心绪不宁。我不知道有多少驻村干部像我一样，牵挂着在老家独自生活的母亲。电话是获知母亲平安的唯一通道，一旦打不通，相信大家此刻也会像我一样焦心和不安。

下午6点，顾不上手头还有一大堆事情，也顾不上再打电话，立即驱车狂奔，50多公里的路，中间还要穿过铜川新区，到家只用了不到40分钟。匆匆打开门，见母亲正静静地坐在家里看电视，悬着的心一下子放了下来，而此刻，我感到后背已经湿透。

母亲有点惊诧地问我咋回来了，我强压着还未平静下来的心跳，故作镇静地说，今天村上事情少，就回来看看。母亲显然不相信我的话，问："没有啥事吧？咋出了这么多汗？"

我说没事的，车上开着暖气，有点热。见母亲不再疑惑，才问道："妈，你这两天的电话咋打不通？"

母亲拿过手机一看，连忙说："你看我糊涂的，忘了充电……"取过充电器插上后，我看见母亲脸上是满满的歉疚。

夜里，窗外传来呼呼的风声，屋子里有点凉，要降温了，明天必须动员母亲尽快到城里去住。

孤独寂寞的感觉再次袭来，这种感觉最近似乎更加强烈。

想起诗人冯至的那首诗：我的寂寞是一条蛇，静静地没有言语/你万一梦到它时/千万啊，不要悚惧！//它是我忠诚的侣伴/心里害着热烈的乡思……

这种孤独寂寞还包含着无以名状的焦躁感，既来自对亲人的思念和歉疚，也来自对工作能否完成的担心和忧虑，还有来自工作对象的能否理解和配合，以及面对检查、考核的紧张和压力。一段时间以来，我能够感觉到其他驻村工作队员和我一样，大家都或多或少有这样的孤独、寂寞和焦虑感。

听闻有驻村工作队员患上了抑郁症，我不知道自己近来的这种感觉，是否也是抑郁的前兆？我告诫自己，必须想办法压制和克服它。如果它真的是一条蛇，即使冒着被咬伤的危险，也要掐断它的七寸，挤出那一汪毒液！

看到朋友圈中有这样几句话，感慨微信真是个好东西："经过层层磨炼后，愿你自己成为太阳，驱散万里乌云，照亮来处去处，纵然身边无人守候，也可以拥有温暖自身的力量！"

心里光明，世界便温暖如春

报社时政新闻部想为所帮扶的孙小顺、乔满营两户家庭争取一些慈善资金，帮助两户扩大养殖规模，但不知道孙小顺、乔满营的具体想法。

上门征求孙小顺的意见，孙小顺觉得最近绵羊市场不好，每斤收购价仅8块钱，除去成本算下来基本不赚钱，如果扩大养殖的话，也没有能力建设养殖棚。他想再等等看，把手头的几只羊卖掉后，先把房子收拾好，再养几只山羊，山羊价格高，收购的人也多。

孙小顺两口每月可以领到684元的最低生活保障和残疾补助，日常吃住零花不存在问题。未来这个家庭的希望还在其儿子身上，如果孙增增能够立志撑起这个家，努力工作，承担建设家庭、奉养父母的责任，家里的日子一定会越来越好。这是一个需要从心灵深处进行启迪教育的青年，与孙小顺约好，春节期间儿子返回家里后，一定要一起谈谈，搞清楚其不思进取的思想根源。

妻子离家出走后，乔满营带着8岁的儿子独自生活。这个44岁的男人让人总有一种颓唐不振的感觉，说起话来也劲头不足。家中的院子虽大，却很凌乱，除了正北三间平房外，东边、南边的屋子都是土坯房，已很破旧。据他说，小时患大骨节病落下了轻微腿疾，干活久了腿就会疼。目前种了5亩地，其中3亩苹果树已栽下4年，明年就可全部挂果。

谈到养殖，乔满营说，他家处在村子中间，无法大规模养猪养鸡，夏天味道会很大，会让周围邻居反感。他养了一批肉兔，但死的死，卖的卖，现仅存6只。今年肉兔收购价格很低，每斤毛重仅售3块钱，一只兔子卖不到20元，他已没有再扩大养殖的愿望。

对乔满营来说，目前增加家庭收入的最大希望是他的3亩苹果园，明年全面挂果后，按目前市场行情来说，每亩保守收入5000元，好的话会收入1万元以上。乔满营平时若能再打一些零工，家庭面貌就会从根本上得到改善。连超说，他会不定期到果园进行技术指导，帮其建成优质果园。

拟纳入贫困户的乔民学家距离乔满营不远，家里收拾得干干净净，房间、院落陈设简单却井井有条。

乔民学今年62岁，曾经结过婚，离异后未再娶，过去一直在水泥厂干临时工，身体不好，收入也不高。兄弟三人，乔民学是老大；老二分家后搬出去单过，日子也不宽裕；老三乔新民，47岁，单身，有精神疾病，与母亲一起生活，之前已列入贫困户。

乔民学打工返乡后，与三弟、母亲住在一起，照顾母亲和三弟的日常生活。其母82岁，卧病在床已经多日。三人目前的主要收入来源是耕种3.5亩土地，另有2.8亩已流转。对这个家庭（按户口本为两户）来说，没有生产和发展的能力，帮扶的措施主要是为其争取各种符合条件的兜底政策，随时关心其身体状况。

趁天气晴好，想多走访了解几户贫困家庭的情况，以便制定更符合实际的帮扶措施。下午，又入户走访了常建宏、赵向阳家庭，顺路看望了已卧病在床一个多月的张宏升老人。

张宏升老人仍住在三儿家中，老人说话含混不清，已经辨认不清楚来人。儿媳正在给老人喂饭，除了一点稀面糊，老人已咽不下去任何东西了。

常建宏在外打工还未回来，妻子邢琴侠在家照顾着生病的父亲和女儿。女儿常洁13岁，小时因脑瘫导致下肢无法正常行走，语言也有障碍，无法控制口水。残联为常洁捐助了一辆轮椅，邢琴侠帮女儿扶着轮椅练习站立和行走。尽管非常吃力，瘦弱的小常洁依然努力地挪动双腿，累得满脸通红。建文为常洁带来了一个行走辅助器，小姑娘很开心，用笑脸回报着大家。

对这个家庭来说，目前主要的经济来源是常建宏的打工收入。我注意到，农户家中只要有一人打工，脱贫的难度就小了许多。常建宏的儿子常龙18岁，在西安上高职学校，明年毕业走上工作岗位后，这个家庭的负担就会减轻，也能增加一份稳定的收入。

54岁的赵向阳两年前在一次车祸中被撞成重伤，住了半年多医院才能靠拐双拐行走。赵向阳没有住房，一直借住在其他村民的闲置房中，近期分到安置房即将搬迁。

尽管伤愈出院后行走吃力，身体状况不好，但赵向阳坚持自食其力，自购了一辆电动三轮车，为附近村民提供短途出行服务，一趟能挣三五块钱，每天有三四十元的收入。谈到扶贫干部对其的照顾，赵向阳多次流泪，同时保证，载客时一定把安全放在首位。

在赵向阳小小卧室的墙壁上，看见一张已经发黄的纸上写着这样几句话："心里光明，世界便不再黑暗；心里光明，世界便清晰透亮；心里光明，世界便温暖如春！"

仔细观察了一下眼前这个双腿有点蜷缩的男人，发现他身上有比我想象得更多的沧桑经历，也比我想象中更加坚强。

"诗人"赵博兴

耀州区"八星励志"扶贫扶志工作得到中央级媒体的大力宣传，中央电视台、《农民日报》等相继报道。

这一活动旨在激发贫困群众的内生动力，以"诚实守信品行好、摆脱现状愿望强、精神面貌变化大、不等不靠动力足、勤劳致富步子快、致富点子提的多、示范带动成效佳、热爱集体觉悟高"为基本内容，在贫困户中开展评星奖励活动。

驻村工作队在学习研讨这一活动时，对移村符合"八星励志"奖励条件的贫困户进行梳理，被大家称作"诗人"的赵博兴引起我强烈的兴趣。

赵博兴家住在龙石寨，38岁，全家5口人，母亲、妻子，还有一双正在读小学的儿女。在小丘塬上，一提起赵博兴，爱好文学的乡党们无人不知，文文气气、戴一副深度近视眼镜。大家都知道他喜欢写诗，却不知道他从记事起，就经历了人生中许多的磨难，初中毕业就被迫辍学，承担起了家庭的重担。

这段时间，赵博兴没有外出打工，找到他时，他正和妻子在果园忙碌，脸庞晒得通红，头上、身上，还有眼镜片上，都沾着泥土和灰尘。见连超也来了，他一边请教果园的管护技术，一边跟我聊他的经历和诗歌。

赵博兴说，从小他就喜欢诗词，一本《唐诗三百首》让他背得滚瓜烂熟。他梦想着自己有一天会考上大学，会成为诗人。然而，贫寒的家庭一次次考验着这个"80后"青年的意志。父亲患食道癌去世，给家中留下3万多元的债务，母亲长期患高血压、脑梗死。平时，家中不但要靠借债度日，更无力支持赵博兴上学。从上初中起，赵博兴就靠到砖厂打零工为自己攒学费。初中毕业了，学习成绩优秀的他再也无力去上高中，作为家中唯一的劳力，他要扛起全家生活的重担。忙完地里忙家里，种地、打工、经管果树，赵博兴苦撑着这个风雨飘摇的家。尽管劳累，他却一直没有放弃自己的爱好，坚持用诗歌记录生活，记录他的所感所想。他还靠自己的勤快赢得了邻村姑娘乔晓娟的芳心。妻子温柔贤惠，婚后的日子辛苦而又甜蜜，他们有了一对儿女。然而，由于妻子小时患小儿麻痹导致腿部残疾，无法为赵博兴分担更多体力活，加之两个孩子要抚养，赵博兴肩上的担子更加沉重。

2014年，赵博兴家庭被识别为贫困户。镇村干部和帮扶单位为赵博兴妻子办理了残疾人补贴，为两个孩子上学争取到了爱心捐助。对此，赵博兴感激地说："党的扶贫政策就是好！但我自己一定要更努力！"他陆续栽种了8亩苹果，把果树管护得人见人夸；他从出外打工的村民手中承包了8亩耕地，打的粮食除了满足家庭需要外，还能卖一些余粮补贴家用；他买了一台旧的手扶旋耕机，除了自己种地外，还帮村民耕作。平时，妻子也能力所能及地帮他养猪、打理家务。

不论生活多么艰苦，赵博兴从来没有气馁过，也从来没有放弃自己的梦想。地里的农活一完，他就背起行李出外打工，一年四季一刻也不闲着。赵博兴勤快，肯出力，别人不愿意干的脏活、累活他都抢着干。在工地，每天晚上当工友们都已入睡的时候，他依然趴在床铺上看他喜欢的书籍，把日间的所见所想用诗歌记录下来。

这些诗歌中，有些是对大自然的赞美，如《雨后》：

云起天山边，秋雨一场寒。

夕阳映晚霞，尽然凤凰山。

有些是对身边美景的描绘，如《荷塘》：

莲叶碧绿不染尘，水中玉立自高贵。

鱼虾逐影芳草深，花开自有赏花人。

有些是劳动中的见闻，如《工地见闻》：

碎石荒芜杂草深，破土立柱夯基根。

严寒酷暑皆不惧，敢叫日月换美仑！

有些是对人生的感悟，如《人在旅途》：

人生何处不文章，四季花开各芬芳。

漫漫旅途皆风景，留得清气与君尝。

今年以来，赵博兴劳动之余已累计写了80多首诗。这一年，生活的阳光似乎也格外青睐勤奋的人，他的8亩果园开始挂果，两三年后就会进入盛果期，到时候果园年收入预计10万元以上；这一年，妻子帮他养的10头猪卖了1.2万元；这一年，他外出打工挣了1万多元；这一年，他家分到一套三室一厅125平米的安居房……

对脱贫，赵博兴充满信心。他说，等把果园里的活干完后，农闲时再外出挣点钱，过年时一家人热热闹闹地搬新家。

生猪一斤6块钱

孙士华与老伴在家，儿子孙小波打零工仍未回来，全家土地大多已流转。村干部反映，这个家庭最大的问题是孙小波致富动力不足，比较懒散。

张双全儿子张鑫技校毕业已经回家，据其说，与兰州铁路局签订的招工协议有望在12月落实。小伙子22岁，戴副眼镜，圆圆的脸庞，显得有点稚气未脱。张双全和王月玲两口子对儿子有点溺爱，全家最大的愿望是儿子工作尽快稳定下来，不再让父母操心。家中两年前就新盖了房子，因张双全的病，一直无钱装修，至今未收拾入住。王月玲说，等儿子挣了钱，定了媳妇时，再收拾给儿子结婚用。

王月玲对近期猪肉行情非常忧心，报社帮扶的10头猪中秋节前卖了5头，每斤的价格是8.5元，另外5头想等再养大点出售，没想到近期行情大跌，上周每斤下降到6.5元，这两天6块钱都没有猪贩子来了。如果按6块钱出售，就要赔钱了。

根据王月玲说的推算了一下养猪的成本，一头猪养到300斤，需要5—6个月，按毛重每斤6元出售，能卖1800元，减去600元的猪崽钱和1500元左右的饲料、防疫成本，就已经亏损，这还不算5个多月的人工费用。

王月玲说的情况让我大吃一惊，报社今年重点扶持贫困户发展养殖产业，为10户贫困家庭捐助了100头猪崽，若按这个行情，帮扶计划岂不落空？驻村工作队员立即分头到各户了解生猪养殖及出栏情况。

韩建军打工外出，妻子张巧英在家还养了2只奶羊。张巧英说，她不懂防疫技术，不会养猪，报社帮扶的10头猪崽天热时死了6头，剩下4头养到200多斤的时候卖了，卖了6000多元。韩建军今年53岁，大女儿18岁，已从技校毕业正在实习；二女儿16岁，正在上高中。全家今年新栽了4亩苹果，也分到了100平米的移民搬迁住房。张巧英说，她还是想养羊，养羊比养猪容易。

70岁的姜淑琴与儿子分户生活，老伴去世3年了仍不愿与儿子合户。今年村上为其争取到危房改造项目，翻盖了25平米的平房，已入住。报社帮扶的10头猪崽由其二儿帮忙饲养，其中2头生病死亡，其余8头中秋节前已出栏，除去成本，挣了1200元。

孙小顺的弟弟孙红顺也是建档立卡贫困户，今年47岁，与妻子一起照顾着82岁的母亲，母亲因患有白内障已经失明，大女儿已出嫁，二女儿上初二，学习很好，是个三好学生。孙红顺在报社帮扶的10头猪崽基础上，又代养了贫困户孙三娃的10头和李军战的10头。30头中因病死亡6头，其余24头在中秋节前都已出售，卖了3.3万元，除去饲料成本，纯收入有1.1万元。

孙红顺还栽了6亩苹果，其中1亩为老园，今年苹果卖了3.75万元，另外还新栽了3亩多花椒树，在移民搬迁点也分到了125平米的住房。说到养殖前景，孙红顺认为，行情是变化的，只要抓准了时机，养猪还是能挣钱的。

经过统计，基本摸清楚了10户贫困家庭的养殖收益情况，3月份共为10户贫困家庭捐助猪崽100头，每户10头，截至10月底共计出栏67头，销售收入约14万元，现在存栏6头。贫困户在养殖过程中，因病死亡22头。具体情况如下——

  韩建军，死亡6头，卖4头，收入6000多元；

  张双全，卖5头，收入11500元，现存栏5头；

  姜淑琴，死亡2头，卖8头，收入12000元；

  赵博兴，卖10头，收入19200元；

  柴战民，死亡3头，卖7头，收入10050元；

  孙红顺、孙三娃、李军战，死亡6头，卖24头，收入33000元；

  常信华，死亡2头，卖8头，收入19000元；

  常建宏，死亡3头，卖6头，收入9000元，现存栏1头。

根据统计测算和分析，并与饲养情况比较好的农户交谈，大家认为，在保持现在饲料成本不涨价（每斤玉米0.85元）的情况下，生猪养殖的成本界线是每斤售价6.5元，低于这个价格就会赔本，目前市场6元的价格明显偏低，属于中秋节后市场需求下降的短时调整，春节前猪肉价格一定会恢复过来。长远看，只要农户把握住市场规律，养猪的利润空间还是可观的。

另外，贫困户饲养的死亡率高也是个严峻的问题，100头中竟然死了22头，令人痛心不已。大家分析后认为，报社捐助的猪崽是正规厂家经过严格防疫检验后出栏的，应该没有问题，问题出在后期的养殖过程中，许多家庭不懂养殖技术，也不具备基本的防疫条件，还是按照过去原始的办法养殖，抵御风险的能力很差。

教训深刻，看来在今后的养殖帮扶中，首先必须加强技术培训和跟踪服务，同时也要不断提高农户的市场意识，科学养殖、规模化发展才是方向。

浪子回头金不换

道旁杨树的叶子已经飘零，每一阵风吹过，都会像雪片一样飞舞。气温下降很快，晚上不得不打开电褥子，被子也开始盖了两层。初冬的气息已浓浓地扑面而来。

在移村300亩山水林田湖项目建设工地上，一个40多岁的红脸汉子跑前忙后，一会指挥村民清理流转土地里的地面附着物，一会帮着项目施工人员测量地畔。他叫常刚，46岁，是移村二组的村民组长，在近半个月的项目施工中，二组的土地流转、合同签订进展特别顺利，井井有条，没有一户村民提出越外的要求。村干部们都说，有常刚这样的组长，工作起来放心。

常刚家庭也是建档立卡的贫困户，几年前，因为贫困，他一度对生活失去了信心。父亲常信华患糖尿病多年，母亲瘫痪在床六七年后去世，家庭因此贫困。

常刚是个直率的汉子，年轻时在外闯世界，日子过得风风火火。然而，父母患病，女儿上学，全家5口人的生活重担全压在了他和妻子张爱身上。常刚不得不放弃在外打工，回家照顾父母。没有了打工收入，父母亲看病又要花钱。那一阵，常刚觉得生活很不公平，常常烦躁不安，有点破罐子破摔。

脱贫攻坚开始后，家里被定为贫困户，常刚很不服气。扶贫干部入户走访，他的抵触情绪很大，思想转不过弯，常和入户干部顶牛，对着干，一次还和帮扶干部发生了小口角。在他看来，"既然帮扶我，就得给我办事，办不了事就别烦我"。3年前，母亲去世后，常刚的担子有所减轻，加上帮扶干部一次次不厌其烦地做工作，他的实际困难一件件得到解决，政策性扶贫措施一个个得到落实，常刚看在眼里，也暖在心上，心气逐渐提了起来。

小丘适宜苹果栽植，许多农户因此致富。几年来，常刚先后栽植了8亩苹果，他善琢磨，勤钻研，常向帮扶干部请教技术，把果园经管得人人夸赞。今年3亩苹果刚挂果，就卖了2万多元，明年挂果面积将达到6亩，可望收入5万元以上。到2020年，8亩果园全部挂果后，保守年收入在10万元以上。

2017年，报社为常刚帮扶了5头猪崽，常刚认真学习养殖技术，把每头猪养到400斤左右，当年卖了1万多元。看到养殖的好处，今年常刚在报社帮扶10头猪崽的基础上，自己又贷款5万元，把养殖规模扩大到30多头，建起了一座可以存栏100多头猪的养殖场。这些猪全部出栏后，纯收入6万元以上。

近期农活少了，常刚一个人挑起了家里的活计，积极支持妻子到福建打工学技术，每月收入又增加4000多元。

常刚脱贫了，整个人也开朗起来，他积极参与村上的公益事业，也常为其他村民致富出点子，想主意。今年4月在村组换届中，常刚赢得了村民的信任，被选为二组组长。

从贫困户到村干部，常刚不但自己脱贫，还成为群众信任的致富带头人。大家都说："这才叫浪子回头金不换！"

在移村，还有一个"浪子回头金不换"的能人，那就是村委会副主任常健。常健48岁，瘦瘦的中等身材，非常精干。日常的村务工作只要安排给他，都会做得扎实细致，一丝不苟，让人十分放心。最近，他正在牵头组织村民开展卫生环境整治工作。

年轻时，常健也有一段不着调的经历，带着一帮小兄弟打架斗殴，小丘及邻县三原、淳化一带的村民提起"常家老二"，唯恐躲之不及。

随着年龄的增长，20多年过去了，村民发现，常健就像变了个人似的，待人越来越谦虚，干活越来越卖力，再也找不到原来那个浑身长刺的影子了。前几年，常健和妻子在镇上办了一个托管班，日子也过得越来越好。常健脑子灵活，办事干脆利索，平时村民不论谁有事，他都会热心帮忙。

工作中的短板

雨从昨晚就开始下，清晨雨丝更加密集，窗户玻璃上开始凝结起薄薄一层白霜。有人在群里发出了周边下雪的图片和视频，村委会很冷，院子湿漉漉的地面更加重了身上的寒意。

国家、省、市、区四级联动扶贫专项巡查即将开始，本次巡查时间为40天，镇党委政府要求各村"四支队伍"全体干部对脱贫攻坚工作必须做到"一口清"，熟悉掌握贫困家庭的基本情况、脱贫措施和脱贫进度，透彻了解国家、省、市、区的各项扶贫政策，认真检查扶贫项目的设置是否合理，资金使用有无漏洞。

村"四支队伍"对配合专项巡查做出详细安排，决定再次对村、户扶贫资料进行细化和归类，所有短缺的资料三天内必须补齐；整理好2016年以来的扶贫工作台账和村党建、"八星励志"活动工作资料、扶贫资金使用清单；组织贫困户和村卫生队搞好各户的家庭环境卫生、保持村巷卫生的干净整洁；所有扶贫干部周末不放假，严禁饮酒及上班时间脱岗。

昨夜无眠，驻村工作队全体人员加班，雨声一直持续到凌晨。清早，雨住了，地面上泛着粼粼白光，东方的云层有一抹透亮的光晕，可以看到太阳曚昽的影子，之后又被雨云遮住。道旁杨树上残留的黄叶零零落落，几只麻雀在其间飞舞，叽叽喳喳叫个不停。

有点犯困，饥饿感也随之而来。昨晚，只吃了一碗泡面，胃里发酸。好像每次遇到紧张忙碌的时候，泡面就成了每顿饭的主角。这也难怪，在每一个扶贫干部的包里或办公室，氟哌酸、奥美拉唑等都是常备的胃药。

王小红招呼去他家吃早饭，已记不清喝过多少回他老婆熬的稀饭，还有那热腾腾的馒头夹油泼辣子。在这清冷的早晨，一碗稀饭就会让全身热乎起来，心里也暖乎乎的。

下午近6点时，建文通知村"四支队伍"，通报这两天排查中发现的问题，让大家尽可能地再从各个方面进行检查，讨论后认为，移村脱贫攻坚工作还存在以下几个方面的短板：

村集体经济薄弱，产业扶贫规模化档次不高；一些帮扶措施缺乏科学性和市场预测，如报社今年帮扶贫困户养殖的绵羊，购买价为每只700元，农户养了多半年，按如今的市场行情，每只售价只有400多元；村"八星励志"活动评星还不精准，没有照顾到无劳动能力的孤残障等特殊人群；对镇党委的一些会议精神落实缓慢，过于强调农忙等客观因素。

村"四支队伍"决定从易到难，立即整改。就"八星励志"活动中的问题，结合小丘镇"八星励志"活动的实施方案，针对移村无劳动能力的兜底户（残疾人、孤寡老人等）比例高的实际情况提出了新的评星细则，决定将村干部分为六个评星小组，驻村干部及支部委员全部分至每个小组，对贫困户评星活动进行动态跟踪，随时掌握每户的情况。

关于产业发展，会议研究商定了连栋果蔬大棚项目的建设问题，决定立即启动招标事宜，大棚建起来后，暂定栽植樱桃和蔬菜，交由有能力的农户承包管护，吸收有劳动能力的贫困户进入打工。

会议结束时已经晚上8点多，对扶贫干部来说，又将是一个不眠的夜晚……

记者节

天气突然清朗起来。早餐是方便面，又喝了一点盒装的牛奶，肚子的反应马上就来了，剩余的看来不能再喝。

起草好2019年度的扶贫工作计划发回报社，这才注意到，今天是11月8日，记者节，报社在搞庆祝活动。有无这个节日其实无关紧要，保持一个记者应有的正直、良知和责任才是关键。

到村后，听闻了许多关于"记者"到基层打着舆论监督旗号敲诈勒索的事情，心里很不是滋味。一个本应受人尊敬的职业，怎么会被糟蹋成这样？罪魁祸首还是金钱，当新闻与金钱联袂的时候，新闻就会丧失应有的公正，新闻人的价值观和世界观就会被扭曲。庆幸的是，今年以来一场整顿舆论环境的战役打响，新闻采编人员不得再染指经营，记者队伍正在得到净化。

趁天气晴好，约了镇扶贫办主任张继臣，一起去看望单身独居的贫困老人张罗义和吴守福，顺便为他们送去过冬的棉被。

77岁的张罗义住在村东地窖遗址边一个很破旧的小院中，独自一人生活。老人已经穿上了棉衣，头上戴了一顶毛线帽子，手上沾满了煤灰。院子里晾晒着一些玉米和核桃，看得出已经很久没有收拾了。吃饭睡觉都在一间房子里，屋子没有顶棚，炕上的被子脏旧不堪。炉子上放着烧焦的苹果，老人说牙不好，烤熟了吃起来软和。

老人的精神状况尚好，村上为其在移民搬迁点分配一套25平米的住房，等待搬迁。听说搬到新居后有专人做饭，老人很开心，咧着嘴笑个不停。

78岁的吴守福搬出地窑后一直没有住房，村委会安排他暂住在地窑遗址旁一处集体公有房屋中，这处房屋是村上过去的敬老院。老吴一见扶贫干部来就拉住手说："有个事想反映一下，看组织能不能解决？"

原来，吴守福与同村的张秀凤老人结成老年组合家庭，虽已经领了结婚证，但两人一直不愿意将户口合在一处。户口本上只有1人，村上在移民搬迁点只能按单人户为其分一室25平米的住房。老人担心搬到新房子后，村上只让他一个人住，不让老伴住。

继臣笑着对老人说："房子是分给您的，没人敢让你老两口分居，你老婆你想带到哪住都行！"老人听后开心地哈哈大笑起来。我问老人不与老伴合户的理由，老人笑着摆手，不愿多说。

中午气温开始回升，省文化厅、财政厅2018年文化惠民演出活动走进移村，演出活动以"脱贫攻坚、扶贫扶志"为主题，在村委会前广场为干部群众奉献了一台精彩的文艺节目。表演艺术家刘远表演的小品《采访的故事》，讲述了脱贫攻坚中一心为民的好干部的故事，赢得一阵阵热烈的掌声。巧的是，内容也与记者有关。到场观看演出的村民有300多人，据刘远老师介绍，他们将在铜川演出20多场。

海航供销大集集团公司相关采购人员再次来到移村，想与村委会确定供货价格、品质及数量，验看果库存量、果质等级。

海航准备先订11吨货，给的价格是每斤运到指定库房5.5元。目前果农的出库价格是每斤3.5元，如果再加上运输、包装及装卸费用，保守计算，每斤运到西安的成本在5.2元以上。对移村集体经济合作社来说，这笔生意几乎是没有利润。加之今年苹果表皮的斑点偏多，也有霉心病的隐忧，建文担心村集体经济合作社承担不了亏损的风险，也担心这批苹果进入超市后无法存放多长时间，影响移村乃至耀州苹果的品质和市场形象。

经党支部和村委会研究讨论，决定忍痛放弃这次合作。向海航采购人员解释相关原因后，对方表示理解，对移村人的诚实守信表示敬佩，也希望以后还有合作机会。

闫志英家又传来一个不好的消息，儿子、孙女的病还没见好，闫志英这两天又病重住院。与村民组长闫铁牛到家看望时，李芳贤已去医院陪护老伴，家里只剩下不能自理生活的儿子和孙女，暂由闫志英的女婿照顾每日两餐。这个家庭的境况令人忧心，镇政府民政办答复，临时困难救助会尽快办下来。

老同学、铜川市新区税务局副局长陆玄打电话祝贺记者节，知道他分管单位的后勤工作，便出了个难题给他，能不能让单位职工灶购买几只孙小顺的羊，冬天来了，给职工多做几顿羊肉泡。

陆玄毫不犹豫就答应了："支持扶贫工作，责无旁贷！"他要了孙小顺的电话，说尽快安排人联系。

住在地窖的女人

又下起雨来，气温骤降，潮湿阴冷。

贫困户闫正长躺在床上已经四五天了，上午去看望时，妻子朱耀宁正在给其喂饭。屋子里没有生炉子，纸板挡风的窗户上已破了好几处。闫正长佝偻着身子，脸色黑青，瘦成皮包骨头。朱耀宁头发蓬乱，手里拿着一块黑乎乎的面饼，掰成小块往闫正长嘴边送，闫正长努力张大嘴咀嚼着，半天都没吞咽下去。

闫正长今年54岁，长期患有颈椎病，最近又病重躺倒。妻子患有精神病、癫痫，除了能做简单的饭食外，没有劳动能力，发病时经常不知道回家。儿子闫卫22岁，智力残疾三级。这是一个非常特殊的困难家庭，闫正长一旦倒下，全家的生活将陷入困境。

闫正长搬出地窖后，没有住房，全家3口人借住在兄长闫根长家中。院子的墙角下，临时搭了一个简易的棚子做灶房，敞开着没有门，里面盘着灶台，一只瘦骨嶙峋的黄狗瑟缩地卧在柴草中。村委会在移民搬迁点为其分配了75平米的住房，目前尚无能力搬迁。

闫根长单身，在建筑公司打工，今天逢周末正好在家。这也是个本分实在的人，脸上布满岁月的沧桑。叮嘱他多照顾兄弟一家，他不住地点头，想对大家笑笑，眼里却噙满了泪水。

吕建文说，已经在建筑公司为闫卫联系好了一份看门的工作，每月有1500元的工资，希望能缓解这个家庭的困难，临时困难救助也在申请中。

与闫正长家庭情况相似，贫困户李军战的妻子也患有严重的精神疾病。

53岁的李军战与妻子徐某仍住在地下窑洞中，全家4口人，女儿24岁，也长期患有慢性疾病，带着3岁的孩子与父母生活在一起。

李军战到建筑工地打工，妻子被反锁在家中。站在窑畔喊："家里有人吗？"一个女人的喊骂声立即传了出来："滚！坏男人！"叫骂声持续了半天，却一直没有人出窑洞。

从张继臣的介绍中，大概知道了这个女人可怜的命运。徐某年轻时也算得上一个标致的姑娘，在乡广播站当播音员，后因恋爱失败导致精神失常。经人撮合，与李军战结婚。李军战没有嫌弃妻子的病，但因自己身体也不好，只有打零工的微薄收入，无力为妻子医治。徐某也有清醒和情绪稳定的时候，每当这时，她就会把自己收拾得干干净净，也会向周围人说起自己当播音员的事。

这是村中很少还没搬离地窑的家庭之一，在移民搬迁点，李军战分到了100平米的住房，正在筹备搬迁。但李军战却有个顾虑，害怕搬到新居后，妻子一旦发病，会搅得四邻不安。妻子清醒时他征求意见，妻子说，她就要住在地窑里。随着时间的推移，地窑的安全性越来越差，今年以来天下雨又多，如果徐某坚决不搬，对扶贫干部和村脱贫攻坚工作来说，又是一件棘手的事。

距离李军战窑洞不足100米的场院上，有一处没有围墙的瓦房，破旧不堪，主人紧挨房子搭建了低矮的棚屋，使整个建筑显得有点奇形怪状。这是李军战父亲李长海的家。

李长海祖籍河南，幼时随祖辈逃难到此落户，今年76岁，有5个儿子，李军战是老大。二儿、三儿分出去单过。李长海与四儿李军胜、五儿李军山一起生活。李军胜患有重度精神疾病，在村委会帮助下，长期在精神病院住院治疗；李军山到河南打工，很少回来，40多岁尚未娶妻。李长海家也在移民搬迁点分到一套两居室75平米住房，等待搬迁。

孙小顺的羊卖掉了

报社在工作群中发出了《伸出您温暖的手——为移村募集专项帮扶资金倡议书》，号召全体党员干部、职工积极为移村"三无"贫困户捐款，帮助他们顺利入住新居。

陕西省国际文学交流促进会主席张仙利女士、西安宏晟堂中医研究院院长李宏博士、陕西知名演讲艺术家曲博先生一行三人，应邀来到村考察。在听了我关于村中智障、智力残疾、精神病发病率转高的介绍后，李宏博士结合自己的观察分析，村中长寿老人不少，应该不是水质和土质的问题。从相关患者主要集中在山东籍和外来户的特点看，李博士认为，遗传性原因占主要因素，也可能与近亲结婚有关，随着经济的发展和人们健康意识的增强，这类现象会逐渐消除，但需要两到三代人。目前最紧要的，是多宣传近亲结婚的危害，也应尽量避免特殊人群将有问题的基因遗传给下一代。

这两天，孙小顺两口子特别高兴。刘小芹开心地说，不知怎么了，行情一下子好了起来，他家已连续卖掉3只羊，卖了3000多元，客户说过几天还要买。孙小顺笑得有点合不拢嘴，说这下搬新房就不愁了，等搬到新房，叫儿子回来住，他继续在旧房养羊。

报社今年帮扶的养羊户还有孙继宽、黄战军、乔改民三家因不知情况如何，便与连超一起去走访。

孙继宽今年79岁，患有脑梗死和高血压，全家6口人。老伴78岁，身体尚好，能帮儿子做饭洗衣，打理一些简单的农活。儿子孙增岗40岁，这是一个憨厚勤快的汉子，全家人的生活重担压在他一个人身上，尽管成天干得浑身泥土，见人却总是憨憨地笑着。儿媳有轻微疾患，基本能照顾两个孩子上学。两个孩子一个9岁，一个8岁，每年可享受1000元的生活费及学费减免，另外每人有800元的营养早餐补助。

孙增岗栽种了5亩苹果，其中2.5亩已挂果多年，果树有老化现象，另外2.5亩新园尚未挂果，今年苹果收入了1万多元。连超到果园现场给增岗介绍果树管护技术，告诉他苹果每亩收入若降到5000元以下，就面临亏损的风险，老园必须及时更新换代。增岗答应明年开春就对老园进行改造。

报社帮扶的5只绵羊已在中秋节前卖出，卖了不到4000元。说到养羊的效益，增岗说，养羊虽然管护简单，饲料成本低，但单只利润薄，只有养殖规模上去了，才能赚钱。另外，羊的品种也要选好，就拿今年来说，山羊的市场需求明显比绵羊好。孙家的房屋已年久失修，漏雨严重，增岗正在收拾移民搬迁点分到的住房，计划开春时入住。黄战军家和孙增岗家隔一条巷道，院内新盖的平房已经能够入住。

黄战军，47岁，常年在煤矿打工，全家4口人，家庭致贫的主要原因是16岁的儿子黄轲患重症肌无力，常年卧床。女儿已从技校毕业，目前在西安一家整形医院打工，尚未稳定。妻子丁小燕除了照顾儿子外，承担起了家中日常主要的生产劳动。目前，家里新栽的2.7亩苹果尚未挂果，0.8亩老园今年卖了6000多元。报社帮扶的5只绵羊，有1只病死，另外4只节前已卖掉，卖了3000元。

50岁的乔改民左手残疾，女儿、儿子初中毕业后就到西安求学、打工，目前均已有了稳定的工作，全家已没有其他负担。妻子张小艳正在洗衣服，家中也收拾得干干净净。问到报社帮扶的5只羊饲养情况，张小艳说，节前已经卖掉，卖了3000多元。张小燕反映，这批羊崽的品种选得不好，不太适于本地养殖，爱生病还不长肉。

几户贫困家庭关于养羊的情况反馈，再次给驻村工作队提出了一个严肃的话题，那就是帮扶措施必须精准，不然，帮扶的效果就会大打折扣，做好事也会变成帮倒忙。

从镇扶贫办得到确认，本年度移村拟退出的12户贫困户已通过上级审核，这意味着今年移村的脱贫任务基本完成。至此，全村65户建档立卡贫困户中，已有25户86人成功脱贫，剩余41户92人。

驻村工作队开始将本年度的脱贫数据、贫困户动态信息录入大数据系统，这是一项非常烦琐的工作。为此，牵头负责人崔连超已连续几日未回家休息，眼睛熬得通红，脸上也写满疲惫。

18万元的资金解决了

心情也像这阴霾的天色一样，不时有一阵阵孤寂的感觉袭来，夹杂着闷闷的焦灼和悸动。两周没有洗过澡了，衬衣的领子和袖口已经污浊不堪。本来打算回趟家看看母亲，天上又飘起雪花来，落到地上变成了光滑的冰溜子，只好打电话告诉母亲回不去了，让她把炕烧暖和点。

村委会广场的雪花已经将枯萎的花草装点出一种别样的情趣。报社传来消息，全社千余人参加捐款活动，共筹集到7.4万元，该笔款全部用于帮助移村"三无"贫困户搬迁新居。18万元中另外缺口的10.6万元将由报社拨专款补齐，下周内送到村上。心情一下子又兴奋起来。

有了报社18万元捐助资金的保障，建文提前联系好了家具厂商，将18户的家具全部送到并安装布置到位。

通过耀州区委统战部、区侨联争取到一项捐助，"澳大利亚魏基成慈善列车"为移村贫困户提供了42套爱心棉被，用于解决搬迁户的过冬困难。棉被已全部拉回，该批棉被每套价值160元，共计6720元，计划于近期发放到贫困户手中。

天气突然放晴，金色的阳光从云隙间透射出来，这时却收到了张宏升老人去世的消息，丧事由其三儿操办。

趁天气晴朗，与连超、武博、区果业局包户干部王艳一起，入户走访乔新民、郝志文、乔改民、靳兴亮、乔太平等5户贫困家庭。

乔新民47岁，患有智力障碍和精神疾患，语言清晰但逻辑混乱，单身未娶，与83岁的母亲一起生活，母亲侯玉琴瘫痪在床已经有一年多。好在有兄长乔民学照顾饮食起居和日常生活。

郝志文赶集不在家，妻子李润花胯部手术后正在恢复，可以下地走路。儿子在西安打工，女儿已出嫁。听说郝志文对今年退出贫困户不理解、有意见，询问原因，李润花说她不发表意见，要等当家的回来时再说。

62岁的靳兴亮患脑出血后遗症已30多年，行动不便，无法走路，说话也不很清晰流畅。妻子张秀琴对丈夫几十年不离不弃，家里家外、田间地头，全靠其一人支撑，多次被评为村、镇道德模范。

51岁的乔太平患脑梗死，经治疗刚刚出院，目前恢复状况良好，行动语言逐渐正常。儿子29岁，外出打工卖化妆品，尚未成家。乔家这两年通过发展家庭养殖业，经济状况有了很大改善。家中养了2头牛，其中1头已经出栏，卖了8000元，另外1头较小仍在饲养。近期又买了4头猪崽，家中种了6亩多地，其中0.8亩苹果今年收入1.2万元。

乔太平的果园就在后门外边，扶贫干部一边为乔太平夫妇讲解果树的修剪、施肥、防病虫知识，一边聊天了解其家庭困难。乔太平说，有两件忧心事：一个是儿子年龄大了还未找到媳妇；一个是住房困难，一直借住兄长的房子。村上在移民搬迁点为其分到了75平米的一套两居室，乔太平计划为儿子结婚用。对未来生活，乔太平充满信心。

晚上，区、镇帮扶干部都已回家，村委会又剩了我和连超两人。突然想起了小时候常吃的搅团的味道，问连超哪里能吃到。连超打电话给张继臣，继臣立即联系小丘街道的一家饭馆，特意为我和连超做了一顿搅团。久违的酸菜搅团，我们竟然一人吃了两碗。结账时，老板娘只收了25块钱。

夜晚的月亮很亮，村委会的院子笼罩在薄薄的光晕中，祥和、安静。隔壁农户家中又传来熟悉的竹笛声，依然那首《走在乡间的小路上》……

热腾腾的酸菜挂面

驻村工作队员在村委会的办公室和宿舍是合二为一的。没有镜子，清早起来洗脸刮胡子只能跟着感觉走，经常刮得乱七八糟。隔壁农家书屋门口挂着一个铜牌，勉强可以照清人影，权当铜镜来用。书屋中有2000多册图书，大多是农业科技类的。每当照"镜子"时，脑子里就会很奇怪地把"以史为鉴"念成"以书为鉴"。

报社机关党委专职副书记杨春生、工会干部杨斌专程到村，送来了"三无"贫困户搬迁所需的18万元资金。这些资金中，报社干部职工共计捐款75683元，其余104317元由报社拨专款补齐。资金将由村委会和驻村工作队共同监管，向村民公示使用情况。

中午一过，室外的温度骤然下降，变得异常清冷起来，场院里一群麻雀不时飞起、落下，足有数百只。建军开玩笑说："麻雀肉好吃，能不能抓几只来烤了？"我说："现在所有动物都是受保护的，吃麻雀也是违法的。"建军说："那能不能整两口酒喝，太冷了！"连超说："你忘了禁酒令啦？"大家笑了一回。

爱心超市的筹建工作正紧锣密鼓地开展。为方便贫困群众兑现爱心积分，经村"两委"研究，决定将爱心超市设在移民搬迁安居房的二楼，并在12月中旬正式挂牌开放。

围坐在办公楼唯一的电暖气旁，与小红、建军、连超一起，初步商定了爱心超市商品的种类、采购和布置事宜，讨论了驻村工作队起草的爱心超市管理办法。

本不打算吃晚饭了，早早钻进被窝抵御寒冷。连超说："到一个老朋友家去，让嫂子给咱下挂面吃。"连超说的老朋友叫王改朝，62岁，当过十多年的村民小组长，刚退下来不久。

屋子里生着炉子，暖烘烘的。老王热情地泡茶、递烟，叫老伴赶快做饭。不一会，两碗热腾腾的挂面端了上来，还有一盘自家腌制的酸菜。挂面拌上酸菜，我竟然连汤都喝光了，感叹挂面竟能做出如此美的味道。

老王不知什么时候已经打开了一瓶酒，正好建军带着媳妇来，一进门就喊："舅，请张老师喝酒也不叫我。""你的鼻子比猫都尖，还用叫！"建军说，他在村里辈分低，见人不是叫舅就得叫叔。室内一时充满欢声笑语。

这时，门外又闪进一个人来，是村妇联主席信兆梅。兆梅最近被抽调到镇政府帮忙，刚才下班路过，听见屋里传出的笑声，就进来看看。兆梅说："我从来没见张老师喝过酒，今天能不能喝一次。"

此刻，身上的寒意早已远去，头上竟微微冒出了汗珠。

周末，雾霾伴有沙尘。室外变得越来越冷，空气中有腥腥的泥土味。和小红、建军奔赴西安，到批发市场筹办爱心超市需用的商品，两天才备齐全部货物，一共54个品种400多件。

返回路上，车辆在尘雾中穿行，看着城市在雾霾中挣扎，路人皆遮鼻掩口，我在想，这是人类在为环境破坏而付出代价。大自然是公平的，平时她沉默着，温和而美丽，用鲜花、绿树、蓝天、白云、山川、河流装点着这个世界。但当她发出怒吼时，就会响彻云天，地动山摇，狂风肆虐，巨浪滔天！人类千万别忽视大自然的存在，别轻视自然的力量。

回村后立即开始组装货架，制作标牌和积分兑换台账。在多位贫困群众的参与帮忙下，爱心超市的货架顺利安装到位，各种货物摆放得整整齐齐。超市管理制度、兑换办法、标识标牌都悬挂到位。令人感动的是，在这一过程中，许多老人和残疾人也赶来帮忙。

下午给18户"三无"贫困户搬家，驻村工作队员与村干部一起，为搬迁户打扫卫生，收拾房间，摆放家具，工作进展得十分顺利。

孙石头将被褥铺到新床上，看着崭新的沙发和衣柜，打开电视机说："今晚不回去，就住这儿了！"

我说："这就是你家了，还回哪去呀？"

变"输血"为"造血"

摆在每个扶贫干部面前的，都有一个需要深入思考的问题，那就是如何让贫困群众脱贫后不返贫？解决这一问题的根本路径是发展产业，变"输血"为"造血"，让集体经济得到壮大并走上健康良性的发展轨道。

各级组织、帮扶单位，无数奋战在脱贫攻坚一线的扶贫干部们，大家都在为实现这一目标努力着。一些贫困村在各级政府的大力支持下，短短几年就取得了显著的成效。

冒着寒冷和雾霾，省委宣传部所属扶贫团8个省级帮扶单位的驻村工作队员，在扶贫团团长、耀州区副区长徐晖带队下，赴石柱镇西古村、照金镇五峰村、庙湾镇柳林村观摩学习。

文王山下的石柱镇盛产优质土豆，让这些圆圆的土豆变成致富的"金蛋蛋"，是石柱人祖祖辈辈的梦想。脱贫攻坚以来，西古村的有明种植合作社利用这一资源优势，投资1300万元，建成了可储存1100吨土豆的果蔬库、1000平方米的土豆粉加工车间和300平米的面粉加工车间，其生产的土豆粉成为铜川市最抢眼的扶贫产品，供不应求。

有明种植合作社的经验在于，立足当地资源，充分带动地方经济发展，解决贫困群众就业。据介绍，在其带动下，全镇12个村1230户土豆种植面积达到3083亩，其中265户贫困户种植面积达到1100亩，贫困户因土豆产业户均增收4000元以上。合作社吸收44户贫困1户入股，安置了53人就业，其中贫困户30人，人均月收入1800—2400元。

照金镇五峰村是深度贫困村，8个村民小组13个自然村分散在方圆30多公里的大山深沟中，土地贫瘠，184户646人中贫困户占92户282人，贫困发生率高达43.65%。

为了让这样一个无任何资源可用的深度贫困村走上富裕的道路，该村充分利用耀州区"五个一"产业扶贫政策，在壮大集体经济的同时，为每一个贫困户从根本上走出贫困提供了有力支撑——

投资352万元，建成496千瓦光伏发电站一座，村集体年分红3万元，贫困户年均可分红3000元；

投资20万元，建成双层日光大棚10个，运营后村集体年收益1.2万元，带动4名贫困户就业，人均年收入1.92万元；

投资196.8万元，建成一个肉兔养殖场，年出栏肉兔10万只，村集体年分红10.8万元，40户贫困户年均分红1000元；

发展林下养殖，投资60万元建成一个养鸡场，年出栏肉鸡6000只，村集体年分红6.3万元，带动12名贫困群众就业，人均年收入1.8万元；

投资60万元，建成一个豆腐加工厂，日加工豆腐1000公斤，村集体年分红2.4万元，带动6名贫困户就业，人均年收入2.4万元。

另外，该村还引进企业，种植海棠800亩、油用牡丹500亩，带动45名贫困群众就业，人均年收入6000元以上。

庙湾镇柳林村是革命老区，抗日战争、解放战争时期，是陕甘宁边区的南大门，著名的边区商贸重镇。然而，由于山大沟深，资源贫瘠，经济发展一直滞后。

柳林村由中宣部定点帮扶，脱贫攻坚以来，庙湾镇以柳林村为龙头，倾力打造香菇小镇，已形成规模化发展的态势。据中宣部驻村干部、柳林村第一书记刘晓龙介绍，庙湾香菇小镇计划投资1亿元，占地500余亩，建成1个中心、4个园区、若干个种植基地、1000座香菇大棚，年产量1000万棒2000万斤，带动庙湾及周边乡镇1000余户贫困群众脱贫。目前已投资3000万元，柳林、五联、蔡河、春林、贺家庄等5个种植基地已拥有香菇大棚301个，年出菇量可达200万棒400万斤。其中，柳林基地建成出菇大棚121个，年出菇量100万棒200万斤。

除了香菇，柳林村去年以来，还有一款产品成为网红，那就是沮水桃品农业专业合作社生产的山核桃系列手工产品。在合作社的展销中心，展柜上摆满了手串、枕套等各种山核桃工艺品，极具特色。生产车间里，女工们正在用山桃核编制按摩枕套，据介绍，她们每做一个山核桃枕头可收入15元，一天能做成4—5个。一些手巧的妇女还学习制作衍纸工艺品。

在柳林村村委会，徐晖主持召开了一个简短的座谈会。今天参观学习的三个村，在产业扶贫上，各具特色，具有很强的示范意义。大家一致认为，只有发展产业，壮大集体经济，农村的各项工作特别是脱贫攻坚才能有力推进，才能形成良性循环。

徐晖是省委宣传部派到耀州挂职的副区长，她在总结时说道，产业发展是脱贫攻坚的根本出路，石柱镇的土豆深加工、庙湾的香菇小镇、瑶区的蔬菜大棚等都是有高度、有想法、有思想的产业发展举措。各省级帮扶单位应该深入谋划村集体经济发展，充分结合各村实际，立足现有资源，科学规划，有效推进，消除农村集体经济空壳现象。只有变"输血"为"造血"，脱贫攻坚才能从根本上取得成效。

红火火的油糕摊

室外温度已经降到零下6度，在寒风中待几分钟就会冻得瑟瑟发抖。母亲还坚持在老家不去城里住，不知她房间是否很冷，水管会不会冻住？

小丘镇召开脱贫攻坚工作推进会，专题安排年终的考核评比工作和近期的工作要点，要求从脱贫成效等5个方面26个分类问题着手进行对照检查和总结，同时抓好非洲猪瘟的检查控制、大棚房的排查清理、环境卫生治理、群众温暖过冬、冬季安全生产与森林防火等5项重点工作。

第一次听到"非洲猪瘟"这个名词，心里马上紧张起来，会不会对养猪行业造成致命损失？会不会影响到贫困户的养殖积极性和收入？存栏会不会减少，猪肉会不会掉价？一连串的问题让头脑一时间有点发蒙。

打电话给贫困户王月玲，问她家剩余的5头猪怎么样？她说已经按每斤5.8元卖掉了，赔了不少。

村"四支队伍"讨论评选出了2018年度"脱贫致富示范户"推荐人选,大家一致同意,今年的"脱贫致富示范户"非王耀利莫属。

王耀利45岁,全家3口人,本人因病造成肢体残疾三级,行走困难,不能干重体力活,但其身残志坚,与妻子在铜川新区从摆摊卖油糕起步,经过几年努力,摆脱了贫困,走上了致富道路,为全村贫困户创业起到榜样作用。

在铜川新区,只要一提起小杨家油糕,尝过的人,无不交口称赞:个大、量足、味道好。每天清晨和晚上,只要小杨家油糕一出摊,摊位前都会排出长长的队伍。摊主两口子一边热情地招呼顾客,一边熟练地将油锅中炸好的油糕捞出、包装好递给顾客。看到他们干净利落的动作,洋溢着自信的笑容,谁会想到,几年前他们还在贫困和疾病的痛苦中挣扎。

王耀利的妻子名叫杨海燕,43岁,油糕摊就是以她的姓取名的。王耀利夫妻是移村二组村民,是乡亲们公认的勤快人。两口子刚结婚那阵,王耀利买了一辆拖拉机耕地揽活,家里日子过得红红火火。然而,一场病祸不期而至。

2001年左右,王耀利不幸患上强直性脊柱炎,多次治疗无果,逐渐发展到脊柱不能弯曲,右腿肌肉无力,无法正常行走。最严重时,从自己家到父母家几百米的距离,王耀利拄着拐杖一点点挪动,要花上1个多小时。积蓄花光了,拖拉机被迫卖掉了,还欠下了3万多元外债,全家生活陷入困境。丈夫要看病吃药,女儿要上学,妻子杨海燕不得不强忍心痛把丈夫和女儿留在家里,到西安、咸阳等地打工。

2014年,王耀利家庭被识别为贫困户,王耀利和妻子不等不靠,决心靠自己的努力摆脱困境。杨海燕到铜川新区打工,王耀利便拖着疼痛的双腿找零活干。2016年,王耀利腿部的肌肉力量稍微恢复了一些,打理好家中的农活之后,夫妻俩在新区长丰市场租了一个摊位,开始卖炸油糕。

王耀利记得很清楚,第一天他们只准备了五六斤面,边包边炸边卖,想试一下有没有人买。没想到出摊不到一上午,就全部卖完。那一天,夫妻俩赚了60多块钱,兴奋了半天。第二天,他们准备了十多斤面,依然销售一空。

由于质量好,对顾客的不同要求都能尽量满足,王耀利夫妻的小杨家油糕赢得了越来越多的回头客,许多人慕名到长丰市场来买。一年下来,王耀利还清了所欠的外债。2017年，王耀利又在裕丰园小区外的便民市场租到了第二个摊位，把每天的营业时间从上午拓展到下午、晚上，摊位前常常被顾客围住。许多顾客说，一看油糕的个头，就知道摊主是个实在人。

生意好，让王耀利的精神头越来越足。说来也怪，尽管比以前劳累很多，王耀利却感觉自己的病一点点好了起来，今年以来，他基本上不再靠拄拐杖就能自主行走了。这一年，他算了算账，平均每天能销售油糕400多个，除去摊位费和各项成本，月纯利润都在6000元以上，全年收入十多万元。

谈到长远的打算，王耀利坚定自信地说，准备再在新区租一个门面，继续扩大经营规模，把"小杨家油糕"的品牌打响。

强者脚下都是路

早晨与其说是被冻起来的，还不如说是一夜未眠。

昨晚气温降到了零下十几度，窗外传来呜呜的风声，恐怖如鬼哭狼嚎。窗户玻璃啪啪作响，是狂风卷起枯枝树叶打在上面的声音。从家带来的一台电暖气似乎起不到任何作用，肚子疼了起来，应该是肠胃受冻引起的。半夜起身去卫生间，浑身发冷打战，竟颤抖到无法控制身体。那一刻，突然想到了死亡。

其实人只要想到死亡，反而会坦然下来。记得好友、篮球超远距离吉尼斯世界纪录保持者徐长清送给我的一句话："强者脚下都是路，弱者面前都是山！"我一直想把它送给贫困户兄弟们，此刻，觉得它更适合我。

雪花从空中飘下，落到地面上又变成了雨水，决定到贫困户家走走。

赵润生到山西的建筑工地打工，妻子吴凤蒙前两天摔了一跤，左手骨折打着夹板和绷带。赵建的土鸡已经出栏1200只，每只卖到100元，剩余的300只有点舍不得卖，说要留到年关。

刚出院不久的柴战利还没有搬家，仍住在老房子中。房子没有顶棚，空荡荡的没有一样像样的家具，没有生炉子，睡铺是一张单人床，被子、褥子都很单薄。虽然家里收拾得干干净净，但整个屋子给人的感觉就是冰冷。柴战利衣着也很单薄，鼻子冻得通红，本就瘦弱的身材显得有点佝偻。

我对柴战利说："多穿点衣服，别冻感冒了！"他咧着嘴笑："我不冷！"这才看清，这个48岁的男人一口牙已经掉完。分管残疾人工作的信兆梅介绍说，柴战利患的是一种妄想幻觉症（精神疾病），总是觉得有人和他说话交谈，一直单身未娶，平时的生活由兄弟姐妹照顾。前段时间在镇村干部的联系下，送其到专门的医院免费治疗了一段时间，现在神智有所清醒，精神状态好了很多。

交谈中，柴战利的思维清晰，语言表达很好，不像有病的样子。兆梅说，战利的手很巧，参加过妇联组织的手工培训。柴战利立即从箱子里取出几件他编制的小挂件，非常精致漂亮，这也许能成为他增加收入的一条门路。

我说："战利，快点搬到新家去，那边暖和。"他依然是那句话："我不冷。"临走时，恰好遇到柴战利的侄女来给他送饭，遂叮咛其家人尽快帮他搬到新居，以免天冷冻坏。

赵惠玲和儿子赵强一直寄居在其大女儿家，最近回来收拾新分到的房子，今天终于见到了娘俩。赵慧玲63岁，儿子赵强29岁，右手残疾，无劳动能力。赵惠玲大女儿嫁到铜川老区，二女儿在西安打工。赵家原住在地窑中，后因破旧废弃，这次在移民搬迁点分到一套75平米住房，家中有3亩土地流转，2亩委托村民耕种。赵惠玲为新家购买了需用的家具和生活用品，说房子收拾好后就回村来住。开春后，要在自己的2亩地中种1亩粮食，再栽植1亩果树，初步定为苹果树或柿子树。

谈话中，说到报社帮扶支部入户走访时给了她2000元帮扶资金的事，赵惠玲不停地说着感谢的话，动情时还流下了眼泪。

经争取，村上为孙小顺安排了打扫卫生的公益性岗位，每月有600元的补贴，基本解决了这个家庭没有收入来源问题。孙小顺说，儿子的手机还是打不通，也未跟家里联系过。

贫困户孙三娃仍住在地下土窑洞中，从地面下到窑洞的坡道泥泞湿滑。院子里也湿漉漉的，一共有3孔窑洞，只有其所住的一孔勉强能用，其余均有倒塌和裂缝现象。窑院内有一口小水窖，无排水通道，若遇暴雨十分危险。其所住窑洞内光线昏暗，做饭睡觉都在里面，无一件可用家具，土炕洞中烧着柴火取暖，还算有一些温度。

孙三娃今年56岁，一直单身未娶，身体瘦弱，常年患风湿病，不能干重体力活。平日只种1亩多地，他说打的粮食够自己吃。报社帮扶的猪崽委托给孙红顺代养，问他红顺给他分了多少钱，他一直支支吾吾不愿意说。移民搬迁为其分到的住房内，家具、电器和生活用品已经配齐，三娃想等过了冬再搬。

连超介绍说，三娃虽然身体弱，但在村集体公益活动中表现还是很积极的，能够很好地配合村上的工作。

下午，村"四支队伍"召集所有建档立卡贫困户，按照"八星励志"活动的评比奖励办法，对今年表现突出的贫困户进行了推荐评选，最终确定了受表彰的贫困户名单：

脱贫致富示范户：王耀利

一等奖：赵博兴

二等奖：李同锋　常　刚

三等奖：吕社娃　赵向阳　赵　建

四等奖：李军战　孙红顺　孙三娃　孙增岗　常建宏　孙兰顺

我终于在评奖过程中用上了这句话："强者脚下都是路，弱者面前都是山！"

谁给他们当"红娘"

在与村干部聊天时，大家说到这样一个话题，在农村，有许多大龄男青年娶不到媳妇，令人担忧。

据不完全统计，移村全村6个村民小组目前28岁以上的单身男子在100人左右。这些人中，除少数有身体等特殊原因外，大部分是健康的青壮年，有的家庭条件还非常好。仅第一村民小组龙石寨97户中，大龄没有娶到媳妇的就有15人。造成这种现象的原因是多方面的。

首先是大量农村女青年学校毕业后进城打工就业，不再愿意回到农村，加重了农村男多女少的比例失调，农村男青年的恋爱选择空间越来越小。就像一位老乡说的："女娃娃都到城里去了，找谁结婚呀？"有些女青年就算愿意找农村男子结婚，也要求在城市有工作、有房子。

其次是留在农村的男青年大多因学历、收入所限，在恋爱竞争中没有优势，不被许多女青年看好。即便能在城市找到工作，那也多是临时打工，加之有父母在村需要照顾，经常要在城市与乡村间来回奔跑，很难找到合适的对象。

再次是传统婚姻观的桎梏仍在束缚着一些人的观念。在一些人看来，农村人嫁到城里顺理成章，城市女青年嫁到农村就很难被接受。最后，居高不下的彩礼和婚姻成本也让一些家庭对婚姻望而却步。

在与村上一些老人谈到这个话题时，有人算了这样一笔账，目前一些村子形成了一个不成文规定，男女订婚时，女方所要彩礼8—10万元，男方要在城里买房子，按两室一厅算加上装修费用保守要70—80万元，婚礼和其他各种习俗的开销也得10万元左右。对一个殷实的农家来说，一次性花费100万元也是很吃力的。有些家庭为了孩子结婚，不得不贷款或高息借款。

久而久之，形成了这样一个令人尴尬的现象，在城市特别是中心城市，往往是大龄女青年嫁不出去，而在农村却倒过来，大龄男青年娶妻难。

如何消除这种现象？谁给他们当"红娘"？这是一个复杂的社会工程，尽管难，但需要全社会共同努力。

第一，必须加强农村的产业发展和基础设施建设，不断减少农村与城市的差距。脱贫攻坚以来，农村基础设施、人居环境得到大幅改善，但创业基础、产业结构还不够合理。只有在乡村振兴中，不断弥补这个差距，让乡村成为既能挣到钱、又能住得好的绿色殿堂，这一问题就会逐步得到化解。

第二，农村青年应该不断强化自身的能力，争做致富带头人，做乡村振兴的中坚力量。打铁还需自身硬，只要自身强大了，栽得了梧桐树，何愁引不来金凤凰！

第三，传统的婚姻观念需要转变，特别是城市女青年要从骨子里剔除那种认为农村落后，看不起农村青年的短视意识。20世纪流行的豫剧电影《朝阳沟》，城市女青年银环的做法就值得提倡，应该成为如今城市女青年的榜样。

第四，加强城市与农村的联系，妇联、共青团应多组织城市青年与农村青年的交流活动，鼓励城市女青年到农村去，深入了解如今农村天翻地覆的巨大变化，多体验乡村生活丰富多彩的一面。

村中连栋果蔬大棚已开工建设，打桩浇筑地基，技术人员已入驻开展项目建设指导工作。

周小信夫妇再次到村上来考察地窑民宿旅游项目。座谈中周小信表示对地窑民俗旅游开发很有信心，但同时提出了目前面临和需要配套解决的问题，如道路太窄大型越野车无法通过、没有能一次停放50—100辆车的停车场、垃圾污水如何处理、游客来后可供游玩和参观的都有哪些景点等。

目前，乡村旅游和民宿开发方兴未艾，但同质化比较严重。有人嘲笑说，除了粉汤羊血就是驴磨辣子。对移村来说，拥有渭北地区规模最大的地窑遗址群，如何将这一独特的资源转化成效益，需要的不仅仅是资金，还有人才、宣传、经营模式等一系列的填空题要做。双方约定，继续调研市场，同时形成开发报告，根据开发需要对配套设施进行完善。

水管冻住了

常建军的奶奶吴月侠老人刚刚过完生日，上午和建军一起去看望。老人出生于1919年，属羊，按农村人年龄的计算法，今年已经整整100岁。

据统计，移村目前90岁以上的老人有5位，80岁以上的有20多位，70岁以上的有50多位，应该算是个长寿之村。

水管冻住了，村委会一周来一直无水。村民家的自来水断断续续，只好在有水的时候用各种器皿存水，以防无水可用。村中的机井成为饮用和灌溉唯一可靠的水源，这口井是报社争取120万元项目资金打的，深约600米，每小时的出水量有10立方。

在农村，冬天水管被冻住甚至冻裂是影响居民生活的一大问题，许多农户在这个季节基本上不再使用自来水，靠拉井水或自建的蓄水池维持日常生活。解决好冬季用水，是提升乡村人居生活质量不可忽视的一个问题。

屋漏偏逢连阴雨，管理水井的村民小组长赵西军突发脑出血住院，水井也无法按时正常供水了。中午去铜川新区医院看望，赵西军人已苏醒，从重症监护室转到了普通病房，右半身和手脚都无知觉，视力、思维尚可，语言表达明显受到影响。

赵西军平时工作认真负责，管理水井一丝不苟，从来未出过差错，受到村民一致好评。从西军含混不清的话语中，半天才听明白，他已经安排儿子回去，专门为村民开机井供水，保证不误事。

孙小顺安排公益岗位后，每天都将村委会内外打扫得干干净净，地面上很少再看到烟头污渍。厕所不通水，他就一趟趟提水来冲刷，不留一点污垢。

吕社娃和老伴一起到办公室，对安排他做护林员表示感谢。关于前段时间他反映的房子问题，吕社娃说自己早已想通，不再上访，对干部们严格执行政策表示理解。说到冬季防火，吕社娃保证，一定加强巡查，绝不会出错。

大棚房清理及环境整治工作的力度已传导到村上，村中砖厂及不符合要求的违建已基本拆除。对于一些没有审批手续的养殖用房、农户田间地头的看护用房，是否需要拆除，村干部尚未搞清楚政策规定。

村委会主任王小红带回一个好消息和一个不好的消息。不好的消息是，大棚房整治检查人员认为，移村美丽乡村建设项目中，花海旁所建的风车占用了耕地，必须拆除。好消息是，陕西省住建厅发布消息，陕西42个村落拟列入第五批中国传统村落名录，移村榜上有名。

在入选中国传统村落名录的相关资料上这样介绍移村："近年来，该村倾力打造美丽乡村示范片区，已完成投资7000余万元，建设特色花海，种植波斯菊70多亩、薰衣草30余亩，保护传统地窑14座，建成具有欧洲风情的二层独院72户，打造农家乐28户。在发展苹果产业的同时，引进500亩中药材种植。2017年小丘镇在移村成功举办'与您相约·丘隅之缘'美丽季活动，游客数量突破15万人。通过美丽乡村建设带动产业发展，助力脱贫攻坚，小丘-移村美丽乡村示范片区将与照金红色景区形成功能互补，成为景区沿线一道美丽的风景线。"

风车是移村美丽乡村建设的一个标志性景观，已成为许多游客心目中移村甚至是小丘塬的地标，投资达169万元。如若拆除，不仅会造成极大浪费，也将对移村美丽乡村建设和乡村旅游造成很大影响。

询问建文风车要拆除的理由和当初规划建设的情况。建文介绍说，小丘-移村美丽乡村示范区的规划建设是由政府主导的重点项目，其中移村花海是利用废弃砖厂改造来的，不属于耕地，应该没有问题。但是当初在施工建设的过程中，为了让风车这一景观更加醒目，便建在了花海北边紧邻的台地边沿上，占地约20平米。这20平米土地的性质属于基本农田，撞了红线。

担心母亲无水可用，晚上匆匆赶回家中。水管果然已经冻住，母亲这几天是从隔壁水厂提水回来用的。我既心疼又有点埋怨母亲："这么冷的天，滑倒了怎么办？"母亲终于同意到城里去住。

风车拆除引起的震动

阳光再次驱散了阴沉沉的雾霾，让空气变得温暖起来。爷台山和凤凰山上的松林清晰可辨，似乎比平日近了许多。

住房和城乡建设部公布第五批中国传统村落名单，移村正式入选。

移村花海的风车还是没有留住。包括花海的观光亭、廊道，均已全部拆除。周边许多投资项目违规占地的建筑被拆除，消息不断传来，立即在干部和村民中引起强烈震动。

吕建文有点伤心，感到可惜和不解，好不容易争取来的项目，辛辛苦苦已经建成，当初都能通过审批，如今已经产生社会和经济效益，为什么非拆不可？

王小红情绪有点激动："拆除所造成的损失，谁来承担？如果这样，谁还敢到农村来投资发展？"

常建军惋惜地说："明年花海的旅游观赏活动可能搞不成了。"从内心来说，我对拆掉这些东西也感到非常心疼，能够理解建文和小红的委屈。但我知道，国家三令五申要确保18亿亩基本农田的红线，这是事关国计民生的国策，也是政治纪律。移村20平米的违规占地看起来不多，但全国每个村子都这样的话，那可不是一个小数目。拆除违建是为了规范，而不是制约，更不是打击。农村发展要确保运行在健康良性的轨道上，首先必须深刻领会国家政策，要以大局为重，有长远的眼光。国家资源特别是土地资源在我们这一代人手里耗费光了，我们的后世子孙是会骂娘的。

这次整顿也为农村发展提出了一些值得警醒和思考的问题，如设施农业如何发展？如何保障农业投资者的积极性？如何解决农村发展与土地资源短缺的矛盾？

村委会核对了为"三无"贫困户搬迁购买的物品清单，并在村公务栏进行公示。经核算本次购物总计开支13.68万元，为18户贫困家庭分别购买了床、衣柜、沙发、橱柜、电视、床上用品、洗漱用品、厨具等12类物品。报社捐助的18万元专项资金，节余4.32万元。节余的主要原因是因为国家煤改电项目的支持，原计划购买的电暖气、电磁炉等费用得以节省。驻村工作队和村委会研究决定，报请陕西日报社同意后，将这部分节余资金专项用于为爱心超市购买补充物资。

贫困群众王月玲、孙红顺、乔改民等人主动到爱心超市帮忙，打扫卫生，并用红色油漆粉刷了超市地面，超市一下子变得清爽、漂亮、整洁了许多。

村委会与驻村工作队入户抽查核算本年度村民人均收入情况，随机抽取了10户共计42人，统计显示，2018年移村人均纯收入为13282元，比上年度的

11900元增长了1382元，增长幅度为11.6%。

年度考核工作基本结束，干部们觉得轻松了许多，杜绝违规收送礼金问题专项行动近日又全面铺开。王小红准备元旦给儿子结婚，再三叮咛提醒他，一定要高度重视这次专项行动，严格按照相关规定执行，千万不要违规。小红表示，一定会遵守纪律。

镇政府要求对各村留守老人基本情况进行统计。经核实，移村现有留守老人10人，均为独居，身体状况基本健康。这些老人因子女打工、女儿出嫁等各种原因，身边均无人照顾，村委会指定各村民小组组长为监护人，要求随时掌握其生活和健康状况。

起草完给报社关于18万元专项资金使用及剩余资金转入爱心超市的申请报告，已经是夜里11点。走出办公室，只见一轮圆月挂在中天，月亮周围有朦胧的光晕，村庄在柔光下安详、静谧，空气似乎也不是那么清冷……

冬至走亲戚

今日冬至，按照渭北习俗，家家户户都要吃饺子。据说，今天不吃饺子的话，会冻坏耳朵。

空气阴冷，树梢看似不动，脸上却能明显感到冷风吹过，耳朵冻得冰凉。寒冷的天气挡不住人们的热情，一大早，移民搬迁安置点就聚满了人。昨天各户就已知道了消息，报社今天要到村上来"走亲戚"，给大家送春联，爱心超市也将正式开张。

赵向阳、孙三娃和孙石头的房子在一楼，正对着院子。孙三娃已经搬离地窖，住了过来，他依靠在门边，嘴角抿着笑，神情腼腆得有点可爱。孙石头搬出一个凳子，招呼帮扶干部来坐，眼睛不时瞅着安置点的入口，问："快来了吧？"

李长海用盘子端着几个苹果，说要送给报社的人吃。他向院子里的人夸耀："甭看我这苹果颜色不好，糖分可高了。"

王小红拿来一面锦旗，上面写着"扶贫济困，大爱无疆"8个大字，说是贫困户要送给报社的。

上午9点30分，陕西日报社社委会班子成员及所属28个部门党支部代表共计80余人，分乘3辆车到达移村。车刚一停稳，村干部和贫困户们就迎了上去，帮忙搬卸米、面、油等慰问品。

几年来，这样的慰问活动每年报社都要举办两三次，各支部与所帮扶的贫困户早已熟悉得像亲戚一样。这次，各支部又为65户贫困家庭每户送来米、面、油等生活用品和困难补助金，总价值4.25万元。

活动仪式简单紧凑，吕建文代表村党总支向报社客人介绍了移村脱贫攻坚工作取得的成果，对报社几年来的大力支持和倾心帮扶表示感谢。报社领导宣布爱心超市开业，班子成员专门到爱心超市参观。听说这是铜川市非贫困村中的第一个爱心超市，也是全耀州区规模最大、物品种类最多的爱心超市，大家都非常高兴。

随后报社领导及帮扶支部分别入户走访慰问了所帮扶的贫困户，报社各部门在慰问各自帮扶的贫困户同时，对各户2019年帮扶需求进行了调研了解。

报社机关党委组织新闻书法协会成员，现场为村民和贫困群众书写赠送春联。天空中开始飘落起细小的雪粒，害怕把纸打湿，现场的4个桌子旁边，立刻有贫困群众为书法家们打起了雨伞。不到1个小时，现场就送出了100多副春联。

赵博兴打工外出了，妻子乔晓娟接过报社领导送过的"福"字，郑重地贴到新房门上，见屋子里的装修还没有完，报社领导叮咛她："别着急搬，等房子干透不潮湿了，再让老人和孩子住进来。"

接过米、面、油和生活救助金，孙小顺妻子拉着入户干部的手半天都不松手，泪花一直在眼眶里打转。

55岁的乔羊娃患智力残疾二级，非要自家侄儿带着他来到活动现场，拉帮扶干部到家去坐。

李长海把苹果往报社工作人员手里塞，见大家都拒绝，他有点不高兴地说："嫌我的苹果不好？"工作人员连忙解释："不是苹果不好，是我们有纪律，不能拿贫困户的任何东西！"

天上的雪花越来越大，入户走访慰问活动持续到中午才结束。送走报社同事，回到村委会时，只见窗外雪花漫天飞舞，飘飘洒洒，田园、道路、村庄隐藏在雪雾中，变成了一个银色的世界。

贫困户陈继高、姜淑琴、闫正长三户没到现场，驻村工作队员分头到其家中送达慰问品和生活救助金，顺便了解这三户的过冬情况。因身体、打工等原因未到场的党改来、乔民学、乔改民家庭，慰问品和救助金也由村干部分别送到家中。

闫正长躺在床上近两个月了，人已消瘦不堪。屋子里的炉子几乎没有温度，其兄闫根长悄悄告诉说，医生从病情分析，兄弟很难熬过这一关，让开始准备后事。话未说完，泪珠已从其眼眶中滚落下来。54岁的陈继高腿不好，借住在弟弟家，平时由兄弟和侄女照顾生活。害怕新房潮湿，陈继高想等开春后再搬到安居房住。陈家兄弟5人，日子都不宽裕。五弟结婚后，妻子在女儿1岁时离家出走。女儿今年已经20岁，小时摔伤了眼睛，致左眼失明。

姜淑琴老人的屋子里生着火炉和火炕，炉子上烧着开水，室内温暖而不干燥，二儿张新荣照顾着老人的生活。

村民闫志英住院后查出患有多种疾病，家中生活已陷入困境，家属反映要交1万元住院费，依然没着落。驻村工作队与村干部紧急商议，尽快为其争取今年的2800元政策性大病补贴，同时从报社捐助的爱心超市费用中，挤出2000元对其给予应急救助。这些钱虽不能从根本上解决这个家庭的困难，但也算是从精神上对这个家庭战胜疾病的一点支持。

重新整理了截至2018年底全村残疾贫困人口基本资料。经核查统计，全村现有贫困残疾群众61人，涉及49户，其中一级残疾6人、二级残疾18人、三级残疾27人、四级残疾10人。上述残疾人中，智力残疾16人、精神疾患7人、肢体残疾及瘫痪8人。

夜色很快到来，整理完一天的活动资料时，已是灯火阑珊。突然想到，今天还没有顾得上吃饺子。这个冬天，会不会冻坏耳朵？

下雪的日子

每天早上6点多起床洗漱，7点钟去镇上的街道吃早餐，8点钟打开大门迎接前来上班的村干部，然后是一个接着一个事先没有预设的事情。驻村的日子，大多时候平淡无奇，忙碌而琐碎。

几日来，我能明显感觉到驻村队员和村干部的思想波动，有一种沉闷的情绪左右着大家。通过观察和了解，终于明白这种情绪的诱因。

首先是工作繁杂、头绪多，每一个职能部门的业务传导下来，都压到了村上，如近期的环保督察、大棚房清理、违建拆除等，都是急迫而必须配合的工作，一项都不能马虎。

其次是资料多、考核检查多，让大家经常处在紧张和疲惫中。

再次是工资待遇低，让一些干部心里觉得不平衡。拿村干部的待遇来说，支部书记、村主任每月的补贴是1800元，副书记、副主任1050元，村民小组长500元，支委和村委会委员只有300元。按说，他们都是不脱产的干部，但平时任务压下来，几乎与脱产干部没有区别，工作有差错还要面临追责和处分。有干部埋怨说，帮扶单位看一次贫困户，给的钱物比他们一个月工资都多。

另外，还有对某些工作的不明白、不理解，造成心理上的抵触情绪。往日，这种情绪会随着时间的推移和工作的忙碌而平息。而这次，却似乎很难过去。尤其是对花海廊道、凉亭、风车的拆除，许多干部表示不理解。

有人质问："说风车占耕地了，拆了就拆了。那些廊道、凉亭为啥也要拆？"

也有人说："打着大棚房的幌子搞房地产开发的行为，应该坚决打击；在耕地上违规搞建设，应该坚决拆除。但农村的美丽乡村建设，应与大棚房区别对待。"

面对大家的情绪，驻村工作队和村党总支感到，除耐心做思想工作之外，必须有一堂党课要上了。

上午，村级班子年度目标责任考核民主测评会在村委会召开，由镇考评小组主持。村"四支队伍"到会，30多名村民代表参加。村党总支书记吕建文述职后，村民代表队对"四支队伍"及村干部进行了评议打分。随后，考评小组入户走访村民16户，与部分村民进行了座谈。

中午，阴霾变成了大片的雪花，路面很快结冰打滑。至下午，小丘至新区路段出现多起交通事故，公路弯道和下坡处，有五六辆小车翻到了沟渠中，两台车偏离车道与对面来车相撞。不敢想象，如果这样的天气多持续几天，恐怕这一个冬天都要困住了。

午饭后，与连超、武博一起冒雪去查看贫困户取暖情况。

赵博兴还没有搬家，妻子和母亲正在做饭，用的是室内生的火炉，房间温暖，温度适宜，土炕也用柴火烧得热乎乎的。

王志琪老人在家照看重孙，室内生有火炉，温度还可以。老人睡的是木床，用电热毯取暖。老人今年77岁，家庭情况比较特殊。老人原与二儿一起生活，二儿因家庭琐事离婚后，负气离家出走，20多年未回。王志琪老伴去世后，生活无依，居住在地窖中，后由女儿接回照料。据王志琪说，孙子娶了一个广西的媳妇，近日孙媳妇因不习惯这里的生活，离家出走要求离婚，1岁多的孩子也不管不要了。我告诉老人，家庭琐事一定要平和对待，好好劝劝孙子，多关心媳妇，早点把人接回来。

孙红顺不在家，妻子在家照顾失明的婆婆，家中烧着火炕，用火炉取暖做饭。自来水管被冻住，好在院内水窖有收藏的雨水，用水泵抽上来自用。

陈小卫在移民搬迁点拾掇分配到的房子，妻子在家做饭。家里收拾得干干净净，家内生有火炉，很暖和。因水管无水，这几天暂在隔壁邻居孙红顺家取水，两家关系处得非常好。

陈小卫大女儿已经上高三，孩子聪明好学，成绩在班级名列前茅；小女儿今年6岁，长得活泼可爱。

吕社娃反映，他的左眼看不清东西，右眼去年在治疗后好转，近期看东西也有点模糊，想再去西安治疗一下。我让其安排好时间，待雪停后为他联系原来治疗的专家，重新复查，确定治疗方案。其妻从娘家逮回两只土鸡，吕社娃一定要送给我，我婉言谢绝。

春回大地

第二章

新年祝愿

雪后的村巷已得到清扫，空气清冷，村民开始出门干一些砍柴之类的零活。不知不觉中已驻村4个月，时光跨入了2019年。

早晨6点从西安出发，到村上时，村委会的大门还没有打开。室内阴冷，洗脸盆中的水已经冻成一个冰坨。插上电暖气，还没烧热，却又停电了。

昨夜站在家中的阳台上，看着对面街道映射的彩灯和树木花草上缠绕闪烁的霓虹灯，心里想，如果把这些彩灯和电费节省下来，不知道能帮多少贫困户？如果把那些只为了装点门面而不打粮食的面子工程钱省下来，作为奖励基金，不知道能扶持多少年轻人创业？

朋友圈里有人讨论新的一年里什么样的星座运势最好，还说白羊座的人是最不服管教、最喜欢自由的人。我不信星座，也不知道自己是什么星座。上网一查，竟然正是白羊座。百度上这样说，2019年对白羊座来说是一次难得的发展机会，良好的运势带给你不错的生活体验，但生活往往会伴随磕绊，希望遭遇困境的时候，不要气馁，不要轻易放弃，要注意调整心态，迎难而上，等待黎明的到来！

我想我可能是一个胸无大志的人，不奢望铁树开花，只想把手头的每一件事情做好，也许不会完美，但我会竭尽全力。我知道什么样的事我必须做，什么样的事不能做；我知道什么叫责任和担当，我知道什么叫善与人同，我知道什么叫行稳致远！

有朋友转来一篇文章，是一位即将停刊的报纸老总写的告别留言："看见了，知道了，走过了，不说了。""都走吧，要是关灯实在难受，怕黑，那我们就不关灯了。"

在过去的一年特别是这个寒冷的冬天，中国传统媒体面临着痛苦裂变的至暗时刻。新年来临，有人哀叹"一群还端着饭碗的人，眼睁睁看着锅被端走，连饭桌也被抬走"。

而我要说的是，有时候命运看似狰狞的安排，却蕴藏着一个温暖的结局。挺过冬天，春天就会来临！

中午，终于来电了。约了连超、武博一起入户走访。

张金莲老人正在擀面条做饭，室内火炉上烧着开水，火炕也热腾腾的。将近九旬的老人，听力、视力、语言均没问题，还能自理生活，让人慨叹不已。我问老人，新的一年有啥愿望？老人说："有啥呢，活在世上都是给你们添累赘呢！"

77岁的常炳兴与老伴王改英是老年组合家庭，现与王改英女儿王小宁夫妇及王小宁两个孩子共同生活。老人在老窑院养了1头牛，与老伴住在地窑中。窑洞里烧着热炕，不算寒冷。王小宁丈夫打工在外，两个孩子均上学，全家种有2.5亩麦子，流转土地3.8亩，2018年人均收入只有3302元。对于王小宁夫妻二人来说，要养活包括丈夫母亲在内的3位老人，还有两个正在上学的孩子，家庭负担很重。说起新年的愿望，常炳兴老人说，老牛能多下一个牛娃就行了。

王来朝的3个孩子均已打工挣钱，大儿子今年30岁，平时开铲车；女儿28岁，在西安从事教育培训工作；二儿子26岁，现在广东打工。王来朝说，希望孩子们越来越有出息。

40岁的王永红看上去比实际年龄要小得多，与母亲一起生活，平时由在镇卫生院上班的姐姐照料，暂时住在姐姐家。几乎每天都能在村委会的院子里碰到他，每次问他"吃了么"，他的回答总是两个字"吃了"。问他"吃的啥"，他的回答总是一个字"馍"或者"面"。

今天见他又在院子里转悠，我问他："永红，今年给你说个媳妇要不？""能成！"回答干脆利索。"那你给媳妇吃啥？""肉！"回答又是一个字。

监委会主任王瑞民今天值班，老王人称百事通，每一户村民家里的情况都了如指掌。与老王谈起新的一年村子的发展，老王说，从长远上解决农村贫困问题，还是要办企业，兴产业，壮大集体经济，使农村闲置劳力特别是贫困群众有长期稳定的收入。只有集体经济壮大了，有了积累，对那些有突发性困难的群众，如村民闫志英、刘更利这样的情况，才能发挥集体力量帮他们渡难关，而不是总靠政府。

说起办企业，老王谈道，大学生毕业都进城了，造成农村人才奇缺，平时连个懂电脑的人都找不到，应该有政策鼓励和吸引他们回到农村来创业。

谈到脱贫攻坚，老王说，政策这么好，加上帮扶单位几年来的扶持，贫困人口按期脱贫已经不难，难的是如何解决长远发展的问题。

下午6点，脸盆中的冰块还没化完。测了一下室内温度，零上1度，注定又是一个寒冷的夜晚。

平凡而琐碎的一天

闫志英已经出院，经过医院治疗，老人又挺过了这一难关。这个家庭的危机暂时有所化解，但儿子闫雪峰和孙女闫欣的病需要长期吃药维持，仍是一大问题。

陈继高的侄女明日要出嫁了。这个20岁的姑娘小时离娘，左眼因受伤而失明，多年来一直是她照顾着伯父陈继高的生活起居。到家看望时，陈家兄弟都在为侄女的婚事忙活着，待客的棚子已经搭了起来，一个梳妆柜放在院内过道上，这是孩子的陪嫁。陈继高大哥说，孩子嫁到泾阳，虽然远了点，但总算有了个家。孩子出嫁后，家里其他人会照顾好弟弟的生活，不会让他冻着饿着。

铜川市委统战部从民营企业处筹捐到10000套棉衣，分配给了移村92套，因为无法满足贫困群众每人一套，驻村工作队和村委会研究决定，先保证未脱贫的42户（正好92人）每人一套。

因没有在棉衣发放的名单中，吕社娃的思想又出现波动，到村委会发牢骚，声言要告村干部不公平。我耐心向他说明解释，总算将其火气压了下去。

在聊天中终于摸清了吕社娃这次思想波动的根源。他从其他村民那里听到议论，有人说："你能耐比谁大，人家发衣服咋没有你？"吕社娃觉得自己丢了面子。

吕社娃身上有聪明机灵、质朴善良的优点，但也有占小便宜的小农意识，需要不断鼓励强化其长处，但也得时刻注意防范其落后意识发酵作祟。村中有个别人总是觉得心里不平衡，酸溜溜地爱说怪话，这些风凉话时不时会影响村民和一些贫困户的心态。

铜川市妇联和扶贫局联合开展巾帼脱贫行动先进典型评选表彰活动，将表彰10户巾帼脱贫致富示范户。经村"四支队伍"讨论商议，决定上报毛小玲家庭。毛小玲家庭因病致贫后，与丈夫李同锋艰苦创业，从亲戚处借来3万元建起一个小型养殖场，短短两年从3头母猪发展到生猪存栏40头，年收入5万元以上。

与贫困户乔改民交谈中了解到，其多年前在照金煤矿打工时右手被炸坏，目前为三级残疾，因两个孩子上学和家中盖房致贫。目前两个孩子均已参加工作，女儿在西安打工，儿子在西安当厨子，每月都有4000多元的收入。家中新栽了1亩花椒，村上为其安排了打扫卫生的公益岗位，每月有600元的补贴。乔改民说，如今家中的日子不成问题，唯一操心的是女儿还没出嫁，儿子还没成家。

在核报爱心超市账务过程中，发现村级财务管理、报账流程中存在一些问题。由于村集体账务由镇财政所统一管理，村上许多紧急性和临时性开支均由村干部或办事人先垫付，后报账，事后一些项目报账难度很大，导致很多村干部为公垫资的费用长期无法报销。如监委会主任王瑞民今年以来为村垫支的4000多元电费、2017年垫付的7000多元其他款项，副支书常建军为村集体活动临时购买雨伞的费用，还有多年来村委会为接待客商、联系项目所欠干部的费用等，均得不到及时报销或无法报销。据王瑞民说，这种个人垫付的费用累计不会少于20万元。就此事与村党总支书记吕建文商讨，希望尽快研究解决办法，规范财务流程。

为贫困户举办的果树管理技术培训班从昨日开始，预计3天。培训班邀请了市区的果树专家到村讲解，贫困户报名50人。大家积极性很高，觉得非常实用。利用培训期间休息的机会，对赵润生家庭和李同峰家庭今年的收入和养殖发展情况进行了了解。

又是平凡而琐碎的一天过去。早上起来泡了一碗方便面，中午没有顾得上吃饭，天黑时觉得饿得有点心慌，吃了4块饼干。差点忘了，今天腊月初五，是传统的"揎穷节"，是要吃五豆粥（用玉米粒、麦仁、绿豆、红豆、豌豆熬成的粥）。

村委会空寂下来，孤独寂寞的感觉再次袭来，每当这时候，什么事情都不想干。有朋友对我说，好好利用在村上的空闲时间搞点创作。但他哪里体会得到，当一个人在孤独颓唐的时候，是很难有干事的激情的。反之，当一个人真的能克服这种自我状态，还有什么事情干不成呢？

毛小玲的养猪场

天气寒冷，连日雾霾，是这个冬天给我留下最深的印象。到贫困户家走访倒成了最能克制"雾霾病"的好办法。

最近，关于非洲猪瘟的消息来势汹汹，镇政府要求对所有养殖户的存栏情况进行调查，未经检疫通过，一律不得出售。非常担心村中的养殖大户，专门到毛小玲家走了一趟。

毛小玲家位于村子最南端的移三公路旁，距离村委会有3公里远，猪舍就建在院子后边。3头像小牛一样的猪婆十分健壮，这是毛小玲家的"功臣"，两年前，夫妻两个就是靠这几头猪婆下的几十个猪崽翻身的。

这本是一个幸福的四口之家，2015年，43岁的毛小玲正在憧憬着美好的小日子，儿子已经从学校毕业到西安打工，女儿正上高中，丈夫李同锋每月都会寄回不错的工资收入。

然而，就在这一年，在陕北煤矿打工的丈夫突发心梗，短短十几天就花掉了12万元，做了两个支架才捡回一条命，从此每月要靠数百元药费维持健康。祸不单行，儿子也因为眼疾不得不做手术。

面对突然降临的灾难，毛小玲选择了坚强，她把眼泪咽到肚子里，靠自己的勤劳和柔弱的肩膀默默撑起了这个风雨飘摇的家。那段日子里，她没有让儿子分过一天心，没有让女儿耽搁过一天学习，一边照顾丈夫，一边打零工补充日用。每天只有五六十元工钱的活，她不嫌少；养猪、挑粪的活，她不嫌脏；采花椒、摘苹果，忙完地里忙家里，她不嫌累。

尽管脱贫攻坚的政策很好，但毛小玲选择了不等不靠，她心里憋着一股劲，一定要靠自己的努力把日子过前去，不拖脱贫工作的后腿。听说养母猪能挣钱，2016年，毛小玲东挪西凑从亲戚处借来3万元钱，建起了这个小型家庭养殖场，买回来3头母猪开始饲养。2017年，家里的猪崽繁殖到11头，加上报社为她帮扶的10头猪崽，出栏后她算了算，每头赚了400多元。那一天，她开心极了，看到生活又为她打开了一扇勤劳致富的门。

除了养猪，毛小玲和丈夫又陆续栽种了4亩苹果、1.5亩花椒，再有两年就能全部挂果。平时，她和丈夫轮换照看养猪场，只要能挤出时间，自己就打零工，帮乡亲们的果园疏花、套袋、摘果，一年下来也能挣四五千元。

2018年，她再次扩大养殖规模，加上自家母猪的繁殖，她的养猪场存栏一下子扩大到了40头。全部出栏后，纯收入5万元以上。为了把猪养好，这个普通的农家妇女坚持学习有关专业知识，利用各种培训机会提高自己的养殖技能。猪棚定期消毒，猪崽按期打疫苗，确保猪圈的通风，每天把猪圈的卫生打扫得干干净净，在几年的养殖过程中，她的猪崽始终很健康，很少有病发生。

2018年这一年，毛小玲女儿考上了大学，儿子在西安打工也有了稳定的收入，丈夫的身体在她精心照料下也一天天好了起来。她的家庭也在"八星励志"表彰活动中，获得六颗星、二等奖，受到奖励。说起养殖知识来，毛小玲俨然已经成了专家。针对非洲猪瘟，毛小玲说："以前很少听说过这种病，尽管来势很猛，只要做好防疫和隔离，应该不会有问题。"

她对自己的猪场很自信："我的猪崽都是自产自销，基本不从外边买进；在养殖过程中，每一个环节都严格消毒，定期防疫，非洲猪瘟就进不了咱家的门！"

从毛小玲家里出来，又顺路去了一趟赵建的养鸡场。鸡场位于赵家老屋子对面一处村集体旧场院中，两排旧瓦房改做了鸡舍，院子中有2亩多放养的空地。

赵建母亲吴凤蒙的胳膊基本痊愈，近日正在做挂面，已经做好了3000多斤，准备年前售出。吴凤蒙说，往年报社都能买四五百斤，今年报社还能买一部分，另外现存的300只肉鸡也希望报社帮忙销售。

算了一下这个家庭2018年的大概收入，肉鸡出栏1200只，每只按80—100元计算，保守收入10万元，除去成本，利润应在4万元左右；赵润生打工年收入2万元左右；吴凤蒙公益岗位补贴8400元；家中流转土地2.2亩，收入2200元；合作社分红1000元；种植小麦2亩，栽种苹果树1.4亩，暂不计入纯收入。这几项加下来，其家庭年纯收入应在7万元以上，加上残疾补助、低保、总计为8万多元，人均可支配收入达到1.6万元。

对这个家庭来说，接下来的最大的开支除赵鹏的医药费外，就是125平米安居住房的装修和搬迁费用。赵建说，他还想把建到一半的鸡棚尽快盖好，继续扩大养殖规模。

但愿，就此好过

难得的晴好天气，连日的雾霾一扫而光，阳光透亮得有点晃眼，五六只喜鹊在广场上跳来跳去。而我却无心享受这难得的阳光和惬意的时刻，感冒，在不是最寒冷的一天不期而至。

上午起来，感觉浑身一阵阵发冷，双膝酸痛，吃了半个馒头便再也没有胃口。中午没有吃饭，想用饥饿疗法赶走病魔，没有奏效。膝盖疼到让人心慌意乱的地步。连超也已经感冒好几天，一直坚持在村上没有休息。

孙石头第一次主动来村委会反映问题，讲他自己五保户资格取掉后的困难，提出能不能把他的低保标准提高一些。尽管他提的问题不切合政策，但他能主动来反映问题，说明心中对帮扶干部的抵触情绪已开始消除，变得信任起来。另外我注意到，他已不再坚持要求恢复五保户的资格。孙石头反映五保户中还有人不符合条件等问题，近期民政部门也开始排查和重新鉴定，相信会有令人信服的结论。

由耀州区劳动就业服务局主办的果树技术培训已进入第七天，区就业服务局副局长焦英一行到村检查培训开展情况。贫困户对培训反映非常好，说这是新年第一课，非常实用。

对村中贫困家庭学生情况进行了核查。截至2018年年底，村贫困户中现有入学子女共16户23人，其中小学为13人，初中5人，高中至大学一年级5人；家中有两名学生的共7户。所有义务教育阶段学生均享受了学费减免、营养早餐等政策性补助。

经村"四支队伍"研究，决定推荐赵建为小丘镇"八星励志"扶贫扶志明星户。整理好了赵建的资料，下午发给了镇扶贫办；推荐毛小玲为铜川市"巾帼脱贫致富能手"的事迹材料也整理好了，下班前发给了耀州区妇联审核评议。

忙完手头的事，已近黄昏。到镇子上的小饭馆要了一小碗荞面饸饹，吃了半碗便再也咽不下去。两脚踩在地上，觉得绵软无力。

回村的路上，浑身发冷打战，无法自控。到村委会门口时，全身已像筛糠一样抖动，上下牙磕碰不止，半天连门锁都打不开。头疼欲裂，眼睛看东西有点模糊不清。

人只有到了这一刻，才知道生命的脆弱和健康的重要。任你多么坚强，也抵不过病来如山倒的欺凌。记得我在一篇叫《想念春天》的短文中写道：

> 人生是循环往复永不停歇的艰苦历程，贫困的日子，吃饱穿暖是我们最大的心愿；生病的时候，珍重生命成为我们唯一的追求；然而，当温饱健康的时候，我们常忘记经营快乐，总被功名利禄困扰，时不时怨天尤人，用许多无聊的事耗费生命，直至彻底淡定后的顿悟。人生会经历一次次机遇或挫折，经历意想不到的惊喜或暴风，经历许多的不如意和不满足，会有许多的遗憾，但只要心存感念，终究会有收获，不论丰硕与否。天地间的大美，是因为若干亿年沧海桑田的变幻；岁月的磨砺，会使我们变得雍容大度，像一面湖泊，在浩瀚而蔚蓝的沉静中，让人们感受宽广与深度。

合衣睡下，拉了两床被子压在身上，终于有了微微的汗意。中途王小红、王瑞民来问候，迷迷糊糊不知道他们说了些什么，好像是多喝水、吃点药、好好休息等。

半夜起来，明显感觉出了汗，背上湿漉漉的。浑身轻松了许多，膝盖不再酸痛，除了头有点懵之外，没有出现咳嗽、鼻塞等症状。

但愿，就此好过。

名下有车的贫困户

清晨6点多，天空依然黑乎乎的不见东方的光亮，一轮巨大的圆月挂在西天，直到渭北高原上的村庄、田野、沟壑都逐渐清晰起来的时候，才隐藏到了地平线下。

难得有连日晴好的天气，室外的风不再那么凛冽。常学文送来几块他老婆烙的锅盔，麦面和玉米面相拌的那种，特别软和，吃起来香甜中带有一些面包的味道。

随着移民搬迁的安居房的建成分配，65户建档立卡贫困户的安全住房问题已基本解决。那么，村中其他非贫困家庭中，是否也存在有不安全住房情况？

几日来，村"四支队伍"分成三路，在各组组长的配合下，对全村800多户村民的住房进行了拉网式检查。上午，汇总各组核查结果，发现村中有11户村民的住房年代久远，多为20世纪八九十年代所建的土木结构房，需要上报住建部门鉴定是否存在安全隐患，其中有1户村民乔振祥仍住在地窑中。乔振祥今年78岁，有两个儿子，儿子家中均有新建的平房，住房条件较好，但乔振祥一直以住不习惯为由，拒绝和儿子们一起居住，坚持一个人生活在地窑中，村组干部多次做工作无果。

安全住房排查刚完，又一项排查任务通知下来。从公安部转来的贫困人口有车信息来看，移村建档立卡贫困户中，有12户14人显示有车辆登记信息，其中有小轿车的5户，其余均为代步的两轮摩托或三轮农用车。

贫困户有能力买车，应该是一件让人高兴的事情，说明这些家庭的致富能力和经济条件有了很大改善。但是，有车辆登记信息，并不能成为这些贫困户真正摆脱贫困的唯一证明，具体情况还应在调查核实后，据实做出判断。

按规定，若有轿车登记信息的贫困人口，一旦确定为享受性消费，就应从建档立卡贫困户中剔除。入户核查的任务由驻村工作队负责，必须逐一搞清具体情况。

两轮摩托和三轮农用车应判定为生产性用车和简单的交通代步工具，这些家庭用车不应判定为享受性消费。重点核查的应该是名下有小轿车和面包车的5户家庭。

与建军、武博一起入户，经过一天的调查摸底，基本核实清楚了5户家庭的车辆来源和使用情况——

李同锋，儿子李建钊名下有五菱牌小轿车1辆，系李建钊2017年底从山东打工回来后按揭购买，车价4.5万元，首付1.8万元，每月支付按揭1300元。李建钊平时主要从事水电安装工作，购车目的为拉运工具和施工材料所用。

张双全，名下有1辆面包车，车辆为2004年10月购买的二手车，车价1万元，2005年以5000元售出，因车辆已接近报废，一直未办理过户及销户手续。

王志琪，儿子王军良名下有小轿车1辆。王军良长期在外打工，2018年5月，打工单位无钱支付工资，便用一辆比亚迪牌二手轿车为其顶替了6000元工资，目前自用，主要用于拉货。

王来朝，儿子王浩浩名下有小轿车1辆。王浩浩在铜川新区打工，开铲车，平时在家居住。为了上下班方便，2017年11月购买雪弗莱小轿车1辆，车价8万元，全款支付，主要用途为上下班交通工具。

王耀利，名下有小轿车1辆。2018年女儿王凯月出嫁时，男方出资5万元、王耀利出资2万元，为其购买长安牌小型轿车1辆作为嫁妆，车价7万元。因购买时王凯月正在换发身份证，故暂时上户在王耀利名下，车辆平时为王凯月所用，尚未办理过户手续。

村"四支队伍"研判认为，上述5户中，张双全应判定为无车；李建钊按揭购车是为了生产，王军良为被动拥有且车辆陈旧、折价很低，这两户均不应判定为享受性消费；王耀利名下车辆情况特殊，建议其尽快办理过户手续。王浩浩所购车辆的目的虽然为方便上班，但所购时间是在全家脱贫退出之前，应判定为享受性消费。

将核实情况上报给镇政府，关于各有车贫困户是否剔除，有待上级部门依据相关政策做出决断。

春节临近，小丘镇街道每天都像赶集一样，摆满了各色花花绿绿的年货，农户已开始筹备过年的东西。对驻村工作队和村委会来说，近期还有几项重点工作需要做。

关于春节前的环境卫生整顿，要求各村民组长具体组织实施，动员村民打扫家里家外，清理村巷环境卫生，不留一处垃圾死角。

近期有个别村民上访，对其反映的问题，村委会密切关注，安排专人调查核实，及时研究解决，随时掌握其思想动态。

关于2018年度好媳妇、好婆婆评选活动，由各村民小组先讨论上报人选，再由村委会召集村民代表会议评定。

夜色阑珊，走回村委会的路上，又看到了那轮圆圆的月亮，和清晨看到的颜色一样，不过此刻却挂在了东方的天际。一天两头看到月亮，似乎还是第一次。昏黄的月光，柔和、静穆、神秘，让人有一种置身童话般的感觉。

腊月，寒冷中的温暖

十几天来，感冒症状并没有过去，今天感觉又有所加重，尤其是鼻塞，嗓子干疼。清晨拉开窗帘，眼前一亮，麦田里飘落了薄薄一层雪花。心想着能否再大些，也许一场大雪后，感冒就会好了。不料只落了一些雪粒就开始放晴，地上的雪花也迅速消融不见了。室外温度明显升了起来，太阳照在身上有了暖洋洋的感觉。

驻村工作队与村委会要再次开展识别研判工作，确定2019年度的脱贫退出任务，对2019年度计划脱贫退出的22户70人基本情况逐一进行了讨论。大家认为，22户中闫正长、姜淑琴两户的脱贫措施存在不足，其他各户按期脱贫难度不大。

针对闫正长家庭的情况，决定督促其儿子闫卫打工的单位按时发放工资，确保这个家庭有稳定的收入，同时根据闫正长身体恢复情况，给予养殖帮扶；关于姜淑琴老人，虽与儿女们分户单过，但必须督促其儿女承担起赡养老人的责任，最好与老人合户，同时根据其实际情况，继续予以养殖帮扶。

讨论中大家认为，有四类人存在返贫可能，必须随时跟进，制定防返贫措施。一是长期在外打工，但却没有积蓄，回村后住房、产业无保障，仅能糊口的务工人员；二是因大病和突发事件可能导致贫困的人员；三是因住房陈旧，需重新修建房屋的贫困线边缘人员；四是因子女娶妻、生子可能导致负债的贫困线边缘人员。

临近年关，希望报社能发动干部职工积极购买贫困户的农副产品，很快得到回复。机关党委副书记吴军打电话说，已经在报社工作群发出号召，统计好后就把清单发来。

吕社娃送来十多斤挂面，说是表达一下心意。推辞不掉，于是提出购买，给吕社娃100元，吕社娃拒绝不收，只好找了个给其孙子压岁钱的借口，吕社娃这才收下。

村党总支和村委会决定春节前集中慰问村上的老党员和65岁以上老人。据统计，移村现有65岁以上老人265户共计300多名。村委会为每位老人准备了四样年货，除米面油外，还有8斤猪肉。党员则每人发一个学习笔记本。

上午9点，雪后的村委会广场上挤满了参加慰问活动的老人。有的老人坐着轮椅，有的由儿女们搀扶着，人人脸上挂着惊喜和欢欣。在移村历史上，这是首次集中慰问全村所有65岁以上老人。

建文代表党总支、村委会在致辞中说："党和国家对农村的扶持政策力度越来越大，我们移村变得越来越美，大家的日子也越过越好……这一切离不开每一个家庭的辛勤劳动，更离不开各位老人的关心和指导。党员是我们工作的中坚力量，群众是我们工作的坚实后盾，各位长辈更是我们的智囊。你们为移村的发展做了许多事，操了很多心，流了许多汗，为儿女们过上好日子辛苦了一辈子。今天，在我们已经有能力回报大家的时候，送上一点心意，主要还是问候，是祝福。希望大家今后一如既往地关心支持村上的工作，多为移村的发展出主意，想点子！"

人群中爆发出热烈的掌声。领到慰问品后，一些老人久久不愿离开现场。80岁的牛兴保当了一辈子村干部，他拉着建文的手说："党的政策好，你们也干得好！"

结合近期党员干部思想上出现的波动，村党总支决定利用这次全体党员大会的机会，让驻村工作队为大家上一堂党课，讲一讲基层党员如何把握当前的形势。

我从新形势下基层党员的定位入手，结合新近的反腐案例、重点工作和移村的实际，谈了我对当前形势的理解——

首先，反腐力度不会减弱，依法治国力度会越来越大。从赵正永案、魏民洲案、冯新柱案看，那些阳奉阴违、不作为、乱作为、与人民毫无感情的党员干部，不论职位多高、权力多大，迟早都会被钉在历史的耻辱柱上。

其次，对党员干部的要求会越来越严。从当前对请客送礼之风的遏制、查处来看，过去一些领导干部借插手项目、提拔干部、逢年过节、生病住院等机会敛财的现象将不再重演，一些干部不作为、乱作为必然受到查处。

最后，脱贫攻坚战一定要打赢。这是党的十八大以来最为重要的一项工作，是对14亿人民的庄严承诺，是对全世界发出的历史强音，是实现"两个一百年"奋斗目标必须要完成的任务。

那么，作为一名农村基层党员，应该做好哪些事？我认为，第一，一定要清楚在新的历史时期，党的奋斗目标、基本任务和"五位一体"的治国方略；第二，要精准理解党的各项政策，如脱贫攻坚政策、生态环保政策、耕地保护政策等等；第三，要时刻以一个党员的标准严格要求自己，包括严格要求自己的亲人和朋友；第四要认真履职尽责，在脱贫攻坚及所有农村基层工作中，时刻走在群众前面，起到模范和表率作用，不要让群众看笑话。

一个多小时的党课中，全场没有一个人交头接耳，没有一个人离开。从大家的掌声和表情中我看得出，大家听到了心里。

夜里10点多，接到村委会副主任常健的电话，说村民常强的爷爷不见了。老人今年80多岁，患有轻微老年痴呆，早上从家中出门后一直没有回家。立即发动村民及邻居连夜寻找，凌晨3点，方才在老村废弃的地窖中找见。原来老人到老村去转悠，不小心摔落到一处地窖院中。紧急送老人到新区医院救治，经检查老人骶骨骨折，所幸无生命危险。

我敬岁月一杯酒

近期，一个名叫葫芦村的小山村火遍朋友圈。葫芦村属瑶曲镇管辖，位于文王山北麓，这里群山环绕，溪水潺潺，村边有一眼泉，人称葫芦泉。入冬以来，泉水流经的沟壑内，形成了一处处奇异壮观的冰瀑。耀州区文联"泪水微澜"等微信公众平台推出相关报道后，吸引了许多游客自发到葫芦村观看冰瀑。

葫芦村第一书记赵慧利用这一机会，发动村民引导游客观光，购买农副产品，力争在春节前为村民和贫困户多增加些收入。适逢周末，葫芦村又迎来了新一轮游客高峰。赵慧高兴地打电话说："一天能卖几千块钱呢！"

赵博兴打工回来了，他说出去这一个多月，挣了6000多元，很高兴。他给我看他最近写的诗：

> 遥思五豆香，夜短梦更长。
>
> 碗碗盛日月，粒粒经风霜。

——《五豆节》

腊八面香庆丰年，福寿喜乐盼团圆。

寒梅枝头迎春到，吉庆直到天涯边。

——《腊八节诗一首》

教儿育女操碎心，家里屋外担重任。

千里之遥心相印，敢叫黄土变成金。

——《致妻子》

飘飘洒洒雪飞舞，我敬岁月一杯酒。

时光能否且留步，细看雪中白头翁。

——《岁末晨雪》

茫茫尘事已消远，别离件件在眼前。

不知明月何处去，辞别今宵是新年。

四季奔波一日催，三九寒枝意灰灰。

瑞雪迎岁早梅新，一更挥别变冬春。

——《元旦前夜有感》

踏归程，夜蒙蒙。挥手别离黄鹤楼，

归心好似江水流。来日重游，豪情依旧，最恨白发生。

——《归程赋》

这些质朴的诗句中，有对妻子的深情思念，有对岁月流逝的感叹，表达了作者丰富细腻的内心世界，我最喜欢的一句是"我敬岁月一杯酒"。

我对博兴说，坚持写下去，不管能不能成为诗人，这些都是对生活的真实记录，是留给孩子们最好的精神财富。说起他被评为脱贫致富明星，受到镇政府表彰奖励时，赵博兴说，扶贫政策就是好，但自己一定要努力。

报社职工购买贫困户农副产品的清单发过来了，需要105只土鸡、400多斤挂面。给赵建打电话，赵建为难地说，他的鸡已经快卖完了，凑不够105只怎么办？据赵建说，最近鸡肉价格上涨，他散养的这种土鸡很抢手，每只六七斤重的，能卖到130元。

打电话给六组村民组长孙文，问他的养鸡场还有没有土鸡，孙文说，只剩几十只了。我说，你别卖了，赶快和赵建联系。

不一会，赵建回过话来，他和孙文总共凑了106只，比报社职工需要的刚好多了1只，两人的鸡舍里都已卖得干干净净了。他俩准备连夜杀好，明天一大早连挂面一起送过去。没有问赵建最近总共卖了多少钱，我想此刻他的心里一定乐滋滋的，计划着年后再大干一场。排好春节值班表，村"四支队伍"召开节前最后一次例会。会议要求，所有驻村工作队员和村干部春节期间电话保持24小时开通，遇有重大事情或紧急情况，必须第一时间赶到现场；每天两名干部轮流坐班，不得因任何理由脱岗，值班期间要切实负起责任，重点关注防火、防盗及各类突发事件，及时反馈遇到的突发情况；帮扶干部要和贫困户保持联系，随时解决他们生活中遇到的困难。会议再次强调，春节期间任何人不得违规收送礼品礼金。

老王准备好了几张大红纸，让给村委会大门口拟一副对联。我想了一副"奋三春脱贫攻坚结硕果，战四季乡村振兴上台阶"的对联，觉得中规中矩，没有什么出彩的地方。老王说，只要契合村委会的工作就行。

王小红和常建军也让给他们家拟写春联，想到他俩前段时间都为儿子结了婚，明年又是猪年，就写了一副："去岁才结连理枝，今年再抱猪宝宝。"

王小红抢到手里，呵呵笑着说："这太不低调了吧！"建军说："我家也要抱猪宝宝呢！"

大家笑着说："抱个猪尾巴也行！"

在场的其他干部和村民也纷纷要写，镇派出所的两个年轻民警闻讯也赶了过来，让给他们所的大门上也写一副。不一会就写了20多副，头上竟然出了汗。

镇上的许多饭馆都已关门了，这两天不是方便面就是到小红或者建军家里混饭吃。入夜，繁星闪烁，村庄里偶尔传来几声爆竹声响，年的味道越来越浓。正准备收拾收拾行李，早点睡觉，却听见村委会卷闸门开启的声音，原来是小红和建军来了。

两人带了一瓶酒和两样凉菜。一进门，小红就喊："张哥，自来村上就没见你喝过酒，今晚破个例，咋样？"

酒是铜川产的"古同官"，菜一个是凉拌猪头肉，一个是五香花生米。小红说："你别嫌这酒便宜，绝不会有假！"

我说："好，今天就跟你俩醉一回！"

大年三十走照金

原计划昨晚回家过年，却接到报社的电话，安排到照金革命老区采访，与村民共度除夕，当晚发回稿件。

照金距离移村25公里，是一块英雄的土地。20世纪30年代初，在极其艰难困苦的情况下，刘志丹、谢子长、习仲勋等老一辈革命家在这里开展革命活动，组建了中国工农红军第二十六军，成立了陕甘边特委和陕甘边革命委员会，创建了以照金为中心的陕甘边革命根据地，留下许多可歌可泣的英雄故事。

2015年2月14日（农历腊月二十六日）下午，习近平总书记专程到照金考察，听取了革命老区的发展和规划情况介绍，希望照金村党支部和村委会的干部团结一心，把乡亲们的事情办好。

我曾经在这块红土地上进行了为期4个多月的徒步采访，结合照金革命根据地80多年的巨大变化，写了一部采访纪实《照金记忆》，在陕西省委党史研究室和铜川市政协的支持下正式出版。

听说要去照金采访，铜川市政协文史委员会主任刘耀林自告奋勇一同前往，说："你采访老区群众，我采访你！"

小红和建军说，照金村他们很熟，也要一起去，看看我是怎么采访的。早晨8点钟，几个人就已来到办公室，一起出发。半个小时的路程，一会就到。

群山逶迤，峻岭苍茫。农历戊戌年除夕的照金镇，和煦的阳光洒满街巷，社区门口和街道两旁悬挂起了大红灯笼。照金村的党支部书记南民政和村委会主任梁万营，正在筹划大年初一的群众文艺活动，准备与其他5个村联手，为游客和村民表演威风锣鼓。

看完街巷上的过年气氛，在照金村委会主任梁万营带领下，我们先后到老党员曾世德家、老红军后代张志贵家、贫困户马平安家采访。

曾世德的家里，温暖如春，老曾养的花草长得郁郁葱葱，电视柜上最显眼的位置上，摆放着习近平总书记和他握手的照片。老曾和孙子正在准备着明天表演锣鼓的家伙什。一提起2015年春节前习近平总书记到照金村考察的情景，老曾就激动不已，幸福感洋溢在脸上："总书记握着我的手问年货准备得咋样，笑呵呵地就像老熟人一样。"老曾是共和国同龄人，1972年入党，他说过去照金人住的土坯房，出门一脚泥，如今走的是水泥路，住的小洋楼，用的是暖气，从来都没想到过会这么幸福。

张志贵带着孙子孙女在家门口贴春联，老伴和儿媳忙活着准备年夜饭，儿子则准备去看望自家的长辈。张志贵老人告诉记者，1932年春节期间，红军首次来到照金，他爷爷张彦财那时只有12岁。红军缴了反动民团的枪，刘志丹站在戏台上宣传红军的政策，之后他爷爷就参加了儿童团，给红军送信、放哨，后来还当了民兵连长。老人全家9口人，如今儿孙满堂，两个儿子都带着媳妇、孩子回来陪他和老伴一起过年。老人说，孩子们都很勤奋上进、贤惠孝顺，长孙女去年考上了长安大学，大儿媳侯军莉在镇上开办了一个名叫红色记忆的特色餐厅，习近平总书记视察照金时，作为返乡创业的代表，还受到了习总近平书记的接见。

贫困户马平安2018年10月才搬到新居，三室两厅两卫的家中，55寸的大彩电、双开门的电冰箱，各种日常用的家具和生活用品一应俱全，年货已经备齐。老马现年49岁，曾因车祸受伤造成三级残疾，家庭生活陷入贫困，全家4口人住在距离镇上5里路的土坯房中。脱贫攻坚开始后，村上为老马的妻子在景区安排了保洁员的工作，他家的耕地也全部流转了出去，每年都可以从合作社分红。去年，他又分到了安居房，只花了1.5万元的装修费就顺利入住。因为是在新家里过的第一个春节，老马对春联怎么写格外用心，他向我们展示他想好的内容"搬新家，过新年，年年有余；逢盛世，迎新春，事事顺心"。我为他送了一个横批"越来越好"！

交谈、记录、拍照，一刻也没停歇，三户家庭走访下来，近3个小时已经过去，几乎没顾得上喝一口水，更别说顾得上吃饭。下午2点多，匆匆驱车赶回移村村委会，在小红家里扒拉了一碗饸饹面后，开始写稿、整理图片。下午6点多，夕阳西下时刻，反复斟酌校对稿件后，发回了报社。

夜幕已经降临，已经是晚上8点，与耀林他们道别后启程返回西安。此时万家灯火，远近的村落传来一阵阵鞭炮声，浓浓的年味扑面而来。

到家时，已是晚上10点半。耀林把他的跟踪采访写成稿件《一个扶贫记者的大年三十》，发到了"今日头条"上，两个小时内，阅读点击量已经上了10万。

母亲和妻子正在包饺子，锅里还给我留着年夜饭……

瑞雪兆丰年

瑞雪从大年初五开始下起，今日放晴。雪后的渭北高原白茫茫一片，万物潜踪，鸟儿无声，村庄在灰蒙蒙的天空下安详宁静。白雪掩盖了一切污垢与杂草，留下的是圣洁与高贵，安详与宁静，是经巧手整理后的美丽。

田里的麦苗从雪中探出头来，嫩嫩绿绿的，预兆着又一个丰收年景的到来。路面上的积雪尚未消尽，有些地段还很冰滑。农户门上鲜红的春联与地面上的白雪相映生辉。建军在村巷里招呼农户铲除门口的积雪，提醒出门走亲戚的人，路上注意安全，别滑倒摔伤。

李长海这几天很高兴，见人就发糖、递烟。今年春节儿子李军山从河南打工回来了，带着未过门的媳妇，还给他发了2000元的红包。

多年来首次收到儿子的孝心，李长海乐得一天到晚合不拢嘴，逢人就夸儿子孝顺，拉开口袋漏出红包的一角："你看，2000块呢！"

孙小顺有点失落，儿子孙增增过年依然没有回来，只打了一个电话，说是去广州打工了，也没有寄钱回来。

王小红昨天突发急性阑尾炎，住到了镇卫生院。到卫生院看望时，见他躺在病床上神情非常难受，头上直冒汗珠。病情看样子非常严重，应当马上手术。卫生院值班的大夫是个小姑娘，仍坚持保守治疗，说再观察观察。急性阑尾炎如果不马上手术，一旦造成穿孔和腹腔粘连，将十分危险。小姑娘的"再观察观察"让人十分担忧，与家属商议后，决定立即转到区人民医院治疗，医生姑娘满脸的不高兴。

小红住院了，工作不能等。建文主持村"四支队伍"节后第一次例会，按照"一补三送一议"方案，基本议定了2019年度计划脱贫退出的22户家庭的帮扶措施——

孙小顺家庭，落实易地搬迁和社会兜底政策，产业发展以养羊为主，已为孙小顺安排了公益岗位，督促其儿子打工就业；

孙三娃，落实易地搬迁和社会兜底政策，本人平时可打零工，扶持其继续发展养猪产业；

李长海家庭，落实健康扶贫、易地搬迁、社会兜底政策，产业发展以养猪为主，儿子李军山打工；

魏秀梅家庭，落实易地搬迁和社会兜底政策，女儿打工；

孙红顺家庭，落实教育扶贫、易地搬迁和社会兜底政策，产业发展以养猪、苹果种植为主；

乔太平家庭，落实易地搬迁、社会兜底政策，产业发展以养牛、养猪和苹果种植为主，儿子、妻子均可打零工；

牛兴保，落实易地搬迁、社会兜底政策，因年事已高无劳动能力，需督促其子女落实赡养责任；

赵润生家庭，落实教育扶贫、易地搬迁、社会兜底政策，产业发展以儿子赵建创办养鸡场为主，本人及妻子均可打零工；

曹昌平家庭，落实教育扶贫、易地搬迁、社会兜底政策，产业帮扶以种植为主，同时帮其妻子学习盲人按摩技术并落实就业；

赵振财家庭，落实易地搬迁、社会兜底政策，儿子赵建利外出打工，督促其承担家庭责任；

孙石头，落实易地搬迁、社会兜底政策，产业发展以养羊为主，为其争取安排公益性岗位；

陈军锋家庭，落实教育扶贫、易地搬迁政策，本人与妻子均打零工；

姜淑琴，落实危房改造已完成，社会兜底政策，督促儿子与其合户，承担赡养责任，产业帮扶以养猪为主；

乔全良家庭，落实易地搬迁政策，产业以种植养殖为主，儿子打工；

乔军营家庭，落实易地搬迁、社会兜底政策，家庭产业以种植养殖为主，女儿打工；

李军战家庭，落实健康扶贫、易地搬迁、社会兜底政策，产业发展以养猪为主，本人及女儿打零工；

韩建军家庭，落实教育扶贫、易地搬迁、社会兜底政策，本人打零工，产业帮扶以养殖为主；

赵博兴家庭，落实教育扶贫、易地搬迁、社会兜底政策，本人打零工，产业以养猪和苹果种植为主；

陈小卫家庭，落实教育扶贫、易地搬迁政策，本人打工；

孙继宽家庭，落实教育扶贫、易地搬迁、社会兜底政策，儿子打工，家庭产业以种植养殖为主；

赵慧玲家庭，落实易地搬迁、社会兜底政策，女儿打工。

会后与连超梳理了一下近期需要上报的"一补三送一议"活动附件资料，有七八项之多：2018年及以前年度脱贫措施信息采集表、历年出列贫困户脱贫措施信息对照表、2019年拟脱贫户帮扶措施、年度已脱贫户"八个一批"帮扶工作台账、贫困人员产业就业技能培训需求台账、贫困人口产业就业技能培训需求汇总表、"一补三送一议"送温暖活动走访台账等。立即安排帮扶干部及村干部逐项整理报送。晚上，小红在耀州区人民医院紧急做了阑尾炎手术，与村干部们一同去看望。手术效果不错，医生说多亏送得及时，要再耽搁就会出现化脓、穿孔等大问题。

葫芦村的女书记

天上落下的雪粒，到地面后却变成了光滑的冰溜子。一周来，几乎天天是面包、饼干和方便面，本打算去镇上看看有没有小饭馆开门，看到光溜溜的路面和接二连三的车祸，只好作罢。

村委会的水管冻裂，积水再次淤满厕所和化粪池，臭水流到了村委会广场上，空气中弥漫着冰冷的氨气味道。中午，建军联系到一台抽粪车，折腾了两个小时，终于排干净了积水，修好了水管。

小丘镇政府微信平台准备推出赵建的脱贫故事，以赵建自述的方式向大家讲述其"厄运当头不气馁，励志脱贫勇向前"的不凡经历。帮信息员冯彩云修改好赵建的稿件后，觉得很饿，这才想起早晨到中午一直没有吃东西。想啃几块饼干，胃里却发酸实在难以下咽。建军说家里做好了连锅面，此刻，连一句客套的话都不想说了，随建军到家里，一连吃了两碗，觉得肚子有点撑了方住。

下午，天气放晴，路面上的冰溜子开始消融，塬上又恢复了生气。突然接到了葫芦村第一书记赵慧的电话，说山里的路被冰雪封住了，她被困在城里，急得团团转。

赵慧是耀州区交通局干部，2018年6月派驻瑶曲镇葫芦村，短短半年时间内，将一个名不见经传的小山村，打造成了火爆朋友圈的自驾游目的地，帮助村民将积压的山货和农副产品销售一空，调动起了全体村民干事创业的积极性。

葫芦村距县城40多公里，位处文王山北麓，这里山大沟深，交通不便，全村192户村民分散居住在方圆几十公里的山洼间，最远的村民小组距离村委会20公里。全村632人中，贫困户占到59户169人，脱贫的任务艰巨。

接到驻村扶贫任务时，赵慧正面临着巨大的家庭困难。在铜川工作的丈夫被派到大荔县挂职一年，女儿正在中考，不满一岁的儿子需要照顾，爷爷病重，父亲已经身患癌症5年，需要经常住院治疗。听到赵慧要去驻村的消息，父亲带着哭腔对她说："你去驻村了，家里怎么办？"赵慧知道，儿子她可以带到村上，女儿她可以不管不顾，但没有她这个独生女儿在身边照顾，父亲的生活将不能自理，她的心里隐隐作痛。

困难面前，赵慧选择了工作，她顶住压力，简单安排了一下家里的事情，就抱着一箱方便面，背着铺盖卷，一头扎进了深山里。

自从上任第一天起，在葫芦村的大山深处、山间地头、农户家中，处处能看到她身穿墨绿色交通制服的身影，听到她高亢有力的声音。她白天上山下地，晚上挑灯夜战，想方设法帮助村民制订产业发展规划，卖农产品、搞种植养殖、发展第三产业，宣传葫芦村的旅游资源，为群众趟开致富路。

正当她夜以继日熟悉村里事务的时候，家里传来噩耗，89岁高龄的爷爷病危。当她好不容易安排好手头的工作，赶回医院时，爷爷已经走了。送走爷爷第二天，赵慧又出现在村民和干部面前。

为了不分心，女儿中考一结束，她就把儿子和女儿接到村中同住。白天，她忙碌在田间地头，15岁的女儿则承担起了照顾弟弟的责任。因为顾不上做饭，两个孩子常常因为错过饭时饿得直哭。一些村民看不过去，就悄悄把孩子接到家里去吃饭，对此，赵慧常感动得泪流满面。

葫芦村自然资源丰富，盛产核桃和中药材，村民放养的土鸡肉质鲜美。由于长期交通不便，市场信息闭塞，村民每年收获的核桃、土鸡、土鸡蛋、土蜂蜜等农副产品很难出售。赵慧在朋友圈中发起土鸡蛋进城活动，帮助村民卖起了土特产。每次回城时，她先自己垫钱从村民手中把东西收购起来，然后利用周末拉出山外销售。有时为卖几十枚鸡蛋，赵慧要驱车几十公里送到顾客手里。一次，一位耀州的双胞胎宝妈订购了10枚鸡蛋，赵慧开了1个多小时车才送过去，顾客无法下楼来取，她便帮忙提到楼上放到冰箱里。

良好的信誉让赵慧赢来了越来越多顾客的信任，一些市民开始打听葫芦村的位置，有人还专门开着车到村里来买东西，村民手里的鸡蛋等土特产逐渐没有了积压，开始变成紧俏品，前来购买的人络绎不绝。有的人来不了，就打电话，赵慧一一记下来，利用晚上和周末辗转于老区、新区和耀州送货上门。从此，人们会经常看到，一位女司机开着面包车来往盘旋在山区公路上，有时已是深夜。车厢里是满满的山货：土猪肉、土鸡、土鸡蛋、苞谷糁、黄豆、红豆、核桃、玉米面、玉米面饸饹、豆瓣酱等，大大小小的袋子，每个袋子里面都有一张纸条，上面写的是姓名、地址和电话，这些人，是购买葫芦村土特产的买主。

葫芦村寨子湾小组有个自然村叫槐树堡，山上住有8户村民，7户是贫困户，其中1户是一对70多岁的夫妻和他们智力残疾的儿子。村民进出村需要经过一条大伙集资搭建起的简易桥，交通极其不便，2018年8月，一场暴雨冲毁了这条唯一的出路。当晚，赵慧和村干部冒雨赶往槐树堡查看村民生命财产安全，同时向区交通局汇报，希望局里帮忙为村民修桥。几经努力，历时3个月，筹措30万元，一座宽敞、结实的桥梁修成了。

冬季来临，发源于葫芦村的一条小河变成了美丽的冰瀑，一发现这处深山中的美景，赵慧就坐不住了，如何把这一资源变成葫芦村致富的宝贝？赵慧把自己拍的照片发到朋友圈，主动邀请作协、摄协的老师到村采风，利用多媒体进行网上宣传。很快，瑶曲镇葫芦村冰雪瀑布的美景开始在朋友圈刷屏，吸引了大批游客，山村道路上，一辆又一辆自驾车穿梭而来。山沟里，到处是游客的欢声笑语。一幅幅葫芦村的美景图通过游客之手发到网上。

看到商机来临，赵慧立即动员组织村民销售农副产品，在有农产品售卖的农户家门口插上彩旗，引导游客根据彩旗颜色选购不同的产品，让村民足不出户即能增收。她鼓励村民李春侠办起了农家乐，指导苗有水开办了土鸡养殖场。

而此刻在她的家里，是年老体衰、长期患病的公公婆婆，还有刚上高一的女儿和1岁的儿子。患肺癌5年的父亲则住在医院里，等待着女儿的陪伴。

春节来临，葫芦村的土鸡脱销，鸡蛋脱销，核桃脱销……据不完全统计，仅村民的土鸡就销售了20多万元。一个名不见经传的小山村火爆朋友圈。大年三十，她安排完村上的工作，又拉了满满一车大大小小50多包山货送到城里，给顾客分送完时，已经是夜里11点多。

2月10日，正月初六，赵慧的父亲不幸病逝，她把眼泪流在肚子里，默默处理完父亲的后事，又准备一头扎进深山里，却不想遇到了冰雪封路。而此刻，距离父亲去世仅仅5天……

与死神擦肩而过是一种幸运

2019年2月18日，星期一，大雪。早晨6点起来，窗外已是银白的世界，雪花还在飘落。准备赶赴村上，妻子说，等雪停了，中午再走。我说："雪正下的时候，路面不会打滑。雪停了就会结冰，更不好走。"见我执拗坚持，妻子便不再劝阻，反复叮咛："路上一定要慢点！"

出城时，雪花依然纷纷扬扬，好在城里的路面上没有积雪，车辙碾过的地方消化成了雪水。西延高速入口已经封闭，只好走西铜一级公路。车行至三原以北，路面及两边的田野上，积雪明显厚了许多，隔着车窗也能感觉到外面的寒意。远处的山峦、沟壑、残塬隐隐约约，关中大地笼罩在白茫茫的雪雾中。

车到铜川新区，天色依然昏暗不明，路上车辆行人很少。心里有一丝犹豫和不安，却觉得路面不是很滑，可以通行，距离村上也就20多公里了，应该不会有什么问题。

一路小心翼翼，赵氏河大桥和坡头工业园区的路面上，一辆铲雪车刚刚驶过，让揪着的心放松了许多。铲雪车行驶到园区西头便折返回来，最危险的浊峪河大桥及过桥后的移寨坡路段，积雪依旧。每逢雨雪天气，这里都是车祸最多的地方。

路面上有车辙碾过的痕迹，但已覆盖了一层新的雪花。车速放在10迈左右，过桥，上坡，通过移寨村，爬上塬面时，路面上的积雪已经和两边的田野连在了一起，若不是道旁的树木和绿化带，几乎分不出田野与道路。上了塬，最危险的地方已经过去，前面的路段应该非常好走。然而，就在心中庆幸一路平安的时候，出事了。

在移寨村西段折向北边中原村的地方，有一处90度的大转弯，平时这里给人的感觉很宽敞，今天却无法看清车道。当车子向北转向时，突然发生侧滑，整个车身像一片落叶一样向道旁的U形渠飘移过去。紧急中，将车头打向路边的行道树，随着一声闷响，左前方重重地撞在了一棵碗口粗的柳树上，树上的积雪哗哗洒落下来，堆满了前窗玻璃。

左边车门已无法打开，从右边钻出车子查看时，只见左方车头已严重凹陷变形，车门也被挤压弯曲，前方柳树被撞歪，树皮蹭裂，树后便是深约2米的U形渠。心中暗自庆幸，如果没有这棵柳树阻挡，后果不堪设想，说不定今天就牺牲这里在了。

查看轮胎打滑的印迹，发现路面积雪下面，有车辙压过后形成的暗冰，非常光滑。

雪似乎越来越大，四野寂静无人，这一刻，感觉是那样的无助。村委会委员信兆娟懂保险业务，遂打电话给她。兆娟吩咐给保险公司打电话报案，她叫了龙石寨汽车修理部的师傅马上赶到现场。

胸口有点疼痛，应该是刚才撞树时被方向盘顶到了。所幸身体其他部位均没有受伤。

等待拖车的时候，手机响了，是妻子打来的，问路上怎么样，有没有到村上。我说："放心，已经到达，挺顺利的。"

本想早点到村，尽快把需要处理的几件事情做完，没料想发生这样的事情，想快却变成了慢。中午办好保险公司报案手续时，雪停了，路面开始消融。心想，要是晚几个小时上路就好了。车辆被拖去修理，修好预计得10天。

叮咛建文不要告诉其他人车祸的事情，下午还是接到了报社机关党委专职副书记杨春生的问候电话，副区长徐晖也打来电话询问有没有受伤。徐晖在扶贫团工作群中叮嘱大家，以后遇到雨雪等恶劣天气，可先报假，确保安全再出行。

连超、建军都赶来问候，建军说他在村口碰见照金村委会主任梁万营，万营看见我的车被拖走了，不知道人有没有受伤。让这么多人为此事担心，心里感到十分内疚。

李静正在编辑《耀州脱贫故事》一书，拟收录耀州区涌现的100位贫困群众脱贫致富的事迹，嘱咐我为书稿写序。近期先后撰写了常刚、王耀利、毛小玲的脱贫故事，陆续在"沮水微澜"公众平台推出后，在贫困户中引起非常好的反响。李静问能否再写一两个人，遂决定继续推出赵建、赵博兴的优秀事迹。

晚上整理好赵建、赵博兴的稿件后，感觉胸口越来越疼，同时伴随有咳嗽症状，掀开上衣看时，发现胸口有手掌大一块淤青。这才意识到，今天的车祸有多危险，与死神擦肩而过有多幸运。

这一刻，突然想到很多，母亲、家人、孩子、亲戚、朋友……还有许多积压在手头没有完成的事情。这一刻，忽然明白，经历了生死的考验，这世上还有什么难事，还有什么可怕的呢？

一号文件

一夜之间，除了背阴处，原野上的积雪几乎消融殆尽，阳光又暖暖地照在了大地上。赵博兴已经打工外出，赵建打算到3月份天气暖和时，购进新的鸡苗。

徐晖到村上来走访调研，先后看望了贫困户赵润生和赵博兴家庭，询问了其产业发展和脱贫意愿等问题，鼓励其奋发自强，把日子越过越好。在村委会，徐晖叮咛"四支队伍"，今年耀州区要脱贫摘帽，任务相当艰巨，要逐户研判，逐户制定脱贫措施，确保任务完成；另外，还需关注处在贫困边缘的非贫困户群众，防止返贫现象。

说起昨日发生的车祸，徐晖说，天寒地冻，一定要注意安全，近期外地一名扶贫干部打水时滑倒，直接昏迷。西安日报社驻寺坡村的扶贫干部姜礼元也说，他已经在小丘这条公路上出过两次事故了。2019年中央一号文件发布，再次让大家对农村这片希望的田野充满了期待。

今年的一号文件共分8个部分，第一部分就是"聚力精准施策，决战决胜脱贫攻坚"，再次强调要不折不扣完成脱贫攻坚任务，到2020年确保现行标准下农村贫困人口实现脱贫、贫困县全部摘帽、解决区域性整体贫困。

目前，越来越多的人看到，农村是未来发展机遇最多的地方，不论是工商资本下乡、互联网企业务农，还是农民工、大学生返乡创业，都是看好农村经济发展的前景。

一号文件对现代农业发展提出了诸多要求和具体方向，推进农业由增产导向转向提质导向。在农产品供给方面，提出实施大豆振兴计划；在科技强农方面，提出实施农业关键核心技术攻关行动；在数字农业农村方面，提出推进互联网+农业。

一号文件提出，要发展壮大乡村产业，多元化发展乡村经济，拓宽农民增收渠道。数据显示，去年我国农产品加工与农业产值比达到23∶1，休闲农业和乡村旅游营业收入超过8000亿元。

随着现代农业产业体系的逐步形成，种养大户、家庭农场、农民合作社等新型农业经营主体蓬勃发展，已成为发展现代农业的引导力量。一号文件提出，要培育农业产业化龙头企业和联合体。

农业产业化联合体是个新概念，是一种农业产业化的新模式，不同于传统的公司+农户，而是龙头企业、合作社和家庭农场等主体分工协作、利益共享的一体化农业经营组织联盟。

村"四支队伍"立即组织学习一号文件的主要内容，重点领会关于脱贫攻坚和农业农村发展的精神，并就近期的重点工作进行了安排，再次对2019年拟退出的贫困户各项脱贫措施进行了讨论研判。

村秧歌队从上午就开始排练，村委会广场上锣鼓喧天，队员们热情高涨，认真投入，把排练当成了为村民们祝福元宵节的表演。入夜，村巷里灯笼闪烁，欢声笑语不绝于耳。

耀州是药王孙思邈的故里，每年农历二月初二，在耀州区都有一系列的民间祭祀活动。今年，耀州区将在孙思邈的家乡孙塬村举办社火表演，移村秧歌队入选。

新年后，村委会就将村上爱好文艺的家庭妇女组织起来，排练了扇子舞等一系列秧歌节目，以三组村民为骨干组成的锣鼓队专门为秧歌队助威。为了支持秧歌队的表演，村上还专门挤出经费，为秧歌队购买了40对秧歌扇子、40套秧歌服，还将坏了的铜锣换成了一套新锣。在小丘镇的新春文艺汇演中，移村的秧歌队一举夺魁。

王小红手术后出院，在家休养；镇党委书记张凌宇调任铜川市扶贫局副局长；区果业局局长童耀宏调任陕西果业集团杨凌分公司副总经理。

人事变动是否给果业局在移村的帮扶工作带来影响，与连超谈起此事时，连超说，耀宏对待工作认真负责，在干部职工中有很高的威信，干部的思想会有波动，但工作不会落下。

赵建的脱贫故事今日在"沮水微澜"推出，小丘镇政府微信公众平台也刊发了毛小玲的脱贫故事。

闫正长的后事

凌晨，窗外传来滴滴答答的雨声，一场春雨不期而至。早晨起来，地面已经湿透，天地一片润色，田里的麦苗似乎一下子翠绿起来。

正午时分，雨停了，空气清新了许多。村委会广场上的锣鼓敲了起来，秧歌队的小媳妇们排练完节目又跳起广场舞来。

而此刻在贫困户闫正长家里，兄长闫根长正手忙脚乱，招呼侄子闫卫快去喊邻家的老人过来。前几天，已经在床上躺了多日的闫正长挣扎着下地走路了，还出来在巷子口转了转。邻居们都说，老闫兴许能熬过这一关，这就好起来呢。没想到，今天又突然加重了，大口喘气，连话也说不出了。

下午传来消息，闫正长去世。这个54岁的男人熬过了寒冷的冬天，却没有撑到春天的到来。

闫正长是这个家庭中唯一的健康人，妻子、儿子均有残疾。去年冬天闫正长病后，家中生活主要由其兄闫根长照顾。闫正长去世，让这个困难的家庭雪上加霜，村上为其分到的75平米安居住房，至今无力搬迁入住。

贫寒的家庭办一场丧事都有点困难，与吕建文、张继臣、常建军、崔连超一起赶到现场时，前来帮忙的邻居已经有十多人，几个老人在为闫正长穿寿衣，布置灵前的物件。村中几位大姊将一件孝衫套在闫卫的身上说："娃儿，快给你爸磕个头！"闫志英的老伴李芳贤哭得声嘶力竭。闫正长老婆站在院中，看着里里外外这么多忙乱的人，有点不知所措。

六组组长阎铁牛说，赊了一口棺材，一会就送来。建文提议，棺材钱由在场的村"四支队伍"成员捐款来出，大家立即响应；闫铁牛具体负责后事处理，立即召集村民帮忙打墓；发动邻居这两天都来帮忙，到饭点时，各自轮流回家吃饭。

各项事务基本安排到位，许多村民都自发前来帮忙，闫正长在外打工的弟弟闫峰也赶了回来。建文将闫根长和闫峰叫到一旁说："正长走了，家中留下这娘们俩，日子肯定不好过，村上和帮扶单位会全力以赴帮助，你们兄弟也要多照顾，要让老闫走得放心！"

闫根长不住地点头，眼泪一直挂在脸上没有断线。闫峰哽咽着说："我哥命苦了一辈子，你们放心，有我一口吃的，就不会让嫂子和侄子饿着！"

村委会又有两周没有自来水，好在厕所冰冻的下水道已经疏通，加上有孙小顺每天认真负责地打扫清理，整个办公楼还比较干净整洁。

到陕果铜川集团公司走访。陕果铜川集团近几年在移村流转土地2100多亩，每年雇用村民所支付的工资有100多万元，加上流转土地费用总计300多万元，为移村经济发展和村民致富做出了很大贡献。

协助信息员冯彩云对移村易地搬迁户的旧宅基地腾退台账进行了整理。按照相关政策，易地搬迁贫困户搬入新居后，要在三年内拆除腾退原有宅基地。据统计，移村41户分到安居房的家庭中，有20户有旧宅基地需要腾退，其中1户乔羊娃的窑洞已经完成复垦，剩余19户；另有21户无宅基地或与亲属共用一处宅基地，这些人大多借住在亲友家中，无须腾退。

驻村工作队开始逐户调查填写贫困户安全饮水达标认定书。

赵博兴的脱贫故事《贫不气馁，穷不移志》在"沮水微澜"推出。至此，移村入选该平台"脱贫故事"的已经有5人。

18岁起，她等了他50年……

耀州是块红色的土地，20世纪30年代，无数热血男儿跟着共产党闹革命，为新中国的诞生抛头颅、洒热血，留下了许多可歌可泣的英雄故事。驻村期间，有幸采访到一位革命烈士的后人，田宏烈老人苦等丈夫50年的故事让人感动落泪……

在陕甘边革命历史上，有许多英烈没有留下姓名。有些直到共和国建立几十年后，家人才从各种渠道了解到，他们早已为革命英勇献身。红十五军团某部政委张英斌就是这样一位英雄。

张英斌，1910年出生于耀县（今铜川市耀州区）下高埝乡张家坡（今田家沟村一组）一户贫苦农家。1933年7月，王泰吉骑兵团在耀县起义时，23岁的张英斌参加耀县游击队。他告别新婚不久的妻子，随游击队一起奔赴照金。得知他参加红军，国民党民团和土匪武装先后三次到他家中搜查、烧抢。为了保护家人，张英斌将自己在游击队的名字改为张嘉柏，并动员妻子田宏烈一起北上照金参加革命。田宏烈由于有孕在身，未能成行。田宏烈送走丈夫，夫妻两个至此分别后，再也未能见面。那时，田宏烈只有18岁。

1934年5月，田宏烈生下儿子张志发，母子两个相依为命，贫寒度日，直到新中国成立。然而，田宏烈望穿双眼，却一直没有等到丈夫归来；儿子张志发从出生起，就没有见过父亲的面，他只听母亲说父亲跟红军走了，却无法想象父亲的样子。

30多年后的1970年，35岁的张志发已经有了5个孩子（三儿两女）。一天，张家坡来了几个军人，他们向村民打听村里有没有一个叫张嘉柏的人，新中国成立前打仗走了再也没有回来。村民们从没听说过张嘉柏这个名字，但却知道张志发的父亲张英斌参加革命后再也没有音讯，便把这个消息告诉担任生产队长的张志发。张志发回家后询问母亲知道不知道有个叫张嘉柏的人，母亲告诉他说："那就是你爸！"

原来，张嘉柏生前部队的战友一直在寻找他的家人，他们只知道张嘉柏是耀县西塬（下高埝塬）人，却不知道是哪个村子，更不知道他在家乡的名字叫张英斌，于是在耀县民政局的协助下，遍访了下高埝塬上每一个有张姓人家的村子，终于找到张家坡。

得知找到张嘉柏的家人，张邦英、张仲良、陈国栋等老一辈革命家陆续给张志发和母亲写来慰问信，勉励他们继承先烈遗志，听党话，跟党走。随后为了搞清楚父亲生前的战斗经历和详细的牺牲过程，张志发代表母亲给父亲生前的多位战友去信求证，回信均证明了一件事情，父亲对党忠诚，为中国革命做出了贡献，在战斗中英勇牺牲，但因为他们都没有参加那场战斗，父亲牺牲的具体细节都比较模糊。

1983年9月10日，田宏烈老人带着对丈夫半个世纪的等待和深深的思念去世，享年68岁。

在她去世后的第六天，1983年9月16日，中华人民共和国民政部终于颁发张英斌的革命烈士证明书（陕烈字第019585号），证书上这样写着："张英斌同志在第二次国内革命战争中壮烈牺牲，经批准为革命烈士。特发此证，以资褒扬。"证书持有人：田宏烈。

在随后的30多年里，张志发和儿女们一直在努力寻找父亲生前战斗经历的线索，但因年代久远、许多革命老人去世而无果。近两年，张志发的儿女和孙辈多次奔波于陕西旬邑、甘肃正宁等地，终于从相关地方的县志、军事志以及革命前辈的回忆录中找到多处记载，还原出了张英斌（张嘉柏）烈士比较清晰准确完整的事迹——

1933年7月，张英斌改名张嘉柏，参加了耀县游击队，到达照金后，在照金苏区多次反"围剿"斗争中，成长为一名英勇善战的红军游击队员，并加入了中国共产党。

1934年6月，张嘉柏被任命为淳耀游击队第六支队队长。之后，六支队奉命开赴甘肃正宁县五顷塬、三嘉塬一带，和陕甘边第三路游击队汇合，张嘉柏担任特务队长，在旬邑、正宁、宜君等地打击土豪劣绅，消灭反动民团，不断壮大队伍。

1934年9月，红二十六军四十二师党委在甘肃正宁县湫头村召开会议，决定成立红四十二师第一团，作为陕甘边南区斗争的核心力量。陈国栋任红一团团长，张仲良任政委，下辖两个步兵连，张嘉柏任二连指导员。红一团组建后，配合陕甘边第三路游击队，先后参加了湫头、高窑、七界石、麻子掌、王寨子、七里铺、赵村、直罗镇、王郎坡等战斗，消灭了固守地方的多处民团反动武装，使根据地日益扩大。

1935年7月，张嘉柏被推选为陕甘边南区革命委员会军事委员，兼任关中分区第四路游击队总指挥。据1934年10月参加革命、创建陕甘工农红军宁县第三支队的原甘肃省监察委员会副主任刘永培回忆：1935年8月，他接到陕甘边南区特委指示，到陕西旬邑县担任第四路游击队指挥部政委，张嘉柏时任第四路游击队总指挥，年仅25岁。指挥部驻扎在旬邑县清水塬干草坪村，刘永培一到，张嘉柏和工作人员都出来迎接。两人初次见面就非常投缘，他们相互尊重，谈革命经历，谈革命理想。张嘉柏比刘永培小好几岁，他的话给刘永培留下深刻印象："为了革命的成功，为了使穷人都过上幸福美满的生活，我张嘉柏这满腔热血完全交给党了。党什么时候需要，我就什么时候洒。"

第四路游击队指挥部的主要任务是领导和指挥旬邑、淳化、耀县等地的游击支队，开展游击活动，组织群众打击敌人。在战斗生活中，刘永培与张嘉柏相处得像亲兄弟一样，工作配合得非常好，张嘉柏非常尊重刘永培，刘永培也非常敬佩张嘉柏的英勇果敢。在刘永培的印象中，张嘉柏是个性格直爽、态度和蔼、心胸开阔的人。

一次，张嘉柏、刘永培带领十支队、六支队、七支队的50多名游击队员到彬县、旬邑交界处打游击。部队吃过午饭正准备行动，不巧被从龙马高村来的国民党民团发现。敌人有70多人，带着各种新式武器向游击队冲来。张嘉柏与刘永培紧急决定，让力量较弱的七支队假装撤退，六、十支队立刻抢占有利地势埋伏。敌人以为游击队真的撤退，没命地追赶过来。当敌人进入我军埋伏圈以后，张嘉柏立即鸣枪指挥，六、十支队一齐开火，打得敌人顿时乱成一团。这时，担任诱敌任务的七支队也反身回来，与六、十支队一起冲向敌人，一口气把敌人追赶了十多里路，敌溃兵跳进泾河才得以逃脱。这一仗，打死打伤和俘虏敌人20多名，缴获步枪20多支、子弹2000余发。

1935年9月，红十五军团在陕甘边南区（关中分区）各路游击队的基础上，组建了三个独立营。新宁县为独立一营，新正县为独立二营，淳耀县为独立三营。张自行任独立二营营长，张嘉柏任政委。独立二营下辖两个连队，共250人，主要活动于新正、新宁地区。据刘永培回忆，接到上级调张嘉柏到独立二营担任政委的命令后，临行前，他和战友们都来送行，送出很远，张嘉柏再三劝阻，大家才挥手告别。没想到这一次竟成了永别。

1935年冬，国民党东北军开始"围剿"苏区，东北军11个师分三路对陕甘边苏区南区发动进攻，不到半个月，根据地大部失陷。为了粉碎敌人的进攻，1936年1月下旬，关中分区命令独立一营、独立二营相互配合，趁敌立足未稳，夜间袭击进驻正宁县榆林子镇乐兴村的一个敌军营部。乐兴村位处长乐塬上，易守难攻。国民党军警戒严密，独立营刚一进村，就被敌哨兵发现。国民党军蜂拥而出，向独立营反扑。因敌人人数众多，武器精良，虽经激战，敌人城防依然无法攻破。独立营边打边退，主动撤出战斗。是役，红军战士未伤亡一人，但独立一营政委焦怀兴（31岁）、独立二营政委张嘉柏（26岁）却都在战斗中英勇牺牲了。

1936年1月张嘉柏牺牲后，独立二营政委由郭廷藩接任。1936年7月，独立二营编入红军陕甘独立师第三团。

张嘉柏把一腔热血洒在了陕甘边的红土地上，把年仅26岁的生命献给了党。作为后人，我们应该记住，他在家乡，还有一个名字叫：张英斌！

张家坡距离移村不到10公里，位于赵氏河东岸。采访结束，踩着脚下的黄土路，看着河水静静地流向关中平原，心中感慨，当年为了理想，为了拯救我们苦难的民族，有多少像张嘉柏一样的志士把热血洒在这片大地上，有多少像田宏烈一样的妻子没有等到丈夫的归来……

在逆境中奋起

春天的脚步越来越近，中午的气温已经升到了10度以上，在村中走了一圈，竟然有点出汗了。

田里的农户开始拉水浇灌果园，村上的自来水已经停了近一个月，移村的水井成了附近农户唯一的灌溉水源。

李静发来《耀州脱贫故事》的样稿，全书约10万字，100余幅图片。书中一个个鲜活的脱贫故事，不仅是100个贫困家庭的奋斗历程，更是精准扶贫路上难得的教材。

仔细阅读这些故事，你就会发现，没有人生来愿意贫困，也没有人在逆境中甘愿沉沦。生活的道路上有许多意想不到的挫折，有些是无法避免的疾病或天灾，有些是突发的意外，有些是自然条件的局限。当这些意外降临，特别是不幸陷入贫困的时候，对每一个普通家庭来说，都是一场严峻的考验。

仔细阅读这些故事，你就会更加深刻地理解脱贫攻坚的意义。贫困，不仅剥夺着一个家庭的幸福感，更是我们迈向小康社会必须越过的一道坎。

小康路上一个都不能少，习近平总书记反复提及这样的庄严承诺："只要还有一家一户乃至一个人没有解决基本生活问题，我们就不能安之若素；只要群众对幸福生活的憧憬还没变成现实；我们就要毫不懈怠团结带领群众一起奋斗。"实现在共同富裕的路上，一个都不能掉队！为了兑现这个承诺，十八大以来，一场前所未有的脱贫攻坚战在全国范围全面打响。精准扶贫政策犹如和煦的阳光，照亮了每一个贫困的角落，为每一户贫困人家创造了脱贫致富的各种便利条件。仔细阅读这些故事，你就会明白，战胜贫困既要有客观的条件，也要有主观的内生动力。习近平总书记强调："一个健康向上的民族，就应该鼓励劳动、鼓励就业、鼓励靠自己的努力养活家庭，服务社会，贡献国家。"

脱贫攻坚战打响以来，耀州区开展的"八星励志"扶贫扶志活动，着眼从根子上消除贫困群众"等靠要"的思想顽疾，激发贫困群众脱贫致富的内生动力，让每一个立志脱贫的家庭信心倍增，催生了一批批自强励志模范，涌现了一个又一个脱贫明星和致富典型，演绎了一个又一个可歌可泣的脱贫故事。

他们中，有自强不息、带领20多户贫困群众走上致富路的崔普选，有浪子回头、养蜂致富的李战文，有贫不气馁、穷不移志的"诗人"赵博兴，还有发展不忘扶贫、致富不忘乡亲的"兔子大王"宋少伟……他们是生活的强者，是不向逆境屈服的楷模！

俗话说，人穷穷一时，志短短一生。人是要有精神的，特别是在逆境中奋起的精神。有了这种精神，再大的困难都不怕，再难的事都能解决。脱贫攻坚是一场持久战，这场战役承载着百姓福祉、凝结着民族梦想。树立奋发自强精神，增强积极向上、努力进取的昂扬斗志，正是打赢这场战役，从根本上消灭贫困必须有的长期心理和精神准备。

脱贫攻坚是阶段性的任务，但消灭贫困、防止返贫却是一项长期的任务，必须有长远的打算和心理准备。《耀州脱贫故事》这本书的意义就在于其积极的示范作用，不仅给贫困群众，而且给更多的人带来了启示。

想到这些，遂以《在逆境中奋起》为题，作为这本书的序文。

在这场战役中，有无数扶贫干部奋战在一线，每天奔波在田间地头，谱写着新时代的英雄史诗。他们中间，有许多新闻记者的身影。习近平总书记希望广大新闻工作者发扬优良作风，扑下身子，沉下心来，扎根基层，把基层特别是脱贫攻坚一线作为历练的平台和难得的机会，增加见识，增进感情，增长才干，实实在在为当地百姓解决实际问题，为贫困乡村带来新变化。作为一名新闻战线的驻村扶贫干部，我为自己能够参与到这场战役中而感到幸运，感到自豪！

耀州区脱贫攻坚领导小组办公室下发了3月份脱贫攻坚工作要点，明确本月的工作主题为，抓问题整改、补短补漏洞、促项目开工、抓两房建设。

对于移村来说，前期工作还是比较扎实细致的，对今年的脱贫任务梳理得也比较到位。目前需要做的就是紧盯各退出户的每项脱贫指标，抓紧布局村集体经济和产业发展，利用近期晴好天气，督促今年要完成的各项大事尽快落地实施。

为了摸清移村教育扶贫的基本情况，到镇中心小学拜访了校长赵润军。据统计，小丘镇中心小学现有在校学生619名，其中移村入学儿童94名；移村目前1—15周岁儿童共计596人，其中1—3周岁138人，3—6周岁入园儿童155人，7—15周岁入学儿童共计303人。

在移村的建档立卡贫困户中，现有在校学生27人，其中学前教育3人，小学阶段8人，初中阶段4人，高中阶段4人，大专以上6人，特殊学校（聋哑等）2人。

以上所有不同教育阶段的贫困学生均享受到了教育扶贫政策：学前一年的幼儿除了免除保教费外，全年补助生活费750元；小学阶段住校生每学年补助

1000元，初中生补助1250元，非住校生减半；义务教育阶段学生每天都有4元钱的营养餐补助；高中阶段特困学生每学年享受2500元助学金，普通贫困学生补助1500元；中职、高职、大专院校贫困学生均有不同档的助学金，其中大学生一次性补助3000—5000元。

谁当领头雁

3月8日，天气晴朗。朋友圈中充满了"女神节快乐"的问候。新媒体时代变化最快的就是对女性的称呼，从"美女"到"女神"，听说又在流行"小姐姐"。有人说这是女人的地位在提高，有人说这是男权时代在结束。而我此刻关心的是，在村干部中，要选拔一个年轻人都难，更别说是女干部。

四组组长赵西军的身体状况依然不好，病后恢复面临的主要问题是语言表达不清晰，行走吃力，无法正常工作。党总支和村委会商议，寻找一个接替西军工作的干部，最好是年轻干部，能培养一名女干部更好。但是，将近一个月，尚没有寻找到合适的人选。

村"三委"中原来有信兆梅、信兆娟和张会三名女干部，去年兆梅被抽调到镇政府负责残联工作，兆娟最近也因进城打工辞去了村委会委员职务。

农村基层干部的培养和选拔面临严峻的青黄不接局面。就拿移村来说，目前村干部中只有五组组长孙文一人年龄在30岁以下，其他人都在40多岁和50岁左右，年龄最长的已经60多岁。

村中有能力的青壮年人都去了城里打工，留在家里的大多是老年人和留守妇女。有实力的致富能人虽然不少，但大多有自己的事情可干，看不上每月只有三五百元的补贴，更何况还要劳心费神甚至是面临出力不讨好的境况。

倒是有个别人特别想成为村干部，但在考察中发现，这些人不是群众关系不好，就是有所企图，不是真正想为群众办事、乐于奉献的人。对这样的人，村党总支的态度是：坚决不用，宁缺毋滥。

俗话说，致富要靠领头雁！那么，谁当领头雁？农村基层干部选拔面临的这种困境，在一定程度上影响着乡村的发展和振兴，制约着农村基层工作的开展，也对脱贫攻坚工作十分不利。

如何解决这一问题？需要从宏观和微观两方面着手，宏观上必须加大对农村产业发展的投入，让更多的年轻人在农村有施展才华的机会，要能吸引更多的大学生回乡创业；微观上需要从村干部待遇提高、退休养老等方面考虑其个人需求，让他们觉得，只要有奉献，就会有回报。

白天越来越长，下午6点，太阳仍悬挂在西天。小红和建军提议，到清峪河对岸塬上看看，品尝一下正宗的淳化荞面饸饹。翻过清峪河谷，再过一道小沟，便到了淳化县的方里镇，行程只有20多公里。

路上，谈起四组组长人选的事情，小红说，已经有了一个比较合适的人选，四组村民常大牛同意挑起这个担子，但本人表示，还要做通家人的思想工作。常大牛今年50岁，虽然年龄不太符合村"两委"的预想，但他人品好，干事创业有魄力，平时乐于助人，村民不论谁家过事，他都是第一个去帮忙的人，在群众中有很高的威信。

建军说，在女干部的选拔上，有一个叫邢婷婷的女孩，有文化，人品好，干事踏实，缺点就是了解她的群众太少。

说到干部队伍的管理，小红和建军都觉得，对农村干部的管理要区别于国家正式干部，因为他们都不脱产，家里都有一大堆农活要干。如果对他们像国家正式干部一样考勤考核、一样追责问责，就会伤害到他们的积极性。

说到村干部工作的强度，小红说："一点不比正式干部小！"就拿移村来说，800多户3000多口人的行政大村，连支部委员、村委会委员加起来，一共只有14名干部，整天忙得团团转。

说话间，已到方里镇，镇子不大。街道中间有一家名叫卜家饸饹的小饭馆，建军说，这就是正宗的淳化荞面饸饹。老板娘是一个朴实干练的中年妇女。饸饹10块钱1份，每份有6小碗，便宜实惠。碗里漂着红烫烫的辣椒油，却尝不到刺人的辛辣味，非常香醇可口。6小碗吃完，头上已经冒出了汗珠，肚子撑得圆鼓鼓的。

返回的路上，几个人又聊起干部的话题。我将习近平总书记说过的一段话分享给他们二人："干部管理是一门科学，要敢抓善管、精准施策，体现组织力度；也是一门艺术，要撑腰鼓劲、关爱宽容，体现组织的温度。组织敢于担当，干部才会有底气。要在强化责任约束的同时鼓励创新、宽容失误。探索就有可能失误，做事就有可能出错，洗碗越多摔碗的概率就会越大。我们要正确把握失误的性质和影响，坚持我讲的'三个区分开来'，切实保护干部干事创业的积极性。"

能不能分出三头六臂

空中传来带哨的风声，而树梢却纹丝不动。忽然明白，这不是风，而是高空中气流掠过的声音，迅疾、尖利、威猛。似乎只有这种气势的气流，才能带走冬日的寒冷，将春天的能量运送过来。

常建宏妻子邢琴侠反映，家中务了1.5亩苹果树苗，有1万多株，已生长四五年了，联系不到销路，希望驻村工作队能帮忙。近期正是春季栽植果树时期，4年左右的苹果树苗每株可以卖到2块钱，家庭用户的需求量并不是很大。

与连超、小红商量后认为，按每亩栽60棵树苗计算，消化掉这1万多株树苗需要170亩左右的土地，必须大买家才行。小红立即联系陕果铜川集团副总经理兼铜川种苗公司总经理毛向阳，毛总听说是为贫困户解决困难，毫不犹豫地答应了。

年度脱贫攻坚各项任务进入紧张忙碌的节奏中。在"一补三送一议"活动、违规收送礼金整治工作、扫黑除恶行动、打击破坏野生动物专项行动继续进行的同时，以推进产业就业扶贫、推进扶贫扶志、完善基础设施、完善住房建设为主要内容"两推进两完善"活动又拉开序幕。

镇政府通报了中央脱贫攻坚专项巡视反馈的8个共性问题、11个突出问题、13项个性问题和市级巡察组反馈的4类18项问题，要求各村逐一对照检查、整改。

村"四支队伍"梳理了一下，移村还有多项工作需要推进。

移民搬迁户的旧宅基地拆除腾退，目前41户中，除去21户无房户和1户已经复垦的，仍有19户按要求必须在8月底之前全部拆除腾退；清洁能源替代推广，全村任务为258户，需要向村民宣传解释并代办相关费用的报销工作；闫正长家庭的低保申请；赵向阳、党改来两人因年龄不到60岁、残疾等级不到二级，需由五保户转为低保户；姜淑琴、牛兴保两位老人与儿女的合户工作；等等。

另外，还有各级部门所需的各种资料，其中工作量最大的是区住建局要求填写的村民安全住房认定书，涉及全村每一户村民，要求逐一入户核实填写，一式三份，下周一前完成。

算了算，村干部加上4名驻村工作队员，除去赵西军等人因病住院、果园春灌等因素的影响，每日能全天候投入到工作的不到10人，大家恨不得长出三头六臂。

水的问题再次凸显出来。村中自来水已经停了一月有余，昨日在村干部的反映下，供水一日，今日又停了。移村水井前，前来拉水的村民排成了长队，从早到晚，有本村的，也有附近村民。

有人提议，先满足本村村民饮用和果园灌溉，暂停对外村村民供水。提议遭到村"四支队伍"否决，大家认为，不论村里村外，都是乡亲，在此春灌的关键时刻，不能分彼此你我，宁可让水井24小时不停歇，也不能让乡亲无水可用。

水的问题不解决，必将成为制约脱贫攻坚和乡村振兴的一大瓶颈。了解后得知，造成水荒的主要原因是高尔塬水库库容不足。高尔塬水库位于清峪河上游，建设于20世纪70年代，由于泥沙淤积及近年来生产生活用水量不断加大，水库已无法满足照金、小丘及下游三原一些乡镇的生产生活用水。水利部门已经申报了相关项目，投资7000多万元为水库加坝扩容，工程预计今年底明年初完成。

另外，小丘镇供水站的净化池设备陈旧，在干旱的春季，净化供水的能力有限，也是造成缺水的一大原因。近期供水站正在升级改造。

渭北高原，俗称黄土高原上的"旱腰带"，每一个年龄稍大的人都有关于水的痛苦记忆。在20世纪80年代以前，人们的饮用水主要靠水窖或到几里外的深沟里去肩挑人抬。进入新世纪，随着自来水的入户，人们才慢慢结束了下沟取水的历史。

晚上，小红叫到他家喝稀饭，这才想起，一整天没有洗脸，从早到晚滴水未喝，嗓子有点冒烟了。

小红家院子的一角挖出了一个直径3米、深约4米的大坑。小红解释说，准备砌成一个蓄水池，收集雨水以备缺水时使用，一池能存放8—10立方水。最近许多村民在自家院落开挖水窖或者修建这样的储水池。

猪崽涨价了，猪肉会不会涨

在省委宣传部"两联一包"耀州扶贫工作联席会议上，常务副部长王吉德强调，今年是脱贫攻坚的关键时刻，耀州区要脱贫摘帽，各帮扶单位必须高度重视，坚决反对形式主义、走过场，扶贫的措施要实、过程要实、结果要实！

措施实，体现的是帮扶的精准和有效；过程实，要求的是工作的扎实和力度；结果实，是最终的目标和成效。

"三个要实"点中了扶贫工作的关键，是对脱贫攻坚中出现的官僚主义、形式主义等作风的回击，是对只停留在报表和文山会海层面上的扶贫方式的纠正，是每一级政府部门、每一个帮扶单位、每一个驻村干部都必须坚持的工作要领。

利用例会的机会，重点向村"四支队伍"传达了"三个要实"这一工作要求。

天气回暖，春的气息越来越浓。田里的麦苗泛起绿油油的光泽，开始快速生长，几乎一天一个样子。野菜纷纷钻出地面，荠荠菜、勺勺菜、茵陈，还有叫不出学名的"黑眼窝""猪耳朵"……

去龙石寨的路上，看见田里有三三两两的人在挖野菜，一问全都是城里人。

经过摸底统计，2019年有养殖需求的贫困户共24户。驻村工作队员分别深入24户家庭进行查看走访，对其养殖条件、技术能力、场地等进行了研判。通过与村干部交谈，与贫困户沟通，查阅往年养殖记录，共确定了21户养殖帮扶名单，其中13户为新增的养殖户。有3户因养殖条件不具备，暂时搁置养殖计划。

根据去年养殖扶持中发现的问题，驻村工作队决定放弃养羊计划，向报社申请，为20户提供家庭养猪扶持，继续为赵建提供养鸡扶持。

在市场调研中发现，近期猪崽价格飞涨，每头猪崽价格由去年同期的400—600元上涨至800—1000元，几乎是去年的两倍；鸡苗价格也略有上涨，从每只11元涨到13元。

分析猪崽价格飞涨的原因，大家认为主要是受去年下半年非洲猪瘟的影响，另外在农村环境整顿过程中也关闭了一些家庭养殖场，培育猪崽的养殖企业存栏量下降。随着疫情的过去，猪崽的市场需求增加，而货源不足。猪崽的培育周期一般为5个月，估计短时间内这种矛盾不会化解。

猪崽价格上涨，虽然养殖成本有所增加，但我判断，生猪的存栏量恢复有一个过程，在半年内不会有太大增长，这样一来，今年下半年猪肉价格一定会上涨。只要以玉米为主的饲料价格保持稳定，今年养殖的利润一定要明显好于往年。

这一判断得到了连超和其他干部的认同，更坚定了驻村工作队对申请报社加大养殖扶持力度的决心。

患胰腺癌已经1年多的刘更利去世，给这个原本富足的家庭留下近14万元的债务。与村干部们商量，一方面帮其家人料理后事，一方面想办法为其家庭争取临时困难救助。刘更利父亲已经70多岁，妻子刘小英现在镇社区工厂打工，儿子16岁正在上技校，家庭重担目前全部落在了刘小英一人身上。刘小英写了一份求助申请，帮其修改后报到了镇政府，另外准备为其申请慈善救济。

村水井连日来24小时不间断抽水，依然无法满足群众需求，一些排队等水的群众开始不满起来，提出了各种意见。

有人认为目前水井在管理上还存在问题，责任不实、制度粗放，加之管理员赵西军近期生病，应该另选人员管理或承包运营；有人认为水价不够公开透明，没有优先供应移村村民；等等。

对此，村"四支队伍"专题研究决定，在明确管理责任的同时，对水井进行承包运营。承包人在确保村民用水的基础上，面向周边群众开放，水价公开透明；承包人除承担水井的防护维修、供电、人工等各种费用外，每吨水向村委会上交水费1.2元；在同等条件下，原管理员赵西军可优先承包。

移村水井深约600米，每小时的出水量约为10立方，经测算，每吨水的电费等综合成本接近1元钱，目前售价为本村村民每吨3元，周边村民每吨4元，按1.2元每吨上交村委会后，承包人还可留出1元左右的运营利润空间。

移村连栋大棚项目已经完工，栽上了樱桃树，近期由第一村民小组组长刁立虎负责代管，在做好浇水管护工作的同时，积极寻找联系承包人。

《陕西美术》杂志编辑部主任白芳君与作家王锋、侯亚萍等人到村考察，为村农家书屋带来了100多册图书、杂志，为村委会带来了20多套台历。

事急，心不能急

春雨依然没有来的迹象，春花却已经悄然开放。浊峪河与清峪河两边的山沟里、坡坎上，到处盛开着一团团、一簇簇山桃花，白的、粉的、红的，把苍茫的沟塬装点得灿烂明媚。

地窖院中满地飘落着白雪一样的花瓣，几树杏花在微风中摇曳；广场上各种颜色的花儿竞相绽放，黄的是连翘，红的是樱桃，粉的是山杏，还有各种叫不上名的各色花朵。

清峪河谷中的野鸭悠然地在水塘漫步，河道中碧水清悠，山坡上花团锦簇，坡道旁翠柏耸立。一眼泉水从沟谷的石崖下涌出，水珠不断从崖壁顶上滴下，泉水流经的地方形成了几处碧绿的水潭，山坡上的花团倒映在潭水中，与蓝天白云相互辉映。

持续了一个月的咳嗽终于好了起来，胸口的淤青也已经散尽。

周末回了一趟家，感觉母亲很少说话，精神状态明显不如她在老家的时候。好在每日吃饭、睡觉还算规律，每天下午去环城公园转转，听听公园里的自乐班唱戏。

母亲年轻的时候也喜欢唱秦腔，上了年纪便不再唱，看电视成了她每日的精神寄托。但近日发现，她明显有意控制着自己不去打开电视，而是坐在阳台上，长时间望着窗外，那是故乡的方向。

我知道，春天来了，母亲又想农村的老家了。那里是她的根，那里有和她聊天的乡亲，那里有她的老屋、果树和庄稼地，在那里她才能感觉到呼吸的舒畅和无比的放松……

早上到村的时候，得知自来水开始恢复供水，还没来得及高兴，一个坏消息又传来。村中供水主管道出现裂缝，大量漏水，需要开渠检查维修，供水不得不再次中断。

漏水的地段位于第二村民小组地面上，组长常刚组织人力在两处漏水的地方开挖出了十多米长的深沟，终于找到裂缝破损的管道。维修人员紧急处理后认为，管道年久陈旧，接缝处已承受不了太大压力，必须进行更换。对经费本就紧张的村委会来说，这又是一笔意外的开支，但不论多少钱，也必须保证群众用水。

安居房的搬迁工作进展有点缓慢，原因是移民搬迁点的供水也存在问题。按供水站的要求，每户必须安装自动充值的水表，费用是300元。对于一些没有收入来源的贫困户来说，这也是一笔不小的开支，有些人便迟迟未交。

不能按期搬迁，必然影响旧宅基地的腾退工作。在村委会的协调争取下，镇供水站答应，先为贫困户安装水表，保证搬迁点正常供水，费用随后再说。

建军牵头推进"煤改电"工作，各村民小组长负责配合动员，全村按300户计划任务推进。这次"煤改电"的政策是，为需要的村民每户配置电磁炉、电暖气、热水壶及其他小电器各一套，总价1300元。村民每户只需交300元，其余

1000元由政府财政进行补贴。村民也可自主选择购买空调等家电，凭发票享受1000元补贴。

除了刘更利家庭，还有张新民、乔百明两户需要申请临时困难救助。村民张新民患癌症，手术后化疗，家庭因此背上了沉重的经济负担，已无力救治；村民乔百明儿子发展养殖业失败，负债60多万元，生活陷入困境。

因病导致家庭陷入困境的现象，成为脱贫攻坚中必须高度重视的一大隐忧，实现农村合作医疗和大病保险全覆盖刻不容缓。排查和动员的任务落到了村监委会主任王瑞民和村委会副主任常健的肩上，两人表示，一定动员没有加入合疗和购买大病保险的村民尽快办理。

赵建的母亲吴凤蒙反映，近期鸡蛋有所积压，希望帮忙销售。这种现象似乎成了规律，每年开春时节，鸡蛋价格都会大幅下跌，这几天已经从每斤3.8元下降到3元左右。按这个价格出售，养鸡户就有赔本的风险。

了解后得知，赵建家庭饲养的土鸡蛋价格相对较高，积压量也不是很大，只是比平日出货量慢了一些。我让赵建和母亲放心，他家积压的几十盘鸡蛋我周末带回报社销售。

在清峪河对面的山家坡村有一个养鸡大户，户主王学文养了1万多只蛋鸡，投资80多万，喂水、饲料、粪便处理等均是智能化操控。夫妻两人去年养鸡纯利润30多万元。相比较而言，赵建的养殖规模还非常小，投入不多，盈利也有限。我告诉赵建，一定要去学学人家的经验，包括养殖技术和市场经营模式。

村民安全住房认定表仍在调查核实填写中。

天气一天天暖和起来，城里的暖气已经停放了，但村上早晚依然带有明显的寒意。夜幕降临的时候，我和连超、武博还在整理"中央和省委巡视反馈问题"的整改措施台账。

武博是一个腼腆、内向的小伙子，30岁出头，不太爱说话，总给人一种忧心忡忡的感觉。但只要交代的事情，他都会认真做好。平日大家一起去吃饭，他也总是抢先去付账。

忙碌了一天，眼睛已经布满了红血丝，伸了伸懒腰，武博自言自语地说："这么多事情，什么时候才能忙完呀？"

我明白，这种情绪其实存在于每个人的心中，只是大家都在忍着。最担心的是，这种情绪会由压抑转换为烦躁。

我说："再忙的事，也要一点点去做。事急，心不能急！"武博笑笑，有所释然。

爷台山，远去的枪声

站在村边西望，过清峪河谷，一道南北走向的山脉如条青黛色的巨龙，从渭北高原绵延向北方，与凤凰山相连，构成关中平原通向黄土高原的天然屏障。当地人称神为"爷"，称庙宇为"爷庙"，因此山上自古有庙宇神祇，故名爷台山。

爷台山位于淳化县境内，与耀州区小丘镇的猛虎村接壤，古称大唐山。据古籍记载："大唐山亦名辰头岭，唐人于此取茶，俗呼神兔岭。"立于光绪二十五年（1899）的庙碑碑文载："我境之爷台，古有庙貌神祇，数年间遭其兵变，殿宇毁烬，实可伤哉。"

1945年7月至8月间，抗日战争胜利前夕，国共双方在这里爆发了一次激烈的冲突——爷台山反击战，陕甘宁边区军民浴血奋战，一举粉碎了国民党以爷台山为据点进攻解放区的图谋。

下午6点多，在橘红色晚霞的映照下，与小红、建军从村出发，走梁家河绕上猛虎村的山路，驱车20多分钟便到了爷台山下。没想到每天眺望的这道神秘的山峦竟如此之近。

山麓被茂密的槐树林遮掩，穿过林海，一处掩映在绿树中的建筑物上有"爷台山反击战纪念馆"的标牌，墙壁上用连环画的形式向游人介绍了这场战斗的经过。

1945年7月，抗日战争已接近最后反攻阶段。在此形势下，国民党一方面准备窃取抗战胜利果实，一方面积极准备发动内战，向陕甘宁边区进攻，企图夺取关中，威胁延安，牵制八路军开赴日军后方扩大解放区。

同年7月15日至19日，国民党胡宗南部集结了约11个师的兵力，在淳化、耀县、同官、旬邑等地摆开阵势，完成了对八路军关中军分区的东、南、西三面包围。

21日，国民党军以两个师的兵力分路向爷台山等地发动进攻。八路军新编第四旅6个连顽强固守，战至23日，阵地屹立不动。国民党军调预备第三师投入战斗。激战至27日晚，八路军所部给国民党军以重大杀伤后主动撤离爷台山阵地。

爷台山是国民党军进攻边区和八路军保卫边区必争的军事要地。国民党军侵占爷台山后，集结了8个步兵师、1个骑兵师，准备对陕甘宁边区发动全面进攻。

为了增强关中军分区的力量，打击国民党军的进攻，中共中央军委决定成立南线临时指挥部，以张宗逊为司令员、习仲勋为政委，指挥对国民党军的反击作战，并调正在向反攻前线开进的第三五八旅返回关中，集结于淳化县凤凰山、耀县照金地区。指挥部决定，乘国民党军立足未稳之际，对其实施反击。

同年8月8日夜，八路军对国民党军发起攻击，经一天战斗，克复户源、熊家山两处阵地。9日上午，攻入爷台山国民党守军核心阵地，经4小时激战，全歼国民党守军，收复爷台山，国民党守军遭重大伤亡后撤退。此时，其他反击部队也将国民党军击溃，全线发起追击，将国民党军驱逐出边区境外，收复了失去的全部村庄。

是役，八路军全歼入侵的国民党军5个连及1个营部，毙伤敌100余名，俘敌营长以下36名，缴获轻重机枪19挺及大批弹药。美军调查组来到爷台山进行所谓"现地调查"，阵地上到处残留着国民党军的美式武器、弹壳和弹药箱，使得其扫兴而去。8月14日，我军打扫了战场，掩埋了牺牲的战友，参加战斗的三五八旅按原计划向晋西北挺进。

爷台山反击战揭露了国民党搞内战的阴谋，取得了政治上的胜利，对巩固边区和随后的解放战争都起了重要作用。毛泽东在《抗日战争胜利后的时局和我们的方针》《蒋介石在挑动内战》《评蒋介石发言人谈话》等文章中，都对爷台山反击战有所记述。

从石级的台阶上登上爷台山顶，一座纪念亭中，立有爷台山战斗纪念碑，周边分别立有张宗逊、汪峰、黄华、王世泰等人题词的石碑，周围青松翠柏环绕，山坡上依稀可辨纵横交错的战壕。

爷台山主峰海拔1313米，站在山顶的瞭望塔上，向南可见嵯峨山的雄姿，关中平原在脚下一望无际；向北只见峰峦叠翠、云谲波诡、沟壑纵横，一道道山梁郁郁葱葱；向东可望见小丘塬上的点点灯火；向西越过豹子沟、桐树渠，可达淳化县城。

夜幕降临，山路蜿蜒幽静，偶尔有山鸡从草丛中飞起，留下一串"咯咯咯"的叫声在山野间回响。一轮椭圆形的明月高挂在天空，月光下的路面似一条白色的织带，曲曲弯弯，在幽幽的山塬沟壑间飘向远方……

爷台山的枪声早已远去，看到脚下这片土地上的沧桑巨变，长眠在青山翠柏中的烈士们应该可以含笑九泉。

火患猛于虎

嘴唇有点干裂，脸上也皱起了一层干皮，手摸上去热辣辣地疼。身上的皮肤似乎也处于失水的状态，干涩难受。

近一个月无雨，终于明白古人为什么要说"春雨贵如油"了。村委会安排动员群众及贫困户开展果园抗旱行动，近期果树到了开花前的关键时期，若不浇水，会严重影响产量。

村民陈绪银家前天晚上突然着火，消防队派出两辆消防车，经1个多小时扑救，方才熄灭。火灾导致一间正房、三间偏房烧毁，有七八千斤小麦及旋耕机等农具被烧掉，估计损失3万余元，所幸没有人员伤亡。

上午到陈绪银家查看受损情况，保险公司正在为其办理理赔手续。据介绍，其家参加了2元意外保险，本次可赔付1500元。初步判断失火原因为线路老化所致。

陈家人说，这场火也来得奇怪，那天傍晚吃过饭，家里人说出去转转，没想到才出去不久，火就着了。

干旱，风大，加上清明节临近，护林员吕社娃、赵军英从早到晚都在沟边值守，遇到要下沟的村民，吕社娃就会喊不许带火，看见塬上有冒烟的地方，立即开着电动三轮车赶过去，认真负责的态度令人感动。

又有火灾的消息传来，昨天，邻近的乙社村村民王某上坟烧纸，因风大引起周边杂草起火，点燃了附近林地，王某与家人扑打不灭。经镇政府灭火队及附近群众合力扑救，火势才得到控制。王某向派出所自首并赔偿了林地主人的损失。

天干物燥，火灾频发，防火成为村中第一安全要务。铜川市人民政府发布2019年第1号令，要求从严控制野外火源，加强丛林巡护，完善应急措施，严防发生重大森林火灾和人员伤亡事故发生。

村委会将市政府1号令张贴到宣传栏及村巷公共场所，要求各组做好村民的宣传教育工作，同时对失火的陈绪银家庭申请临时救助。村"四支队伍"分成六路，每两人一组，到出入村口的主要路段巡查。

耀州区公安局公布了五起火情案例及对相关当事人的处罚决定，其中有在自家果园点燃杂草引发火灾的，有上坟引燃周边林地的，有不慎将废旧油罐引燃的。小丘镇乙社村发生的火情也在通报之列。

杜绝火患，刻不容缓。为了确保清明节不出任何差错，村"四支队伍"就落实市政府1号令，严防火灾事宜再次做了安排，要求各组执勤人员和村护林员相互配合，严防死守，加强巡查管护，严禁不带工具人员进入坟地烧纸。同时，向全体村民发出了严防火灾、文明祭祖的通知，鼓励村民改变传统的上香、烧纸、放炮习俗，提倡献花等文明祭祖方式。要求左邻右舍相互宣传，即日起至5月1日全面禁止一切野外用火。

四、五、六组以山东籍村民居多，传统祭祖时要燃放鞭炮；一组龙石寨的白龙庙清明期间上香的人较多。这几个地方是村中防火的重点区域，村"四支队伍"到这些村民小组入户宣传讲解防火知识，并到龙石寨白龙庙现场督查，排除火灾隐患。

清明节一大早，村"四支队伍"和护林员就分布在各处路口，检查上坟的村民是否携带铁锨等灭火工具，叮咛大家不得在坟地放炮，请大家记住惨痛教训。与镇扶贫办主任张继臣一起，书写防火宣传标语，张贴到村巷30多个出入路口，提醒村民加强防火意识。

防火形势如此严峻，却总有人置若罔闻。下午，庙湾镇辖区的陈家山一带发生火灾。陈家山一带山高林密，坡陡路狭，灭火难度极大。铜川市及耀州区紧急动员了多支力量，至晚依然无法控制火势。

站在小丘塬上，可以望见东北庙湾方向的天空被大火映成了红色。接到镇政府的救援通知，移村村委会连夜组织了一支20多名基干民兵组成的救援队伍，由村委会主任王小红带队，赶赴现场救援。

夜里，从前方传回来消息，据耀州区公安局调查，此次火灾系人为因素造成。下午1时许，村民薛某到坟地上坟，火纸引燃了周围的杂草，火借风势迅速引起林地大火。薛某请看守水源井的王某一同救火，王某推托并劝薛某逃离了现场。两人已被刑拘。

活跃在小丘塬上的文化人

陈家山的火灾终于得到有效控制。据从前方归来的王小红说，为了阻断火势，耀州区紧急将已到杨凌上班的原区果业局局长童耀宏召回进行现场指挥。耀宏曾在柳林林场当过场长，对这一带的山势、地形非常熟悉。耀宏指挥救援队伍很快挖开了一条阻断火势的隔离带，为灭火赢得了宝贵的时机。

园里苹果树上的花似乎在一夜之间盛开，像棉絮，像雪花，把田园装点得灿烂多姿。

耀州业余摄影家寇会云到村上拍摄移村果园繁花盛开的景象。据她说，近期上市的铜川大樱桃十分走俏，每斤卖到100元以上，石柱镇马咀村、铜川新区神农生态樱桃园的大棚樱桃每斤180元，最贵的卖到300元1斤。尽管这样的价格有点高得离奇，但由于品质好，加上有互联网宣传的助力，铜川大樱桃的品牌已经相当响亮，为果农带来了不菲的收入。

年前《移村的美丽四季》在"沮水微澜"上发布后，会云拍摄的照片在村民中引起一阵轰动。许多人说，平时不留心，原来移村这么美，就像住在画里一样。

寇会云在小丘镇有一批爱好文化的朋友，他们有的喜欢文学创作，有的爱好书画艺术，有的擅长文艺表演，有的是远近闻名的快板大王。近年来，他们不计得失，不言报酬，在各类媒体和公众平台不断推出充满乡土气息的散文、小说、诗歌等文学佳作；拍摄微电影、微视频，用生动活泼的文艺形式宣传小丘；不定期举办文化沙龙，畅谈交流创作体会，相互学习促进。

他们中有扎根基层多年、创作有《追梦照金》等诗歌散文集的镇武装部长李双霖，有出口成章的"快板大王"何改荣，因拍摄微电影名震耀州的同兰辉，有摄影家武小运，作家朱俊平、王建明、周建林，还有移村的作家和诗人周粉、赵博兴、王小红等，这一个个也许并不会载入文学史册的名字，却是这一方水土上最执着的文化坚守和践行者。

近日，他们推出的小丘"快闪"全民齐唱爱国歌曲活动，再次点燃了大家的文化热情，"快闪"《我和我的祖国》还登上了中宣部"学习强国"平台，受到群众和社会各界的一致称赞。

从事摄影工作20多年的武小运，一直用镜头记录乡村生活的变迁，普通人家的婚丧嫁娶、村庄的点滴变化、美丽的自然景色，都是他镜头摄取的素材。

武小运记得，十几年前他到一户贫困家庭中去拍照片，走进土窑洞时他惊呆了，两排奖状整齐地围着墙壁贴了一圈，有些已经发黄。奖状是这家两个小姐妹的，两个孩子的学习成绩在班里一直名列前茅，然而由于贫困，姐姐已经辍学回家。武小运感慨地说，那时的媒体如果有现在这么方便就好了。

2018年6月，武小运和王建明、周建林、朱俊平几个志同道合的朋友一起，成立了影视传媒工作室，专门致力于宣传地方文化，传播正能量。工作室成立不到两个月，就拍摄了一部宣传小丘名吃的方言微电影《臊面缘》，在耀州电视台播出后，引起强烈反响。

今年春节以来，武小运他们又陆续拍摄推出了《丘隅大地美成水墨画》《正月十五闹元宵》《小丘苹果花海》等作品，受到干部群众一致好评。

一个地方的发展不仅体现在经济和物质上，精神富裕了才是真正的富裕。活跃在小丘塬上的这群草根文化人，他们代表着一种力量，一份纯净的理想和追求，他们高扬着时代前进的旗帜，让这片黄土地充满了活力和厚重的人文气息！在他们的带动下，小丘塬上爱写作、爱书画、爱文化蔚然成风，许多忙完家里家外农活的妇女也拿起笔来，写出了有浓浓生活气息的散文作品。

他们内心的动力源自一个字：爱！他们爱生活，爱故乡，爱亲人，爱脚下这片土地，爱生机盎然的田园，爱沟坡塬坎上的山花烂漫，爱飞雪迎春和溪水潺潺……

他们付出的动机中，只有纯真和善良，只有真诚和奉献，没有功利，没有索取，所要的回报只有一个，让家乡越来越好！

发掘历史文化、以文化立村的设想成了驻村工作队和村干部的共识。连续几日帮村信息员冯彩云整理移村申报陕西省历史文化名村的综合材料，今日终于完成。移村的历史文化遗存特色鲜明，地窨遗址保护在渭北高原独树一帜，近几年吸引了一批批游客观光。把这一优势资源发挥出来，对移村的经济、文化发展起到的牵引作用不可估量。入夜，村委会广场早早支起了银幕。"文化进万家"公益放映活动走进移村，为村民放映反映消防队员英勇事迹的影片《烈火男儿》。为了方便群众观看，放映队连小凳都带来摆好了。

好多年没有看过露天电影了，今夜又重温了这种儿时的感觉。晚风吹在脸上，暖暖的，是春的气息。

春雨贵如油

一场久盼的透雨终于来临，旱情基本可以解除。空气有点清冷，似乎有倒春寒的征兆。心中祈祷，千万别有寒流，否则，今年的苹果、核桃甚至小麦又要减产了。去年春天的风冻让许多农户寒透了心。

一夜没有刮风，早晨起来气温有所回升，清冷的寒意也基本消退，果农们终于松了一口气。上午9点多，密集的雨点开始飘洒在原野上，润湿了田园、果树和人们干渴了一个春季的心。

雨淅淅沥沥地下着，伴随着一阵短促的雷声，看着原野上的雨雾，不由得感叹，漫长的冬季终于过去，枯枝败叶下冒出的嫩芽，空中飘落的雨丝，意味着这个世界新的生命又开始了新一轮的循环。穿过天边的帷幕，极目望去，恍惚间又回忆起曾经那个雨水丰沛的季节。

20多年前的那个春天，印象中，从来没有过阴雨连绵如此长时间的雨季。我走在照金泥泞的路上，寻访那些还健在的老红军战士。同伴铜川日报社记者赵海鹏说："我们走的是红军走过的路，老天是不是为了给我们还原当年的情景，才给我们一连下了这么多天的雨？"

我没有回答，伸手拧了拧衣服上的雨水。这已是我第二次走在这条路上了，晴天就很坎坷的山路，此刻变得泥泞，粘在鞋子上的黄泥怎么也甩不掉，两只脚变得沉重不堪。之前干涸的山涧因为雨的到来，变得活泛起来，虽然路途遥远而艰苦，但我的心是快乐的，走这条路是我的心愿，在第一次踏上照金的山川时就有了这样的想法。

20多年过去，这片土地上的变化神奇而令人惊叹，如今每一个小山村都铺通了水泥路，人们也不再担心雨天无法出行。

上午，报社工会干事杨斌和机关纪委、计财处、审计处的相关人员来到村上，与驻村工作队一起，冒雨到耀州区恒丰农业及申河种鸡孵化基地考察，询价洽谈为贫困户购买猪崽、鸡苗事宜。

雨中的山路泥泞难行，空气清爽，带着淡淡的泥土腥味和花草香味。恒丰农业有一座专门培育猪崽的现代化养殖场，位于董家河镇远离村庄的沟坡上。在雨中站了十多分钟，猪场主人郝亚梅女士驱车赶来。

双方初步商定，本月之内猪崽送到村上，共100头，每头不低于15公斤，加运费每头850元。猪崽发放到贫困户后，由恒丰农业按生长周期对养殖户进行两次技术培训。

申河种鸡孵化基地位于赵氏河东岸的半坡上，鸡苗有现货，下周内就能送到村上。双方商定，共计1000只，每只13元，鸡苗不低于1斤重。

送走杨斌一行，回到村上时，身上的衣服已经湿透。这场春雨带来的欣喜远大于淋雨的不适。

雨后，村福地种养殖合作社就能组织贫困户挖取药材种植基地的药材了。合作社种植了300亩丹参，已经生长两年，计划春季挖取后为贫困户按每户2亩进行分红。前段时间在开挖过程中发现，由于干旱严重，土壤硬块很多，只能等到有雨后再行挖取。

两日来驻村工作队先后对2016—2018年度退出贫困户的收入认定表进行了查补，共梳理出2016年10户、2017年3户需补充资料；对村建档立卡贫困户的实用技术培训（苹果、花椒、中药材）情况进行整理上报；对专项巡察反馈问题的整改台账进行了完善。

镇纪委通报了一起套领国家生态林补贴的案件，要求各村开展"以案促改"活动。原乙社村文书席某等人利用职务之便，将集体生态林挂在个人名下，套领国家生态林补贴资金2.4万元。镇纪委已对席某等人做出严肃处理，并收缴违法所得。镇党委要求，在全镇开展以此案为鉴的"以案促改"整治活动，彻底清查相关问题，活动持续至8月15日。

春雨基本解决了麦田和果园的旱情。但大家预计，由于开春雨量太少，今年小麦减产已成定局；果园由于灌溉及时，目前开花较好，但成果速度较慢，果农们仍很忧虑。

山家坡扶贫干部、区外办副主任文小芳邀约几位朋友一起去参观老支书郑成有的养殖场，路过小丘河沟时，看见两岸坡坎上一片葱郁，尚未耕种的田地里冒出了许多绿油油的野菜，遂停歇下来采挖。不一会便收获了满满一袋，大家都非常开心。回到村上时，我忽然发现，上衣口袋中的钱包不见了，记得今天出门时还在。钱包里有身份证、记者证，其他东西丢了无所谓，这些东西丢了可就麻烦了。

　　想来想去，应该是弯腰挖野菜时掉在了地里。大家匆匆返回河沟，反复检查走过的几块田地，却没有找到。失望之余，向路边养羊的农户寻问，农户答，沟中只有一辆三轮车路过，再无人来过。让大家再检查一下河道边休息过的地方，我则沿着挖野菜的田地再返回寻找。忽然就看见，钱包静静地躺在一个小土窝里，在阳光的照耀下散发着温暖的色彩。

　　我捡起来大喊："找到了！"大家一片欢呼。

　　回来的路上，几个人都在感慨，最开心的不是挖到了多少野菜，而是这个失而复得的插曲。

　　世上最快乐的事，其实不是得到什么，而是失去的东西又回到了自己手里。

猪崽发放的风波

　　雨后的气温突然升高，这两天最高已上升至接近30度，身上的衣服明显偏厚，有点累赘且不合时令。

　　今天是约定给贫困户发放猪崽的日子，养殖户早早就等候在了村委会广场。上午10点，猪崽运到村上，室外温度这时已超过26度。为了防止猪崽因暴晒生病，常刚带人给工作人员帮忙，采取洒水、加装篷布等措施，为猪崽降温。

　　报社副社长卢尚义来到现场，与村"四支队伍"一起为贫困群众发放猪崽。本次发放的100头猪崽均重在15公斤，非常健壮，已全部做过防疫。

几年来，《陕西日报》扶持移村贫困户发展养殖产业，2017年、2018年先后为20多户贫困家庭发放了200头猪崽、100只羊崽、1300只鸡苗，取得了良好效益。目前已扶持起常刚、李同锋、赵建等养殖专业大户，他们均成为脱贫攻坚典型示范家庭，在"八星励志"扶贫扶志活动中受到表彰。

卢尚义副社长对现场的贫困群众说："希望大家向脱贫典型示范户看齐，积极学习养殖技术，争取早日脱贫致富！"

20户贫困群众每户5头，领到后，现场签订养殖扶持协议。一时间，村委会广场上猪崽的叫声与人群的欢笑声交汇在一起，热闹非凡。贫困户均反应，这次发放的猪崽个头大、质量好，有的重达20公斤。

按照与贫困户所签订的养殖协议，报社保证猪崽发放时健康并已接受过防疫，帮助贫困户联系技术培训、防疫服务及生猪销售市场。贫困群众则要按要求认真饲养，积极学习养殖技术，不断扩大养殖规模，遇有疾病及疫情应积极防治并及时请教技术人员，如果合养或代养，必须签订合养或代养协议并告知驻村工作队，接受驻村工作队和村委会的监督检查，不得随意出售、转让猪崽，生猪出栏时要告知驻村工作队。

为贫困户赵建家庭帮扶的1000只鸡苗也运送到位，这已经是报社连续3年为其提供养殖扶持。与连超一起，帮赵建将鸡苗卸到养鸡棚内，赵建对此次购买的鸡苗质量非常满意。

有人反映，个别贫困户将发放的猪崽低价转卖掉了。为此，村"四支队伍"碰头研究，大家认为，性质非常严重，如果属实，必须对当事人进行严肃批评，并追回所发放的猪崽，今后将不再对其进行养殖产业扶持。但首先必须搞清楚是否属实，具体是谁。

与王小红、张继臣一起挨家入户走访，查看猪崽是否在圈内。一个上午跑完，除几户有特殊情况的家庭外，其他各户猪崽都在自家饲养。

赵博兴因旧房即将拆除腾退，猪崽暂时寄放在其岳父家；孙增岗也因同样原因暂放其姐家代养；韩建军因家中养的羊还未出栏，暂时与他人合养；孙红顺房屋也因近期拆迁腾退，准备随后自建或租赁猪舍扩大养殖规模，暂由亲戚代养；张平军、张平水两人均为单身聋哑人，常年在福建一家虾场打工，生活监护人为其弟张彦军，张彦军称自己最近有病，猪崽暂由其老表代养，等身体好点再接回自养，还打算再自购一部分猪崽扩大养殖规模。

从走访情况来看，20户养殖家庭均不存在转手卖掉猪崽的现象。但还是明确告诫大家，一定要遵守协议，不得转卖，有条件的话争取收回自养。

针对走访调查情况，有干部提出，应该对反映问题不实的人进行处理。我认为，群众关心、监督扶贫工作是好事，言者无罪，闻者足戒，我们应该利用这样的机会，把每一项工作的漏洞堵住。

赵建在报社帮扶的基础上，自己又多购了500只鸡苗。如果按这个规模的话，他今年的销售收入估计会达到15万元。

我建议赵建到山家坡参观学习老支书郑成有的养鸡场。老郑2014年从6000只蛋鸡起步，短短几年间养殖规模发展到15000只，带动全村养殖户发展到10多家，其中养鸡户11家存栏量达到11万只，养羊户3家存栏400只，养牛户4家存栏123头，年产值达到420万元。

"五一"长假将临，村"四支队伍"就近期的几项重点工作再次进行了安排，并落实了具体的责任人：由常建军、常健各负责一户，尽快完成姜淑琴、牛兴保与子女的合户工作；由王小红负责，近期移民搬迁点的水表必须全部安装到位，确保通水；由镇帮扶干部牵头，驻村工作队协助，对目前仍未腾退旧宅基地的15户家庭，逐户了解情况并做通思想工作。

假期的值班表已经排好并分发给了每位值班干部，要求大家值班时要特别注意以下几件事情：若遇大雨天气，要查看村中仍住在地窑中的李军战等家庭是否存在安全隐患；仍需继续防范火灾，另外需注意假期防盗等问题；督促村民抓紧果园疏果和管护工作。

收到李静送来的《耀州脱贫故事》和《阳光洒进心坎里》两本书。《耀州脱贫故事》采用了我写的序文《在逆境中奋起》，收录了5位移村贫困群众的脱贫故事。《阳光洒进心坎里》是一本以"脱贫攻坚"为主题的散文、诗歌合集，收录了《移村的美丽四季》一文。李静说，耀州区委决定将《耀州脱贫故事》一书发到全区7000多户建档立卡贫困户手中，每户1册。

在假日来临的时候，收到这样的礼物，无疑是最开心的事。

葫芦泉

几日前，葫芦村第一书记赵慧利用周末到移村来考察交流，谈到她今年在产业发展上的设想，如种植贝贝南瓜、发展中药材、开发农家乐等，引起了大家的强烈兴趣。

与连超、小红、建军一起驱车60多公里，到瑶曲镇葫芦村观摩学习。葫芦村位处文王山北麓一处山间坡地中。

雄踞在渭北高原中段的文王、武王二山，传说因周文王在此射猎而得名，东西走向，构成关中大地与北部山区及黄土高原的天然屏障。站在文王山顶，登高远眺，八百里秦川一望无际，秦岭诸峰时隐时现。这里峰高沟深，地势险要，历来是兵家必争之地，古时为武王伐纣的主战场；唐时为李世民避暑玉华宫之御道，尉迟敬德饮马的"方泉"依然清幽甘冽。

在陕甘边革命根据地的创建过程中，刘志丹率红军多次从文王山、武王山前出石柱塬，打击国民党地方武装。抗日战争、解放战争时期，文王山、武王山是陕甘宁边区与国民党统治区的分界线。位于山后的葫芦村成为解放区最南端的一个村庄。

1946年国民党胡宗南部大举进攻解放区，为了切断铜川游击队同边区的联系，国民党铜川县（今铜川市）县长金武平在葫芦村搞"坚壁清野，移民并村"，派李兴中及李生璧等人，赶杀村民，制造了震惊陕甘的"火烧葫芦村"事件。在这次事件中，有多少群众被残害，至今没人能说得清。国民党石柱镇公所民团，在镇北土桥头坑杀数名赶集的边区群众，有的仅是十几岁的孩子。新中国成立后人民政府在镇反中，依法将金武平、李兴中、李生璧及石柱镇公所所长王某等人处决。

硝烟散去，文王山和武王山昔日的羊肠小道被一条水泥公路代替，山顶的文王庙、武王庙还留有一些残砖断瓦，当年的战壕还在，国民党碉堡的遗址湮没在荒草之中，当地人上山采药时，偶尔还能从土里挖出遗留的弹壳和枪械残件。

春光明媚，文王山的每个沟沟岔岔都开满各种颜色的花，金黄色的连翘，紫色的藤花，一簇簇，一丛丛，在葱茏的绿色围拥下，更加绚丽夺目。逶迤的山道从山后由西向东，绕上曲曲弯弯的山巅，再越过山岭，就可以看见一处视野宽阔的山地。

四周群山环绕，谷底流水潺潺，村中三眼泉常年不干。相传，周文王在这里狩猎时，到山后泉中取水，不慎将盛水的葫芦掉落泉中，泉水因而更加清冽，竟有了治病功效，村民以此取名"葫芦泉"。

去年冬季以来，葫芦村在第一书记赵慧带领下，通过宣传其独特的冰瀑景观吸引了大批游客，有力促进了村民农副产品的销售，平均每户增收2000多元，村民家中积压的核桃、鸡蛋、黄豆等销售一空，葫芦村土鸡更是成为远近闻名的紧俏货，养殖户刘有水的2000多只土鸡全部脱销。

赵慧是一个热情爽朗的女汉子，一进村，就听见她银铃般的笑声从村委会传出。一间只有十几个平方的房间，既是办公室又是宿舍，桌子上、沙发上、床上摆满了各种资料。墙角放着一箱方便面，一个塑料袋中装着各种应急的药品，这几乎是每个驻村干部的标配。赵慧说，这几天正在规整各种户档资料，忙得一塌糊涂。

葫芦村全村632口人中，贫困户占到59户169人，脱贫攻坚任务艰巨。据赵慧介绍，通过去年的宣传活动，提振了全村干部群众脱贫奔小康的信心，促进了村基础设施建设和贫困群众致富增收，但她还想找到一条更稳妥、更长远的发展路子。

利用村中的自然资源发展乡村旅游，以旅游带动农副产品的销售，这条路子固然好，但若要长久，就必须提升旅游环境和基础设施，确保安全，还必须有自己独特的产品。赵慧深知，葫芦村才刚刚起步，她觉得自己还要从许多方面进行探索。

赵慧带我们去看葫芦泉。泉眼位于村边的一处浅浅的沟湾中，周边林木茂盛，巨石嶙峋。泉水不大，却清幽甘冽。顺着水流方向下行，河道在山涧形成三四处高低不同的断层，高的有几十米，低者有三四米，冬天水流被冻住，便形成冰瀑奇观。

从葫芦泉到谷底，约有2公里的路程，沿路林木茂密，崎岖难行。赵慧说，想找投资商共同开发，先把旅游路整修好。我说，在确保安全可行的前提下，要尽可能地保持原生态的东西，如果建得像城里的公园一样，那就失去了原有的味道。赵慧非常赞同。

在谷底的河道旁，有两处明显高于周边地势的土丘，赵慧说，这会不会是古人的墓冢？仔细观察，土丘比一般的墓冢要大，周边明显有人工堆垒石块的痕迹。那么，是谁会在这么深幽的山谷中建造墓冢？村里的老人也说不清楚。我提出一个猜想，会不会与"火烧葫芦村"事件有关？

从谷底回到村上，村民李春侠的农家乐里，已经飘出了炖土鸡的香味。院落干净整洁，门前花团锦簇。赵慧介绍说，去年冬季游客多的时候，每天来吃饭的人都挤满了院子。

谈到发展，赵慧说，葫芦村因地形气候条件限制，经济作物以玉米、核桃为主，经济效益较低，发展集体经济，带领村民富起来是她的奋斗目标。她正在积极寻找适合葫芦村发展的产业，已经向区农业局申请葫芦村黄芩种植项目，正在和碧桂园等商家洽谈合作，在村中试种贝贝南瓜，还准备组织村民搞电商培训班。

离开葫芦村时，夕阳的余晖已将群山染红，林间松涛阵阵，山鸡在沟坡上欢叫，葫芦村在傍晚的袅袅炊烟中更加和煦安详。

海浪姑娘

天空终于放晴，太阳露出了灿烂的笑脸。西边天际的云层依然很厚，出现了大块白色的云团。田里的土很松软，麦苗已经开始抽穗，由于开春时的旱情，今年麦子长势不是很好，有些地里明显稀疏低矮，一些农户将麦子犁掉，又种上了玉米。

山坡上的洋槐花已经陆续盛开，先是那些小树，渐次才是那些粗壮的老槐。采摘槐花的人也多了起来，拿回去蒸焖饭，调凉菜。完全盛开的花是不要采的，要采那些即将开放的花骨朵。盛开的花瓣中会钻进小小的虫子，只有花骨朵蒸的焖饭才是最好的。

武王山前的五联村，有个名叫白园的自然村，传说是古白雀寺的旧址，百十户村民几年来陆续从土窑洞搬到了整齐漂亮的平房中。副区长徐晖说，有一位身残志坚的女孩就住在这个村子，事迹非常感人。

与连超一起，在区残联理事长程修灵的引导下，赴五联村采访了这位名叫海浪的姑娘。

自信、坚强、乐观、聪慧，这是坐在轮椅上的海浪姑娘给我留下的第一印象。

对于正常人来说，拨打手机是再简单不过的事，然而，对于海浪来说，这个过程却非常艰难。她在手脚残疾不听使唤的情况下，顽强地靠嘴唇拨打手机，做起了微商，走出了一条艰难而又励志的创业之路。

1992年，海浪出生三个月时，一场突发的高烧导致重度脑瘫，家人多方求医治疗无果，从此落下严重残疾。海浪从记事起就知道，自己与正常人不一样。无法站立，走路、吃饭、起居都由母亲照料，手脚不受大脑控制无法活动，四肢抽搐不时给她带来刺骨般的疼痛。

到了上学的年龄，海浪无法入学，为此，她不知哭了多少次。母亲上地劳动时，把她背到地头，放在一块布单上，海浪一边看母亲劳动，一边辨认着周围的花草。

7岁时，家里有了电视机，聪明的海浪看见电视上有字幕，便跟着字幕学习认字，一天记一两个，慢慢地，她竟靠自己的琢磨，认识了很多字。现在，她不但会流畅地读书、写文章，还会说一口流利的普通话。

2008年，姐姐海侠为海浪买了一部老式键盘手机，海浪开始学习用嘴唇按压键盘，练习打字。不论是酷热的夏日，还是寒冷的冬天，海浪像着了魔似的反复练习，常常磨得嘴唇起泡流血，一行字打下来，就会累得气喘吁吁。

由于身体长时间不能自主运动，海浪的肠胃不好，每隔一段时间就会引发全身痉挛疼痛、呼吸困难，但她却从没对生活失去信心。日复一日，海浪终于可以用嘴唇拨打电话、发信息与人交流了。

2015年，在精准扶贫中，海浪家被纳入了建档立卡贫困户。

2016年春，耀州区文化馆帮扶干部程薇到家里走访，在与海浪的交谈中，海浪自强自立的强烈愿望深深打动了她。说到用手机做微商，海浪一下子来了精神。

帮扶干部帮海浪联系好了厂商，父亲给她买了一部智能手机。有了智能手机，海浪打字比以前省了许多力气。她开始在朋友圈里发产品信息，代卖地方土特产和农副产品。她通过各种方式加认识的人、不认识的人的微信，在朋友圈里讲述自己的故事，用自己坚强、乐观、自信、阳光的心态鼓励有困难的人。

然而，任何事情说起来容易，做起来却不是那么简单。刚开始做微商，海浪的朋友圈里只有27个人，她通过一些残疾人群结交好友，通过亲戚朋友转发扩粉。一些人见她发卖产品的信息，就不再理她或者直接拉黑，有些人更是在微信中留言谩骂，说出许多难听的话。

海浪把眼泪咽下肚里，默默承受着这一切。她告诉自己："父母让我来到这个世界上，他们没有抛弃我，身边的朋友们关心我，社会上的很多热心人都在帮助我，我必须活着，还得做一些力所能及的事情！"

一个月过去了，海浪没有成交一分钱，两个月过去了，还是一单没有。三个月过去了，一天，海浪终于接到了第一单生意：2斤枣夹核桃，金额100元，挣到了15元代理费。

接到单子的那一刻，海浪激动地大喊："妈，妈！我挣钱了！"母亲听到喊声，跑到跟前，看到泪水已经挂满了海浪的脸颊。四五天后，海浪接到了第二单，一箱120元的黄桃罐头，海浪又挣到了10元钱……当挣到人生的第一个100块钱时，海浪兴奋地一夜未眠，为妈妈买了一件衣服，给爸爸买了一盒烟……

由于身体所限，海浪代理的产品主要集中在农副产品和土特产上，品种不多，但是她非常用心和执着。有时半个月一份订单也没有，刚开始海浪很着急，她努力让自己变得不急不躁。就算没有订单，她也坚持不懈地发信息，向可能有需求的人群推荐她代理的产品。许多了解了海浪事迹的朋友都在为她加粉，慢慢地，她的朋友圈不断扩大，订单开始稳定增长。

如今，两年过去，海浪的好友已经从最初的27个人增加到3000多人，海浪每月的纯收入少则二三百元，多则五六百元。2018年12月，海浪挣了2500元，这是她记得挣得最多的一个月。

这点收入对于正常人来说，也许少得可怜，但是对于全身只有嘴唇能动的海浪来说，却意义非凡，她靠自己的努力已经冲破了贫困线。

2018年9月，耀州区残联得知海浪的事迹后，为她送去10000元的电商扶持资金，并送来货架，帮海浪在家里办起了一个小超市，起名叫"海浪综合商店"。哥哥海楠用铁架为海浪焊接了一个广告牌。区残联还联系邮政部门，将村上的快递收发点放在海浪的商店。每收发一个快件，海浪可以挣到1元钱，尽管收入微薄，海浪却做得十分认真，经她接发的快递，没有一单出现失误。

记者采访时，海浪正坐在轮椅上，轮椅右边扶手上固定着一个小圆凳，手机和快递单就放在上面。海浪一边用嘴唇拨打手机，通知当日收到的快件联系人前来取货，一边招呼前来买东西的乡亲。每次挣扎着扭动身体时，都会疼痛得皱起眉头，转而，她又露出灿烂的笑容。

今天，海浪的超市正式开业整整1个月，她盘点了一下，这一个月，超市的营业额超过3000元，而自己也接发了快件30多个。5月份做微商已经挣到了1100元，她开心地告诉记者，这个月又有希望上2000元了。

"我不想成为家人和社会的负担，即使我只剩了嘴唇能动，也要选择自立自强！"海浪对记者这样说。

事实上，海浪不仅坚强地自强自立起来，她的精神还感染激励了家人和周围的许多人。母亲照顾海浪的生活，却常常被海浪的坚强、懂事感动得泪流满面。

2015年，海浪家还是全村唯一住在土窑洞的贫困户，如今父亲栽植了8亩苹果、10多亩花椒，家中长远致富有了稳定的产业依靠，哥哥养了30只奶羊，姐姐到城里打工。全家已经搬到新村的移民点，住上了宽敞的平房。

村中一位妇女感慨地说："做人就要活成海浪的样子，自己挣钱养活自己！"

没有过不去的坎

两天了，浮尘仍未散去，天空呈现出惨淡的昏黄色。早晨温度只有8度。虽然旱情和火情已经解除，但已经入夏的天气竟如此反常，空气不合时宜地忽冷忽热。

连超是研究农业的，对气候非常敏感。他说，今年的气候很怪，有点像60年前的1959年。60年一个甲子，时光又开始了一个新的轮回，但我相信，一切不会重新来过。或者，大自然在提示人类，做好预防可能发生的灾难的准备？

早晚各吃了一碗方便面，外加一根火腿肠。一天就这样过去了，突然觉得自己很颓废，这种负面情绪每隔一段时间就会有，就像一个幽灵一样在身体中徘徊。每当这种情绪来临的时候，总是烦躁和郁闷，对任何事情都提不起兴趣。

驻村队员武博身体也出现不适。去年武博就因压力过大而导致身体患病，一度经常出猛汗甚至有昏厥现象，精神也有点抑郁。类似武博这种身体和精神上出现的问题，在驻村工作队员中，并不是少数。必须想办法排解这种情绪。中午休息时，约建军、连超、武博一起到凤凰山下的沟里采摘水芹菜，权当是散心。这是前槽村后的一条小溪沟，沟内泉水清幽，宁静。

距离泉水不远，依然住着两户人家。一位姓阮的老人说，他祖籍湖北，小时候随父亲逃难到这里开荒种地，至今已60多年。如今，孩子们都搬到山外去住了，女儿招上门女婿到了移村。只有他和老伴还住在这里的土窑洞中，平时种着30多亩地，还栽了10多亩核桃，养了2头牛。

老人说，这条山梁上住的人都是过去逃难来的，全国各地都有，号称来自九省十八县。问起老人为什么不愿搬到山外，老人说，窑洞住惯了，每天晚上睡在热炕上，舒坦。

我说，城里有暖气，不用烧炕。老人说，城里嘈杂，这里清净。

见我愕然不语，老人解释说，他到城里的女儿那里住过几天，看着马路上过来过去的车头就晕，一回到山里，看着啥都亲，浑身都是轻松的。

返回路上，我对大家说，很佩服上一辈这些逃难来的人，他们到这里的时候，一无所有，如今都成了这片山水的主人。人只要有一口气，就没有过不去的坎。

孙小顺一直不愿腾退旧宅基地，还未从旧宅中搬住到安居点。下午找其了解原因，孙小顺谈到自己的顾虑，一是搬到安置点后，害怕水、电包括冬天取暖的费用比较高，自己承受不了；二是儿子怕房间比较小，将来结婚了住不开；三是农具等生产用品无处安放。

我说："小顺，你主要是为儿子着想吧！"小顺不吭声。

我解释道，搬到新居后水电费与原来一样，不会涨价，有了暖气还能省下冬天的烧煤钱。孙小顺说儿子的工作不好做。

我说："儿子在外工作，只是逢年过节偶尔回来，你想儿子会回来结婚不？就是回来，你这旧房能给儿媳妇住不？"小顺终于笑了，点点头，算是想通了。

为贫困户陈军峰、孙红顺、李同锋、柴战民、常刚5户家庭申请的一次性创业补贴已获批，每户3000元已发放到位。

原第三村民小组组长吕某已卸任多年，突然到村委会反映说，村上拖欠了他20年的工资一直未付，要求解决。

从吕建文处了解后得知，其反映的问题无凭无据，在其任组长的20世纪八九十年代，村干部只有很少的补贴，具体补贴方式也是由村上定的，无统一标准。如今时间久远，过去的村级账务已无从查起，吕某手中既无村委会为其开具的欠条，又无证明人。

其所反映问题是那个时期农村集体组织管理混乱、无有规矩的一个缩影。时过境迁，一些人翻腾旧账，不断上访和告状，干扰村中正常工作。这种事情处理起来非常棘手，村集体有理却很难让这些人心悦诚服。

本想听听村监委会主任王瑞民对此事的意见，老王却因高血压（疑为脑梗死）住院了。

老王担任村干部40多年，是大家心中的定海神针，对村中各项事务和村民家庭情况了如指掌。晚上与小红、建军前往新区医院看望。老王精神状态尚好，人也很乐观，住院后高压已稳定在180毫米汞柱左右。

老王说，当时村子干部的补贴都是用村集体承包地的方式兑付的，不存在拖欠工资的问题。

办什么样的项目

午间忽然狂风大作，大雨瓢泼，约1小时方住。天色依然被云层遮挡，阴郁沉闷。

赵西军母亲去世，村中传来一阵阵唢呐声，几乎响了一夜。这种事在村上几乎每个月都有一两次。在中国农村，生老病死、红白喜事，全村人都会参与其中。村民在一轮又一轮繁复的礼节中，接受着传统道德的教育，也从中体味着人生的轮回和无常。

赵西军上次生病后不再担任村民小组长，西军是个实诚本分的人，村委会决定仍由其承包管理水井。

一段时间来，关于村集体发展什么项目的事成为大家探讨的一个重要话题。邻县富平将过去农户家自用的柿饼做成产业，产品远销国内外，给了大家一些启示。

渭北高原盛产柿子，尖的、圆的、扁的，品种多，味甘甜，产量高，不使用农药化肥，无任何污染，是真正纯天然的绿色果品。每年秋天，红彤彤的柿子挂满枝头，然而由于价格低廉，农户很少采摘，除少量可以做成柿饼的品种外，大多柿子都自然掉落或被鸟儿啄食。过去农户家有手工酿制柿子醋的习惯，近年来随着经济社会的发展，这一传统的工艺逐渐消失。

大家在讨论中认为，当地柿子原料充沛，价格低廉，群众又有传统的酿制习惯和经验，村集体开办一个柿子醋酿造加工厂，应该非常可行。至于资金，可以从三个渠道筹集：一是帮扶单位产业扶持，二是面向全村党员干部和群众动员入股，三是面向社会募集、争取项目支持。

听说富平县已经有一家柿子醋酿制企业，经联系打听，与王小红、张继臣、常建军一起到富平县王寮镇考察。陕西三秦果农专业合作社是一个集果树培育、农资经营、果醋酿造为一体的涉农企业，有一个年产20吨柿子醋的生产线，每斤柿子醋卖到6元钱，市场销路非常好。董事长仵继刚向考察组详细介绍了目前果业酿醋的技术流程和原料成本、市场前景等情况。

仵总认为，在渭北发展柿子醋酿制产业有地理和原材料优势，且这一产业投资小、见效快，关键问题是食品安全要过关，最好在建设前就与技术监督部门进行沟通，另外后期的宣传促销也非常关键。仵总还为考察组介绍了陕西师范大学的张宝善教授，若开办可以请张教授做技术指导。

张宝善教授是食品工程与营养科学专家，多年来一直从事相关的教学和研究，尤其对食品发酵学、食品酶学的研究有很深的造诣，曾指导省内外多家企业建成了相关的生产线。

考察组参观了酿造厂房和生产线，并就酿造流程中的技术问题详细请教了仵总。仵总答应，适当时可以到村上免费举办讲座。

回村后，立即联系了张宝善教授，约定近期到西安去拜访。

移民搬迁点的水终于通上了，已经有11户搬迁户陆续入住，剩余9户的动员工作也在进行中，旧宅基地腾退工作有了实质性进展。

但通水后，却出现了许多问题。检查时发现，一处消防栓阀门没有关紧，出现许多漏水；个别贫困户家中的水管未装水龙头；个别马桶未使用已出现问题；等等。逐户检查统计后，已通知施工队尽快前来维修。

又一个村干部倒下了。村支部委员、第二党支部书记常月亮所骑电动车与一辆农用三轮车相撞，受伤严重。晚上到医院看望时，人还在重症监护室，医生说，有可能瘫痪或截肢。

常月亮今年59岁，平时话语不多，对工作非常认真，在党员干部和群众中有很高的威信。

耀旬公路沿途从多个村庄中穿过，其中移村段长达4公里，沿公路两边居住的村民很多，平日不时会有三轮或电动车从村巷中穿出，车祸频频发生。据不完全统计，近年来，仅移村平均每年发生的车祸就有五六起，因车祸伤亡十多人。

一些农户和司机的交通安全意识淡漠，酒后驾车、车速过快、横穿马路，也是造成事故频发的一大原因。车祸不仅造成人员伤亡，使许多家庭的生活瞬间陷入困境，也是返贫致贫的一大诱因，给脱贫攻坚工作造成了新的压力。看来，必须在全体村民中开展一次深入的交通安全意识教育了。

室外明显热了起来，室内依然有点阴凉。母亲"五一"就回到老家，在院子里栽上了西红柿和辣椒。院内的两盆月季长势喜人，花团锦簇。银杏的新叶已经长出，嫩绿可爱。

按照事先约定，铜川恒丰农业发展有限公司总经理郝亚梅带领技术人员，上午到村上对养殖户进行技术培训。技术人员对前期所发放的猪崽成长情况进行了跟踪检查，回答养殖户的提问，现场解决养殖过程中遇到的问题。

村"四支队伍"例会从中午1点半一直开到下午5点。按照镇政府召开的"大排查、大整改、大提升"动员会安排，近期需要完善和重新填报许多材料。

在这次要填报的资料中，村级信息资料就有8大类，其中各种花名册就达9种。这还不包括需要收集完善的各类户内信息资料，这些资料中有户口簿、身份证、房产证、老年证、土地承包证、林权证、残疾证等各种五花八门的证件，以及各种佐证资料。

工作量最大的是每户（包括贫困户和非贫困户）都要重新填报的《家庭情况调查表》。其中《非贫困家庭情况调查表》涉及全村870户3205人，需要到每户收集资料、核算收入、填写表格。村"四支队伍"加起来不过十多人，且不管农户配不配合，就算每户花费1个小时，这870户的调查表做完，就得用去800多个小时，平均到每个干部身上，就是80多个小时。

打电话给葫芦村第一书记赵慧，问她资料填报的事，她说头都要炸了。问起贝贝南瓜种植的事情，赵慧说，项目已经落地，最近实验性地种植了6亩。但在市场调查中她发现，价格并不理想，每斤收购价格仅为1.6元，根本不是网上宣传的每个可以卖到80元。这样算下来，即使不滞销，每亩产值也就2000多元，只是比种粮食稍强点，效益远远低于原先的估计。

另据赵慧说，她最近在调研蔬菜价格时发现，收购价明显低于往年。以白萝卜为例，收购价仅0.7元，洗干净并送到西安，菜农每车萝卜连运费都包不住。

张宝善教授的实验室

中午室外温度一下子飙升到了37度。

经过近一个月的酝酿，陕西日报社扶贫工作专题会议下午在西安召开，报社机关党委（工会）、驻村工作队及各部负责人参会。副社长卢尚义总结了2018年度陕西日报社扶贫工作,对2019年陕西日报社的帮扶工作做了安排和动员。

驻村工作队向各部门详细介绍了移村扶贫工作的整体进展及今年计划脱贫的22户贫困户的基本情况和重点帮扶措施。

卢尚义副社长在讲话中强调,各帮扶支部要充分认识到脱贫攻坚工作的重要性,要以攻城拔寨的勇气,发挥好战斗堡垒作用,按期完成脱贫任务。驻村工作队要切实负起责任,当好耳目与触手,加强与各部门的协调沟通,发挥好参谋策划的作用。

为了帮助移村建设省级标准化党支部,报社还决定,办公室、传媒网、计财处、编辑出版中心四个五星支部与移村党总支所属两个支部签订联建协议,开展结对共建工作。

昨天就已经联系好了张宝善教授,会议结束时已经是下午5点,立即与吕建文、张继臣、王小红、常建军汇合,赶赴陕西师范大学食品工程与营养科学学院。

陕西师范大学长安校区繁花似锦,绿草如茵,一进校园就能感觉到浓浓的学术氛围和青春气息。尽管比约定的时间迟了1个小时,张宝善教授依然推掉了所有应酬,早早在楼下等候。清瘦的身材,白净的面庞,50岁出头的张教授看起来比实际年龄要年轻许多。亲切、随和,一见面,张教授就像老熟人一样和大家拉起家常来,问村上的发展,问产业扶贫的规划。

在张教授的实验室里,几个研究生正在做实验。储藏架和墙根摆放着各种果醋样品,有的已经储存了20多年。张教授多年致力于相关研究,著述颇丰。

张教授打开一罐柿子醋,为在场的每个人倒了一勺,让大家品尝。一时间,室内飘散着浓浓的醋香味。接着他又为每人倒了一小杯苹果醋,让大家比较。

品尝完,张教授问大家:"口感有没有区别?"

我说:"柿子醋的酸度更浓一些,后味也比较绵长,苹果醋口感柔和,后味却不如柿子醋淳厚。"

张教授介绍说,这就是柿子醋与其他果醋的区别,所有植物的浆果都可以酿醋，但只有柿子醋的醋酸值是最高的，是苹果醋的两倍还多，这就是说，柿子醋的营养价值是最好的。有人说，柿子醋可以防癌，虽没有做过临床试验，但纯正的柿子醋放多少年都不会坏，具有防腐、抗蚀的作用，是毋庸置疑的。

张教授打开一罐放置多年的柿子醋，罐子上部已经结了厚厚一层"醋盖"，划开"醋盖"，下面的醋汁清亮纯净，泛着赭石般的光泽。张教授说，不仅醋汁，上面这一层"醋盖"也是最好的有益发酵菌，营养价值非常高。

张教授拿出一个细细约十几公分高的小瓶子，这是他从国外带回来的。张教授说，这是意大利人酿制的柿子醋，这么一小瓶，就卖18美金。

在听取了村上关于筹建柿子醋酿制项目的设想后，张教授说，渭北一带的柿子产量高，品质好，非常适合发展相关产业。张教授帮助全国及省内多地农村发展相关产业，德高望重。他介绍说，去年帮蒲城一个企业筹建了一个年产20吨的柿子醋厂，产品已经上市，该企业走的是高端消费市场，每瓶1斤装的柿子醋卖到了64元。

针对移村集体经济薄弱的现状，张教授建议，先不要搞投资规模过大的企业，可以滚动发展。另外，柿子醋发酵酿制时间比较长，一般为6—8个月一个周期，为了弥补企业运行过程中的时间空白，可以结合渭北盛产苹果的资源优势，同时启动一条苹果醋酿制生产线，苹果醋的发酵时间短，3个月一个周期。两者相互搭配，灌装线等设备互用，可以节约很多成本，发挥企业最大效益。

张教授答应，近期带团队到移村实地考察，并对项目筹建给予技术指导。

走出实验室，已是夜色阑珊。本打算请张教授吃个便饭，张教授却执意不肯去外面的饭店，反而拉大家到学校的职工灶去吃饭，品尝他自己酿制的葡萄酒。

谦逊、真诚、博学、善良，短短一面，眼前这个学者让到场的每一个人感动。

张小荣的宅基地

清晨，零星的雨点开始间歇性地飘落，据天气预报，本周平均气温要降低6度。窗外的麦田突然感觉就黄了，燕子不时在屋顶飞过，没有看到它们的窝垒在哪里，但能感觉到很近。

与村委会发生了驻村以来的第一次争执。

贫困户张小荣搬迁到安居房后，按规定应该拆除旧房并向村委会交回旧宅基地，但张小荣却将自己的旧房及宅基地私自卖掉，造成腾退工作难以开展。张小荣的行为一是违约，违反其与村委会所签的协议；二是违法，农村宅基地的性质为集体所有，不得买卖。

今日讨论此事时，小红提出，张小荣的姐夫王某说房子是他的。这种借口其实很容易揭穿，第一，农村宅基地从20世纪80年代开始，就必须由个人申请，有镇政府批复，那么张小荣的宅基地批复在谁的名下？第二，张小荣在与村委会签订移民搬迁协议时，明确有旧宅基地腾退的承诺，且旧房一直为其使用居住，村民均可证明。

我指出上述两点时，小红却说，该房无宅基地批复。

如果按这个说法，无宅基地的批复，那么不论房子属于张小荣所建，还是其姐夫王某所建，均属违法建筑，村委会完全有权强拆。另外，当初签订腾退协议时，村委会没有审查房子的性质，有失察之责。

说到这里时，小红明显有点着急，说："村里很多人的房子都没有批复，总不能把移村的房子都拆了吧！"

此话令我愕然，也有点生气："照你这样说，工作是不是就没法推进了？"

会场气氛一下子紧张起来，大家面面相觑，一时间都不知道说什么好。

建文打圆场说："张小荣的事情回头再了解清楚具体情况，今天就不说了。"

自从到村以后，还从没有和村干部发生过任何工作上的争执，大家平时相处得也非常愉快，这是第一次。在我的观察中，村"四支队伍"中的每个人对待工作都很认真，待人也都非常真诚，移村的班子团结而且有凝聚力，几年来为村庄的发展做出了巨大的贡献。

小红平时心直口快，工作中敢于碰硬，敢于仗义执言，对人对事没有任何坏心眼。那么，他今天是怎么了？

会后我找建文和老王，想了解事情的原委。建文说，你别往心里去，小红今年以来遇到了一连串窝火的事，才过完年就住院做手术，最近又出了次车祸，驾照还被暂扣了半年，农村的事情很复杂，村上的工作又这么多，难免心烦气躁。

我说，小红的为人我知道，决不会计较。

老王介绍说，小红说的也是实情。20世纪八九十年代，村级管理一度十分混乱，多占宅基地甚至一户多宅的现象相当普遍，无人过问，积累下了许多矛盾和问题。这几年管理虽然越来越严，越来越规范，但许多遗留问题解决起来非常棘手，牵扯的面很广，弄不好就会增加新的干群矛盾、邻里矛盾，引起无休止的上访。

冷静下来，我觉得今天的事情自己有许多值得反思的地方。其一，对农村工作面临的困难和复杂程度了解不够透彻；其二，对干部的工作、思想和情绪缺乏洞察力，关心不够；其三，位置摆放不正。村上工作的主体责任是村党总支和村委会，驻村工作队的任务是帮助他们把准方向，提高工作的能力和水平，协助把工作做得更好，而不是替村党总支和村委会做决策，更不是大包大揽。

信息资料的填报工作量相当繁重，从派出所调取回的移村实际登记户比原来统计的多出56户，达926户，仅全村《非贫困家庭情况调查表》一项，就会耗费大量时间和精力。

为了按期完成，村"四支队伍"划分成6个小组，每2人一组，在村民小组组长协助下分头工作，完成时限是本周内。

六组村民陈安斌突患重病，家庭生活陷入困境。陈安斌现年76岁，由70岁的老伴照顾；儿子陈小丁40多岁，有轻微智力障碍，婚后妻子离家出走，再未返回。村"四支队伍"立即研究决定，为其申请临时救助。

向海浪学习

农户开始将收获的麦子和油菜晾晒到村委会广场上，这样做无须给村干部打招呼或请示任何人，只要有空地方，直接用就是，大家都知道"龙口夺食"意味着什么。

采写海浪姑娘的稿件在5月28日《陕西日报》"视点"栏目头条刊发，陕西传媒网同步推送，紧接着"学习强国"陕西平台转发，"学习强国"中宣部平台将相关稿件推送到平台首页的"推荐"栏目中。

一时间，好评如潮。一日之内，海浪事迹的宣传"全面开花"，中国文明网、陕西文明网、人民日报社·人民数字、省委讲师团公众号及铜川、耀州的各类媒体纷纷转发，海浪稿件成为朋友圈中大家转发频率最高的热点。据不完全统计，到晚上10点，刊发、推送海浪稿件的媒体已达20多家。

海浪事迹在铜川成为大家相互传颂的热点话题，相关稿件在朋友圈中的转发频率高潮不断。《铜川日报》、铜川电视台及相关部门的微信公众号纷纷跟进宣传。

铜川市委书记杨长亚就海浪的相关报道做出批示，号召全市干部群众向海浪学习："脱贫重在立志，扶贫重在扶志。海浪同志身残志坚、自强不息的人生观、创业路令人感动，充满正能量，让我们看到了贫困群众对美好生活的向往与追求，让我们坚定了建成小康社会进程中困难群众不落一户、不落一人的责任与担当。全市各级党组织，特别是宣传、扶贫部门，要组织广大干部群众，学习海浪同志不畏艰难、拼搏进取、勤劳奋斗的事迹，更加关心特殊困难群众，用心用情用力激发脱贫内生动力，竭力做好、夯实扶贫基础工作，以决战决胜的姿态，全面打赢脱贫攻坚战，以实干实绩向新中国成立70周年献礼！"

杨长亚让市委常委、统战部部长崔歆打来电话，转达他对记者的问候，并表示感谢；铜川市委副书记魏四新受杨长亚书记委托，代表市委市政府专程到村看望慰问海浪；市残联为海浪送去了一台笔记本电脑；耀州区残联发出了向海浪学习的倡议书。

与副区长徐晖、区残联理事长程修灵就海浪事迹的后续宣传进行沟通，就做好海浪的心理辅导事宜做了商议，同时就近期社会各界爱心人士纷纷要求捐助支持海浪的事情进行了讨论。大家一致认为，要加强引导，一方面避免伤害孩子的自尊心，另一方面要防止孩子在社会各界的赞誉下迷失方向。

据徐晖说，省委宣传部统计，到5月29日上午8点，海浪报道在"学习强国"的留言和点赞已超过了7.8万条。

5月30日，海浪报道持续发酵，宝鸡一企业家通过报社编辑部联系，有意帮助海浪。截至上午，"学习强国"的留言点赞已超过12万条。

耀州区各乡镇已掀起学习海浪事迹的热潮，海浪所在庙湾镇专门安排了学习活动。移村的残疾人群较多，我与连超商量，计划向贫困群众发出向海浪学习的倡议书。

5月31日，海浪事迹的后续报道在《陕西日报》刊出。从耀州区残联及海浪微信中得知，海浪将近日爱心人士给她的捐款全部退了回去。海浪姑娘自强自立的精神令人钦佩！

耀州区妇联主席谢冰花到村走访，谈到海浪的感人事迹时说，区妇联已经号召全区广大妇女向海浪学习，争做巾帼脱贫致富带头人。田里的麦子已经泛黄，前塬的一些农户开始收割。中午显得有点燥热，火辣辣的阳光让人却步。

贫困户韩建军今日正式搬家。陕西传媒网总编辑孙文生等一行8人到韩建军家慰问，祝贺其乔迁新居，为其带去了一床被子和500元慰问金。交流中韩建军谈到，其大女儿今年从幼儿师范毕业，目前在西安一家幼教机构实习；二女儿今年高考，他担心孩子考不上大学。我说，孩子即使考不上大学，也可以上高职或技校学习实用技术。韩建军夫妇表示一定支持孩子。

孙文生一行还走访慰问了乔军营家庭。乔军营打工在外，妻子平时在村上打零工。女儿出嫁后，户口一直未转走，经常回来照顾家里的生活。乔军营家分到了四居室的住房，目前已搬迁入住，两个外孙女一个已经上学，另一个上幼儿园。

关于种粮的思考

凌晨3点多，窗外传来"嘣嘣"的雨声，室内明显凉快了下来。早晨，雨还在下，地面湿漉漉的，热气似乎一下子远离了大地，空气中透出丝丝凉意。

下午，雨住了，天边的云层中露出一抹亮色。一些灰白的云柱从山巅升起，直通天宇。农户收获的麦子、油菜堆放在场院里，静静地等待天光放亮。一只麻雀误飞到楼道来，许久才找到出去的路。

路边，一位妇女在黄昏中等待顾客，篮子里还剩下7斤樱桃，成色和味道都不是很好。她说，10块钱，全给你吧。聊天中得知，她家种了3亩大田樱桃，由于品种不好，别人1斤卖10—15元，她家的只卖2块钱。

我问她，比种粮食怎么样？女人说，那还是要强很多。

监委会主任王瑞民今年种了10亩麦子，据他说，由于春季干旱的影响，今年的减产程度远远超乎预料。去年他的10亩麦子打了近1万斤，今年已收割的2.5亩只打下500多斤，相当于亩产200斤，相比往年，减产80%。老王算了算每亩地的投资，耕地、种子、化肥、除草、收割，各种费用加起来有400—500元，今年照他的收成，每亩地估计会赔300元，这还不算人工费用。

更有一些农户，在春季看到麦子的长势，直接将地犁掉，重新种上玉米，想多少挽回点损失。

什么时候能让农民不再靠天吃饭，如何保护农民种粮的积极性，让他们在遇到今年春季这样的旱情时不再忧心如焚？中国农业的现代化还有很长的路要走！

与王瑞民聊起村民种粮的积极性时，老王说，目前农村普遍的现象是，年轻人甚至是年富力强的中年人，几乎都到城里打工，很少有人再返乡务农，大量的土地由少数中老年人勉力耕作。有些家庭无老人可照料土地，以很低的租金转让给邻家耕种。

这是一个相当严峻的话题，如果再这样持续下去，农村能耕种而又愿意耕种土地的农民会有多少人？

为什么农民耕种土地的积极性不高？在现有维持耕种的农户中，大家有一个普遍的共识，那就是种地不赚钱。

以王瑞民为例，他与老伴两人种的10亩小麦，在丰收之年，每亩产量800—1000斤，每斤售价1.15元，一亩地毛收入约1000元，每亩地耕种的成本约500元。这样算来，10亩小麦年收入约1万元，纯利润3000—5000元。其实，这也就是两个农民耕种10亩地所得的劳动收入。若遇灾年，不但没有利润，还会赔本。

相比年轻人到城里打工每天收入100—300元来算，10亩地丰产一年的纯收入只相当于一个打工者一个月的工资。这种巨大的反差，让越来越多的年轻人不愿种地，更不愿回到农村来发展。

那么，如何才能走出这种困境？简单的思路是，让粮食种植有更高的利润空间。那么，又怎么样才能增加利润？提高粮食收购价格的办法是行不通的。

从经济学的角度来算，我们用这样一个公式来换算利润：

（种植面积×亩产量）－种植成本＝利润

上面的公式中，在亩产量和种植成本基本不变的情况下，只有种植面积增加了，利润才会更大。

但是，目前农村以家庭为单位的土地耕作模式，限定了每个农户的种植面积。如何解决这一矛盾？改变以家庭为单位的耕作方式，把土地集中起来集约化耕作，似乎是一条可行的路子。

改革开放40年来，农村土地从集体耕作回归到个体化耕作，一下子让农民的生产积极性被激发了出来，几乎一夜之间中国8亿农民有了饭吃，逐步解决了温饱问题。中国农民也从土地上解放了出来，农忙时种地，农闲时打工，充分体现了劳动价值。

经过40年的发展，特别是经过几年来脱贫攻坚的不懈努力，农村的基础设施不断改善，农业机械化程度进一步提高，传统人力耕作的方式已得到彻底改变。

在这样的基础上，一个职业种粮的农户每年有能力耕作的土地面积早已与过去不可同日而语。与老王谈起这个事情时，老王认为，一个10户（30人）农民组成的合作社，机械化耕作2000亩土地不成问题。若真是那样，同样以种植小麦来说，按每亩年产量800—1000斤计算，2000亩的收入在160万—200万元，纯利润在100万元左右，平均到每个人身上，就有3万多元。

达到这样的效益，种粮对农民来说，才会有一定的吸引力。

改革开放以来，有些一直没有走个体化经营的村庄，如陕西咸阳的袁家村、宝鸡的东岭村、江苏的华西村等，为什么能成为率先集体致富的村庄？值得总结思考。

农村集体化耕作自然有其弊端，就像国有企业和公务员，因为是"铁饭碗"，自然会有人混日子。那么是改进考核办法和手段，还是解散"国企"？我们不能只看到集体化中存在的问题，却看不到其在中国农村发展史上发挥出的巨大能量和已经发挥出的巨大作用。正是发挥了集体化的力量，中国农村在短短几十年里，平整了数以亿计的农田，修建了至今仍在利用的众多水利工程，让无数荒山荒坡披上了绿装。

解决目前中国农村存在的诸多问题，特别是粮食种植的现代化发展问题，集约化耕作是一个可以尝试的选项。科学利用人力，将大部分家庭从个体耕作中解脱出来，才能有效解决单产利润低的问题，才能充分发挥农业机械化的优势，才能有效解决浇灌、施肥、防虫等科学技术问题，提高抵御自然灾害的风险。

对以家庭为单位耕种的农民来说，一旦解脱出来，可选择进城务工转化为市民，也可选择在企业化管理的农业合作社打工。对城里毕业的大学毕业生来说，既可在城市发展，也可回到乡村成为新时代的农业骨干，有效提升中国农村从业人员的整体文化素质。

以集约化耕作为主体的农村集体化发展路子，能从长远上有效解决农村返贫问题，从根本上巩固脱贫攻坚成果，有利于中国农村稳健走上小康社会。

住房安全排查

贫困户牛兴保的合户工作有了一点进展。牛兴保今年80岁，原有4个儿子，老大、老二、老三成家后分别另立门户，老人与四儿共同生活。1983年，老人在自己名下为四儿贷款买了一辆三轮车。后来四儿因车祸死亡，贷款至今未还。

过去老人独自生活，后因年事已高逐渐丧失劳动能力，三个儿子约定，老人平时的生活由三儿照顾，去世后则由大儿料理后事。

按照脱贫攻坚政策，像牛兴保这样有子女的老人，子女必须承担起赡养老人的义务，原来户口未在一起的，应该合户照顾老人生活。但牛兴保几个儿子因怕承担老人名下贷款的偿还责任，均不愿合户。上午将牛兴保大儿子牛红海约到村委会。了解了其思想根源和顾

虑后，我对牛红海说："你们兄弟几个平时对老人很孝顺，村里人都看在眼里，这点值得赞扬。现在老人年事已高，作为老大，你应该作出表率，放下包袱，积极承担作为儿子的责任。"

牛红海不语，我接着说："合户以后，不会影响对老人的扶贫政策，我们也不会减弱对老人的帮扶力度。至于老人名下的贷款，大家共同想办法。"

牛红海表示，理解扶贫干部的苦心，答应尽快与兄弟们商量，与老人合户。

下午，牛兴保的合户工作又出现波折。牛红海与妻子一起到村委会，对合户问题再次迟疑起来。据其说，经与信用社联系，父亲1983年所贷款的本金与利息累计超过6万元。牛红海妻子很明确表示，不愿承担还款责任。

两人提出，父亲现在由三弟抚养，近几年老人的扶贫所得全部都归三弟管理，所以理应由三弟跟老人合户。本打算约其弟到村委会商谈，但其外出打工未回，电话无法沟通，只好待其回家后再做工作。姜淑琴老人的合户工作比较顺利，其二儿张新荣主动承担起了老人的赡养义务。

按照小丘镇脱贫攻坚工作安排，近期重点排查安全住房和安全用水问题。经过对全村住房和用水现状进行分析，大家认为，目前村民的住房均已达到安全标准，供水管道维修后用水情况也比较良好。

就村民小组长排查到的疑似住房安全及搬迁腾退问题，与张继臣、崔连超一起到村民郝明轩，贫困户乔军营、孙红顺等家中入户调查走访。

郝明轩今年84岁，与80岁的老伴一起生活，虽与儿子同户，却不在一起吃住。该户原为贫困户，2017年重新识别时退出，目前享受低保，老两口每月可领到800多元的低保补贴，生活稳定，尚无病患。家庭住房虽为砖混结构瓦房，但不存在安全隐患。

聊天中，郝明轩讲道，其父亲郝印祥曾经参加过抗日战争，时为国民革命军陆军第三军三十二师九十五团二营五连上士副排长，抗战结束后回乡务农直到去世。郝明轩保留着父亲的"抗战官兵证明书"，为1946年1月颁发，签证人为"师长刘英"。证书已有破损，但字迹完整清晰。

乔军营已搬迁到安居房居住，开始自行拆除旧房，宅基地腾退已不存在问题。李长海、李军战、孙红顺等也均已答应，按照村委会安排，在原养老院内寻找一间放置农具的房间后，开始拆除腾退旧宅基地。

孙小顺已搬家，但对拆除腾退旧宅基地仍有顾虑。孙小顺谈到，旧房拆除后他的旧家具也无处堆放，攒下的十几袋小麦也没地方存储。我给小顺算了一笔账，他现在全家3口人所住的旧房只有小三间，狭窄、漏雨，已无法长期安全居住，腾退后政府补贴3万元，其所拆下的旧砖也可以卖1万多元。他旧房中的家具早已破烂陈旧，没有再利用价值，完全可以处理掉；攒下的麦子可以交到镇上的面粉厂，根据食用所需随时领取面粉，还不用担心受潮、出虫。孙小顺听后表示接受，愿意同家人尽快商量拆除腾退事宜。

村民小组长反映，还有几户村民的房子比较陈旧。下午与张继臣、王小红一起到这几户村民家中进行实地查看。

四组村民常新利，全家4口人，所住砖混结构瓦房三间，从实地看，虽个别地方有破损现象，但整体情况良好，稍做整修即可，应不属于危房。常新利与妻子常年打工在外，家中平时只有16岁的女儿（初中三年级学生）与70多岁的奶奶居住。

一组村民吕国栋、许新学两户家庭房屋的情况与常新利基本一致，均属20世纪80年代所建的土木结构瓦房。平时两户均在外打工，很少回来居住。

一组村民吕建群，全家3口人。从外观看，其住房比较破旧，为土坯、小瓦的单檐厦房，建筑年代比较久远，屋顶的瓦脊多处破损，院墙破烂，院内杂草丛生。

据村民组长刁立虎所说，吕建群多年一直在外打工，此房是购买别人的旧房，原计划拆除重盖，因今年孩子考上大学而推后。针对吕建群房屋的现状，村委会决定先报备到区住建局。

吕建群不在村上居住，村干部与本人进行了电话沟通。据了解，吕建群本人并不是没有经济能力盖房，而是另有打算。即使村上为其争取到危房改造的一次性政策补贴2.58万元，吕建群本人也不愿意出其余的改造资金。

右眼有点充血，感觉越来越重，是几日来没有睡好的缘故。

昨晚几只蚊子钻进了房子，手上和腿上都被叮出了几个大包，奇痒难受无比。反复几次开灯寻找，却一直没有消灭掉，折腾了几乎一夜。早晨6点钟方才眯了过去，不到7点，又被建军叫醒了。

建军从来没有这样匆匆忙忙过，进门后却一句话不说，只顾闷头抽烟。问他有什么急事，半天才说了一句："出事了！"

在耀州区5月28日至6月5日的抽查中，发现了一些必须高度重视的问题，如疑似漏评、错评情况比较突出，贫困退出落实不力，补短板工作进度慢，群众满意度不高，基础设施建设不平衡，资料更新不及时、不完善等。

难道移村也存在这些问题？建军说："不是，是班子的问题。"我的头懵了一下，沉住气问建军到底是怎么一回事？

原来，在近期开展的干部队伍整顿中，上级部门发现，移村村委会主任王小红、副主任常健、村民小组长常刚都曾受过处分。

按镇党委政府要求，村党总支将三人情况上报，等待通知。下午与镇党委副书记杨军战、村党总支书记吕建文交换意见。大家都认识到，纯洁党员干部队伍，是新时期从严治党的需要，干部问题也是群众反映最为强烈的问题，移村党总支、村委会要认清形势，积极贯彻执行中央在从严治党方面的决策部署。

经与小红三人沟通，三人均表示，坚决以大局为重，决定主动提出辞职，不给组织增添麻烦。

贫困户韩建军旧房的拆除仍迟迟没有动工。他到村委会称，报社有人告诉他不用拆，可以在旧房中养羊，对此大家都很诧异。经了解，原来在入户走访慰问时，韩建军提到自己搬迁及养羊之事时，不了解情况的工作人员说了类似可以利用旧房养羊的话。

这是相关人员不了解政策要求，并不是村委会或驻村工作队的正式决定或通知。在向韩建军解释这件事时，韩建军固执坚持，与王小红发生激烈争执。经在场的吕建文、刁立虎等干部劝解方才平息。小红这两天的情绪非常不好，大家知道他心里难受，但除了宽慰别无办法。事情还没有定论，其实等待的过程才是最熬煎的时候。

下午，镇党委副书记杨军战到村宣布小丘镇党委会议的决定，接受王小红辞去移村党总支委员、移村村委会主任职务的请求，接受常健辞去的移村村委会副主任职务，同意移村村委会接受常刚辞去第二村民小组长职务。

镇党委指示移村党总支，立即启动村委会届中临时选举程序，村委会工作暂时由党总支书吕建文主持。

杨军战叮咛说，不要因这次人事变动而影响移村的工作，要充分认识这次班子调整的必要性，希望移村发展的步子一如既往的坚实，吕建文、王小红、常健等人表态，坚决支持组织决定。

会后我找王小红和常健两人聊天，希望两人正确认识和看待这次调整，正确看待人生的各种变化，勇于面对挫折。两人均表示能够想得通，看得开。

结对共建

小雨下了一夜，清晨起来，远处的山峦间仍飞卷着黑色的云雾。空气清爽，透出丝丝的凉意。地面上湿漉漉的，果园里的辣椒和西红柿显得格外精神。

按照报社机关党委之前与村党总支的商定，陕西日报社4个五星级党支部与移村第一、第二党支部签订结对共建协议。

扶贫工作中，党建的引领作用不可估量，特别是帮助农村加强基层组织建设，提高基层干部队伍素质，是筑牢脱贫攻坚与农村发展根基的重要保障。耀州区今年围绕"党旗领航促脱贫"这一主题，开展了一系列活动。

今年以来，按照省级标准化党支部建设的要求，驻村工作队帮助移村党总支建立健全了党支部"三会一课"及学习制度，坚持每周一的党支部学习例会，全面系统地学习习近平关于脱贫攻坚工作的重要论述和中央相关政策文件，树立了全村党员干部打赢脱贫攻坚战的决心和信心。驻村工作队员为全村党员上党课，讲脱贫攻坚工作的感悟和方法，讲党的历史和照金革命根据地的故事，讲如何把握当前的形势和任务，受到全村党员干部的一致好评。

活动签字仪式暨各党支部集中慰问活动在移村村委会广场举行。活动由副社长卢尚义主持，总编辑张连业、副社长梁伟参加活动。

按照协议，报社联建支部党员干部将深入移村积极帮助移村党支部开展党建工作，相互学习，共同提高，召开支部联建工作座谈会，专题研究探讨支部建设和主题教育工作经验。报社驻村工作队还将帮助移村党总支组织形式多样的主题党日活动，改善村党支部的办公条件。

党建结对共建协议书签订后，报社为移村党总支赠送了60套党建图书资料。报社领导及26个党支部分别走访慰问了移村65户建档立卡贫困户，为每户送去了生活补助金和米、面、油等生活品，总价值4.15万元。张连业总编，梁伟、卢尚义副社长等还参观了移村的爱心超市和移民搬迁点，到贫困户吴守福家庭进行了走访。

远处的嵯峨山隐匿在迷茫的雨雾之中，有车从村中穿过时，便会带起一溜白色的水雾。将近一周了，气温一直维持在20度左右，天空被灰色的云层所遮挡，早晚不得不穿外套。已过夏至，这种天气对人来说，倒是很舒服，然而对需要阳光照射的农作物来说，未必是好事。

村巷中、院落里，这两天最惹人眼的是一树树黄澄澄的杏子，熟透的果实滚落得遍地都是。见农户很少有人采摘出售，与几户人家谈及此事，均说，采摘人工成本高，出售拉运成本高，果子售价低，每斤只有0.8元，加之杏子的保存时间短，采摘下来两天之内售不出去的话，就会全部变软，无法保鲜。

大家宁可让果子落了捡拾杏核，也不愿意采摘出售果子，这样的矛盾如何解决呢？有没有很好的办法让丰收的杏子为农户创造效益？比如做成杏干、果脯。记得张宝善教授说过，杏子也可以做酿醋的原料。

在耀州区残联近日表彰的励志典型中，除了海浪姑娘，还有一位移村的村民，名叫刘润民。刘润民是移村二组村民，现年64岁，2012年前曾经担任村委会主任。2010年因车祸导致左胳膊截肢。

2013年6月起，刘润民克服伤痛的折磨，在逆境中奋起，贷款30万元建起了一座中型养殖场，联合其他4户村民，成立了勇平养殖专业合作社。

5年多来，勇平养殖专业合作社平均年出栏生猪1178头，年销售收入2018年达到了200万元，纯利润近60万元。在致富的同时，刘润民一直致力于帮扶残疾人共同致富，无偿为耀州区深度贫困村的残疾贫困群众发放猪崽、饲料，提供技术服务。截至2019年，累计已赠送猪崽200多头，价值30多万元，扶持带动了38户贫困群众脱贫致富。

耀州区已经有孙塬、新兴等村完成了村志编印工作。就移村有无意向编撰村志一事与建文、建军等人交谈。据说，"文革"前，村史的资料很多，包括家谱，但在"破四旧"中，这些东西都被烧掉了；随着一些老人的去世，现在能完整清晰地说出村史的人已经很少，几乎没有了；如果编撰村志，仅村史部分难度就很大。

从省住建厅传来消息，国家住建部等部门联合印发并公布了第五批中国传统村落名录，陕西42个村子入选，移村榜上有名。截至目前，陕西共有113个村落入选这个名单。

攻坚克难

第三章

雨中，令人感动的身影

下午太阳终于出来了，气温回升，不一会儿就感到有点潮热。傍晚，天空再次被云遮住，细雨又淅淅沥沥地飘落下来。

雨一直持续到深夜，在这样的夜里，你可以什么都不想，只想被窝里能否再温暖一点。略带湿意的微风从窗户吹进来，周身的皮肤觉得一阵阵冰爽，让人不由得想起南方的雨季，忽然就有了身处江南的感觉。窗外，山前的村庄中有隐的灯光闪烁，让雨中的暗夜增添了一份神秘的暖意。

村干部中多人的思想出现波动。常建军、闫铁牛到办公室来，谈道，近年来，村干部们大都凭着一份责任心和热爱集体的奉献精神在工作，待遇低不说，许多人还为集体的事个人垫付资金，有些费用多年得不到解决，如吕建文、王小红、闫铁牛、常建军、王瑞民等，为村上的事垫资少则几千元，多则数万元。

建军有点发愁，村上原有干部加上6名村民小组长和1名信息员，总共19人，最近有6人离岗，其中王小红、常健、常刚三人辞职，常月亮出车祸住院，常西军因脑出血无法工作，信兆梅被抽调到镇政府工作。干部的严重缺员，已经影响到正常工作的开展。

以问题为导向，成为做好脱贫攻坚工作的一个有力指挥棒。两日来，小丘镇政府扶贫督查专班到移村，分三路入户检查，查摆问题。不查不知道，一查吓一跳。根据督查专班的反馈，发现移村脱贫攻坚工作中还存在许多问题，其中村级问题多达9项，户级问题17项。

这些问题中，有些是扶贫纪实资料簿填写不及时、不完整，有许多漏项；有些是收入情况核算不及时、不准确，帮扶措施填写过于简单；有些是该户已脱贫却未注明，帮扶责任人已换却未更改；有些是贫困户的明白卡陈旧、字迹不清楚；还有的是贫困户的政策知晓度不高、对合作社分红说不清楚；等等。

带队检查的副镇长程康通报相关问题时指出，根据三组干部的入户检查和对村级帮扶资料的核查，移村脱贫攻坚工作综合起来有以下问题需要尽快解决：

王小红、常健辞职后，两人所帮扶的8户贫困户要尽快落实帮扶责任人；牛兴保按计划今年脱贫，但家庭无劳动力，合户问题迟迟未解决，需专门研究；要尽快整改贫困户家庭调查表未填写，明白卡、纪实资料簿缺失、未及时更新、漏项较多、帮扶措施不清等问题；异地搬迁户至今未全部搬入移民搬迁点，会影响全镇该项工作进度，要动员其尽快入住；黄战军家庭打工收入下降，要研究措施，防止返贫；关于贫困户政策知效率低的问题，要有针对性地进行宣传。

两日来的阴雨，让空气中弥漫着浓重的潮气，田园、农舍、村巷，到处都是湿漉漉的。就在此时，移村却出现了一个令人感动的身影。陕西师范大学张宝善教授带两名专家冒雨来到村上，专程考察柿子醋项目的发展前景。

张教授一行一大早就从西安出发，由于第一次到小丘塬上来，导航错误地将客人引向了嵯峨山方向。原本2个小时的行程，竟然走了4个小时，到村时已是中午2点，而张教授一行还没顾得上吃饭。简单扒拉了几口刀犁面，张教授就催着到塬上去考察。

打着雨伞，踩着泥泞的小路，张教授一行到村边塬畔查看柿子树的生长、分布情况，一边走一边给大家介绍柿子的种类和不同的用途。看到小丘塬上的柿子多为原生态的方块形柿子时，张教授说，这种柿子就是酿醋的最上乘原料，天然无公害，醋酸含量在所有种类的柿子中是最高的。

在村中计划发展酿醋企业的场地，张教授详细询问了水源、道路等情况，用脚步丈量了场地的面积，就生产线、储存罐、包装车间的布局以及车辆进出场地等，有针对性地提出了许多非常好的建议，甚至连项目的建设步骤、基建预算和投资预案，都毫无保留地进行了一一说明。

两个多小时的考察中，密集的雨点加上沟中吹来的凉风，让在场的每个人都感到浑身冰凉，而张教授不时在雨中穿梭，衣服早已被打湿，头发上的水珠不断滚落。雨水将他的眼镜糊住，他一次次取下来用手擦掉水珠后又戴上。

仅仅是因为一次拜访，没有任何费用，没有任何来往和承诺，张宝善教授就把一个与他工作毫不相干的村庄放在心上，为乡亲们想着致富的门路，为村集体谋划产业的发展，冒雨驱车上百公里亲临现场考察指导，这种无私奉献的精神令人感动和钦佩！

主题党日

　　早晨起来，阳光洒满了村委会广场，天上的云散得干干净净，一碧如洗。今天是中国共产党的98岁生日。村"四支队伍"观看了习近平总书记十九大报告学习专题片之后，全体党员在党旗前举起拳头，重温入党誓词。

　　此刻，我觉得这个主题党日活动来得是那么及时，最近许多党员干部思想情绪出现波动，是该让大家再接受一次洗礼，把心思凝结在干事创业上来了。按照活动的安排，驻村工作队要为村"四支队伍"和全体党员上一堂党课，主题是"共产党人的初心与使命"。

　　我从中国共产党诞生的历史背景讲起。从鸦片战争到八国联军入侵，中华民族饱受欺凌，一个个不平等条约强加在中国头上，内忧外患，民不聊生；从戊戌变法讲到辛亥革命，一批批仁人志士为了国家和民族的前途命运的艰难探索，辛亥革命的果实被袁世凯窃取后，国家和民族的前途命运再次扑朔迷离。这时我看到，听课的党员干部们若有所思，表情凝重。

　　讲到俄国十月革命胜利对中国的启发，马克思主义的传播为中国革命点亮了指路的明灯，中国共产党肩负起了挽救民族于危亡之际的历史使命。从发动工人运动到第一次国共合作的北伐战争，从南昌起义到二万五千里长征，从抗日战争赶走日寇到解放战争推翻"三座大山"，无数共产党人抛头颅、洒热血，付出了巨大牺牲。我看到，大家聚精会神，凝心静听。

　　讲到中华人民共和国的成立取得的辉煌成就。从百废待兴到逐步建立起完整的工业体系，从一穷二白到航天事业的起步和"两弹一星"的研制成功，从解决温饱到改革开放40年的飞速发展，中华民族终于屹立在世界的东方！我看到，大家欢心喜悦，兴奋激动。

我讲到新时代"两个一百年"的奋斗目标——到2021年，建党100周年，全面建成小康社会；到2049年，建国100周年，把我们国家建成富强、民主、文明的社会主义现代化强国，实现中华民族伟大复兴！

我说，这就是我们共产党人的初心与使命，就是习近平总书记在十九大报告中说的："为中国人民谋幸福，为中华民族谋复兴！"

听课人群中一次次爆发出掌声，我注意到，今天来的不但有年轻党员，还有六七十岁，甚至80多岁的老党员。王小红也在台下坐着，一边听一边记着笔记。从头到尾，我没看到一个人走动，没听到一声手机铃声响，没见有任何人交头接耳。从大家认真专注的态度中，我看到了党组织的凝聚力，看到了农村基层党员的组织纪律性和大家高度的责任感、使命感。

主题党日活动中，村党总支还带领参会党员学习了《中共陕西省委关于贯彻〈中国共产党农村基层组织工作条例〉的八条措施》；研究并举手通过，吸收5名递交申请的村民为入党积极分子；为每个党员颁发了"党员之家"光荣牌，赠送了党课学习资料。

村委会的班子亟待确定下来，人选成了这段时间让村党总支头疼的问题。年轻有能力的，在外有自己的事业不愿回来；在村有实力的，不是年龄偏大，就是不愿因村务耽搁自家的事情。

经村党总支反复摸底、征求党员群众意见，并与本人谈话，做思想动员工作，初步议定了村委会主任、副主任提名人选，主任由党总支书记吕建文兼任，提名王小岗和孙全顺为副主任候选人。

王小岗和孙全顺均为20世纪70年代人，两人在群众中有较好的威信，都有干事创业的实力，愿意为村集体事业尽心付出。王小岗在村上有自己的建筑工队，孙全顺在外打工，愿意返乡创业。

征求意见时，有人提出，孙全顺妻子在家中开有一个棋牌室，平时有村民去打麻将。就此事与全顺沟通时，全顺说，妻子的棋牌室以娱乐性质为主，平时都是村中一些老人过来消遣散心，绝不允许赌博。如果需要，他可以劝说妻子关掉棋牌室。

为了核实相关情况，驻村工作队对全村所有开办的棋牌室进行了摸底调查。经查，村中原有棋牌室9家，均为本村村民利用自家闲置房屋开办，现已停办3家，除过孙全顺妻子的，另外5家分别是龙石寨的杜建军、李志强，二组的乔金平，三组的乔百田，五组的孙红牛。这些棋牌室设施都比较简单，平时为一些清闲的老人和村民打牌消遣所用，每人每天的台租费为5—10元，偶有打牌带彩头的，每局输赢也不过三五块钱到十几块钱。

调查中得知，移村的村风一直非常好，村民中很少有人参与赌博，偶有行为不端的，也必为大家所唾弃。村"四支队伍"认为，在目前加强文明村风建设的过程中，良好的村风需要保持，对一些村民和老人小赌怡情的思想，也必须加以教育引导，对涉嫌聚赌和参与赌博的行为，必须严厉制止。

残疾女青年，年入600万

扶贫先扶志，充分激发贫困地区和贫困群众脱贫致富的内在动力和自我发展能力，已经成为脱贫攻坚工作的一个强烈共识。那么，如何扶，怎么扶？

7月2日，全省扶贫扶志工作现场推进会在耀州区召开。会上，又一个像海浪一样的脱贫励志故事感动了参会的所有人。

付凡平是延安市宜川县云岩镇高楼村村民，18岁那年，一场大火夺去了她三位亲人的生命。大火烧掉了付凡平的双手，毁掉了她的容颜，经历几十次手术后，总算保住了生命。无法接受自己面目全非的样子，付凡平准备结束自己的生命，父亲发现后抱住她大声痛哭。付凡平决心不再给父母增添痛苦，她努力锻炼，直至具备了基本自理生活的能力。

2015年，付凡平的家庭被识别为贫困户，付凡平不甘心一直被政府帮扶，决心干点事。一次偶然机会，她接触到了电子商务，她买来《如何开微店》《淘宝从零开始》等书籍自学，报名参加相关培训。上课听不懂，就记在本子上或用手机录下来，下课反复听。

一段时间后，付凡平不仅能熟练操作电脑了，还在网上注册了自己的淘宝店。开业当天就接到了两单生意：5斤小米和5斤青皮核桃。2015年9月，付凡平在镇上开了一个特产专卖店，11月又成立了一个农产品经销公司。短短3个月，收入达到50万元，当年就脱了贫。

为了把电子商务搞通搞精，付凡平多次自费到全国各地参加各类电商培训班，几年来用于参训、参展的费用超过40万元。2016年，她的电商形象推广店在壶口瀑布景区落户，2018年又与京东、惠农网、有赞商城、每日优鲜、今日头条、新浪微博等各大网络平台合作，积极推广宜川的旅游资源和农副产品，公司的销售额也节节攀升。

2016年，付凡平公司的销售额达到209万元，2017年突破360万元，2018年600万元，2019年她计划达到3000万元！

付凡平不等不靠，通过艰辛的努力，活出了尊严，活出了人生的精彩。她脱贫了，又力所能及地去帮助那些需要帮助的人。她把公司取名为"蒙恩"，做大做强自己的电商平台，吸引全国各地的残疾人、贫困户加入，帮助大家共同创业、一起致富。她资助失去双臂、重度残疾的张路，帮其实现自食其力、养家糊口，还把业务发展到北京、台湾和东南亚一些地区；她资助一位单亲残疾男孩，直到他考上大学；五一劳动节，她为环卫工人送去价值3万元的苹果等慰问品；她在全县免费举办残疾人贫困户电商提升和孵化培训班，带动300多名残疾人创业就业……

仅仅3年时间，付凡平从一个贫困户奋斗成了"全国青年致富带头人"，从一个双手残疾、面容尽毁的农村妇女成长为"电商脱贫明星"，荣获"创业创新先锋""全国五好家庭""全国自强模范"等多项荣誉称号，受到了习近平总书记的接见！

付凡平、海浪的事迹再一次告诉人们，贫穷和残疾并不可怕，人穷只要志气不穷，拔除穷根就不是难事。

脱贫首在立志，扶贫根在扶志。为了激发贫困群众干事创业的内生动力，几年来，各级政府和扶贫干部做了许多有益的尝试和探索，如耀州区的"八星励志"，镇安县的"户分三类、精准施策"，平利县的"做到六个一、扶好六个心"，等等，为打赢脱贫攻坚战积累了丰富的经验。

会议要求全省各级宣传部门和新闻媒体，要把习近平总书记扶贫扶志工作的论述作为行动指南，强化问题导向，做好问题整改，坚持守正创新，做好文化扶贫，把扶贫扶志不断引向深入。

报社发来社领导签订的2019年帮扶工作责任书，计划今年再投入帮扶资金20万元，帮助移村有需求的贫困户继续发展养殖产业，解决贫困群众生活困难。移村所申报的柿子醋酿制项目还需再考察和论证。

村民乔会玲到村委会反映，丈夫王增全视力不好，几乎失明，无劳动能力，家中房子也已陈旧，两个女儿出嫁后，家庭也没有收入来源，仅种植6亩麦子，生活困难，想申请低保和危旧房改造政策。

从吕建文处了解到，村中已为王增全申请办理三级残疾证。村"四支队伍"研究决定，对其所说的没有收入来源和生活困难情况，从两方面考虑解决方案：一是要落实其两个女儿的赡养责任，督促其承担照顾父母生活的义务；二是安排人核实其住房安全、收入来源等具体情况，若符合条件，为其申请救助和帮扶政策。

"边缘户"的研判

小红的儿媳为王家生下了一个孙子，正当大家为此事高兴的时候，却得到了一个令人气愤的消息。医院在接生的时候，将孩子的左臂弄骨折了。这么小的孩子，一出生就要承受这样的痛苦，让人心疼不已。不知道这些医生的责任心在哪里？能把孩子的手臂弄骨折，不知道他们手上用了多大的劲？

小红今年以来接连遇到闹心的事，我知道他情绪其实非常不好，但他尽量在大家面前表现得无所谓。近期正好有一个职业农民培训班，村委会便让他安排好家里的事，借外出学习的机会休息一下，散散心。

对村上的脱贫工作来说，经过几年的努力，纳入建档立卡贫困户中的家庭的帮扶措施逐步得到落实，正在稳步脱贫，但有一个人群，也必须引起扶贫干部的高度重视，那就是处在贫困线之上的"边缘户"。这部分群体虽然不符合贫困户识别条件，但他们的生活并不富裕，有些人因遇到各种家庭变故，随时有返贫的可能。

村"四支队伍"对残疾特殊家庭、近期出现病患及家庭收入突然减少的22户非贫困群众，逐户进行了梳理研判，重点排查是否存在"边缘户"返贫风险：

郝明轩，83岁，全家3口人，妻子王凤霞79岁，原为贫困户，2017年因其儿子郝志斌名下有小轿车一辆而剔除。目前家庭以种植为主业，本人与老伴享受老龄及高龄补贴，儿子打零工。

胡晓军，36岁，全家4口人，近期因妻子乔扁扁生病导致生活困难，两个孩子上学，目前已享受最低生活保障补贴。胡晓军在外打工，有稳定收入。

李芳贤，70岁，全家4口人，丈夫闫志英为退休干部，每月有4000多元工资收入，家庭近期因老伴闫志英、儿子闫雪峰、孙女闫欣生病导致生活困难，已享受最低生活保障补贴和临时救助。

乔新华，46岁，全家3口人，乔新华为部队转业人员，因病致家庭生活困难，目前已享受医保大病补贴和农村合疗补贴，妻子柴晓丽在镇上开有一个小餐馆。

孙慧芳，62岁，全家4口人，儿子打工，因孙子生病住院致家庭近期生活困难，目前已享受合疗补贴和临时救助，女儿为教师，有稳定工资收入。

牛新茂，81岁，因病致生活困难，已享受合疗和救助补贴，大儿子牛东灵身体不好，孙子在铜川新区开有一个足浴店，二儿开有一个诊所。

王彦凯，69岁，全家4口人，近期因王彦凯生病住院致生活困难，已享受医保大病补贴、合疗和临时救助补贴，儿子在镇上有门面房，经营通信器材，名下有一辆客运车。

乔民侠，56岁，肢体残疾二级，丈夫张耀民为退休职工，有稳定工资收入，儿子张波在外打工，名下有小轿车一辆。

柴保民，63岁，精神残疾二级，妻子近期死亡，儿子离异，孙子上小学，儿子在外打工，有稳定收入。

陈敏，18岁，肢体残疾二级，父亲陈新荣有固定工资收入，母亲打零工。2013—2014年，报社为其捐款5万多元。

孙蒙，25岁，智力残疾二级，目前已出嫁，户口尚未转走，父亲承包小工程，名下有小轿车一辆。

杜惠霞，81岁，肢体残疾二级，已于近期亡故。丈夫乔志兴为退休职工，有稳定退休金，儿子乔新德在外打工。

封秀云，95岁，肢体残疾二级，享受高龄和残疾补贴，儿子卢继忠打工，家中有二层楼房。

侯玉芹，82岁，肢体残疾二级，为贫困户乔新民之母，本人已于近期亡故。

常同令，68岁，肢体残疾二级，原为贫困户，2017年因名下有一辆小轿车而剔除。

范敏侠，67岁，肢体残疾二级，原为贫困户，2017年因家中有小轿车而剔除，本人已于近期亡故。

王志有，44岁，智力残疾二级，原为贫困户，2017年因家中有小轿车而剔除。

吴军红，48岁，肢体残疾二级，本人与妻子在照金煤厂打工，有稳定工资收入，父亲吴守元为退休职工，有固定退休金，全家人住职工家属楼。

席淑兰，75岁，肢体残疾二级，丈夫乔彦军，原为贫困户，2017年因家中有小轿车剔除。

崔孝义，57岁，肢体残疾二级，儿子在外打工，月工资4000元左右。

刘润民，64岁，肢体残疾二级，与村民组建有合作社，现办有一中型养殖场，儿子女儿在西安打工。

李春侠，60岁，精神残疾二级，丈夫张汉文务农，儿子在外打工，有稳定工资收入。

经研判，22户中除亡故人员外，其余均有比较可靠的收入来源，家中住房和饮水安全，有的家庭已成为致富明星，如刘润民。

整体来看，全村暂无家庭存在返贫可能，但仍需对近期因病等导致临时困难的家庭进行跟踪、监测。

在今年计划脱贫的贫困户中，有闫正长、李长海、牛兴保3户无劳动力家庭，能否脱贫退出，村"四支队伍"也专题进行了研究讨论。

闫正长原为家庭的主要劳动力，年初去世后，妻子与儿子智力残疾；李长海家庭原有3口人，本人年事已高，儿子李军山到河南打工，今年在河南成亲并已将户口转走，另一儿子李军胜为智力残疾；牛兴保与儿子的合户问题依然没有解决。

关于闫正长家庭，大家认为，虽然其妻子、儿子有残疾，但儿子闫卫尚有劳动能力，目前在建筑工地做看护工作，每月有1500元收入，加上残疾补贴及低保补助，其家庭收入已经超过贫困线，住房问题也已经解决，可以按计划脱贫。

关于牛兴保，三个儿子不愿合户，主要是不愿承担父亲名下贷款的偿还责任，但却都愿意承担赡养责任。对此，大家研讨后认为，合户只是一个形式上的保障，如果三个儿子能够签订赡养协议，切实尽到照顾老人生活的责任，也可以按计划退出。

至于李长海，情况比较特殊，只能按兜底户延迟退出。

会议正在进行时，李长海闯了进来，说他最近看病花了些钱，要求村上为其报销。原来他近期从医院门诊上购买了1400多元药品，不属于合疗报销范围，便找到村上。李长海的这笔开支不符合临时救助条件，但考虑到其生活困难，村"四支队伍"还是答应，想办法为其解决。

这个夏日，因多雨而不再燥热，空气变得凉爽许多。村道旁的杨树显得更加郁郁葱葱，路面上的水渍星星点点。蚊子也不见了踪迹，晚上睡觉少了许多烦恼，多了一份宁静。

地窑遗址如何利用

天气一好，蚊子就活跃起来。又被蚊子折腾了一夜，浑身上下特别是胳膊上被叮了十几个包包，痛痒难耐。所幸手边有一瓶祛痛止痒的喷剂，不知喷了多少遍，也不知道每次喷多少管用。直到凌晨4点多方才睡去。

陕西省乡村旅游示范村申报工作启动。移村2015年被评为铜川市乡村旅游示范村，2018年被评为陕西省美丽宜居示范村，今年又入选中国传统村落名录。村"两委"决定积极申报陕西省乡村旅游示范村。

帮信息员冯彩云对申报所需的材料进行了整理，完成了申请报告、申请表及自评测分工作，整理好了以往活动的图片资料。按照陕西省乡村旅游示范村评定规范的地方标准，申报省级示范村的得分必须在800分以上。经测评，移村的自评得分为842分。其中最具优势的是地窑遗址的保护开发及为其配套建设的移村花海和薰衣草庄园。缺陷是，目前地窑的运营尚未见效，没有起到有效吸引游客的引擎作用。

省住建厅组织的五位专家教授冒着酷热，到村调研考察移村历史文化名村保护建设情况。专家组对移村地窑的保护开发产生浓厚兴趣，提出了一些指导性的意见和建议。专家们认为，移村地窑的保护规模在渭北独一无二，投资力度很大，规划思路明确。但缺陷是目前这些地窑尚未正式投入运营，还不具备接待游客食宿的能力，未产生效益。

专家建议，利用就是最好的保护和传承，可以还窑于民，让村中有兴趣的村民住回到地窑中，保留原生态的民居方式，同时可以开办农家乐，接待游客。

三原县的柏社村与小丘镇凉泉村接壤，当地的传统民居也是地坑窑。近几年，该村利用地坑窑发展民宿和农家乐，与建军一起去考察，以期为移村的地窑开发利用寻找一些灵感。

柏社村曾经是渭北武字区革命根据地的一部分，黄子文等人在这里领导了渭北人民的革命斗争。如今这里的地窑经过维修保护后，成了游客喜欢前往的农家乐，为游客提供吃、住、行一体化服务。游客到这里能体验到"见村不见房，闻声不见人"的独特意境。

柏社地窑距离移村约15公里，村巷中的交通和停车设施比较简单。相比较而言，移村地窑的规模更大，目前基础设施的投资建设更好，交通更为方便。

柏社地窑采取的是政府投资保护，村民自主经营的方式，一家一院，投资小，接地气，保留了地窑传统民宿的所有特色。游客住宿每天一个窑洞收费100元，饭菜另外计算。

移村地窑走的是大开发、大建设的路子，一直希望整体打包运营。这种方式更利于整体规划与保护，利于景区的统一管理，但是需要投入的资金较多，改造、装修、宣传以及运营管理都需要大笔资金，见效周期长。

目前移村地窑的知名度很高，但引进的农旅发展公司开发进展速度缓慢，还确定不了正式开业的时间，地窑传统民俗的特色也未体现出来。柏社地窑的运营模式或可借鉴。

但也应吸取目前农旅民宿开发经营中的教训。距离柏社地窑不远的三原县张家窑生态文化园就是一个开发不很成功的例子。张家窑距离移村不到30公里路程，位于三原县新兴镇，项目利用当地居民的原生态土窑、地坑窑，旨在打造集农耕文化体验、民宿旅游、养生娱乐为一体的特色乡村旅游体验地。项目占地500余亩，计划总投资5亿元，2016年5月份建成。据介绍，项目建成之初，吸引了大批游客前来观光体验。

但是去年以来，游客越来越少，目前处于停闲状态。经营停滞不前的主要原因是，没有能够留住游客的实质性内容，体验性不足，特别是农耕文化中的餐饮等服务项目，与礼泉县的袁家村等地雷同，无当地个性特色。可以看出，项目开发者在建设之初，在运营思路和经营手段上对风险准备不足，项目在基础建设上投资很大，但在运营模式、宣传手段、服务跟进上没有创新。

从现场看,园区紧邻西延高速,背靠新兴原,远眺嵯峨山,环境优美,是有后劲的农旅项目,开发者对原生态民居的开发保护也是下了一番工夫的。但现状实在令人可惜,许多挂着餐饮牌子的店面已停业,几乎所有摊位都在空着。

与张家窑相似,移村花海及地窑遗址建成之初,也是人山人海,前来观光的游客车辆排成长龙,从移村一直沿公路摆放到中原村。但是,由于后续体验、服务项目没有跟上,没有持续吸引游客回头的内容,加之去年大棚房整治行动中对风车、廊道的拆除,导致游客越来越少。

如何将移村地窑的知名度转化为经济效益,移村地窑遗址的开发利用,看来还有许多工作要做。

土地承包能否动态管理

搬迁户旧宅基地的腾退进展依然不是很理想,到6月底还剩8户尚未拆除。经过反复动员,本周孙小顺、靳兴亮、柴战利3户完成了拆除腾退,至此,还有5户硬骨头:张小荣、孙石头、赵振财、王永红、李长海。

张小荣将旧宅基地转卖给了他人,村委会正在与张小荣及购买方协商,收回宅基地;孙石头称旧房是他哥出钱盖的,他无权拆除;赵振财则称宁可放弃新房,也不拆不搬;李长海的态度模棱两可。

王永红姐姐(王永红的监护人)的思想工作终于做通,答应近期拆除腾退。

村民刘某与乔某因地畔纠纷闹得不可开交,昨天晚上村干部做调解工作,到很晚依然没结果。经了解,二人所种土地均不是责任田,而是从村集体土地中承包的预留地。刘某认为乔某犁地时多占了自己的地,其妻子遂将乔某的苞谷砍倒了三行。

在调查了解这件事时,注意到这样一个问题,目前农村土地承包不均的矛盾非常尖锐。最突出的问题是,在20世纪80年代分给各户的承包地,30多年来一直没有变更，因家庭的变化、人口的增减，导致新的土地分配不均。

以村中某户为例，其家庭原有9口人所分承包地20多亩，30多年来，家中的6个女儿先后出嫁，老婆去世，如今家里只剩两口人，父亲80多岁，儿子在外地打工常年不回。这样一来，如今已是80岁高龄的老人名下耕种着20多亩土地。而有些原来只有一两口人的家庭，如今因娶妻生子等增加到五六口人，却只耕种着两三亩土地；有些新迁入或分家后另立门户的家庭甚至无土地可种。

这种现象不仅在移村，在许多村庄都普遍存在着。造成这种现象的原因，首先是许多基层干部和农户对国家的农村土地政策不变的理解有误。土地政策不变，指的是现有土地承包地和耕作方式不变，而不是分给各家各户的土地永远不变。

其次是基层干部有畏难心态和不敢作为的问题。在农村，土地变更是一件十分麻烦棘手的事，对一些农户来说，只要牵扯利益，不愿配合工作者居多，容易引起的矛盾也很多。于是变更、收回承包地成了烫手的山芋，每届干部都不敢动，不愿动，为了稳定，谁都不去动。长此以往，问题越积越多，矛盾越来越深。

事实上，在保持农村土地政策不变的前提下，对农村承包地实行动态管理才是正确的做法。人口减少，一定时限内将多出的承包地退还村集体；人口增加，村集体将机动的预留土地划拨到其家庭。这种方式一旦形成惯例和制度，农村土地承包不均的问题会迎刃而解，类似刘某和乔某地畔纠纷这样的矛盾也会减少。

与建文和建军及其他村组干部谈到此事时，大家都认为，实际的情况要比想象的还要复杂，30多年来积累的土地承包不均问题是由多种原因造成的。在多次班子更换过程中，原始的档案丢失严重，底子不清，土地以什么形式承包在个人名下不清，加之如今许多农户在承包地上建起了果园，有的土地也已经流转出去，光摸清底子就是一个大工程。如果重新调整，按人口再分配土地，牵扯到很多人的利益，难度将非常大。除非国家有相关的大部署、大行动，一些人才不敢挑事，事情才可能顺利推进。

小雨从早上一直下到傍晚，终于变成了细细的雨丝。一只麻雀趴在后窗玻璃上，身上湿漉漉的让人生怜。今天有点冷，如此奇怪的夏天还是第一次遇上。好处是蚊子、苍蝇在这样的天气里不再疯狂。昨晚没有点蚊香，也没有听到蚊子讨厌的嘤嘤声。

村"四支队伍"对"两不愁三保障"标准再次进行了细化和解释，按照要求，今年退出的贫困户人均年可支配收入必须达到3800元，必须有安全住房，看得起病，上得起学，农村合疗和大病保险必须全覆盖。

但还必须让贫困群众知道，看得起病，并不是指其所有医疗费用全部由政府买单；上得起学，也并不是指其子女上学费用全部由政府报销，真正脱贫过上好日子还得靠自身的努力。

经历更多的考验，是件好事

陈小卫的大女儿陈倩以575分的高考成绩被西北大学录取。陈小卫妻子孙巧玲高兴地到村委会告诉大家这一好消息，并希望将此消息告诉报社的帮助支部。对帮扶干部来说，一个贫困家庭能培养一个大学生出来，比这个家庭马上脱贫都令人欣慰。

有帮扶干部在驻村工作队微信群转发了一条《村干部"四喜临门"》的帖子，文中称，村干部将有机会入编公务员、村支书将"一肩挑两担兼任村主任"、村干部工资待遇将陆续提高、村干部任期将由现在的3年延长到5年。对调动村干部的工作积极性来说，无疑是一大好消息！

按照村委会班子届中临时选举的程序，村党总支部就提名人选征求村民代表和所有村干部的意见，同时上报镇党委政府，对几名候选人的资格进行审查。村党总支还提议补充一名村委会委员，经讨论并电话与本人沟通，提名邢婷婷为村委会委员候选人。邢婷婷本人热心集体事业，在村上组织的几次大型文化活动中，表现积极并参与组织领导，受到大家的一致好评。

通过村民代表大会上推选产生了移村第十届村民委员会届中补选工作委员会，由村党总支副书记常建军任主任，信兆梅、王瑞民任副主任，刁立虎等人任成员。选举委员会同日发布补选公告，确定了召开村民代表大会的时间和提名的候选人名单。

　　村民代表大会表决同意，按照差额选举办法，下列人员为候选人：村委会主任候选人吕建文、常学文；村委会副主任候选人王小岗、孙全顺、冯彩云。村委会委员核定人数为5人，现有2人，即将当选的村委会主任、副主任3人均需为村委会委员，另外提名邢婷婷为村委会委员候选人。

　　上述候选人名单公示听取广大村民意见后，将报上级组织部门对其资格进行审查。

　　村党总支接到耀州区委组织部的指示，移村村委会班子的补选工作，必须启动全体村民普选程序。

　　组织部门要求启动全体村民普选程序，也许是出于对移村这次选举的特殊性考虑，毕竟对一个村来说，要一次选举村委会主任和副主任，不是一件简单的事。对移村班子的建设来说是件好事，经历更多的考验，只会有好处。

　　村党总支立即开会研究，并公示全村所有选民的名单，公示期为10天。公示期满后，所有具备资格的村民将公开投票进行选举。

　　中午到陈小卫、靳兴亮两户走访。陈小卫全家已搬入移民搬迁点的新居，两居室的房子整洁明亮，与原来破旧的瓦房相比是天壤之别。陈小卫外出打工不在，陈倩正在帮母亲看妹妹。据她说，被西北大学录取后，攻读的专业是生物工程，每年学费是4950元。小姑娘戴副眼镜，长得娇小可爱，说起未来的学习，陈倩说，不会让父母操心的。

　　靳兴亮与妻子也已搬到移民点居住。靳兴亮坐在轮椅上已经多年，妻子张秀琴30年来不离不弃，精心照料，受到村民的一致好评。张秀琴女儿已经出嫁，偶尔回来照顾父母，帮忙干地里的农活。张秀琴说，目前所分配的房子是独立的两开间，一间做了卧室，另一间做厨房，放了十几袋麦子后，女儿回来住时有点窄挤，其他都很好。

　　天气晴朗，午后地面热得有点发烫。早晨起来就头晕目眩，胃里十分难受，和连超、建军一起到街道去吃咸汤面，只喝了几口汤便再也咽不下去。不会是中暑了吧？

耀州区气象台发布高温黄色预警信号，预计未来三天，最高气温将持续保持在35度以上。村委会通过微信群及时提醒村民，做好防暑降温工作，特别要关照老弱病幼人群，下地劳动也应尽量避免午间高温时段。

傍晚天气依然闷热，好在田野上已经有凉风吹来。一条小不点儿狗钻进了村委会的过道里，见没人理它，便可怜地叫了起来。拿了几块饼干，倒了一杯水，将狗送到门外，小不点儿竟一步不离地跟在身后，亲热地将两个前爪搭在我的脚上。

问旁边乘凉的村民，说这是一条没人管的流浪狗，只有几个月大。可怜的小不点儿，这么小就得独自面对生活，但愿有好心人能够收留它！

英雄郭正喜

凌晨3时许，窗外传来隆隆的雷声，电光闪闪，继而狂风怒号，雨点骤急，半个多钟头方息。

副区长徐晖昨天发来信息说，她已经把我采写的郭正喜的英雄事迹发给了省退役军人事务局，铜川军分区已安排八一建军节对其遗属进行慰问。

20多年前，在"重走红军路"系列采访途中，第一次听说了郭正喜的英雄事迹。20多年来，这件事特别是郭正喜已经80多岁高龄的妻子安凤侠老人的生活状况，一直记挂在我的心里。

记得第一次去采访时，是个飘着细碎雪花的早春天气，郭正喜已经病逝6年，安凤侠老人仍住在阴暗潮湿的窑洞中。窑洞里没有几件像样的家具，当老人打开一个旧报纸包裹，将其中一枚枚沉甸甸的军功章摊开在土炕上时，我立刻被震撼了。窑洞外照进来的光线很弱，但那些军功章却依然熠熠生辉，一枚银质的朝鲜一级国旗勋章尤其令人瞩目。

在一张已经磨损得有点模糊的特等功臣立功证书上，这样记载着：

部别　九九团二营十连职别战士

姓名　郭正喜

何时入伍　1949.12

籍贯　陕西省耀县二区

立功事迹　1953年立特等功一次

功绩摘要　战斗中在反击部队最前面爆破敌堡十四个，全歼敌一个营指挥所，给后续部队开辟了道路，保证了主攻部队胜利占领阵地，表现无比的孤胆沉着，一人歼敌六十二名，缴获重机枪一挺，轻机枪一挺，自动步枪八支，卡宾枪四支，步话机一部，耳机两个，文件一束，对此次反击一零八九·六战斗胜利起到决定性的作用。

中国人民志愿军步兵第三十三师政治部

1953年10月

根据立功证书上的线索，我经过多方查找，终于理清了郭正喜的英雄事迹。

郭正喜1932年出生，14岁参加游击队，1949年加入中国人民解放军，1952年参加中国人民志愿军，赴朝作战。

1953年，朝鲜战争进入最后阶段，美军在板门店谈判桌上玩弄两面手段，打打停停，最后，交战双方的焦点都集中到"三八线"上一个有战略意义的地方——鱼隐山。中国人民志愿军司令部于1953年6月14日晚发起鱼隐山反击战。郭正喜所在连队担任尖刀任务，负责爆破敌人火力点，为后续主攻部队开辟通道。

当晚，郭正喜和战友们潜伏在鱼隐山的一个高地上。晚9点，进攻的信号弹升空，我军炮火向敌军阵地猛轰，郭正喜和爆破组的战友们开始行动。副班长畅国斌带人炸毁敌人第一道防线上的铁丝网后，担任爆破手的郭正喜勇猛地冲了上去，他接连冲过几道铁丝网，眼看就要到达敌人一座地堡跟前，却被最后一道铁丝网绊倒。就在这时，敌堡里的重机枪子弹雨点般地扫射过来，郭正喜身后的突破口被封锁住了，战友们被压在高地下面，冲不上来。

郭正喜向喷着火舌的敌堡爬去，爬到跟前时，他一跃而起，猛地抓住敌人机枪射筒，顾不得枪管滚烫，用力往外拽拉，想缴获敌人的机枪。争持中，敌人从枪眼里伸出两把刺刀，在他的手腕上连戳两下。鲜血在手腕上流下，郭正喜仍不松手。敌人又从枪眼里扔出了一颗手榴弹，郭正喜一翻身滚开，躲开了手榴弹的爆炸。这时，一个敌人从地堡里钻出来，向他猛扑过来，死命抱住他的身体，想俘虏他。他和敌人在地堡前扭打起来。敌堡里的机枪仍在疯狂扫射，封锁着战友们冲上来的突破口，大家看着和敌人扭打的郭正喜，暗暗为他着急。扭打中，郭正喜机智地将背后的冲锋枪扭转过来，抵住敌人的小腹打出一梭子弹，敌人松软的身体倒了下去。郭正喜一跃跳上地堡，掏出两颗手榴弹塞了进去。随着两声轰响，敌人的机枪成了哑巴，突击班的战友们立即冲了上来。

郭正喜和战友们继续向纵深发展，他和副班长畅国斌冲在最前面，接连炸毁敌人三处火力点后，又炸毁敌人一个弹药库。反击通道打通了，15分钟后，我军全部占领了敌阵地。

敌人开始了疯狂的反扑，战斗进行得异常残酷激烈。郭正喜看见四班的阵地上只剩下四班副一个人，便冲上去支援，与四班副一起接连打退敌人多次冲锋。四班副牺牲了，阵地上只剩下郭正喜一人，他沉着冷静，不断用冲锋枪向敌扫射，将一颗颗手榴弹甩向敌群，单身打退敌四次反扑，一直坚持到天明才奉命转移。

第二天夜晚，我军进行第二次反击，郭正喜所在连队的任务是向敌后猛插。郭正喜跃过铁丝网，炸敌堡，追逃敌，不顾一切向敌人后方冲去。四周枪声突然静了下来，郭正喜回头一看，才发现自己已深入敌阵后方很远，跟在他身后的战友大多牺牲了，没有人跟上来，副班长畅国斌也被打散了。郭正喜冷静下来，躲在敌阵暗处寻找着歼敌战机。突然，敌人的一发照明弹亮了，借着光亮，郭正喜发现了敌人一个很大的掩蔽部，隐隐有光线从掩蔽部的窗口透出来。

郭正喜紧紧贴着地面，向敌人掩蔽部爬过去。到了跟前，他在窗口看见一个敌军官正拿着耳机在暴躁地讲话。郭正喜判断出，这是敌人的一个指挥所，他猛地推开窗口，把枪对准了敌军官的胸口。就在这一瞬间，从敌人掩蔽部里面射出一梭子弹。郭正喜机灵地倒地一滚，躲过敌人射击，敌军官趁机逃脱。三个敌人从掩蔽部冲了出来，郭正喜翻身一梭冲锋枪子弹打过去，三个敌人全部"报销"了。其他敌人怪叫着往外冲，郭正喜一颗接着一颗手榴弹扔过去，炸得敌人哇哇大叫。敌人不敢冲了，郭正喜趁机将一颗威力巨大的手雷扔进了敌掩蔽部，一声巨响，掩蔽部里的敌人全部"报销"了。战后才知道，这是敌军的一个营级指挥所。消灭了敌指挥所后，郭正喜只身一人继续在敌后方寻机歼敌，天亮时终于和冲上来的副班长畅国斌他们会合，一鼓作气消灭了最后一个高地上的敌人。

两次反击战中，我军歼灭敌军1000多人，其中郭正喜一人歼敌62名、爆破敌堡14座，还缴获了许多武器和其他装备，被志愿军总部称赞为"表现无比的孤胆沉着"。

战后，郭正喜连续爆破敌堡、与美国鬼子扭打搏斗、只身消灭敌军营指挥所的英雄故事很快在志愿军中传扬开来。

鱼隐山反击战的胜利，对促成朝鲜停战谈判起到决定性的作用。

1953年7月27日，朝鲜停战协定终于签字。

战后，中国人民志愿军总部为郭正喜记特等功一次，奖励中国人民志愿军特等功臣勋章一枚；朝鲜人民军领袖金日成亲自为郭正喜颁发了朝鲜一级国旗勋章；郭正喜与十连一班战友一起荣立集体二等功。当年，新华社专门播发了郭正喜英雄事迹的报道，由卢世澄编文、杨锦文绘制的连环画《英勇的爆破手郭正喜》在国内广为流传，志愿军拍摄的纪录片也专门介绍了郭正喜的战斗事迹。

1956年3月，郭正喜从部队复员，他辞别了组织为他在陕西省军区安排的工作，回家务农。在故乡30多年的时间里，郭正喜担任过12年村党支部书记，带领乡亲们植树造林、修田修路，与偏僻和贫瘠抗争，一直过着平平淡淡、清清贫贫的日子。他很少给人说起他孤胆杀敌的事迹，也从不以功臣自居，以至于周围很少有人知道他是中国人民志愿军371位一等功臣以上荣誉获得者之一。

"文革"中有人污蔑说他不是功臣，是逃兵，功臣怎么会回家务农？要夺他支部书记的权。愤怒中，郭正喜拿出自己的立功证书，并从组织部门转回自己的立功档案，才堵住了别有用心者的嘴。这是他生前唯一一次用"功臣"身份为自己争取尊严。

1986年左右，一位研究中国人民志愿军军史的战友柴汉民几经周折，才打听到郭正喜的家，这时，郭正喜已经癌症晚期。在灰暗的窑洞里，看到郭正喜一贫如洗的家境和被病魔折磨得骨瘦如柴的面容，这位战友落泪了。随后，他在自己写的《三十三师抗美援朝回顾》一书中，专门为郭正喜写有一节，并为郭正喜向其老部队争取救助。1987年初，郭正喜在家乡的窑洞中病逝，时年55岁。

随着英雄的事迹逐渐被人们知晓，20多年来，救助郭正喜家人的单位和个人越来越多，但郭家贫困的窘境一直没有改观。

"重走红军路"采访活动之后，记者先后四次到郭家探望。2011年11月去时，郭家用民政局救助的5000元和从女儿家借来的2万元盖起了三间平房，终于从沟边的窑洞中搬到塬上。2013年11月，耀州区工商联得知郭家境况后，发动社会各界捐款捐物，姚向锋、李拥军两位企业家专程为其送去4000元现金。

2016年6月18日，记者再次来到郭家，安凤侠老人已经81岁，除眼睛不好之外，精神状态比以前好了许多。家中的面貌已有了很大改观，房子做了简单装修，有了沙发、电视和风扇，老人的房间拾掇得整体有序，郭正喜在志愿军时的两幅照片翻印出来镶在镜框中。

移村距离郭正喜家所在的关庄镇固贤村有40公里路程，驻村扶贫以来，一直想抽空去看看安凤侠老人，却没有成行。八一建军节来临之前，在与徐晖副区长聊起郭正喜的事迹时，大家都有一个心愿，帮帮英雄的家人。

考上大学的贫困学子

省委组织部、省扶贫开发办公室公示2018年度驻村联户扶贫工作考核结果，陕西日报社被评为"优秀"等次。此次共考核省级帮扶单位588个，挂职扶贫副县长55名，第一书记288名，驻村工作队员925名。其中被评定为"优秀"等次的单位共169家，驻村工作队员187人。

铜川市脱贫攻坚领导小组办公室公示拟推荐的2019年度陕西脱贫攻坚奖名单中，海浪入选"奋进奖"。

建档立卡贫困户赵增战的女儿赵雪萌今年高考也取得了优秀的成绩，被陕西理工大学录取，攻读的是教育技术专业。赵增战是四组村民，47岁，曾因妻子患癌症病亡致贫，2017年家庭已成功脱贫退出。

据镇党委副书记杨军战说，今年高考中，小丘镇建档立卡贫困户共有12名学生考取了二本以上大学。其中一本以上7人，分别是小丘村的刁乾、移村的陈倩、赵雪萌，阿都寨村的孙卫国，白瓜村的董浩鹏，移寨村白思梦，乙社村的席欢；二本以上5人，分别是移村的韩露、芋河村的王盼，文岭村的左艳婷，独冢村的张雪和凉泉村的白丹丹。

今天才知道，韩建军的女儿也考上了大学，录取学校是陕西国际商贸学院，攻读专业是汉语言文学。

至此，今年移村有3位贫困户学子考上了大学，占全镇贫困户今年上榜大学生的四分之一，可喜可贺！

教育部门正在统计，有望按一本5000元、二本3000元的标准，对这些孩子给予补助。

四组村民赵振英反映，其弟赵振宝无房居住，希望村上解决。据了解，赵振宝今年57岁，单身，多年一直在外漂泊打工，长期没有户口。去年经村上协调，为其解决了户口问题。近期，赵振宝欲返村居住生活，但因其多年在外，与兄长早已分户，父母均已亡故，在村无宅基地和固定居所。针对其现状，经与赵振宝协商，暂提出如下解决办法：

一是由赵振英从家中暂时腾出一间房屋，作为赵振宝近期回村的临时落脚之所，解决其燃眉之急；二是由赵振英出面，在村中寻找长期空闲的村民住宅，由赵振宝出费用租用，解决中期居住问题；三是解决长远的居所问题，由赵振宝递交宅基地申请，待批复后新建房屋，或由赵振宝从空闲民宅中购买一所房屋，村上协助解决过户和合同问题。赵振英和赵振宝对上述提议表示认同。

贫困户张双全双腿浮肿，今年以来已两次住院治疗，诊断为淋巴管发炎，但治疗后无明显好转。据其妻王月玲说，两次住院的费用按政策规定都已免除，但维持治疗所用药品要自己购买，花费较大，希望能申请临时救助。其儿子今年到兰州打工，但每月收入不高，只有3000多元，对家庭帮助不大。

张双全患脑出血后，经手术治疗，挂拐杖勉强能够站立挪动脚步，近期所患病症再次加重了这个家庭的负担。好在王月玲2017年来在报社帮扶下发展生猪养殖，家庭收入情况有了好转。今年，王月玲在报社帮扶的基础上，自己又从其他贫困户处代养了5头猪，年底出栏后，预计会有15000元以上的纯收入。经协商，已为王月玲递交了临时救助申请。

镇政府民政办主任薛增战带低保排查专班一行三人到村，与村"四支队伍"一起，对移村在册的46户（106人）低保家庭逐一进行了排查、研判。根据评议，现有46户中，除张宏升老人已去世之外，其他户均符合低保条件。评议会还对其他贫困户的情况进行了讨论，认为乔满营身体状况欠佳，孩子又在上小学，家庭收入有限，应该纳入低保户。

根据"应保尽保，应退尽退"的原则，评议会对其他非贫困户的情况也进行了排查。各村民小组组长提出，许新学、吕建群、王增权、刘莉、乔百鸣、常新利、陈雪艳、陈晓丁等8户家庭，也有各自不同的困难，建议纳入低保。对这些户的具体情况，村"四支队伍"将做出详细了解后上报镇民政办，由民政办入户核查。

关于脱贫攻坚的思考

昨晚做完课件已是深夜，眼睛有点酸疼，走出房门透气，看到一轮圆月高挂在中天，月光下的村庄静谧、美好。白天布满空中的团云已经退到天边，成为一抹白色的飘带。

驻村已经快一年了，时间仿佛一晃而过。几日前，一位朋友到村上来看望时说，你这工作环境，就像天天住在旅游景区一样。我开玩笑说："咱俩换换，你来驻村，我当局长，咋样？"朋友笑而不语。说实在话，机关干部驻村，没有一定的基层工作经验，未必就能干得好。只有亲身体验了，才会知道群众工作的甘苦和难度，才会深刻感悟习近平总书记为什么说，我们党执政最大的危险是脱离群众。

耀州区委组织部和区委党校举办为期5天的脱贫攻坚专题培训，全区各村（社区）党支部书记、第一书记和部分驻村工作队员共计140多人参加。今日应邀为培训人员讲课，遂用2个小时的时间为大家分享了自己驻村一年来的感悟和在脱贫工作中的一些思考。

我很庆幸自己能够成为一名扶贫干部。脱贫攻坚是我们党自新中国成立以来所实施的又一个阶段性大事，几年来所投入的资金、人力、物力，真可谓前无古人，震惊世界，意义重大，必将影响深远！能够有机会见证特别是亲身参与到这样一场伟大的实践中，真的是一件非常幸运和值得骄傲的事情！

党的十八大以来，在新的历史时期我们党经历了许多惊心动魄的大事，这些事情涉及我们党执政和国家建设的方方面面，令世界瞩目的，如以反腐败斗争为抓手的党的队伍建设，还有以全面实现小康为目标的脱贫攻坚战。

为什么党和国家要花费这么大的精力，动用这么多人力物力来打赢这场战役？每年投入的扶贫资金约660亿元，派驻在扶贫一线的干部280万人，如果加上各级帮扶单位、各基层组织和扶贫领导机构的干部，这个人数应该会以千万级来计算。这种规模的投入，丝毫不亚于打一场大战！

我想，除了"两个一百年"奋斗目标实现的需要，还有非常现实的时代背景和我们所面临的许多问题需要通过这样一场战役来解决。

第一，改革开放40年来，中国农村发生了巨大变化，有了全面实现脱贫的物质基础。

温饱问题得以解决。从吃不饱到要吃得好，20世纪六七十年代的饥饿和贫困成为中国最少两代人的记忆。

基础设施大幅改善。交通越来越便利，道路越修越好，出门一脚泥的现象一去不返。过去从乡镇到县城都很少有柏油路，很少通班车，如今不仅路通了，连村巷的路也得到了硬化和美化，许多偏远乡村也通了水泥路。通信手段越来越先进，从过去写信一周才能收复，到如今的人人有手机。网络在农村得到普及，许多村庄都装上了路灯，自来水通到了家家户户。

人居环境越来越好。房子建得越来越漂亮，从过去的土窑洞到后来的土坯房、砖瓦房，到如今的平房、楼房，农户的房子装修得一点不比城里人差。

农村生产力得到释放。过去生产队时，农民想进城工作，比登天还难，办企业、自主创业想都不敢想。如今进城打工，自由择业，来去自如。

社会保障体系日趋完善。农村合疗、大病保险、社保，每年只交很少一点钱就能享受到。

精神文化生活极大丰富。从过去看戏、看电影都是奢望，到如今电视、网络普及，农家书屋全覆盖，文化惠民活动丰富多彩。

第二，40年的改革发展，在巨变和飞速发展中，还有许多问题必须通过脱贫攻坚这样一场大的战役来解决。

贫困现象依然存在。在一些地方，贫富分化拉大；因各种天灾人祸或自身条件所限（残疾、突发事故、环境、自然条件等），部分群众生活依然困苦。党的十八大召开之际，全国还有近1亿人口生活在贫困线之下。

发展不平衡的问题。沿海发达地区和西部偏远地区的差距很大，自然条件好的地方和自然条件差的地方差距很大。

农村人口严重老化。大量年轻人进城打工后，许多农村成为空巢村、老人村，土地基本上由老人耕作，一些地方土地严重撂荒。

基层组织建设及干部队伍青黄不接。在一些村庄，多年没有发展新的党员，有能力的人要么进城打工，留在村里的能人看不上村干部的待遇，农村干部队伍平均年龄普遍偏大。

集体经济发展滞后。土地承包后，许多村集体原有的几乎所有资产都分给了私人，集体没有收入，没有经济实体，村上的公事没有经费，举步维艰，村干部及村办公的部分经费基本靠财政来支撑。

土地多年未变更造成新的土地不均。农村土地经营模式30年不变，是指这种土地政策不变，而并不是分给每个农户的土地一成不变。在一些村庄，如今，许多人口很少的农户的人均承包地面积远远大于一些有新增人口的家庭，有些家庭甚至没有土地，许多农户因此心里很不平衡。

村民整体文化及精神素质有待进一步提升。传统道德观念需要继承和推陈出新，市场经济冲击下一些人价值观的扭曲等问题必须重视，新时代的村规民约有待形成，请客送礼、高价彩礼之风必须遏制，老无所养、忤逆不孝现象必须严厉制止，等等。

环境污染问题。土地因过度使用农药、化肥、除草剂导致板结，食物农药残留严重超标，白色污染、污水排放、焚烧秸秆严重影响环境，等等。

上述问题，是每一个扶贫干部，每一位基层党支部书记都必须面对的现实问题。解决好了这些问题，农村的发展才有可持续性，全面实现小康社会才会有质量。

为此，我认为，脱贫攻坚是农村发展的一次重大机遇，是解决上述问题的最好契机。

脱贫攻坚战打响几年来，农村发展面临的诸多问题正在得到解决。

贫困人口按计划稳步减少。改革开放之初的1979年，我国贫困人口数量是7.7亿人。党的十八大召开时的2012年，全国农村贫困人口下降到9899万。截至2018年末，全国农村贫困人口已经减少至1660万人，相比1978年，累计减少7.5亿人；相比2012年，累计减少8239万人。贫困现象正在通过各种方式得到解决。从历史的角度看，从全球视野来看，这是人类历史上一件十分了不起的伟大事业，当惊世界殊！

基础设施建设中的短板得到弥补。一些偏远农村的通村公路、通信、网络都得到了改善，在一些乡镇，天然气也已经接通。

农村人居环境得到明显提升。通过美丽乡村建设及环境治理，农村环境越来越美，已经成为城里人羡慕的休闲养老去处。

干部作风明显改善。客观地说，党的十八大前，我们党的许多干部从某种角度上讲，离群众越来越远，阿谀奉承之风盛行，"跑官卖官"现象普遍。脱贫攻坚战是改变干部作风的一次大检阅，是教育广大干部深入实际、密切联系群众、倾听群众呼声的大课堂。我们可以欣喜地看到，各级领导干部近几年来，深入基层调研的次数多了，为群众办的实事多了，思考和解决问题更加接地气了。

社会保障体系全面覆盖。农村合疗、大病保险、临时救助等，让许多群众受益，养老、残疾补贴、教育补贴，社会保障体系深入到生活的方方面面。

集体经济布局有所突破。社区工厂、村集体合作社等都已经起步，许多干部已经意识到发展壮大集体经济的重要性，并且已经开始筹划布局。

农村人人享受到了脱贫攻坚的利好。脱贫攻坚不仅是消除贫困现象、减少贫困发生率的政策，而是中国农村发展的引擎，惠及了农村经济社会的方方面面，让每一个群众受益。

讲述了对脱贫攻坚战时代背景的认识后，我向大家谈到对扶贫干部日常工作的理解。

第一，脱贫是第一要务。保质保量按期完成贫困人口的脱贫，是一线扶贫干部的首要任务。必须着眼长远对贫困家庭脱贫措施进行谋划，严防返贫。

第二，调研走访是日常功课。驻村扶贫是我们深入研究农村问题，研究实际问题的最好机会。要善于在日常工作中发现问题、思考问题和解决问题。只有多和群众交流，多了解他们的所思所想，才能更加精准地实施帮扶措施。

第三，示范引领必不可少。要善于发现贫困群众中自立自强的典型，善于用典型进行示范引领。也要善于发现每一个贫困群众身上的闪光点，多点赞，多鼓励。

第四，发展集体经济是长远之策。只有发展壮大集体经济，村中许多公益事业才能得到解决，村干部腰杆粗了，才能放开手脚和思路去干事。

第五，党建是必要抓手。要善于利用组织的力量，加强基层组织建设，积极发展年轻党员，尽快改变党员年龄、知识结构中存在的问题。

第六，文化建设是提振精神的良方。文化是精神的源泉，千万不能小看文化的力量。文化能改变一个人精神面貌和气质，能让人对生活更有信心，能促进村风的改进。编村志，写村史，整理传说与典故，举办文化活动，制定新的文明规范，等等，都是在"以文化人"。

我认为，围绕着这些工作去做，我们就把握住了扶贫工作的方向，就会找到工作的着力点。

为大家分享了陕西日报社几年来驻村扶贫工作的基本思路与做法，我认为，对我们扶贫干部来说，宣传工作是开展扶贫工作的有力推手，舆论引导是教育贫困群众自强自立的重要阵地，常写工作总结、调研报告、新闻稿件是一个扶贫干部工作能力提升的有力帮手，是否会做宣传工作是一个扶贫干部成熟的标志，善于发现典型、总结工作是当好扶贫干部必备的素质。

作为一线扶贫干部，如何利用好媒体、借力媒体，用媒体鼓舞士气、指导工作、促进工作，是一门必修课。媒体的舆论导向作用、媒体的传播作用、媒体的监督作用，运用好了会成为促进我们工作的有力帮手。宣传的作用就是——团结、引领、凝心、聚力！

有些话，我们讲了千百遍，不如媒体说一遍；有些事，我们做了无数次，也许还需要有那么一次小小的肯定和鼓励！

每一个地方，只要你从历史、文化、地理、民俗、传说等方面去考究，你都会发现中华民族代代传承的优秀美德和极具地域特色、极富个性的民族基因，都会有许多值得我们挖掘的故事。

每个普通群众，只要你从个性、形象、行为、语言、人际关系等方面去观察，就会发现，他们身上都有着故事。

我说，我们都是奋战在工作一线的扶贫干部，是我们党密切联系群众的纽带和各项扶贫政策具体的践行者，希望我们不愧于时代赋予我们的使命，无愧于"扶贫干部"这个光荣的称呼！

据现场听课及课后学员们的反馈来看，大家对今天的课还是很认同的。耀州区委党校常务副校长宋剑波说，大家反响很好，很有启发，所讲内容从实际出发，非常实用。

村委会的选举

区级9个部门联合对移村村委会临时选举所提名的候选人资格进行审查。关键时刻，又起风波。

有村民向审查组进行实名举报说，村委会副主任候选人王小岗私占村集体土地10亩，并在该地上非法私建住宅，还有私自出租和转售行为。按审查组要求，村党总支和村监委会立即进行调查核实。经过两天的走访调查，事实并非像举报人所说。

1985年移村土地全面化划分给村民承包时，村中有7.8亩桑树地因无法耕作无人承包，原村民小组长王克杰（已去世）便做工作，让王小岗父亲王瑞璋承包了此块土地。王瑞璋对此地进行了复垦，挖掉了桑树根，使其变成可耕作农田，一直耕种至今。

1993年，王家在建房屋时，向村集体申请了宅基地，并缴纳了宅基地使用费300元，1994年房屋建成后居住至今。王小岗1990年起在村成立了一个建筑队，为了放置农具和工程器材，近年在住宅旁临时搭建了约60平方米的临时生产用房。调查中并未发现村民所反映的王小岗将承包地私自转租或出售现象。

村党总支将调查结果上报给负责调查此事的市国土资源局，此事终于有了公正结论。从此事可以看出，目前村中依然存在许多矛盾和问题，许多是历史遗留问题，根源在于过去管理的不规范，日积月累，对问题的看法出现各种分歧和偏差。

至此，村委会选举候选人的资格审查全部结束，包括王小岗在内的6名候选人全部通过审查。经镇党委及区委组织部审查最后确定，村委会主任候选人为吕建文、常学文，副主任候选人为王小岗、孙全顺、冯彩云。

为期7天的公示中，许多村民陆续到村委会广场观看选举候选人的公示及选民名单。村党总支也召开选举筹备会议，就选民证的送达、选举会场的开设及秩序问题进行了安排布置。

为保证换届选举工作的顺利进行，确保选举过程中不起事、不闹事，受村党支部委托，与常建军、常学文一起，约几位村民谈心，了解其思想动态。

王某、常某等村民一直对村委会工作有意见。在交谈中，几个人提到，村上在建设村委会及新的居民小区时，从二组村民中流转了128亩土地，每年按每亩1000元的价格支付村民土地流转费。这部分土地事实上已成为建设用地，因而在2017年的土地确权中，无法为土地承包人确权，村民们担心会影响今后的土地承包权。

王某等人要求一次性解决这部分土地的征用费用，并公布村委会及小区建设的账目。若此事不能解决，他们将不支持选举，并要向上级部门投诉。

在谈话中，我向王某几人指出，本次临时换届选举工作十分重要，村委会的班子需要尽快确定下来，才能保证工作的正常进行。选举与其所反映的问题不是一回事，应该等村委会班子定下来后，按正常程序、通过正确渠道向组织反映诉求。不能把反映问题与选举工作混为一谈，并影响选举的正常进行。

几人的思想有所松动，尽管仍有怨言，但均表示不会干扰选举。

村干部分成几组分赴各村民小组，送发选民证，再次就选举工作进行入户动员宣传。

雨不大，却有雾，远处的山峦和田野都笼罩在雾霭之中。

上午8点，移村第十届村民委员会补选投票正式开始。全村共设置了7个投票点，除村委会作为主会场之外，每个村民小组均设置了一个分会场。至中午12点，投票基本结束，整个过程秩序井然，非常顺利。

全村共发出选民证2640份，几个候选人中，吕建文以1927票当选村委会主任；王小岗以1917票、孙全顺以1662票当选副主任，票数均超过半数。

中午1点多票数统计结束后，村选举委员会立即将选举结果上报镇党委政府。镇党委政府对投票、计票过程进行了全程跟踪监督。

选举结果待镇党委批复后，将向全体村民公示。

一段时间来，令村"四支队伍"揪心的一件事情终于尘埃落定，村委会办公楼内的气氛似乎一下子轻松了许多，大家见面打招呼也似乎多了一些笑意。

陕西日报社记者田若楠采写的《走进中国传统村落：铜川市耀州区小丘镇移村地窑》一文登上"学习强国"陕西学习平台。文章以"数百年渭北高原人的乡愁"为主题，详细介绍了移村地窑的规模和保护开发情况。

对忤逆不孝者说"不"

上午小雨，下午雨势骤然变大。耀州区气象台发布暴雨蓝色预警信号，小丘镇等地12小时内降雨量将达50毫米。为防止出现灾害现象，村"四支队伍"密切关注着可能出现隐患的地方，提醒村民注意做好防范。

耀州区出台《耀州区助力脱贫攻坚依法治理忤逆不孝行为实施方案》，终于对乡村中存在的忤逆不孝者说"不"！根据实施方案，耀州区将对9类忤逆不孝行为进行重点治理：

一是与老人分户另过，对老人生活不管不顾，不赡养老人的；二是子女住房安全，任由老人住危房或不安全房屋的；三是身体健康，有劳动能力而好逸恶劳、违背父母意愿长期"啃老"的；四是子女众多但在赡养老人的义务上互相推诿，纠纷不断，致使赡养责任落空，父母老人生活困难的；五是实施家暴，虐待老人的；六是对老人冷漠，长期不看望不问候，遗弃老人的；七是老人病患或生活不能自理，不送治，不护理，不照料的；八是鼓动煽动、教唆恐吓，驱使老人到区、镇、村索要扶贫惠农政策，并利用不正当手段要挟当地政府、帮扶干部的；九是有其他忤逆不孝言行的。

此方案非常及时，为脱贫攻坚工作中解决许多难点问题提供了有力支持。耀州区要求各镇、村通过各种形式大力宣传，做好调查摸底工作，各相关部门要依法依规对忤逆不孝行为进行查处。

对移村来说，上述忤逆不孝行为也有存在，而且不是个例，根据近一年来的调查，个别忤逆不孝行为性质还很严重。特别是长期在外不管不顾老人、子女众多却任由老人独自生活的现象很多，一些贫困老人其实均有多个子女和后人，而长期无人管护。此类现象，有望通过本次活动得到遏制。

村党总支向村干部传达了相关实施方案，要求村组干部积极向村民宣传，同时发动群众对有忤逆不孝行为者进行举报。

贫困户吴守福老人到村委会反映，其妻子没有享受到应该享受的扶贫政策，要求为其办理低保。

吴守福今年79岁，原有三女一儿，女儿多年前均已出嫁，儿子年轻时因不服父亲的管教，离家出走后一直没有音讯。30年前，吴守福与同村妇女张秀凤重新组成家庭，但二人虽领取了结婚证，却多年没有合户，各自拥有独立的户口本。张秀凤老人现年74岁，有5个女儿，先后出嫁。

在脱贫攻坚中，吴守福因无收入来源、无住房（借住在村集体用房中）被识别为贫困户，长期享受扶贫政策，包括移民搬迁政策。但因其一直拒绝与张秀凤老人合户，导致在帮扶过程中，其家庭只能按一口人落实政策。张秀凤老人与女儿女婿在一个户口本上，因名下有土地及女儿、女婿打工收入等，未被识别为贫困户，同时无法归入吴守福家庭享受扶贫政策。

在与吴守福交谈中，再次动员他与老伴合户，但吴守福却一再坚持不合。询问其原因，从其支支吾吾的言语中，方知其思想中长期有一个顾虑，害怕他与老伴去世后，双方的子女因赡养、埋葬、财产分割等问题产生纠纷，引起矛盾与冲突。

反复告知吴守福，这种顾虑是多余的，老人却非常固执，宁愿放弃老伴的低保补助，也不愿合户。

吴守福这种情况非常少见，但从客观实际情况来说，他与张秀凤老人是合法夫妻，一直在一起共同生活，在落实扶贫政策时，应该按一个家庭考虑。以搬迁安置为例，目前吴守福分到的安置房为一间25平米住房，实际是两位老人居住。若按两人分配，则应是50平米。这种特殊情况如何处理，还有待研究并请示上级部门。

移村村委会选举结果已获镇党委批准，班子成员正式任命，吕建文任村委会主任，王小岗、孙全顺任副主任。村"两委"成员的分工也已安排确定：

吕建文，负责全面工作，主抓脱贫攻坚、招商引资、营商环境保障、重点项目建设、美丽乡村及乡村振兴工作；

常建军，负责党建、政法、政协、纪检、统战、应急、精神文明建设、共青团等群团工作；

　　王小岗，负责安全、信访、维稳、兵役、环保、环境卫生整治、群众纠纷调解、农业、林业、果业及水电路等工作；

　　孙全顺，负责计生、卫生、宣传、文化、广电、新农保、合疗、脱贫攻坚、就业、教育、民政、残联、老龄、慈善等工作。

按照镇党委的要求，村委会委员中应该有妇女干部和30岁以下的年轻干部，经村党总支研究，决定补选孙文、邢婷婷为村委会委员。至此，移村村委会届中临时补选工作顺利完成，村委会委员由吕建文、王小岗、孙全顺、乔小强、赵西军、孙文、邢婷婷7人组成。

猪肉价格飞涨

建文的福地合作社与其他企业合作，在镇上开办了一个加工馒头的扶贫工厂。馍厂近日已经开始小规模生产，吸收了村上七八名贫困妇女去打工，月工资是1500元。

上午窗外还是雨雾蒙蒙，到中午时，阳光却又从云层中透了出来。下午天空中已看不到一丝雨云，白亮亮的光线照在村巷间。有微风，空气中没有潮热的感觉。

近期肉蛋价格飞涨，猪肉市场价格已突破每斤20元，鸡蛋每斤也涨到6元。这个行情既在预料之中，也在预料之外。年初，我的判断是今年猪肉、鸡蛋价格一定会涨，但涨幅不会超过50%，没想到几乎一夜之间毫无征兆地上涨了2倍还多。

上周常刚以每斤11.5元的出栏价格，将报社帮扶的和自己存栏的20多头猪全部售出。常刚说，这是他养猪多年来最高的出栏价，从来没想到养猪的利润会有这么高，每头纯利润在1500—1800元。令常刚后悔的是，这两天生猪出栏价又涨了，每斤到了13元，要能再坚持一周时间，每头猪会多赚五六百元。据了解，西安市场的猪肉价格本周已逼近每斤30元。

贫困户王月玲这两天也高兴得合不拢嘴，她今年除了报社帮扶的5头猪外，又代养了3户贫困户的15头。上周她以每斤11.5元的价格出售了5头，这周又以每斤13.5元的价格出售了10头。她说，剩下的5头再等一下行情，说不定还会涨呢。记得去年底她终于以每斤5.8元把存栏的几头猪卖掉时，难过得几乎掉眼泪，觉得养猪一点前途都没有。肉蛋价格的上涨，对消费者来说不是一件好事，会给许多家庭带来一定的生活压力，但对农户来说，却是非常大的利好。这是一对永远无法平衡的矛盾，站在扶贫干部的角度，我还是希望农户多赚点钱。

晚上，王小红到村委会来说，孙子手臂骨折的事医院依然没有给出说法，想通过媒体进行曝光。为了让他散散心，和建军一起陪他到移寨村拜访村支书王小涛和村委会副主任毛根平。毛根平和王小红是连襟，妻子开了一个刀剺面馆，在小丘镇的刀剺面大赛中获得第一名。

谈到近期的肉蛋价格飞涨，大家认为既是好事，也应看到潜在的危机。在居民收入没有大幅增长的情况下，物价短期飞涨必然会带来各种负面影响，包括心理压力、食品质量、农户跟风等。

正说话间，门外闯进来一个人，谁也不认识。来人手中举着一瓶啤酒，醉言醉语，要跟大家喝酒，闹腾半天才被一起来的人劝走。过后一问才知道，是相邻乡镇的一位村干部，养殖户，最近赚了钱，有点飘飘然。

每天在老三包子店吃早餐时，几乎都会碰见贫困户赵向阳。两个包子、一个鸡蛋、一碗稀饭，这是赵向阳每天雷打不动的早餐，一共5块钱。他说，吃完饭要到镇子周边转悠，等候乘车的人，直到下午收工后再吃点饭。

赵向阳说，现在开学了，生意慢慢进入了淡季，好在小丘镇三天一集，每逢集会的时候生意都会不错。

阴雨连绵的中秋节

从省扶贫办举办的省级单位驻村帮扶工作培训班上获悉，经过2014年的建档立卡精准识别、2015年的"回头看"和2017年的对象核实，陕西省共确定贫困户78.3万户228.7万人。截至2018年底，全省剩余贫困人口77.56万人，相对于2011年底的775万人，降低了697.44万人，贫困发生率由25.04%降至3.18%。

雨声响了一夜，早晨方才慢了下来，今年的中秋节又要在雨声中度过了。中午时分，天色放亮了许多，似乎还有阳光要从云隙间透出来，但云缝却又慢慢合拢起来，先是零星的细小雨点，随后雨点愈来愈急，又密密地将原野织进了雨霭之中。

村民许新社反映，其无房居住。经了解，许新社，今年49岁，单身，10年前外出打工一直未在村生活。今年以来，许新社因身体患病，做了两个支架手术，花费了五六万元，近期在无力打工的情况下，返回村中，暂时借住在其兄嫂家中。

经向村民小组长刁立虎和许新社兄嫂证实相关情况后，村"四支队伍"临时召开会议研究，决定由村组出面，先在村中寻找村民闲置房屋，解决其临时居住问题，或根据许新社意愿，临时租赁住所。同时，根据其现状，向民政部门申报，为其申请办理低保，申请临时救助。许新社参加了会议，对"四支队伍"的决议表示接受和感谢。

村委会委员赵西军的身体状况恢复不错，除语言表达还有点问题外，行走已没有障碍。据他说，今年雨量偏多，尤其最近的秋雨已导致土地过于松软，一些果农的苹果树出现倾倒现象，他家的苹果园中，已经倒了11棵树。

与连超、建军商量此事有没有解决办法，连超说要及时提醒果农，先采取木架支撑等办法加固有可能倾倒的果树，以免造成不必要的损失。今年苹果长势良好，挂果量大，即将进入成熟期，树身承受的重量比往年都大，在阴雨连绵的情况下，容易出现倾倒现象，必须引起果农高度重视。

几个人冒雨沿公路查看沿线果园，庆幸的是倾倒现象还不很严重，一些果农已经在雨中加固树身。连超说，雨过天晴后，果树的倾倒现象会比下雨时要多，要提醒果农警惕。

连日阴雨造成一定汛情，高尔塬水库开闸放水。阴雨给一些农户的住房带来安全隐患，漏雨和不坚固的墙体倒塌的可能性加大。为了排除险情，全镇各村近两日均做了认真排查。驻村工作队与村干部对有可能出现险情的旧房，包括有人留居的地窑进行了实地查看。从目前情况看，虽尚无危险，但仍对这些地方的村民进行了动员，请他们暂时搬到安全的地方居住。

牛兴保的三儿牛红战与村委会签订了赡养老人的协议书。按照协议，牛红战必须妥善照顾老人生活，按月付给老人不低于400元的生活费；保证老人不缺吃穿，每月至少吃到两到三次肉、蛋、奶制品；老人生病时，必须及时送医治疗；老人生活不能自理时，必须妥善护理；必须为老人提供安全、舒适住所；老人去世后，按有关规定予以安葬；未经老人同意，不得私占、私分老人财产及合法收入。

村委会组织村委委员及各组组长，整理全村所有农户的安全住房认定书，发现全村861户中，目前只收到认定证书731份，尚有130户未得到认证，需要上报镇政府及住建部门尽快补办。

孙石头终于同意拆除腾退旧房，并搬迁入住到安居房中，村委会联系工队冒雨对其旧房进行了拆除。至此，所有需腾退旧房的贫困户中，从系统上看，尚有3户没有腾退：李长海、赵振财、张小荣。市扶贫局局长焦毅、副局长张凌宇到移村调研走访、看望驻村工作队员，促进"三比一提升"行动的开展。焦毅对陕西日报社在移村驻村的工作给予了肯定，对移村脱贫攻坚的整体推进情况表示满意。天好像漏了一样，到晚依然没有停歇的迹象，塬上湿漉漉的气息扑面而来，远山隐匿在朦胧的雨雾中。村庄中偶尔传来几声狗叫，更显得静谧。

给母亲打电话说中秋节回不来了，母亲说你忙吧，没事的。

夜里12点上床睡觉，被窝里潮湿难耐，翻来覆去无法入睡。想着母亲没有吃到月饼，没有人在身边陪她一起回忆父亲在时的点点滴滴，没有人听她讲村里最近又发生了些什么事情，心里的愧疚感久久不能平息。

村旁的人家里，又传来久违的竹笛声，依然是那首《走在乡间的小路上》……

小产品与大产业

拉开窗帘，明亮的阳光从室外透射进来，一瞬间，还有点晃眼。昨天还阴沉的天空一下子张开了笑脸，一缕缕棉絮般的白云悬浮在蓝天上。昨晚冷到要盖两床被子，今早的阳光让人有种别样的温暖。

空气清新透亮，远处青黛色的山峦层次更加分明。原野上的秋田隐隐泛上成熟的金黄色。

收到中国制笔协会的邀请，中国第六届制笔博览会将于周六在浙江省杭州市桐庐县分水镇开幕。分水镇是中国有名的制笔之乡，全国70%的圆珠笔、全球90%的礼品笔均出产于这里。

将圆珠笔这样一个小产品做成了享誉世界各地的大产业，分水镇是一个值得去学习的地方。与建文、连超商量后，决定利用周末去一趟分水，考察其产业发展的经验和做法。

星期六，浙江桐庐县分水镇，天气晴朗，早晨还是凉风习习，中午却热得汗流浃背。中国制笔博览会已经连续6年在这里举办，本次展会为期3天，吸引了国内外370多家企业参展。展馆分为礼品笔、学生笔、办公笔、零配件等多个展区，展出了3万多款外形新颖、功能多样的笔类产品。展会期间，全国预计有5000多人次的专业采购商和礼品协会人士前来洽谈订货。

分水镇的制笔产业起步于20世纪70年代，近年来在当地各级政府的支持下，目前全镇已有制笔及配套企业739家，吸纳从业人员2.1万人，年产各种笔

180亿支，工农业产值达96.6亿元，财政收入2.68亿元。

从家庭手工作坊到如今的现代化生产线，上到七八十岁的老人，下到刚走出校门的青年，分水镇几乎家家户户都在制笔，并将产品销售到了世界各地。几十年来，分水这个山区小镇用"小小一支笔，写出大文章"，被中国制笔协会认定为"中国礼品笔之都""中国制笔之乡""中国圆珠笔生产基地""中国笔类出口基地"。制笔产业不仅富了分水人，而且带动了桐庐全县相关产业的发展。

如今，分水制笔在坚守传统产品的同时，更加突出新意，已经向饰品、玩具、卡通、动漫、智能等多元化方向发展，并将制笔产业与文创、旅游等产业融合，形成了完整的产业链条与创新体系。

两日来的所见所闻，让人感慨万千。一个没有什么资源可以利用的山区小镇，靠制作圆珠笔名扬天下，富甲一方，靠的是观念，是几十年持之以恒的艰苦创业，靠的是闯市场的勇气。

分水制笔产业给人留下的，不仅是深刻的印象，更多的是启发和思考：

小产品做成了大产业。一支圆珠笔的利润只有几分钱，多则一两毛钱，分水人不以利薄而放弃，几十年坚持不懈地打磨产品、开拓市场，带动了全镇人的创业激情，把事业做到了全中国与全世界。相对分水人来说，西部许多自然条件优越得多的地方，却缺少这份眼光，这份韧劲和这种市场意识，更缺少这种大思维和大格局。

成事业者贵在坚持。20世纪70年代，制笔对分水人来说，只是一些个体经营者为了养家糊口而开办的几个小作坊。然而，在几十年的坚持不懈努力下，分水人从小做起，紧跟时代步伐，一步一个脚印，将小事情做大做强，其中有失败的教训，也有从失败中不断积累起来的成功经验。他们总是能在坚持中化解市场危机，在坚持中不断总结前行。

小产业成功的秘诀在于规模化。将个体手工作坊扶持成现代化、规模化的产业集群，桐庐县及分水镇党委政府的眼光超前、政策对路。几十年来，他们坚持"一县一品"的发展思路，用心把一件事情做好，这种发展格局和成功做法，值得所有经济欠发达地区学习。

制造业是产业之本。几十年来中国市场风云变幻，从第一产业延伸到各类产业，而对于地方经济来说，最为稳固和最有生命力的，是制造业的发展。生产、生活的每个环节，都离不开制造业这个根本。制造业有大有小，有强有弱，但其生存的基本之道是"市场需求，生活需要"。"南方人"（这是西北经济欠发达地区对东南沿海经济发达地区人的普遍称呼）能将一只小小的圆珠笔、一个小小的纽扣做成大产业，让人佩服的同时，也应引起"北方人"的深思。

以小博大是可行之道。许多落后县域发展经济时，总想着搞大的产业，总想着自己的地下有没有资源可挖，却很少从市场需要什么去思考问题。缺少从小处着手、从大处着眼的思维，缺少从产业做精起步、以规模化搏击的胸襟和气魄。分水的经验告诉我们，只有一步一个脚印做产业，一点一滴做市场，经济发展才能有坚实根基，才能持续发展。凡是贪大忘小，总是想一口吃个大胖子的思路和做法，都不会把产业做久，更不会做大。

红色照金的红色故事

天气晴好，村委会广场被新收获的玉米和辣椒铺满，金灿灿，红彤彤。田里飘来新翻的泥土的气息，农户开始播种冬小麦。果园中忙忙碌碌，果农在卸摘苹果套袋，路边有人摆摊售卖。几只斑鸠在树梢飞来飞去，正在搭建过冬的窝。

"不忘初心、牢记使命"主题教育工作开始在基层党组织中展开。村党总支制订了主题教育工作的计划，成立了领导小组，吕建文任组长。"三委"成员开展第一次学习活动，并对接下来两个多月的活动做出了具体安排。

在讨论主题党日活动内容时，大家希望我为在村党员和村"四支队伍"讲一堂关于"弘扬照金精神"的主题党课。

采写照金红色故事、关注照金的发展变化已经20多年，提起这片红色土地上曾经发生的血与火的斗争和80多年来经历的沧桑巨变，三天三夜也讲不完。

我决定从视死如归的英雄主义精神、百折不挠的奋斗精神、大公无私的奉献精神三个方面向大家讲述照金精神的丰富内涵，与大家一起分享照金革命根据地创建过程中的动人故事，并选择了"一个国民党的联头、一个红嫂的平凡人生、一个村庄的沧桑巨变"三个真实的事例，帮助大家理解照金精神。

20世纪30年代初，关中大地三年连旱，六料不收，民以草根树皮充饥，饿殍遍野，惨状空前。然而，国民党却置民于水火而不顾，地方政府和保安团横征暴敛，联保、联头对贫困百姓动不动就以"通匪"罪名进行残害。

在石柱镇有一个名叫魏生财（外号"老吊子"）的国民党联头，经常手提连枷、马刀和土制短枪，横行乡里。据当地老人们说，老吊子生性残忍，常使一把鬼头马刀，以杀人为乐，贫苦百姓对其稍不顺从，非打即杀。

1932年，魏带领手下以"通匪"罪名将村民袁老十、陈纪娃、杨晓民、疙瘩娃（姓名不详）等人抓捕，一名河南籍青年反抗时被魏用连枷当场打死。4人被拉至石柱镇京兆村至文王山的半坡上，魏生财手持马刀将杨晓民、陈纪娃杀害，袁老十、疙瘩娃被长矛戳死。

1932年秋，共产党员陈国栋在石柱西塬一带建立中共耀县王益特别支部，发展党员，建立农会，帮助贫困百姓度过饥荒。魏生财带领团丁先后将共产党员范鞋匠、郭成娃、孟水娃、王小二及群众李家斗抓捕，拉至武王山下，魏生财用马刀将范鞋匠、孟水娃砍死，王小二、郭成娃被长矛戳死，李家斗赔桩后由家人赎回。

货郎李老九（真名、身份不详）路过石柱镇桃家坪山下，魏生财与手下怀疑是"共党探子"，拉至石柱镇联保门口，魏用自制土枪向李老九射击，见李没死，便与团丁毛五金用石头将李老九砸死。

一个国民党的小小联头，就有如此生杀大权，可见国民党的统治对老百姓来说是多么恐怖。1972年老吊子最终被认定杀害多名共产党员和普通群众，判处死刑。

1932年秋快收苞谷时，刘志丹率领陕甘红军游击队到达照金，一大批穷苦百姓开始跟着共产党闹革命。

在照金芋园村，田德发义无反顾地参加了游击队，成为一名英勇善战的红军排长。妻子王启云每天为红军战士洗衣，做饭，照顾伤员，刘志丹、李妙斋、谢子长、习仲勋等几乎所有当年照金革命根据地的领导人都住过她的家，吃过她做的饭，大家都亲切地称她为"嫂子"。

王启云先后在家中护养了5名受伤的红军战士，无论自己多苦，也要将战士们照顾好。一次敌人搜查得紧，她扶着一位腿被打断的红军战士往山里藏，顾不得石崖的立陡，她顺着崖壁溜下去，再接住伤员。将伤员在石缝中藏好后，她自己却跑向相反的方向，将敌人引开。远远地，她望见自家的房子燃起了熊熊火光。

为了革命，老人先后折掉了3个儿子。丈夫田德发随部队打仗，常年不在家，大儿子因病得不到及时治疗，1岁多时夭折了。二儿刚满月，王启云就担负起照顾掩藏受伤红军战士的任务，敌人的探子经常在村子和山沟周围转悠，为了群众和伤员的安全，害怕孩子的哭声引来敌人，每当孩子哭时，她就给孩子嘴里含一点战士治伤用的大烟土。一次，孩子的哭声怎么也止不住，眼看敌人搜山的队伍离沟口越来越近，情急之下，她给孩子嘴里多放了一点烟土……敌人走了，而王启云怀中的孩子却再也没有醒过来……

1947年胡宗南进攻陕甘宁边区时，田德发随部队转战马栏，家里只有王启云带着两个孩子，4岁的田发义和尚在襁褓中的弟弟。一天，一队国民党军冲向芋园，村民纷纷逃向山里。王启云抱不动两个孩子，忍痛将还在睡梦中小儿留在炕上，背起田发义逃到山林中躲避。残忍的国民党军放火烧了房子，襁褓中的孩子被活活烧死。

新中国成立后，田德发辞去耀县兵站站长职务，主动要求回乡，一直与妻子在家务农，一辈子没有向组织伸手要过任何待遇。

2011年10月8日（农历九月十二，寒露），96岁的红嫂王启云长眠在了她守候一生的大山中。那一天，天降大雨。雨，一直下了整整5天。就在村民们准备冒雨抬老人上山安葬的那天早上，雨突然停了，一缕阳光透过山峦和树林，照到了曲曲弯弯的山道上，照到了山坡上那座没有墓碑的小小坟茔上……

80多年来，特别是改革开放和脱贫攻坚战打响以来，照金革命根据地发生了巨大变化，以陈家坡会议名垂陕甘边革命史的陈家坡村（北梁村）就是一个缩影。

1993年，记者第一次到陈家坡采访时，看到的是陈旧的石板房和草房，老队长梅义隆家的屋内，只有简陋的家具陈设，村里上一年才通上电，为此还欠了4000多元外债，一些农户粮食都不够吃。

记者为梅家算了一笔经济账（梅家经济状况在全村属中上水平）：全家7口人，种地20亩，去年打粮5000斤折合人民币1500元，洋芋收入100元，一头猪卖了300元，核桃收入100元，甜菜收入160元，总收入2200元。全家各项支出：农业投入800元，村镇提留、招待及办公费用86.5元（全村人均12.5元），农业税40元，教育附加费45.5元，农林特产税21元，共计1000元。那么全家全年纯收入可算1200元，人均只有171元。171元，要维持一个农民一年的吃穿用度，清苦程度一算便知。

如今的陈家坡，当年我们蹚水过河的地方，修起了一座漂亮的水泥桥，桥西是垂钓的鱼塘，桥东是一处以仿古建筑为主的院落，为游客提供餐饮娱乐服务。水泥公路直通半山腰的陈家坡，一到村口，一座象征着陈家坡会议的雕塑耸立在村东的广场上。广场东保留着会议旧址的场院，新移栽的一棵老树高大粗壮，场院边保留的两座石板房成了供游人参观的纪念馆。广场西边是陈家坡村民的新居，一排排漂亮的连体别墅在青山绿树的映衬下，充满诗情画意，整洁的村巷中家家门前繁花似锦。

北梁村村委会的办公楼就位于陈家坡。村支书杜秦学介绍说，北梁村共6个村民小组，其中陈家坡38户，原来村中的石板房已全部拆除，由村上统一规划，村民全部搬进了两层（210平米）的连体小楼中，水、电、路、网等基础设施齐全。村上成立了陈家坡旅游开发有限公司，固定资产达到400万元。陈家坡村民人均纯收入1.3万元，是1993年记者采访时的76倍。

讲课过程中，我注意到，许多党员干部和我一样，因为国民党联头的暴行而愤慨，为红嫂王启云的事迹眼里噙满泪花，为陈家坡以及照金革命根据地的巨变而兴奋自豪。

党课之后，村"四支队伍"和党员干部深入到贫困群众家中参加义务劳动，帮忙打扫卫生，收获玉米。

山湾处，红军后代的家

2019年10月1日，星期二，国庆节。村委会广场上一大早就换上了一面崭新的国旗。村巷、广场，到处都晾晒着玉米，让村庄变成金灿灿的世界。

会议室里，电视机已早早打开，在村的值班干部和村"三委"成员8点钟就已聚在电视机前，等待着观看国庆大阅兵，感受那些令人心潮澎湃的时刻。

金秋十月，五谷丰登，中华人民共和国迎来了七十华诞，这是天安门广场上的第十四次阅兵。上午10时，阅兵式开始，在1个多小时里，相信每一个人和我一样，感受到的是激动和幸福，相信每个人和我一样为祖国的强大而骄傲自豪，为祖国更加繁荣昌盛而祝福。

看完群众游行的画面，已是中午时分。铜川市青松苑干休所所长王海祥和西安正杰文化传播有限公司总经理张劼到村走访。于是相约一起利用节日之机，到照金镇梨树村看望老红军李东发、陈金满的后人。

过高尔塬水库，一条盘山水泥公路曲曲弯弯，从长巷子沟直绕上山梁，山岳连绵起伏，峰回路转。梨树村距离移村约有30公里的路程，位于照金镇西南与淳化县交界的山梁上，13个自然村500多口人原本分散居住在沟梁山洼间。脱贫攻坚开展以来，该村实行生态移民搬迁项目，目前已有68户人家搬到新的集中安置点，住上了漂亮的平房。

山洼间的坡地上，一群收玉米的妇女正坐在地边休息，一位60多岁的老人背着一捆玉米秆，赶着2头牛从山路上走来。休息的妇女说，那就是李东发的大儿子，仍住在西洼小组的老宅地上，也已盖起了5间平房。家里种了20多亩玉米，养了3头牛。

李东发和陈金满是梨树村的两位老红军连长，两位老人均已去世10多年。我依然记得20多年前采访他们时的情景：一进村，一户人家的院落里，一位身材高大、腰板硬朗的老人正在铡草，饱经风霜的脸庞上沾满尘土、草屑，眼光慈善敦厚。"来了，吃了么？"老人开口没有问我们是谁，先问吃饭没有，让人心里顿觉热乎乎的。这就是红军连长李东发。

1936年，15岁的李东发参加淳耀保安队，抗战开始后调到马栏警卫连，担负保卫省委机关的重任。在驻守马栏的6年中，李东发印象最深的就是开荒种地，搞大生产运动，漫山遍野都种上了谷子。李东发和战友们天不明就上地，天黑看不见了才回来，劳动中连擦汗都顾不上，吃饭也是送到地头。晚上回来用盐水泡一泡磨破的伤口，第二天照样开荒抢镢头。部队的任务是每人每天挖5分地，李东发挖的最多，一天挖了9分5厘，部队奖给他2斤猪肉。

老人一直记得在马栏时和习仲勋一起打篮球的情景，也记得汪峰住在他家里，与他父亲结下了深厚的友情。

1947年，胡宗南大举进攻边区，李东发随部编入四纵十一师，任野战三团六连副连长，此后，他参加了保卫和转战边区的无数次大小战斗。攻打爷台山时，李东发带领尖刀班，趁夜色掩护偷偷摸到敌人的地堡上面，用刺刀凿开地堡顶上的水泥盖子，爆破了敌堡。

李东发是远近闻名的神枪手，不论是部队配发的七九式，还是老式的土枪，他只要一抬手，百发百中。老人说，看准星瞄准速度太慢，战场上遇到敌人就看谁手快，差一毫厘都会送命。

新中国成立后，李东发回村务农，一直担任村支书到1987年。此间，只要镇上有事，即使是大雪封山，他也要走几十里山路赶到镇上，从不误事，成为村干部的楷模，1983年还被评为陕西省"老有作为先进个人"。

陈金满老人住在与李东发家隔沟相望的一道山梁上，村口有一棵粗壮高大的柳树。老人清瘦矍铄，爽朗幽默。

1932年，刘志丹红军到照金后，梨树湾设有红军医院，陈金满的3个哥哥都先后参加了红军，他年龄小，便当了儿童团长，给游击队放哨送信。三哥陈金宽在七支队当游击队员，牺牲在了战场上。国民党军队攻占照金时，孙沧浪（孙友仁）的兵把村里的房子都烧光了，粮食也抢走了，全村老小几十口子人没法过活，红军给了50块大洋，这才撑到第二年春天。

1937年，16岁的陈金满正式加入部队，先到马栏警卫队，后成为独立营的战士，十几年中，他身经百战，成为远近闻名的英雄连长。老人打仗喜欢用机枪，抱在怀里向敌人扫射。香山一仗中，陈金满一个连对付敌人两个营和保安团一个连，打了整整一天，还缴获敌人一门山炮。

重返梨树湾，通村的水泥公路早已修通，原先步行需要4个小时的路程仅用了不到1个小时。后来才知道，两位老连长原是儿女亲家，李东发的四儿媳陈麦叶就是陈金满的女儿。陈金满2005年去世，老人有2个儿子，大儿家7口人，仍住在村上，小儿去了三原落户。

村中的石板房已经很少，取而代之的是贴着光洁瓷砖的平房。李东发家的院子里堆着小山一样的苞谷和核桃，金黄色的玉米棒子让山村显得温暖和煦。老人于2007年农历十月去世，享年90岁，有4个儿子、11个孙子。

阳光让山顶披上了一层金辉，坐在农舍的院子里，与李家人聊天、喝茶。看着滚落遍地的核桃和门前沟湾中郁郁葱葱的树林，仿佛又回到20多年前的那个黄昏，夕阳下，两位老人讲述着峥嵘岁月里那些惊心动魄的故事……

李长海的"承诺"书

铜川市脱贫攻坚领导小组巡查人员到村检查验收村贫困户搬迁入住新居情况。目前全村41户移民搬迁户中，绝大部分已经入住，但仍有个别智力残疾、体弱多病的老人，因无法独自居住生活，需要监护人继续照顾。对此情况，村委会向巡查组进行了备注。

在搬迁户中，张小荣的宅基地已经收回，目前仅余两户没有腾退旧宅基地。一户是赵振财，另一户是李长海。李长海以告状上访相要挟，坚持不拆不退。包村干部多次上门耐心做工作，李长海不是大吵大闹，就是胡搅蛮缠。

遇到李长海这样的人，往往会让帮扶干部心底透凉。我们经常说，要做群众思想工作，要讲方式方法。但是，在具体的工作中，当你面对不讲道理的人时，你会发现，所谓的"思想工作"是那样软弱无力。其实，这正是考验帮扶干部耐心和智慧的时候。

李长海今年78岁，去年按家庭3口人分到75平米的搬迁安置住房，已经搬迁入住。今年，李长海的儿子李军山到河南落户，另一儿子李军胜长期在精神病院治疗，事实上75平米的安居房只有李长海一人居住。但在旧宅基地腾退中，李长海违反原先与村委会所签的协议，一直拒绝腾退。

昨日，村委会和帮扶干部上门耐心劝导，李长海终于答应腾退，但却提出两个条件：一是为其寻找一处过渡房放置杂物，二是必须先行支付其腾退后的政策性补偿3万元（人均1万元）。

按照政府关于拆迁腾退的相关补偿规定，2019年9月底以后不腾退旧宅基地的，将予以强拆并不能享受一分钱补偿。

考虑到李长海尚未脱贫的实际现状，经村"四支队伍"研究并报镇党委会研究同意，暂不强拆，并对李长海所提两个条件给予了最大满足。一是将村上原敬老院旧房腾出一间来，作为其过渡用房；二是由村委会先预借3万元给予李长海，待后期验收完，财政补贴到位后归还。

但是，今日上午，当村干部将3万元补偿款预借出来，大家一起到李长海旧房处帮其搬东西时，李长海再次反悔，拒绝腾退，辱骂到场干部，且不讲任何道理。

见村干部与其无法沟通，中午，驻村工作队与镇党委副书记杨军战、镇扶贫办主任张继臣一起，再次来到李长海家进行劝导，粗略算了一下，这已是帮扶干部不下30次做其思想工作。

进门后，李长海根本不听帮扶干部讲政策，一直东拉西扯，一会讲风水，一会讲他父母，一会又讲他口中的政策，思维逻辑混乱，且容不得干部插话。这种状态给人一种错觉，此人是否有精神疾患，或者属于智力残疾？但其坚决不搬不腾退的强硬态度，还有处处为自己争取利益的辩解和说辞，又让人无法将其与智力残疾人联系起来。

等其唾沫乱飞，说到口干舌燥时，帮扶干部终于能够开口说话了。每次问到李长海为何已经答应腾退又反悔的问题，李长海从不正面答话，立即暴躁地将话题转移到不着边际的吵闹中，诸如"我曾参加过保家卫国""李立山是我家亲戚"之类。

将近2个小时过去，无奈，我与军战、继臣打算放弃这次努力，计划再找机会来谈。正待出门，李长海在回身过程中，突然冒出一句："想拆我的房，你们吃错药了！"令在场的所有帮扶干部惊愕。

大家复返回李长海气味怪异的屋子内，屋子杂乱灰暗，白天也得开灯。大家强压住心中的怒火，问李长海："政府帮了你这么多年，没吃的给你送米、面、油，没花的给你送钱送物，没钱买药看病给你申请救助，你还有没有一点良心？"

见帮扶干部发火，李长海想说话却没有支吾出声，我接着说道："大家帮你还帮成仇人了不成！你要一辈子住在这个破窝，我们也不抬你走，但你不能把良心坏了。要在这里住，把新房退回来！"

李长海喉咙里呜啦了一会，态度却突然发生了180度大转弯，说了句："我说错了。"见其服软，军战和继臣抓住机会，再次讲政策，追问其不愿意腾退的思想缘由。

在断断续续、零零碎碎的东拉西扯中，大家终于听明白了李长海不腾退旧房的原因。原来，李长海从各种非正规渠道的传言中，得到一个信息，移村地窨遗址上将建仿古一条街，其旧房正处于地窨遗址保护范围内，不搬不拆的目的在于，拖延到地窨开发建设时，将得到更多的赔偿。

帮扶干部明确讲道，地窨遗址上不会再搞建设，更不会新建仿古建筑，这都是一些人的传言。李长海为了给自己台阶下，说他的亲戚会投资，将他的房子改成仿古建筑。帮扶干部指出，即使有人出资，其原有房子已破败不堪，也必须拆除。

这时，李长海突然提到，房子他同意拆，但得由他自己拆。

抓住这一机会，帮扶干部在肯定其想法正确的同时，追问拆除时间，并让其写一份承诺书。李长海答应了，在一张白纸上写下"拆房，2019年10月8日—2019年10月30日"的"承诺"，并按下了红手印。

对李长海能否兑现这个"承诺"，其实大家心里都没底。但不论怎么说，几个月来的工作终于有了一点进展，手中有了这个人总算比较明确的白纸黑字的"承诺"。

年度脱贫20户

雨从早晨一直下到下午方住，气温已经降到不得不开电褥子的地步，衣服也多加了两层，依然觉得湿冷。两腿膝盖上部的肌肉被冻得僵硬酸疼，走路都有点难受了。

按照贫困户脱贫退出和动态调整的标准和程序，村"两委"和"四支队伍"召集村民代表大会，对2019年度拟脱贫退出的20户贫困家庭进行民主评议，全村村民代表应到48人，实到37人，符合法定人数。

崔连超讲解了贫困户退出标准后，吕建文逐一介绍了20户家庭的收入核算及"两不愁三保障"达标情况，介绍了剩余21户（含今年失去劳动力的李长海、闫卫家庭）的基本情况。

目前，移村在册建档立卡贫困户共65户176人。2018年之前脱贫退出25户86人，其中1户为自然死亡（张宏升）；2019年拟退出20户66人；剩余21户25人。

在上述贫困人口中，自然死亡4人（闫正长、侯玉琴、刘桂兰、张宏升），户口外迁1人（李军山），因合户新增3人（姜淑琴家庭的张小荣、乔爱绒、魏娇）。

2019年拟退出各户收入及人均年可支配收入情况如下：

孙小顺，全家3口人，年收入26928元，人均8976元；

孙三娃，单身，年收入7623元；

魏秀梅，全家2口人，年收入29595元，人均14797.5元；

孙红顺，全家5口人，年收入34560元，人均6912元；

乔太平，全家3口人，年收入33688.5元，人均11229.5元；

牛兴保，独自居住，由儿子监护赡养，年收入11876.2元；

赵润生，全家5口人，年收入63770元，人均12754元；

曹昌平，全家4口人，年收入30674元，人均7668.5元；

赵振财，全家2口人，年收入44629元，人均22314.5元；

孙石头，单身，年收入10246元；

陈军锋，全家4口人，年收入21988元，人均5497元；

姜淑琴，全家4口人，年收入17716元，人均4429元；

乔全良，全家2口人，年收入35730元，人均17865元；

乔军营，全家4口人，年收入30112元，人均7528元；

李军战，全家4口人，年收入31256元，人均收入7814元；

韩建军，全家4口人，年收入24536元，人均6134元；

赵博兴，全家5口人，年收入20889.5元，人均4177.9元；

陈小卫，全家4口人，年收入21957.6元，人均5489.4元；

孙继宽，全家5口人，年收入44204元，人均8840.8元；

赵惠玲，全家3口人，年收入26148元，人均8716元。

以上家庭人均年可支配收入均达到了规定的脱贫标准，住房、饮水安全、教育、医疗、社保等均已达标。

评议中，村民代表们对帮扶队伍扎实深入细致的工作表示满意，对20户拟退出及21户兜底户的动议没有异议。在随后的无记名投票中，发出评议票37份，收回37份，经计票和监委会监票后公布投票结果：全票通过。

民主评议结果将进行10天公示，之后上报镇政府认定。

李长海下午突然来到办公室来，提出要向帮扶干部和村干部道歉，说自己昨天态度不好，不该骂帮扶干部，希望得到原谅。

我说："你不用道歉，只要能兑现自己的承诺，帮扶干部们就很开心了！"

李长海说，他会尽快动工，拆除旧房，腾退旧宅基地。

李长海走后，我在心里犯嘀咕，这回他真的想通了吗，真的会配合工作，兑现"承诺"吗？

乔满营家的平房因近期阴雨较多，出现漏雨现象，维修初步预算得花费2万元左右，希望得到帮扶单位帮助。乔满营一个人带着儿子生活，妻子在孩子小时就离家出走，一直没有音讯，儿子正在上小学。乔满营本人身体较弱，虽然已经脱贫，但由于打工收入有限，目前家庭经济状况依然不是很好，2万元的开支对其来说依然是一笔沉重的负担。

陕西日报社各帮扶党支部共51人，在副社长梁伟带队下，到移村开展帮扶活动，为65户贫困户带来米、面、油等生活必需品。各联户支部就过冬困难详细征询了每户的需求，梁伟副社长听取了关于乔满营住房漏雨情况的汇报后，指示机关党委和帮扶支部尽快协商，入冬以前解决。

报社与移村联建的各支部负责人，当日也与移村第一、第二支部负责人座谈交流了主题教育活动开展情况为移村党员送来了60多套学习资料。

报社机关党委（工会）当日还组织青年记者到村参加义务劳动，为贫困群众采摘苹果。在贫困户常刚的果园，短短半小时，就现场采摘销售苹果1500多元。

苹果的价格有点低

渭北高原笼罩在一片浓雾之中，近处的村庄迷离可现，远处的山峦则完全隐匿。早晨雨点越来越密集，屋檐上流下的水珠连成了一线。农户冒雨在村委会广场上收拾装运几日前晾晒的玉米。还没晒干的玉米，又湿漉漉的了。

阴雨连绵的天气让农户的心情也变得阴郁起来，今年苹果产量不错，但近日客商不多，苹果价格持续走低。去年同期每斤能卖到3.5元左右的上等果子，今年价格仅有2元多。据说周边旬邑、淳化等县的价格更低，大多在1.8元左右。

苹果是渭北高原上许多农村的主导产业，成为许多农户的主要收入来源。与果农大概算了一下今年的成本和产出，以盛果期的果园来算，平均亩产约5000斤，除去1000斤左右的落果和残次果品，每斤售价2元的话，销售收入在8000元左右。

每亩的投入成本有多少呢？一亩果园每年的肥料、灌溉费用约需2000元；

苹果套袋（12000个）等费用约需2000元（袋子400元、套袋人工600元、疏花200元、疏果200元、卸袋300元、摘果300元）；除草、防虫等费用约需800元。总计成本在5000元左右，这还未计算果农自身的劳动成本。

那么，按今年每斤2元的出售价格，果农每亩的纯收入只有3000多元。对果农来说，每亩果园的建设周期为5年，也就是说，5年之内果园只有投入没有收入，粗略计算，5年的投入成本约需1万元。这也就是说，农户从建设到收获需要8年左右时间，果园才会收回成本，开始盈利。

监委会主任王瑞民有2亩果园，他认为，苹果每斤售价在3元左右，对农户来说，才是一个比较合理的价格。去年苹果因为受灾，产量减少，尽管每斤卖到3.5元，农户还是没有赚到多少钱。今年产量好了，本想把去年的损失夺回来，没想到价格又这么低。

据老王说，今年的核桃销售市场更加惨淡，往年卖8块钱1斤的干核桃，今年售价不到3块钱，前段时间的青皮核桃1斤只有8毛钱，最惨时只有3毛钱。

如何解决农产品丰产不丰收的问题，是多年来"三农"工作的一大难题。目前果农的销售渠道主要靠上门的客商收购，其次是存放（租用）冷冻果库，等待年关市场行情好的时节出售，极少量靠果农自己摆摊零售。这种不确定的销售方式是造成市场难以预测和价格浮动的一大原因。

从早到晚，雨又整整下了一天。室内有点阴冷，晚上睡觉时不得不盖上两床被子。

耀州区脱贫攻坚联合督察专班到村检查指导。督查组一行五人，由区脱贫攻坚领导小组办公室副主任袁建荣带队，与"四支队伍"成员交流谈话后，到移民搬迁点入户检查了入住情况，先后走访了陈小卫、孙增岗、孙小顺、吴守福、靳兴亮等家庭。根据督察组反馈的意见，移村今年脱贫任务整体进度较好，搬迁入住率高，群众满意度和政策知晓率好，驻村工作队工作扎实，干部队伍精神面貌好。但也存在一些细节上的问题，需要及时补充完善修改。

冒雨到乔满营家查看了房子漏雨情况，并将维修预算和申请资助的报告发回了报社，同时申请报社资助村党支部一台打印机、一部投影仪。

10月17日，星期四，国家扶贫日。太阳出来了，天空晴朗了许多，空气也清新得让人有点飘飘然。这个秋天，似乎一下子可爱起来。

果农抓紧晴好天气卸摘苹果，但销售价格持续走低，上好的果子这两天已降到每斤1.5—1.8元，有些果面稍差的已降至每斤1.2元。一户村民今年套袋3万多个，销售收入仅1.1万元，除去成本，几乎没有利润。

一些果农将果子寄存到果库，每斤0.2元的寄存费用，希望到年根或明年春季能有更好的价格。但从与他们的交谈中可以看出，对价格的上涨，大家心中并没有多少底气。毕竟，今年存放果库的果品数量要远远大于往年。

施工单位发来乔满营房屋维修预算，总计19118.9元。乔满营的三间平房为20世纪90年代所建，建设之初，屋顶使用的是楼板，屋顶四角及房屋接檐地方处理比较简单粗糙，时间久了，屋顶水泥翘裂严重。今年持续阴雨，导致房顶多处漏水，屋内墙皮大面积脱落，非常潮湿。

乔满营由于腿部患有风湿、要照顾孩子上学等自身条件所限，无法长期外出打工，这是造成其收入不高的客观条件。从主观上来说，还需激发其创业的积极性，从苹果种植、养殖等产业发展上再多想办法。

村养殖大户刘润民的82头猪卖了39万元，成为村里热议的一个话题。82头猪每头平均重量232斤，平均售价4756元，每斤达20.5元。除去养殖成本（猪崽830元、饲料等费用1500元），每头猪净利润达到3200元。老刘今年养猪纯获利26万元以上。

贫困户王月玲反馈说，报社今年帮扶她家的5头猪共计销售收入2.3万元，除去9000元饲料和防疫药品成本，净利润1.4万元，是历年来收益最好的。王月玲后悔猪出栏时间有点早，没想到这几天生猪价格又涨了，已经超过每斤20元。

王月玲说，她又新买了14头猪崽，扩大和加盖了猪棚，希望来年有更好的收益。我提醒她，在市场因素不确定及技术准备不充分的情况下，要量力而行，不要盲目扩大养殖规模。

据了解，近期养殖户基本上都增加了存栏数量，仅独石村新建的一座养殖场存栏就达到1100头。一定要预估到明年开春这些生猪上市后，市场价格的波动。

烈桥村的经验

这段时间，移村有点火。上周五，应报社机关党委邀请，全村30多名党员干部和贫困户代表到西安参观陕西省庆祝中华人民共和国成立70周年成就展，开展主题党日活动，重温入党誓词。报社还邀请大家观摩新闻采编和报纸的印刷出版流程，先后走访了陕西传媒网、陕报印刷厂、三秦都市报等单位，感受报社的环境和文化氛围，体验报社的工作餐。

报社像对亲人一样招呼大家，让党员干部和贫困户们感到心里非常暖乎，回村后，西安之行成为大家几日来不断谈论的话题，引得周围村庄的乡党们不住地赞叹。

周一，村党总支又接到陕西人民广播电台的邀请，建文、建军、冯彩云还有贫困户代表赵博兴做客陕广新闻，录制中午的新闻访谈节目，谈移村入选中国传统文化名村的历史文化背景、村庄变迁与发展、经济人文及未来的发展规划与设想。节目同步直播，当日，多名村民说收听到了节目。

如何把移村的这些无形资产利用起来，转化为经济效益，转化为村庄发展的助推器，一直是驻村工作队和村"两委"思考的议题。

陕西九云文化创意发展有限公司总经理王云波是一位资深设计师，一直致力于传统文化与民俗旅游项目的研究与开发。云波介绍说，铜川市印台区金锁关镇烈桥村利用村民闲置房屋，吸引西安等地的中老年人到村旅游观光、体验乡村生活，取得了非常好的经济和社会效益。

天气晴朗，蔚蓝的天空中飘浮着朵朵白云，午间的阳光晒在身上，暖暖的特别舒服。遂邀请云波和摄影师寇会云做向导，赴烈桥村考察，希望给移村的地窑遗址及农旅开发带来一些启发。

烈桥村位于桥山山脉南端的漆水河支流河谷中，群山环绕，风景秀美，西延高速公路从村旁穿过。全村236户967人，由4个自然村组成。一进村口，依山坡而建的一排排两层小楼立即吸引了游客的眼球，门前是潺潺溪水，河谷中的桥柱构成了一道别样的风景，让这个山区小村有了一种现代感和时尚美。

村委会的办公楼干净整洁，村党支部书记段西苍是一位热情爽朗的中年汉子。据他介绍，西延高速公路建成通车后，在该村村口设有到焦坪、宜君去的出口，这给该村提供了非常好的机遇。村委会所在的后烈桥组50多户居民，近年来均住上了统一设计规划的二层小楼，这些小楼中，村民一般住在一楼，二楼大多闲置。2016年起，村上成立了集体合作社，集中规划利用村民闲置的住房，与西安的一些老年协会联手，吸引退休老人到村休闲住宿，体验农家生活。经过3年多的发展，如今已相当火爆，旅游旺季一房难求。

该村民宿的基本经营模式是，每年统一将村民二楼闲置房屋短期租赁过来，为期4个月，租金每户4000元。通过西安一些老年活动中心和旅游机构组织介绍客源，每批100人，为期10天，每人每天80元包吃包住。

2019年该村共计接待14批老人居住，营业收入120万元以上，村民房租和服务工资收入50万元以上。

客源的爆满，同时有力促进了村中农副产品的销售，给村民带来不菲的收入。今年以来，该村还将无法容纳接待的客源介绍给宜君梅园养老服务中心（宜君县敬老院）和耀州区瑶峪村的香山小镇。其中今年就为瑶峪村送去10批约1000人的客源，瑶峪村因此也获得了80多万元的收入。

在客源接待管理中，该村制订了完善的服务计划，从客人进驻第一天起的体检，到每天活动的安排，从一日三餐到日常生活起居、劳动体验，均考虑安排得十分周到，受到客人的一致好评。

烈桥村民宿项目的成功，主要是抓住了如今城中老年人回归田园生活的心态，抓住了养生养老的大机遇。相比较而言，移村距离西安更近，毗邻铜川新区，位处照金红色旅游线路中段，自然资源、地理位置均优越于烈桥村。但地窑遗址尚未有效利用，中国传统历史文化名村的无形资产还没有充分发挥作用，还需要从思路与观念上下功夫。

离开烈桥村，又奔赴宜君县了解梅园养老服务中心（宜君县敬老院）的管理流程，考察云波设计的拾花山居旅游住宿项目建设和内部装饰特色。宜君县敬老院投资5000多万元，目前收养了40多位由民政供养的五保老人，带养了20位自费老人，收费从1480—1980元不等。院内设施周全，环境优美，每年夏季还可以接待短期居住的城市"候鸟"老人，每人每天收费只有60元。

李长海的"承诺"再次落空

乔满营的房子修缮工作已经开始做屋顶防水处理。乔满营到村委会来，提出能否将其室内地面、屋前台阶重新整修，另外更换掉旧的门窗。这些项目未在之前的预算申请中，施工队和驻村工作队有些为难，但还是答应，在资金预算范围内尽量帮其整修。

在与乔满营交谈中，说到创业，如养猪、养鸡等，乔满营均有畏难情绪，认为死亡率高、风险大，并以其弟养鸡赔本为例说明养殖的难度。看得出，其思想根源中创业的动力不足。对此，必须想办法激励其创业的激情，还得有一些保障措施，打消其害怕赔本的思想顾虑。

赵博兴送来一些苹果让大家品尝，这个30岁出头的男人撑着5口之家，既要照顾年迈的母亲和两个上小学的孩子，还要帮衬腿脚不好的妻子。今年他家的苹果园终于有2亩多开始挂果，他套了1.8万个袋子，果子卖了1万多元，每斤2元。尽管不理想，但从交谈中看得出，他很满足，近期妻子也去扶贫工厂上班，每月能为家里增加1000多元的收入。

经过统计，移村65户176人的建档立卡贫困户中，目前有劳动能力的为90人，涉及49户。这49个家庭中，每户至少有1人打工就业。其余16户则无劳动力，不是老人，就是残疾人。在目前尚未脱贫的41户91人（含2019年计划脱贫户）中，有劳动力的42人，涉及26户。其中

2019年计划脱贫退出的20户66人中，有劳动力36人，每户都有至少1名劳动力。

道旁的杨树开始飘落黄叶，每一阵风儿吹过，都会像雪片一样飘飞。早晨起来时，一缕阳光从东方的云隙间透射出来，将地面映衬得金灿灿的，两只喜鹊在麦田的垄沟间跳来跳去觅食，三只斑鸠站立在电线上窃窃私语。天空中又落下了雨滴，是那种清亮的太阳雨，不多会地面已经被打湿，云隙又合拢起来，变成了连阴雨。

村委会门前的玉米已经收拾干净，湿漉漉的水泥地面在雨中泛着白晃晃的亮光。桅杆上的旗帜在雨丝中低垂着，有点无精打采。

今年的玉米喜获丰收，平均亩产在800—1000斤，但收购价格并不理想，每斤只有0.85元，每亩种植利润在300—400元。乡下市场的猪肉也已涨到1斤30元，而作为养猪主要饲料成本的玉米却没有涨价，有点奇怪，是一个值得思考的现象。

李长海并未兑现自行拆除旧房腾退宅基地的"承诺"，尽管有白纸黑字写的东西，但其拒不履行，对帮扶队伍和村干部来说，工作的效率再次被打折扣，大家万般无奈。

上午李长海到村委会来，一碰见我就开口喊："老崔，崔连海，吃个苹果！"递过来一个发绿发蔫的苹果。李长海没有果园，这些果子应该是他从别人家的果园中捡来的。

我答道："我不姓崔，也不叫崔连海！"拒绝其苹果的同时，问："老李，你答应10月底前拆房腾退，拆了没有？"

李长海不正面回答，伸手继续展示自己的苹果，重复着赞美："你别看这苹果不好看，糖分可高着呢！"

我再次问道："苹果你自己留着吃。你白纸黑字承诺的事情兑现了没有？"

李长海又开始发作，一会讲他的诚信和人生观，拿出一张纸念他的座右铭，一会又讲四中全会、共同富裕，思维跳跃、逻辑混乱、滔滔不绝、唾液飞溅，却始终不提正题，不容周围人插一句话。

见无法沟通，大家只好各自去忙工作。唠唠叨叨约莫半个钟头，见没人搭理，估计也是累了，李长海终于转身离开。村委会一下子安静下来，那一刻，似乎静得有点离奇和惊悚。

村"四支队伍"按照要求规整贫困户档案资料，区果业发展中心王艳、赵晴艳、席耀玲、杨军寿等9名干部来帮忙逐户核对填写。这两天规整资料占据了大家大部分时间，联系开展消费扶贫活动的事只能推后。

这些档案资料中，仅贫困户从2015年开始至今的"八个一批"帮扶措施采集表就达816份，涉及65户在册和3户已亡故的贫困家庭，平均每户12份。

果业发展中心干部刘文婷患有腰椎病，不能长时间坐着，只好把椅子放在会议桌上，站着填写资料。中午两点大家还都没顾得上吃午饭，王艳泡了包方便面，一边吃一边继续工作。

帮扶干部加上参与此项工作的村干部张会、邢婷婷，大家从上午一直干到晚上8点，仍未干完，明日继续。

百岁老人的生日

今日立冬，也是驻村以来的第二个记者节。这是否是一种巧合？从不同渠道听到一些纸媒关停的消息，对所有传统媒体的从业者来说，还在转型的探索中挣扎，似乎真正的冬天才刚刚开始。谁能熬得过这个严冬，迎来明年的春暖花开？谁又将被冬雪掩埋，成为一个时代终结后的记忆？

今年以来，已经连续收到三位好友离世的消息。一位是陕西省文化产业促进会会长徐静，癌症，终年62岁；一位是著名书画家陆南，突发脑梗死，终年65岁；一位是著名书法家王耘风，急性心肌梗死，终年61岁。他们都正值艺术的成熟期，都是善良忠厚的老实人，平日都没有患病的征兆。他们的离世，让我震惊的同时，不得不思考，生命到底应该是什么样子，我们到底该如何面对生存和死亡？没有赶回去参加他们的告别仪式，我害怕一再让自己坚强起来的勇气，在那一刻又被击溃。

值得欣慰的是，建军的奶奶吴月侠老人今日迎来101岁生日。老人出生于

1919年农历十月十二日，属羊，按当地农村人算法，老人已经101岁。老人的儿女亲戚从省内各地赶回来祝贺，耀州业余摄影家寇会云也赶来专门为老人拍照片留念。

老人如今五世同堂，算起来已是个92人的大家庭，其中孙子孙女20人，重孙23人，玄孙4人，子孙中有9名大学生。常建军是长孙，长重孙今年28岁，长玄孙女也已经12岁。老人盘腿坐在热炕上，女儿媳妇围坐在周围。问起往事，老人说的最多的一句话是"过去的日子不能提"。

老人一生历经坎坷风雨，但始终坚强自立、从容豁达，如今依然耳聪目明，可以自己料理日常起居，还会帮儿孙们干一些剁草、扫地的零活。平日，老人每日只吃两顿饭，早餐9点，以稀饭、馒头为主；午饭下午2—3点，以面食为主，午后便不再进食。每天晚上，老人会早早入睡，清晨早早起来，十分规律。

家人总结老人长寿的秘诀主要有两点：一是为人和善，心态乐观。老人一辈子经历了许多事情，但从不生气，从不计较，始终能够以积极的态度面对，对待儿女、亲戚、邻里非常慈爱。二是始终保持良好的生活习惯。老人饮食基本以清淡的素食为主，吃饭、劳动、睡觉规律有序，从不对生活有过分的苛求。

如今，老人每个月都会领到500多元的高龄补贴和其他补助，儿女和孙辈们对老人非常孝顺，逢年过节和老人生日，都会赶回来看望。每当提起如今的政策和生活，老人就会大声说一个字"好"！

当日，儿孙们为老人点上生日蜡烛、唱完生日歌后，老人认真地将蛋糕切开来，招呼每一个前来祝福的人分吃。见老人在吃馒头，我问老人："一顿还能吃几个馍？"老人幽默风趣地回答："能吃10个！"引得满院子的人都开心地大笑起来。

按照区级检查反馈意见，移村拟脱贫退出的20户资料中，几乎每一户都存在小问题。有的是土地补贴等收入填写不准确，有些是户主与家庭成员关系不明确或错误，有些是录入缺项，等等。

村"四支队伍"总结分析，归整资料这么长时间仍有这么多问题，原因是多方面的。有些是因为帮扶干部粗心所致，有些是贫困户在提供数据时，本身就是错误的。如一户所报土地亩数为9亩，而实际享受的土地补贴面积为11.4

亩，经核查才知道，其中所差部分被村中老砖厂占用。有些错误的原因则是，相关部门所提供的数字经常变化，让帮扶干部无法判断哪个才是最终确定的数据。也有一些错误，是因为责任心不强导致的。

施工方送来了乔满营家房屋维修的决算表。按照决算表，本次修缮总计花销19757.70元，主要项目包括房顶防水和墙体处理两项，另外多增加了地面硬化一项，仅这一项就花费了4804.80元。乔满营新购门窗花费3000元，因不在之前期预算内，暂由乔满营自己承担，驻村工作队准备逐步想办法帮其解决。

贫困户王来朝母亲去世，已经核对完成并开始录入的2019年动态管理数据信息必须重新修改，虽然只是一个人的问题，但牵扯整个信息系统的数据都要修改。

消费扶贫

《百岁老人五世同堂》的稿件在"沮水微澜"上推出后，阅读量已超过了5000人次，评论热烈。

与报社机关党委（工会）协商组织消费扶贫活动，初步商定帮助贫困群众销售一些苹果，帮助扶贫工厂销售一些手工馍。在果库了解到，近期苹果的收购价格普遍在1.5—2元之间。出库价格有所上涨，其中果库自存的，价格在2.2元左右；果商存储的由于经过了前期挑选，果品较好，价格在2.5—3.5元之间。

吴军反馈回来信息，报社工会在工作群推出预定移村苹果、馒头的消息后，职工反响热烈，纷纷询问。初步统计，已预订苹果130袋约1950斤，手工馒头、菜馍、豆包、花卷等共计379袋，总价值14700元。

昨晚凌晨起，窗外传来呼呼的风声，一阵紧似一阵，恐怖得像是要将整个房子刮走。天明时分，风声才渐渐平息。本想着这场风又会带来一场大雨，没想到一打开门，和煦的阳光扑面而来，天空蔚蓝，一丝云彩都没有，树梢上的叶子被吹得干干净净。一群群麻雀欢快地在广场上跳来跳去，寻找着残留的玉米粒。绿化带的草丛中还有几株月季顽强地开着粉红色的花，给这个初冬增添了几许温暖。

与建军一起到果库查看，确定了所购苹果的品质，与果农谈定了出库的价格，每斤2.3元，含包装及人力费用，运输费用另算。

上午到乔满营家去查看房子维修后的情况，总体感觉不错，屋内屋外比原来整洁了许多，只是墙面尚未粉刷，个别地方还没干透。屋顶的防水效果还得等下雨以后进行检验。叮咛乔满营，若发现维修质量有问题，要及时反馈。

天气难得的晴好，安排好村上的事情后，和崔连超、常建军、张继臣一起，到清峪河对岸塬上的白瓜村、照金麻地村观摩学习。

麻地村是照金最偏远的深度贫困村，过去村民居住的多为土墙垒打的石板房，交通不便，居住分散，村民以种植玉米、核桃和养牛为生。如今，在脱贫攻坚中，多数人家已搬出山外，住上了漂亮的平房和楼房。集中安置点上，水、电、路、网，一应俱全，有和城里人一样的暖气。过去的石板房大多已拆除，留下码放整齐的一堆堆木料。有几处留存的石板房成为具有纪念意义的乡愁标志。

五六个老人在墙根晒着太阳，仍有村民在村养牛，一群老牛发着哞哞的叫声，这种声音在空旷的山谷间传出很远。村民说，如今养牛已不再用作耕地，而是出售肉牛赚钱，每头能卖8000—10000元，成为这些农户一大收入来源。

麻地村的土地面积大，每户都种20亩以上，今年玉米虽然歉收，但亩产也在五六百斤以上，20多亩玉米可收入1万多元。对农户来说，今年最遗憾的是核桃价格偏低，很少有人收购。每户都有积压的核桃，有些农户干脆不收获，任由核桃在树上自生自灭。许多果树上，还可以看见果子挂在枝头。

少了核桃这项收入，对农户来说今年是一大损失，估计每户该项收入减少1000元左右。在村上碰到几个村民回来收玉米，对脱贫攻坚的政策，大家都是异口同声赞不绝口。麻地村向西翻上山梁就到了淳化县界，这里群山环绕，过去交通不便时，村民走一趟镇上、出一趟山都十分艰难。用村民自己的话来说，得了病都得在家扛着。如今水泥路不仅修到村中，还与淳化连通，村民出山仅用1个小时就可到达镇上或铜川新区。

白瓜村的小村梁有二三十户人家，过去依山坡沟畔挖窑洞而居，现多数已搬迁至小丘镇福安小区居住。因其耕地、果园尚在，每到耕种和收获时，村民便返回原村劳动。

返回后，与建军一起到果库去查看装袋情况，与报社谈的是按袋结算，每袋装15斤即可。发现果农用的果袋偏大，每袋装18—20斤，这样一来，果农要吃亏很多。让果农换成15斤装的袋子，几个果农憨厚地说，多就多呗，没有你们帮忙，还不知道能不能卖出去呢。

张继臣推荐了一款纯手工压榨的菜籽油，是小丘村"惠丽油坊"的产品。该油坊坚持按照绿色无公害标准生产手工压榨菜籽油，品质非常好，获得了今年铜川市"优质扶贫产品"荣誉称号，年产量12000斤左右。

粗略统计了一下2019年陕西日报社的帮扶事项，2019年度以来，报社直接投入帮扶资金超过40万元；培训基层党员干部150人次；开展技术培训两场共计73人；实施养殖产业项目一个，帮助带动贫困户21户增加收入近40万元；联系猪肉、肉鸡、鸡蛋、苹果、挂面等销售农产品共计约24万元。另外，资助村党总支办公设备价值5000元，帮助贫困户乔满营维修房屋投入1.97万元。

怎样把石头捂热

省委主题教育工作检查组一行三人，到村检查主题教育工作开展情况。检查组查看村党总支主题教育工作的资料，听取了党支部和帮扶干部的介绍后，入户到老党员家中询问送学上门情况。检查组对移村主题教育工作的进度和深入扎实程度、丰富多彩的主题党日活动，以及陕西日报社党建促脱贫、党支部联建、为全村党员上党课等工作，给予了高度评价，对党支部送学上门和利用微信群开展学习活动的做法，表示肯定和表扬。

截至今日，距李长海本人承诺的腾退旧宅基地日期已过去了20多天，李长海不但不腾退拆除旧房，而且还拉运回了砖头，准备在原址上继续加盖房屋。村干部及帮扶干部上门劝阻，李长海拒不接受。

上午，建文与继臣再次到李长海处劝其搬迁腾退，李长海破口大骂。与建军、连超赶到现场劝解时，只见李长海指着吕建文高声喊骂："黑社会！土匪！国民党！"一些村民在远处围观。

见此，我上前拦住李长海，一边劝其不要吵骂，一边对其讲道理："老李，作为贫困户，几年来你该享受的各种扶贫政策，包括社保、医保、临时救助、养老、住房，还有帮扶单位每年给你的各种生活品和救助金，这些难道是国民党给你的不成？"

继臣说："你与你父亲从河南逃难来的时候，是谁收留了你？"

建文质问："你对共产党还有没有一点感恩之心？为什么就不配合党的工作？全村40多户搬迁户，就你一家特殊，就你不腾退，就你一人占两套房子，这对全村900多户3000多群众来说，是否公平？党对这些群众怎么交代？"

一连串地发问让李长海一时哑口无言。但此刻，李长海胡搅蛮缠的劲头又上来了，开口大声唱叫道："我的青天大老爷呀——"然后又东拉西扯，说这宅基地是他父亲给人拉长工挣来的，原来有一亩五分地，如今只剩了几分，等等。

见他实在不讲道理，我说道："如果你不腾退也行，把新房钥匙交回来！把你的东西从新房搬走！"

李答："我现在不交，我不给你们交！"我问："那你什么时候交？给谁交？"李突然大吼道："我给'打黑办'交！"

接着大吵大闹："谁想拆我的房子，谁就是黑社会！"摆出了一副要赖的架势。

说服工作实在无法进行下去，现场的干部们无可奈何，只好再次放弃努力，并决定将情况上报镇党委政府，同时，提出以下解决方案，请求批准：第一，根据当初所签的搬迁腾退协议，对李长海提起诉讼，请法庭裁决后予以强拆；第二，从即日起，暂停对李长海的一切扶贫救助政策，直到问题解决。

下午，吕建文带回镇党委政府对李长海问题的答复意见：从大局考虑，不同意对李长海提起诉讼并强制拆除，也不同意暂停帮扶政策，腾退事宜暂时搁置，可考虑将其旧房收回用作集体生产用房。

对镇党委政府的意见，驻村工作队与村党总支商议后认为，暂时搁置可以，但要将其旧房收归集体做生产用房，可能性几乎没有。

市住建局派人到村查看李长海旧房，了解其不予腾退的问题。截至今日，全镇旧宅基地腾退任务仅剩余两户，李长海就是其中之一。

在农村，尽管像李长海这样的人只是少数，但就是这极个别的人，一直在阻挠工作的进展，耗费了扶贫干部大量的时间和精力，增加了工作的成本和负担，影响着社会的公平与公正。

对这些人，有必要采取合理合法的强制手段，不然不能服众，不能提高党和政府在群众中的威信。据建文说，在移三公路升级改造工地上，有几个钉子户一直在阻挠施工，近期公路主管部门与公检法联手，工程得以顺利进行，群众拍手称快。

晚上与葫芦村第一书记赵慧微信交流相关工作时，赵慧谈到瑶曲镇也有类似李长海的情况，更为可气的，有一个村的个别贫困户，不腾退旧房不说，竟然持刀要与帮扶干部拼命，实在让人寒心。

有人说，是石头也会焐热的。我想说，那要看什么石头，也有焐不热的时候，不信你试试。

对那些无诚信、无公德、自私自利的人，究竟还要不要帮扶？如何帮扶？这是摆在所有扶贫干部面前的一大难题。

想起改革开放以来我们常挂在嘴边的一句话：发展才是硬道理！也许只有发展了，贫穷才不至于扭曲一些人的灵魂，一些人的道德品质和思想觉悟才会真的提高。

年度帮扶成果

到贫困户搬迁安置点入户时看到，集中供暖的锅炉房还没点火启用，大多数家庭没有取暖设备，只有赵建等少数几户在用电暖气。询问原因，得知燃煤还没运到，人员、费用也没有落实。住在这里的有许多老年人，冬天不能供暖将是非常难熬的事情，用他们的话说，只能一直开着电褥子钻在被窝里。

紧急协调后，燃煤已经运送到锅炉房，村委会也确定了安置点的管理人选，由孙红顺负责环境卫生，孙增岗负责管护和烧锅炉。上午准备试暖，与张继臣一起到现场去查看，见许多人都站在室外，等候维修水暖设备的人来。原来一些家庭的暖气片上还缺少零配件，试暖时有漏水现象。打电话问建军，得知维修人员已去购买配件，下午就会安装到位。

早晨起来，天空一直阴沉沉的，到中午开始飘起了零星的雪花。天气越来越冷，村委会门口的地面特别容易结冰打滑，尤其是铺设了地砖的台阶，非常危险。

傍晚，贫困户搬迁安置点锅炉房正式点火试水，开始供暖了。周末，零星小雪。阿堵寨村附近水管爆裂，该村以南各村自来水均受到影响无法供应，正在抢修中。

关于李长海的旧宅基地腾退，市住建局表态暂不强拆，继续做工作。工作能不能做通，只有帮扶干部们心里清楚，大家已到了无奈无语的地步。

镇政府反馈回消息，移村今年脱贫退出的20户66人经核查已获批准。这样一来，全村目前建档立卡贫困户65户175人中，2016年至今年，已累计脱贫44户150人，剩余21户25人，贫困发生率降为0.79%。

根据最新统计，移村人均可支配收入从去年的13282元提高到15200元。目前全村6个村民小组巷道硬化率达到90%，水电全部到位，有标准化卫生室3个。

在"八个一批"政策落实中，65户建档立卡贫困户均享受到了产业扶持政策。其中，陕西上和农业从2017年起带动31户种植中药材，户均年收益1000元以上；高原农业与福地合作社为46户每年各分红800元，并发放水溶肥料；福地合作社对31户的中药材种植进行托管，户均年分红605元，另有29户持续享受1000元分红；海升农业为7户各分红500元。区果业发展中心今年帮助贫困户新栽种苹果、花椒96.7亩；陕西日报社继续进行养殖产业扶持，第三次为20户帮扶猪崽100头，为1户帮扶鸡苗1000只，年内销售收入达到36.4万元，并对养殖户进行了技术培训。

在就业创业帮扶中，今年有49户实现就业90人，生态帮扶7户，教育扶贫落实了18户27名学生的帮扶政策，健康帮扶10户，搬迁安置40户，危房改造3户，21户25人享受到了兜底保障政策。

在对边缘户的研判中，建立了26户跟踪台账，其收入和住房、饮水安全均已达标，村中未发现有漏评户现象。

与区果业发展中心帮扶干部杨军寿、王艳等人一起入户落实帮扶措施，解读政策清单。到黄战军家时，黄战军正在改建厕所，新改的水箱式厕所建成后，污水处理将实现集中存放和清理，会极大改善家庭环境卫生。黄战军的家庭主要收入来源于其打工所得。儿子黄轲仍坐在轮椅上，妻子将室内打扫得干净整洁，家庭住房条件也非常好，新盖的平房内外显得宽敞明亮。

晚上与崔连超、常建军一起继续加班到夜里12点多，基本归整填写完了贫困户的信息资料。

小丘镇有名的"快板大王"何改荣写了一首表扬《陕西日报》扶贫工作的快板，题为《点赞陕报扶贫》：

    竹板响，哗啦啦，我把陕报扶贫夸一夸。

    小丘镇，有移村，陕报帮扶很特色。

    抓党建，守初心，全社动员明职责。

    严要求，细化分，精准帮扶是命脉。

    找根源，重点抓，层层落实帮到家。

    树典型，再宣传，因地制宜紧相连。

    工作队，张军朝，驻守移村来搭桥。

讲党课，铸根基，党建引领指东西。

"三会一课"细细讲，革命故事大推广。

初心使命讲分明，党员对他有好评。

报社赠书二百套，提升动力有奇招。

组织党员贫困户，观看建国大成就。

新中国，大发展，奋发图强记心坎。

支部办公条件差，报社帮助数字化。

搞产业，需要钱，报社帮助几十万。

猪崽羊羔和鸡苗，鸡舍羊圈和猪槽。

养殖销售连锁化，回收超出市场价。

产业扶贫是根本，长远发展有后劲。

脱贫模范好多名，常刚赵建毛小玲。

他们个个很优秀，成为脱贫模范户。

讲科学，求规范，技术培训按期办。

请专家，现场看，贫困户学来好经验。

"三无"户，很困难，报社投资十八万。

灶具家具还有床，拎包入住不用忙。

搬新家，了心愿，报社送来米和面。

知心话，细细谈，家家户户心里暖。

脱贫攻坚培训会，军朝报告很精粹。

讲形势，讲扶贫，一字一句道理深。

大家听了有好评，掌声不断心共鸣。

《陕西日报》好干部，出了东家入西户，

帮扶工作做到家，移村村民拍手夸。

冬腊月，发棉被，群众困难帮到底。

刘更利，病危急，协调各方来救济。

闫正长，患病亡，捐钱捐物帮埋葬。

责任心，强中强，工作作风很优良。

春节里，大雪天，军朝照样来上班。

路面积雪结成冰，行车打滑摆得凶。

紧小心，慢慢行，车头撞树胸口疼。

咳嗽疼痛一个月，军朝一天都没歇。

精神头，实可嘉，扶贫路上拼命郎。

严自律，树表率，推动移村朝前迈。

抓项目，谋发展，美丽移村入佳选。

中国文化名村录，移村排名在前头。

张军朝，好记者，新闻采访一系列。

海浪事迹他报道，这个典型挖得好。

市委书记发了言，学习海浪多宣传。

好记者，不一般，脱贫故事写多篇。

宣传铜川和耀州，宣传脱贫攻坚战。

优秀事迹人点赞，扶贫干部好模范。

清峪河飞来白天鹅

村委会和村民家中恢复供水，水质并不是很好，有浑浊和黑色碎片状异物夹杂在水中，估计是破裂的老旧水管造成的。

恢复供水后，搬迁安置点就可以正常供暖了。上午与连超一起去查看，楼前有十多人正在院内晒太阳聊天。大家对暖气的温度比较满意，在锅炉房看到，供暖温度表上显示的是61摄氏度。

到贫困户吴守福、孙三娃家中，对各处暖气片检查试温，除了孙三娃卫生间之外，其他地方热度都非常好。了解后得知，孙三娃楼上住的是王永红，其卫生间暖气片有漏水现象，正在维修，阀门关闭导致上下气不通。

贫困户中有人对按每人收取260元取暖费不理解，现场对其进行了解释。安置点锅炉房所用煤每吨1300元，政府按每吨750元进行补贴，其余部分需由住户按人均分摊收取。以一个五口人的家庭为例，为大家算了一笔账，过去冬季全家最少得烧1个火炉，2—3个热炕，用煤2—3吨，费用总共需要1500—2000元，如今暖气费只需要1300元，而且家里24小时都是暖和的，不用操心煤气中毒，也省掉了用电褥子的钱。算完账，在场的人都说，还是用暖气划算。

贫困户吕社娃患膀胱癌，再次住院进行治疗，询问其治疗情况，答复效果还不错。

清峪河谷飞来了20多只白天鹅，栖息在前咀子水库中。据当地村民说，白天鹅已在此停留了半个多月，开始是5只，后来增加到11只，现在是25只。

在渭北这样的旱塬沟谷中，能有白天鹅栖息过冬，不能不说如今环境保护真的越来越好。白天鹅吸引了许多摄影爱好者前来跟踪拍摄，下午与张继臣、摄影人武小运等到水库去观察，叮嘱继臣联系镇政府，希望政府能安排人员对这些白天鹅进行保护，定期投放食料。

在水库现场看到，靠近西边山坡的水面已经结冰，水库中央还有一汪碧绿的湖水，干枯的荷叶和枯黄的芦苇在水面摇曳。冰面上有一群白色的身影，静静地卧在远方，或双双交颈而眠，或三三两两耳鬓厮磨。

太阳沉向西山，天鹅们开始动了起来，先是1只，接着2只、3只，慢悠悠地下到水中，在湖面上游来游去，不时将头埋向水中觅食。水面上有游客投放的白菜和玉米，胆大的2只小心翼翼地游过来，试探几次才开口啄食。有4只一直坚守在栖息的冰面上，直到最后，剩余的2只也迟迟没有下水。

水库东岸的坡坎上、树林间，赶来拍照的摄影爱好者早早架起了"长枪短炮"，捕捉最动人的瞬间。有人带了天鹅爱吃的蔬菜，有的给当地群众讲解鸟类知识和爱护鸟类的意义。一位从富平赶来的毕姓摄影爱好者现场掏出1000元交给村干部，让给天鹅买一些玉米，每天按时投放。

傍晚5时30分左右，突然，25只白天鹅扑棱着翅膀，全部飞了起来，引起前来观赏的游客一片低声欢呼。天鹅分成两队，在库区上空绕飞两圈后，向东北方向飞去。在那里的浊峪河谷，也有一处山间水塘。

夜幕已经降临，摄影家们还不忍离开，大家不知道起飞后的天鹅会不会再返回。一位摄影师说，在此处守候拍摄了十多天，这两天白天鹅一直在冰面休息，今天飞起来还是首次。

有人说，飞走后可能不会回来了，北方越来越冷，天鹅会继续往南方迁徙，人群中一片遗憾的叹息声。也有人说，会回来的，去年冬天就有十几只天鹅在这里过冬，他见过的。大家的情绪又好了起来，兴奋地谈论着，期待着。

前咀子水库修建于20世纪70年代，如今水面被大面积的芦苇和荷塘占据，已看不出人造水库的模样，更像一处水草茂盛的山谷湿地。河流、草滩、苇塘、林木茂密的山坡，郁郁葱葱的山塬沟壑，让这里自然生态愈来愈美。黑鹳、野鸭、斑头雁……近年来，已经有几十种鸟类常年在这里栖息。

暖冬迹象

村上一天中接待了三拨检查组，搬迁户腾退入住检查，环境卫生整顿检查，还有厕所改造工作推进检查。村干部人手明显不足，疲于应付。

与连超一起到搬迁安置点，为每户送达保险单和政策清单，顺便查看各户供暖、供水情况，并到曹昌平、孙石头、王东九等入户走访。曹昌平妻子在陕西日报社帮扶支部帮助下到西安学习了盲人按摩技术，现在高新四路工作，单位管吃住，每月能净挣3000多元。对这个家庭来说，目前这是主要的收入来源。曹昌平的女儿上高中，正在上小学的儿子有智力残疾，在教育部门帮扶下到特殊学校就读。儿子的身体经多方治疗没有效果，为这个家庭增加了许多负担。曹昌平今冬没外出打工，一直在家照顾儿子。他家分到了一套100平米的房子，家里收拾得还比较干净整洁。

孙石头、王东九与其他住在安置点的老人一起，在门前晒太阳，房子里被子叠得整整齐齐，桌子、沙发擦得干干净净。相比原来土坯房里乱糟糟的样子，真是天壤之别。孙石头的思想终于开通，对住在这里非常满意。

与继臣、连超一起到独石村金圣生态养殖园去考察。这个占地约300亩、位于一个独立山梁上的生态养殖园，曾经辉煌一时，据说投资上千万元，建有养殖房、蓄水池、花海等，栽植有成排的柏树林等，曾经养过山羊、藏香猪等。

然而今天去时，却发现人去屋空，除柏树成行之外，其他设施均十分破败，水池干涸，养殖房多处损毁，道路上杂草丛生，无一只养殖的猪羊。问其原因，张继臣从他了解的角度讲，一是原投资方企业转型，不再投入资金和精力，人员均已撤往西安、临潼等地；二是经营不善，效益很差，无以为继。

客观地讲，投资方看中的这处山梁远离村庄，三面环沟，的确是一个适合搞养殖的好地方，但半途而废，着实让人心疼。

连续多日的晴好天气，一丝下雪的影子都看不到，暖冬的迹象已经显现出来。对今年的冬小麦来说，这不是一个好的征兆，麦田已经有点旱了。

飞临前咀子水库的白天鹅已增加到30多只，看来这些天外来客今年要在这里过冬了。库区成为摄影爱好者前来拍摄的热地，保护白天鹅的话题也成为群众街谈巷议的热点，微信朋友圈里每天都能看到有关白天鹅的图片和文章，大家打心眼里感到近年来生态环境的不断优化。

周末，想到多日没有回家看看了。听说要回来，岳母早早就准备好了饭菜，是我最喜欢吃的苞谷面搅团，就着自家腌制的酸菜，非常可口，一口气吃了两大碗。感叹这真是人间再好不过的美味，我自信强过鱿鱼、海参百倍。

土炕烧得热乎乎的，刚一躺倒就迷迷糊糊地睡了过去，直到下午4点才醒来，感觉把这一冬天没有睡够的觉都补上了。临走，岳父又给带了一大堆东西：白菜、辣椒、香菜、苞谷糁、南瓜，还有一袋白面和一袋苹果。

岳父愈加瘦了，听说这两天还流了很多鼻血。让他去医院看看，他推说没事的，睡热炕上火了，过两天就好。看着他一样又一样地搜罗东西往我车上塞，我的心里很不是滋味，酸楚楚的。老人们恨不得把他们所有的东西都给儿女们带上，而儿女们一出家门，似乎再也记不起家的温暖和老人期盼的眼神。

临上车时，岳父又想起一件事，说是给我摘的柿子忘了带上。我推说下次回来拿，岳父才作罢，但我看到，他的眼里明显露出歉疚的神色……

耀州区召开"三比一提升"工作动员大会，小丘镇在动员部署时要求各村对照省级检查反馈的问题，尽快整改，做好迎接"国考"准备。村"四支队伍"梳理移村存在的问题，李长海旧宅基地腾退仍是最大短板。已接到市、区住建局明确答复，必须拆除。看来，强拆已成为必须考虑的一个选项。

徐晖主持召开省级帮扶单位驻村工作队第三次学习交流会，就国家脱贫攻坚成效考核工作相关问题进行了解读，要求各驻村工作队必须做到村情清楚、户情清楚、政策清楚、帮扶措施清楚，对照驻村工作队的任务履职尽责。会议强调，国家成效考核12月20日开始，到2020年1月15日结束，各驻村工作队必须以更高的政治站位和责任感，尽快查漏补缺，决不能存在侥幸过关的心理，要抓紧时间做好相关政策宣传工作，提高群众对政策的知晓率和满意度，同时督促各户搞好环境卫生。

徐晖一再叮嘱大家，要咬紧牙关，全力以赴！同时提醒大家保重身体，注意安全。

《半月谈》：扶贫不能扶无德的恶汉

海浪的事迹再次成为铜川街谈巷议的热点话题。近两日，中央电视台推出了时长45分钟的纪录片《轮椅女孩的梦想》，把对海浪事迹的宣传推向高潮。铜川市各类媒体纷纷跟进宣传；"学习强国"陕西平台转发并简单介绍了《陕西日报》推出海浪事迹的情况；铜川市脱贫攻坚领导小组办公室发出《开展学习海浪先进事迹活动的通知》。几日来，海浪的事迹一次次霸屏，各种形式的宣传学习活动及海浪的诗歌、散文均成为转发热点。我庆幸自己能够采访和报道海浪，这应该是今年最大的收获。

统计显示，移村村民现有的家用轿车、面包车已达324辆，占全村835户的近39%。从这一数据可以看出，如今中国经济特别是人民生活的巨大发展变化。在30年前，这应该是一个无法想象的梦想。

今日才知道，在"文化小丘""铜川文苑"等平台上经常发表散文作品的女作家周粉，原来是村委会文书常学文的妻子。周粉只是一个普通的农家妇女，但其作品文字质朴通俗，情感真诚感人，叙事通顺流畅，非常可贵。

持续四五天的雾霾，让村庄变得灰蒙蒙的。下午，天气突变，空中传来恐怖的狂风怒号声。气温迅速下降，以至待在室内也觉得冷得要命。寻问搬迁安置点负责锅炉房的孙增岗，知道锅炉运转正常，供暖效果很好，心中略感欣慰。

天色已晚，想下楼关掉村委会的卷闸门，浑身冻得像筛糠一样发抖，不得不退回室内。两腿特别是膝盖莫名地紧缩疼痛起来，一瞬间，竟然有了被什么邪祟侵入身体的感觉。我尽量调节有点混沌的大脑，让痉挛般的身体恢复到能打电话求助的地步。

吃了三粒感冒通，和衣躺下，将电褥子开到最大，当身下热得发烫的时候，身体终于不再抖得那么厉害，头上也有了一些汗渍，迷迷糊糊进入似睡非睡的状态中……

一场大风带走了持续多日的雾霾，一觉醒来，蓝天又回到了人间，身体感觉好了许多。

一段时间以来，广西扶贫干部黄文秀的事迹一直感动和激励着大家。

据《半月谈》报道，预计到2019年底，我国将有95%以上的贫困人口脱贫，90%以上的贫困县可以摘帽。但是，在打赢这场伟大战役的过程中，截至2019年6月底，已有770多位扶贫干部牺牲在脱贫攻坚一线。

2017年，四川媒体报道，当年有27名扶贫干部牺牲；

2018年5月3日，河南省桐柏县黄岗镇王庄村第一书记田天遭遇车祸，因公殉职，年仅41岁；

2019年6月17日凌晨，广西壮族自治区百色市乐业县新化镇百坭村驻村第一书记黄文秀遭遇山洪因公殉职，年仅30岁；

……

这一个个优秀党员、扶贫干部，一条条鲜活的生命，他们永远告别了各自的家庭，告别了自己的亲人和朋友，把生命定格在了扶贫路上，定格在了49

岁、43岁、31岁、30岁……

在这些奉献甚至流血牺牲的扶贫干部背后，有着许多不为人知的辛酸、委屈和忍辱负重。他们肩负责任和使命，远离亲人，克服一个又一个意想不到的困难，心中只有一个目标：坚决打赢脱贫攻坚战！

大多扶贫干部的日常吃饭都成问题，方便面、饼干等方便食品成为他们的日常主食，胃药、感冒药、消炎药等是他们手头常备的东西。孤独、寂寞也是扶贫干部必须忍受的煎熬，长期巨大的工作压力和心理压力，导致一些扶贫干部出现抑郁等症状。

在关心扶贫干部的同时，《半月谈》针对扶贫对象中存在的一些问题，也发表了一篇评论《扶贫，不能扶无志的懒汉，更不能扶无德的恶汉！》。

文章旗帜鲜明地将不知感恩，只会"等靠要"且不讲理、耍无赖的贫困户定为"恶汉"；态度明确地指出，对那些"伸手要钱要物、贪得无厌、一旦得不到满足就撒泼耍赖、辱骂殴打、给扶贫干部下绊子"的贫困户，不仅不能扶，而且对有违法行为的，要坚决予以约束和惩戒！文中还讲到一个例子，云南警方对一辱骂扶贫干部的贫困户处以行政拘留5日。

这是一篇说真话的好文！我想，像这样的贫困户，只是极个别现象，但每一个地方多多少少都存在着。文章表达了一线扶贫干部的心声，值得点赞！

一年到头了，喝回酒吧

一大早起来，窗外灰蒙蒙的，雾霾很重。大家都在朋友圈中寄托对新年的期望和祝福，也有人在回顾和总结即将过去的一年，诉说如何如何地不如意。

入冬以来一直少雪干旱，流感又开始肆虐，周围有许多人都病了，庆幸自己还没有中招。

昨日晚上，移村三组与二组接壤地带的沟内失火，村干部及时组织村民进行扑救，所幸未造成重大损失。初步分析是有村民将未燃尽的炭火灰烬倒至沟内，引燃垃圾所致。今冬无雪，防火形势再次严峻起来。

报社举办冬季长跑活动，订购了移村合作社的700盒土鸡蛋，用于奖励参与活动的职工，价值4万多元。

接到通知，从元月4日开始，贫困县退出第三方评估省级审核正式开始。这是耀州区今年摘帽的最终核查，非常关键。按照区脱贫攻坚办要求，各帮扶单位由包村领导带队，组织包户干部每天到村开展工作，各镇办要在当天下午6点前，将帮扶单位到村及开展工作情况报送区脱贫办，区脱贫办将对未到村开展工作和工作不力的帮扶单位予以点名通报。

村"四支队伍"今日全部到岗，帮扶干部全员参与，再次对"两不愁三保障"进行自查自纠，对错退、漏评问题进行排查整改，按照"三比一提升"活动推进要求，入户走访、完善资料、堵塞漏洞，尽力提高群众满意度，让贫困户和广大群众知晓脱贫攻坚获得清单，大家对迎接考核信心满满。村委会也开始对村中环境卫生进行集中整治。

小丘镇举办迎新年文艺汇演，移村秧歌队表演了精彩的扇子舞，舞蹈中用扇子组成了漂亮的文字"和谐""文明""中国美"等，赢得了观众阵阵掌声。上午在镇文化站表演结束后，秧歌队回到村委会广场，由邢婷婷带领为村民进行演出，表演了扇子舞、广场舞等多个节目。群众文化生活的丰富，是提升村集体凝聚力、团结村民和鼓舞村民精神气非常好的方式，是农村精神文明建设的一大内容，应该大力提倡和鼓励引导。

晚上，建军叫到他家去吃饭，说一年又到头了，喝回酒吧。去了才知道，儿子儿媳为他新添了一个宝贝孙女。继臣、连超、小红、小岗、全顺都到了。

建军提了几瓶白酒，是铜川自产的"古同官"。他说："张哥，到村上来你就没跟大家喝过酒，今天就开个戒怎么样？喝了这一杯，还有件事要求张哥。"说着就递过一个大杯来。

我说："那今天就醉一回吧！你先说什么事。"建军呵呵笑道："给咱孙女取个名。"

我问建军孩子长得像她爸还是她妈，建军说像她妈。我说："那就叫若萱，常若萱，怎么样？"大家都说好，建军高兴地连喝三杯。本想今晚只喝酒，不谈工作，一瓶酒下去，大家又讨论起脱贫攻坚与乡村振兴的话题来。

我给大家分享了最近看到的一篇关于"最后的人民公社"的报道，介绍的是周家庄人民公社坚持走集体化的道路，成为农村改革承包后唯一一个没有解散的人民公社的事情。经过40年的努力，如今周家庄已经建成了一个文明、民主、美丽、幸福的社会主义新农村。从周家庄68年的发展历程可以看出，农村集体经济的发展比之个体经营，更有利于科学调节农村生产力，更有利于解决贫富分化和农村特殊人群返贫问题，更有利于解决"三农"问题。有人统计过，在如今中国的百强村中，几乎都是坚持走集体经济发展比较好的村子。

大家比较认同我的看法，在中国8亿农民已经解决温饱并过上小康生活的时候，中国农村走集约化耕作的时机已经成熟，是应该大力发展集体经济了。目前，以家庭为单位的个体耕作模式，已经不能适应农村的发展，在一定程度上还制约着乡村振兴战略的实施。

我说："小红，你的合作社就是未来农业集约化发展的方向，会大有作为的！"

小红说："为了哥这句话，我喝三杯！"

几瓶酒喝干了，夜已深，没有人醉。建军说："再来两瓶吧？"我说："酒到半醺赛神仙，何必醉卧烂泥潭？明年再喝！"

大家哈哈大笑，互道新年快乐，各自回家。我和连超回到村委会时，时针刚好指向12点，新的一年又开始了！

获得清单

2020年1月1日，星期三，新年第一天。

早上起来，雾霾散尽，感慨昨晚竟然没有喝醉，到"老三家"吃了两个包子，喝了一碗豆浆，胃里舒服了许多。空气开始变得清冷起来，尽管太阳依然很好。

分别打电话给母亲和岳母，说元旦不放假，回不来了。母亲说，咋就这么忙呢，家里都好，放心。岳母说给我准备了一堆菜，有萝卜、白菜、洋芋，还有香菜和西葫芦，不回来取就放坏了，岳父给我藏的柿子也已经软和了。

过去有句老话："父母的心在儿女身上，儿女的心在石头上。"每次想起这句话，心都特别疼。我们这些做儿女的，什么时候才能不只把孝顺、感恩挂在嘴上，而能陪在老人身边，为他们做点实实在在的事呢？此刻，能做的只有祝愿他们，永远身体健康！

对脱贫攻坚以来村中的发展变化，大部分村民是清楚的，对党和政府心怀感激。但也有个别人总认为，脱贫攻坚是给贫困户办好事的，自己没有得到好处。为此，村"四支队伍"整理并向全体村民公布了大家在脱贫攻坚中的获得清单：

安全饮水得到保障，自来水通到各家各户，为保障群众生活用水和浇灌不受干旱影响，陕西日报社还争取项目，为村中打600米深水机井一眼；

村巷夜间照明问题得到解决，安装路灯220余盏，方便了群众出行；村安居工程竣工，建设安居点1个，解决了41户危房无房贫困群众住房问题；

铺设修建生产路12公里，方便了群众农业生产；

硬化道路10.5公里，美化了群众房前屋后，方便了群众出行；

打造美丽乡村，新建村小游园一个，绿化园地700平方米，美化了村庄环境；

建成了移村花海游园，加固改造14座地窑遗址，为发展乡村旅游打下坚实基础；

促进农业生产，举办多次技术培训的同时，先后4次免费为村民发放化肥、有机肥和土壤疏松剂；

农村合疗、基本养老普及每户村民，村集体看望慰问65岁以上老人，免费发放米、油等生活用品；

为村集体建设连栋果蔬大棚一座；

帮扶单位多次联系医疗单位，到村为全体村民义诊，免费发放日常用药……

此外，广大村民近年来还享受到煤改电项目补贴（每户1000元）；移动通信和网络村村通项目、文化惠民下乡义务演出、送影上门、厕所改造、义务教育、老年人高龄补贴等多项普惠性政策。

为了让村民代表和各村民组长熟悉和了解脱贫攻坚情况，由村"四支队伍"带领大家走访了所有贫困户，要求大家一定要做到"四个熟悉"：熟悉各组每户的户情，包括户内人口、打工收入、住房饮水安全等情况；熟悉广大村民脱贫攻坚以来享受到的获得清单；熟悉贫困户享受到的政策及获得清单；熟悉每户群众的满意度情况。

入夜，村委会依然灯火通明。四野静穆，村庄偶尔传来一两声犬吠，半轮月亮挂在西天，周边有黄色的光晕，没雪的天气会不会结束？

村委会旁边还有一栋房子的灯亮着，就是那个在夜里常响起竹笛声的人家。《走在乡间的小路上》的乐曲再次响起，今天才知道，吹笛的人是一位跑长途运输的村民，每次出车回来都会很晚，喜欢睡觉前吹上一曲。难怪多次看见路旁停放有一辆红色的大型运输车。

日日行，不怕万里路

凌晨，听到窗外有嘀嗒嘀嗒的雨声，看了看时间是5点多。7时许打开门，户外雾蒙蒙的，雨点已变成了细小的雪粒，地面上落了薄薄一层，气温也比昨日降低了许多。

第三方评估检查组前天到达移村，这次来检查的是延安的干部。检查组随机走访了100多户村民和贫困户，核对了移村脱贫攻坚相关数据、帮扶措施，调查了群众满意度和对政策的知晓率。

在检查过程中，出现了两个小插曲。一个是张平军、张平水的兄弟张彦军向检查人员反映，分给两个兄长的房子太小，住不开，应该分两室一厅。张平军、张平水两人是聋哑人，均属于单人户，张彦军为其监护人。按规定，去年在移民搬迁安置时，村上为两人每人分配了各25平方米的住房，且配置了全套家具和生活用品。2018年以来，报社也先后为两人各帮扶了10头猪崽助其实现产业脱贫。了解到上述情况后，检查人员认为张彦军所提要求不合理，移村对张平军、张平水的帮扶符合政策，没打任何折扣。

另一个是王月玲，在检查人员入户时哭诉其家庭困难。检查人员随即对其享受的政策补贴进行核对，在与其他户进行比较时发现，其家庭所享受的政策补贴、帮扶单位采取的帮扶措施，力度和效果都远远超出预想。

从配合入户的干部反馈来看，检查人员对移村脱贫攻坚整体工作比较满意，数据核对、帮扶措施、群众满意率都很不错。

为了让大家放心，我电话咨询区脱贫攻坚领导小组办公室副主任袁建荣，第三方评估检查小组对移村的考核结果如何，有没有什么问题？得到的答复是"非常好"！将这个消息告诉大家后，帮扶干部们都非常开心。

1月9日，陕西日报社社委会班子全体成员、各党支部负责人一行70余人，再次来到移村开展集中走访慰问活动，为65户贫困户带来米、面、油等生活必需品及补助金总价值4万多元。

上午9点，天降微雪，气温骤降，移民安置点早早挤满了等待的贫困群众，现场热烈的气氛化解了空气的寒冷。简短的活动开场仪式后，报社领导及各支部负责人分头深入自己的帮扶户家中，了解一年来的生产生活情况，了解贫困户的需求和困难。

之后，社委会班子成员到社区扶贫工厂考察手工馍加工制作流程。在走访过程中，社领导向村支书吕建文提出了加大对移村新农村建设扶持的设想，指示村上尽快拿出方案。针对移村搬迁安置点一段道路未硬化的问题，叮嘱副区长徐晖，尽快反映给区上，早日解决。

在报社与移村联建党支部的座谈中，大家交流了一年来党建活动的亮点，对新的一年联建工作的重点事项进行了讨论。提到消费扶贫，各党支部对移村组织的扶贫产品非常看好，表示一定会发动党员干部积极支持移村集体经济发展，帮助贫困群众拓宽增收渠道。

报社书画协会的4位书法家现场挥毫，冒雪为村民义写春联100多副。

在我们平时看到的一些其貌不扬的人中，也许就有一些让你惊叹的言行。贫困户柴新民未赶上早上的活动，下午回村后到村委会领取他的生活品和救助金。

柴新民今年58岁，单身，个头不高，看上去有点瘦弱，一个人常年在浊峪河上游的水库做看护工作。平日没事时，他最喜欢的事是读书看报，每次有机会回来，都要从村委会抱一大堆报纸回去。日积月累中，他也会思考一些人生的道理和为人处世的方式方法，有空就讲给周围的人听。

在聊天中，我问他为什么能在偏远的水库一个人坚守这么长时间时，柴新民说了一句："日日行，不怕万里路；天天做，不怕事不成！"让在场的所有帮扶干部赞叹佩服不已。

问到他在水库的生活，柴新民说自己种了许多土豆、萝卜，吃不完就送给附近的村民吃，平时一个人买点米、面、油，简单做熟就行，闲了就喜欢看书。

扶贫干部的不容易

两日来的嗓子疼终于演变成咳嗽，所有的感冒症状都出来了，今年的流感还是没有躲过。这次感觉比以往都要来得凶猛，换吃了几种药，阿莫西林、维C银翘片、感冒伤风胶囊，都没有起作用。又开始吃利君沙，拌着清热解毒冲剂喝，似乎没有什么效果。喉咙冒烟，口干舌燥，难受得要死。

第三方评估结束，其他帮扶单位干部都已回单位忙别的工作，村委会剩下我和老王值班。近期又有两位贫困老人去世，常刚的父亲和孙增岗的母亲。

在朋友圈中看到一篇短文，帮扶干部都在转发，《脱贫攻坚第三方评估验收入员感叹：扶贫干部的确不容易》。文中，一位评估考核人员从自己的切身感受中谈道："扶贫工作千丝万缕，每一件都是重中之重，扶贫干部们丝毫不能懈怠，经常要同时接到七八件工作任务，不能解释、不能推脱，只能默默地争分夺秒去做，而且不能出错。万分辛苦之后，没法尽善尽美的，还要面临群众的不理解和上级的误解。这个时候，没有时间来停顿、化解一下心里的困惑和委屈，因为下一波任务马上又来了。且把辛酸埋在心底，继续赶路……"

在几天的走访中，这位评估人员从心底发出这样的感叹："基层干部不易，基层扶贫干部不易！"

"在基层做了扶贫干部，就意味着要时时刻刻开会、加班、入户、填表……在繁重的工作中，不仅要学会分身，还要会各种技能。"

"他们不怕苦，不怕累，就怕应接不暇的各种检查，没完没了的资料整改，永无休止的熬夜加班。他们甚至连'披星戴月出门走，风高月黑把家还'都成了奢望，因为'五加二，白加黑'的模式早已成为扶贫干部的工作常态，休假唯一的方法就是累倒住院！"

这位评估人员发出这样的呼吁："基层扶贫干部，他们作为国家政策的最终执行者，承担了巨大的压力，也面临着最严峻的挑战，在扶贫的道路上，他们牺牲了很多，他们的努力和付出，值得更多的人去关注！"

感谢这位有爱心、负责任的评估人员替扶贫干部说了客观公正的好话。他是从一个评估人员的角度看到扶贫干部的不容易，其实真正总结起来，这些远远不够。

记者从切身体会和从具体工作中看到的，做一名合格的驻村扶贫干部起码得过"五关"。

一是水土不服，伤病困扰。许多扶贫干部从城市来到农村，首先会遇到水土不服的问题。一位扶贫干部说，刚到农村时，由于当地水质比较硬（矿物质含量高），经常会感到腹胀，偶尔还会出现腹泻的情况，农村几乎每顿饭都是面食，吃不惯引起厌食，导致严重营养不良。出现意外受伤，因寒冷导致感冒、咳嗽等现象，在扶贫干部中相当普遍。驻村工作队长崔连超一年中重感冒三次，其中最长一次咳嗽一个多月。对帮扶干部来说，手边常备的几样东西，除了方便面等快餐食品外就是各种药品：消炎药、止泻药、感冒药。

二是生活不便，没有规律。许多贫困村基础条件还非常差，帮扶干部们从城里来到这里，无法洗澡，有些地方连正常如厕都很困难，冬天没有暖气，夏天苍蝇蚊子肆虐。大多帮扶村没有集体灶也远离镇政府，帮扶干部的吃饭问题无法解决，有的到村干部家"蹭饭"，有的自己学着做简单的饭食，有的干脆就以方便面为主，经常饥一顿饱一顿，没有规律的饮食导致许多人患上了胃病。

三是工作繁杂，紧张疲惫。繁重的扶贫任务让帮扶干部不得不经常加班熬夜，许多人周末也得不到休息。仅资料填报和各类信息采集，就压得大家抬不起头来，经常处在紧张疲惫中。

四是远离亲人，孤独寂寞。对许多常年驻村的扶贫干部来说，上有老下有小，因驻村而无法照顾。亲人生病、孩子上学、父母生日……他们只能把对亲人的祝福和歉疚默默记在心里。白天忙于工作，晚上村干部各自回家后，往往村委会就只剩下一两名帮扶干部。没有电视，有些地方无法上网，无人交流，孤独寂寞和对亲人的思念成了帮扶干部的常态。

五是忧心焦虑，委曲求全。贫困户能不能按期脱贫，各种考核检查能否过关，忧心焦虑的精神状态经常伴随着扶贫干部。对那些知道感恩的贫困群众来说，扶贫干部帮起来是有劲头的。而那些心中只有个人利益、只计较个人得失而不知感恩的人，常常令帮扶干部寒心，干十件事，九件办好了不会说好，一件没有办到位，就会想法抹黑帮扶干部者有之，谩骂甚至殴打帮扶干部者亦有之。在一些村，个别村干部也是如此，把工作任务往帮扶干部身上一推，自己则什么也不干，不但难以沟通，而且还出现不顺心时殴打帮扶干部的现象。凡此种种，帮扶干部只能委曲求全。

脚下沾有多少泥土，心中就沉淀多少真情。习近平总书记说，要在脱贫攻坚第一线考察识别干部，激励各级干部到脱贫攻坚战场上大显身手。玉汝于成，烈火真金。越是条件艰苦，任务繁重，越更能锤炼品格、磨炼意志、积累经验、增长才干；只有经得起风雨、受得了磨难，才能真正在脱贫攻坚的主战场提素质、强能力，增强对群众的感情，锻炼出过硬的本领。

移风要易俗

小雪断断续续下了两日，地上已积了有五六公分厚，上午组织贫困户铲除村巷和村委会门前的积雪，孙石头、孙小顺、孙三娃、孙红顺等人表现非常积极。一个多小时后，终于将搬迁安置点到村委会广场的道路清理干净。从最近几次的村公益劳动中，孙石头都在积极参与，不再喊胳膊疼腿疼，整个人的精神面貌有了很大变化。

赵建的1500只肉鸡已全部售完，近期向其订购的客户仍源源不断，于是赵建和白瓜等后塬山区养鸡户达成合作意向，由赵建联系销路进行销售，可以挣到一部分差价。小伙子这种市场意识值得肯定。

封振涛接任小丘镇党委书记，陪耀州区委副书记张延峰、区人大常委会副主任董卫民一行，到村慰问赵建家庭，为其送去了春联和1000元慰问金。张延峰一行还看望慰问了驻村工作队员，为每人送来米、面、油、酸奶四样慰问品。这两天区、镇和村"两委"还分别走访了部分在村老党员、退休老干部和劳模、优秀教师等。

太阳出来了，亮得有点可爱，地面上的积雪迅速融化，只剩背阴处和果园里还有少许。

昨晚咳嗽似乎有所减轻，也许是换了头孢吃的缘故，还加上了克拉霉素，一瓶川贝枇杷膏不到一天就喝下去大半。半夜起来喝水时，在沙发上坐了一个多小时，好像一声没咳，鼻孔中依然流了不少血。

没有吃早饭，想继续试试饥饿疗法，到中午时，腿肚子有点发软，有了饥饿的感觉，头却莫名其妙地疼起来，不知道是不是药物的反应。

区果业发展中心开展集中走访慰问贫困户活动，为十多户家庭分别送去了米、面、油、牛奶等慰问品。李长海也在慰问之列，对此帮扶干部尽管心里不很情愿，感到憋屈，但"脱贫路上一个都不能少"，大家知道，该帮的还是一点不能打折扣。

从"秦住建"公众号上得知，移村入选陕西省第三批传统村落名录，这是移村2019年相继入选中国传统村落、陕西省乡村旅游示范村之后，又一次获得殊荣。本次入选的村庄共106个，其中铜川市4个，移村和印台区陈炉镇的立地坡村既是省级传统村落，也是国家级村落。入选后，如何将这一无形资产的潜能发挥出来，变成经济和社会效益，才是最重要的事情。

年关临近，在与村民聊天中得知，入冬以来，村上的红白喜事接连不断，两个月中已累计近30起，仅四组就有11起。

按本地风俗，老人去世及三周年、孩子结婚出嫁、新生儿满月，甚至盖房打顶、孩子订婚等，村民都要去行礼，少则50元、100元，多则200—500元不等。

如此多的集中过事、行礼，对村民来说，无疑会增加沉重的负担。一位村民说，一个月来已经把5000多元行礼了。对村干部来说，几乎每家人过事，都会受邀去帮忙，这个负担更重。其实，对过事的主家来说，负担也不轻，过一个事，一般要从一个月前开始不断地请客喝酒，直到过事当天所有客人的早餐和午宴，累得疲惫不堪。

对在一个村的乡亲来说，礼尚往来，在过事相互帮忙中增进亲情与乡情，本无可厚非。但事应有度，过则无益。与建军、小岗等人谈到此事时，大家都觉得，应该充分发挥村中红白理事会的作用，规范、简化过事请客送礼的程序，降低请客送礼标准，大力提倡移风易俗、文明节俭过事。

耀州区是陕西省确定的移风易俗试点区县，2017年以来就开始在全区117个行政村推进乡风文明建设，各个村均成立了红白理事会，要求广大党员干部、道德模范等做移风易俗的倡导者、引领者和推动者。

可以说，目前在农村移风易俗、简化过事程序、降低请客送礼标准，已经有了一定的社会基础，也是广大干部群众的共同心愿。接下来要做的是如何进一步细化规则，落实推进并监督执行。

"2020年我们的中国梦"中国文联文艺志愿者服务队来到小丘镇，开展"文化进万家"活动，为全镇父老乡亲送上了一台精彩的文艺节目。小丘镇政府邀请全镇的"好媳妇""好婆婆"等"小丘好人"和脱贫致富典型示范户等到场观看。移村的赵建作为贫困户脱贫示范户代表受邀在第一排就座。

年关临近，病毒来袭

2020年1月21日，星期二，腊月二十七，晴朗。报社职工订购了移村合作社1万多元的土鸡和手工馍，一大早就已安排人送到西安。中间又接到机关党委杨春生和工会李群的电话，个别职工没有订到，要求继续增加。

小丘镇召开返乡农民工暨创业代表座谈会，16位代表与市、区、镇相关负责人齐聚一堂，话乡音、叙家常，聊创业的经验与感想。移村养殖大户刘润民、脱贫致富示范户赵建参加座谈会，向大家介绍了他们的创业经历和目前的生活情况。

副镇长杨梦莉代表镇党委政府向与会代表送上了新年礼物，鼓励大家回乡创业，带动小丘镇群众共同致富。这是小丘镇连续三年召开返乡农民工新春座谈会，有效调动了在外务工人员返乡创业、积极推介宣传家乡的热情，为在家乡创业的人员增添了干劲，带动了更多群众创业致富。

一种新型冠状病毒在湖北武汉流行的消息，传遍了朋友圈。尚不知道此次病毒流行的严重程度，但想起"非典"时期的全民动员，还是不能掉以轻心。

下午与建文谈及此事，向村委会提议，对外出务工近期返乡人员进行登记、监测和预防，特别要加强对从武汉等南方城市打工回来人员的管理，提醒这些人减少流动，提醒村民注意安全，加强预防措施。

1月22日，星期三，腊月二十八，晴朗。耀州区扶贫办发布了2019年全区脱贫攻坚的十大特色亮点。

一是年度任务超额完成，全区脱贫摘帽基础更加坚实。全区年内实现1449户4141人脱贫，17个贫困村退出，超额完成了任务。截至目前，全区累计实现

6218户20549人脱贫，58个贫困村全部退出，贫困发生率下降至0.72%。

二是党旗领航促脱贫，"四大活动"推动脱贫攻坚提质增效。"大排查、大整改、大落实、大提升"为年度任务顺利完成奠定了坚实基础，形成了一系列行之有效的经验做法。

三是六级责任捆绑，构建起从区级领导到帮扶干部的闭环责任体系，凝聚了强大攻坚合力。全区在"三比一提升"行动中，为11个镇办、117个行政村分别确定了总队长，成立了区、镇、村三级攻坚队，3265名干部结对帮扶7179户贫困户，选派第一书记68名，驻村工作队员329名。区联合督查组及专项督办组先后开展了四轮督查，累计走访行政村114个，贫困群众2400余户。

四是《人民日报》一年内两次在头版头条聚焦耀州区脱贫攻坚工作。

五是国家扶贫日当天，耀州区同时收获2019年陕西省脱贫攻坚奖3个。其中庙湾镇五联村海浪获陕西省脱贫攻坚奋进奖、关庄镇镇长焦建军获创新奖、照金镇获组织创新奖。

六是全省扶贫扶志工作现场推进会在耀州区召开，"八星励志"效应持续放大。一年内国内主流媒体刊发耀州脱贫攻坚新闻稿件超过100篇（条），省市主流媒体刊发超过1000条，小品《老李脱贫记》在全区展演，《轮椅女孩的梦想》在央视"决不掉队"栏目播出，电影《马咀是个村》在全国公映。

七是财政专项扶贫资金绩效评价连续三年荣获A级格次，同时获得上级财政专项扶贫资金绩效评价奖励金600万元，涉农资金整合优秀县区奖励金400万元。

八是深度贫困村产业"五个一"工程实现全覆盖，有效破解深度贫困。全年完成投资4216万元，35个产业发展项目全部建成并发挥效益；联合区级龙头企业做大做强扶贫产业，辐射带动贫困户885户2910人。

九是"261"工作法助推干部政策知晓率，群众满意度再上新台阶。通过制定"政策"和"获得"两个清单，理清"扶贫政策、村情户情、帮扶措施、帮扶成效、存在问题、下步打算"6个方面内容，推动"干群关系"融洽，有效提升了群众满意度。

十是同参与、共奉献，社会扶贫凝聚强大合力。各级帮扶部门一年来累计投入资金1084万元，协调引进资金2693.3万元，带动贫困人口9953人；在"万企帮万村"行动中，94家民营企业投资3900余万元，实施帮扶项目136个；国企投资3910万元，落实帮扶项目10个。

1月23日，星期四，腊月二十九，晴朗。耀州区脱贫攻坚领导小组致信奋战在脱贫攻坚一线的全体干部和参与支持脱贫攻坚事业的各界人士，向大家表示节日问候和新春祝愿。

武汉爆发的冠状病毒疫情来势汹汹，据报道，武汉今日已宣布封城。下午，再次叮咛村委会对湖北特别是武汉打工返乡人员进行排查、登记，做好疫情预防工作。之后返回报社，为增购手工馍、土鸡等农副产品的职工带回了相关货物。晚上8点前交接完毕，终于可以回家过年了。

与病毒抗争的庚子新年

2020年1月25日，庚子年正月初一。早上起来，窗外湿漉漉的，凌晨悄然下了一场小雨。关于疫情的消息铺天盖地而来，陡然间，全国各地都紧张起来。下午，村委会传来告知村民不要走亲拜年的倡议书，叮咛村干部做好防控工作。决定取消回乡拜年的计划，退掉已经买好的拜年礼品。

1月26日，正月初二，小雨转阴。从窗口望出去，城墙上一个人都没有，往年这个时候，正是游客高峰。此刻的城墙，突然十分落寞，环城公园里只有零零落落的几个人在走动。各种封城堵路的消息、图片都从朋友圈冒了出来，让人感到一种空前紧张的气氛，如临大敌一般。给武汉的朋友徐峰发信息询问情况，他语音回复，一切都好，待在家中不出门。

1月27日，正月初三，晴。朋友圈发来一组村上防控疫情的图片，大多是村口防控点的执勤情况。网上的气氛越来越紧张，陕西各地市均有病例出现，其中铜川市发现4例，是从武汉回来的一家人。

1月28日，正月初四，晴。几日来一直没有下楼，报社要求每日上报个人及家庭成员健康状况，有没有接触武汉来陕人员。儿子接到单位通知回去值班，说28天后才能回家。

1月29日，正月初五，晴。国务院发布了延迟收假的通知，报社也将放假时间延长至正月初九。家里绿颜色的菜所剩无几，妻子到超市去了一趟，发现许多菜已经买不到了。今天是传统的"破五"，照例是要吃饺子的，好在节前准备的饺子馅还有。

1月30日，正月初六，晴。妻子在京东快递上预订蔬菜，昨晚抢到单了，今天商家却通知没有东西了，只能退款。外面天气很好，大街上悄然寂静，除了偶尔过去的车辆，很少有人走动。环城公园阳光明媚，却显得沉寂冷清。各种关于疫情的传言从朋友圈出来，有关于美国发动"生物战"的，有关于专家错误论断的，有关于黄冈市卫健委主任被免的……

1月31日，正月初七，晴。天气晴好，天空蔚蓝。母亲说，今天是"人七"，人的魂灵除夕晚上到天上去，"人七"回来，今天如果是好天气，一年都很好。但愿母亲的预言是对的，等疫情过后，会迎来特别吉祥的日子。从村上的微信工作群中看到，村干部们几天来一直在防控点执勤，动员告诫村民不得走亲访友、聚会。

2月1日，正月初八，晴。妻子从网上订购政府配发的平价蔬菜，没有抢到。家中的绿菜只剩了去年冬天从村上带回的一些萝卜叶子。妻子前天从超市买回了一点蒜薹和青椒，西红柿没有抢到，从老家带的大白菜也只剩了一颗。疫情如果继续这样下去，估计许多人家的生活都会受到影响。

2月2日，正月初九，晴。明天就要收假上班了，疫情没有减弱的迹象，今天又传来和平门外煤航家属院发现确诊病例的消息，附近居民一下子紧张起来。下午收拾好行李，准备明日赴村。

2月3日，星期一，正月初十，晴。早上7点从报社出发赶回村上，一路上车辆很少，高速路上除了偶尔驶过的大货车之外，几乎见不到一辆轿车。到达铜川新区出口时，有检查点要求登记和测量体温；刚上移寨坡，又有检查点，正好前面的一辆车是崔连超的，也在赶往村上。测了两次体温，一次是36.4度，一次是36.8度。

到达村中移三公路口时，见常建军、王小岗、孙全顺等人正在监测点执勤。设在移三公路口的防控点，可检测从耀州、三原、照金三个方向来的人员和车辆。遂将车停放在路边，与大家一起检查往来人员，为车辆消毒。

王瑞民带二组组长王胜利、四组组长常大牛在沿路张贴标语。王小岗的车上装上了扩音喇叭，不间断向村民播放着疫情防控宣传录音，车上携带有消毒用品和喷洒工具，随时可对过往车辆进行消毒。据统计，目前全村共有从湖北打工回乡人员36人，涉及30户，其中10人为重点防控的武汉打工回乡人员。这些人均在家隔离观察，每日生活用品由专人负责统计后报福安超市专人配送；生活垃圾由孙红顺穿防护服进行收集，每日送到镇卫生院进行集中处理。

截至今日，村中湖北返乡人员中，已有24人隔离满14天，剩余12人尚未达到监测时限。隔离人员每日由医护人员定时测量两次体温，至今天尚未发现任何症状。

区委检查组到村检查防控工作，查看了村巷防控点、宣传横幅及来往人员信息登记、隔离人员监测信息后，认为移村疫情防控工作非常扎实，在镇政府中午的会议上予以了表扬。

下午，孙红顺将收集好的垃圾送往处理点，看到其防护服下方有破损处，立即提醒其及时更换，以防万一。

福安超市配送车将隔离人员所需生活用品送到村上，在村干部指引下，一一送到相关家庭。这些物品中，既有土豆、辣椒、西葫芦等蔬菜，也有面粉、火腿肠、纸烟等生活用品。

从杨军战处得知，乡镇干部从正月初一就开始上班开展疫情防控工作，至今一天都没有休息。一些女干部考虑到孩子的安全，连家也不敢回。

雨后彩虹

第四章

严防死守

2月4日，星期二，正月十一，晴。村"四支队伍"均到岗开展疫情防控工作。村中从湖北打工或途经武汉回来的人员中，今天已有22人通过了监测，安全度过了隔离期，经本人签字后，村委会已上报镇政府，申请解除隔离。重点监控的10人虽已满14天，仍继续居家隔离观察。

三原县的陵前镇与小丘较近，该镇此前确诊的一例新型冠状病毒感染者曾经活动频繁，传染的可能性极大。三原县已对移三公路进行了封闭，以防范病毒传染到耀州邻近的村庄中。

截至今日，全国确诊感染病例已超过2万例，死亡425人，疫情形势相当严峻。口罩非常紧缺，每名村干部一周只能配备2只一次性口罩，为了节省，有的干部口罩戴了三四天都没有更换。

2月5日，星期三，正月十二，晴转小雪。突然起风，气温下降到零下10摄氏度，上午还晴朗的天气到下午就阴了起来，傍晚飘起了雪花。陕西确诊人数又增加23例，总数达到165例。三原县又新增了2例感染者，大家又紧张起来。

王小岗的私家车被用来做宣传车，上午在村里流动广播途中，小喇叭不慎摔坏。镇上及市区商铺均未开门营业，暂时无法购买新的，只好用简易人工扩音话筒来代替。再次向30户隔离村民传达并张贴了防控告知书，提醒已经到期的家庭，继续采取必要措施加强防范。

连日来，在防疫点值班的干部只能靠吃方便面充饥，镇上无一家饭馆开门。建文联系小丘饭庄为大家送来十多个盒饭，总算吃上了一顿简单的熟食。可能由于仓促的缘故，米饭蒸得火候不够，有点硬得硌牙。

2月6日，星期四，正月十三。大雾中夹杂着零星雪花，能见度很低，这样的天气一直持续到晚上。

村上一些做生意的爱心人士纷纷为值班防控的干部们献爱心，捐助慰问品，今日就有5位。三组村民乔平、乔超为一线干部送来了4箱方便面、10箱牛奶；在耀州开饺子馆的村民吴战荣夫妻送来了4箱方便面、4箱牛奶和2篮橘子；爱心人士魏建喜送来了价值3576元的抗病毒饮品；村民姚卓为监测点送来消毒用酒精1桶、方便面2箱、八宝粥10箱；村民陈继万送来6箱方便面和4箱饮料。

这些爱心人士的慰问，让一直没有休息的干部们心里倍感温暖。对于村上来说，目前最缺的仍是口罩，有的人甚至想到能不能用纱布包上棉花缝起来用。

2月7日，星期五，正月十四，天气依然阴冷。全国确诊病例已达31260个，疑似病例也增加了26359个，死亡人数再次增加，达到637例。西安、铜川等地再次增加了防控力度。

镇政府紧急通知各村，从今日起进出小丘必须写申请办理通行证。中午，村"四支队伍"召开会议，按镇政府通知重新部署防控措施。一是进出各村民小组的路口全部封堵，来往车辆不得进入；二是原监测隔离的返乡打工人员继续延长隔离观察时间。

下午与报社机关党委专职副书记杨春生联系时，得知西安也封城了，在外人员若要返回，必须在酒店隔离14天方可回社区居住。这样说来，最近不可能回家了。

与连超一起到寺坡的监测点查看，看望村上值班人员。沿途的树木和草丛上挂满了白色的冰凌，天地一色，山岳潜形。气温已经降到了零下11度，执勤点上的干部冻得瑟瑟发抖。这种天气总让人有一种不祥的感觉，难道还有什么无法预料的灾难要降临？难道病毒肆虐只是前奏或预演？

2月8日，星期六，正月十五，元宵节。天气放晴，依然很冷。一大早，信兆娟就送来了一饭盒热腾腾的饺子和两个热乎乎的花卷。不一会，学文也送来一袋馒头，还有非常可口的辣椒酱和红萝卜丝。这个不能回家的元宵节要在感动中度过了。

两日来，又有多名爱心人士为村防控监测点和值班村干部捐送慰问品。中午与崔连超、信兆梅等一起到寺坡检查点替换值守的干部和志愿者，为他们送去了鸡蛋和干吃面。

移村20多名回乡的青年人组成志愿者队伍，到各检查点、防疫点义务值守。村委会联系了消毒车，开始对全村房前屋后巷道进行消毒。

众志成城

2月9日，星期日，正月十六，晴。太阳很好，气温开始回升。村委会又收到多名爱心人的捐款捐物，令人感动的是其中有许多是贫困户：从北京打工回来的杨忠魁一解除隔离就跑来村委会捐款500元，吕社娃捐款200元，赵惠玲和儿子赵强捐款200元，乔军营与妻子李桂花一起捐款200元……

下午与连超、建军到三组检查村民防疫情况，并到村东沟杨忠魁原居住的窑洞去查看，在村外的麦田中，已经有村民上地劳动，见有人未戴口罩，提醒其回村时一定要戴上。

2月10日，星期一，正月十七，晴。病毒无情人有情，在灾难面前，移村的广大党员群众表现出了团结一心的昂扬斗志和精神面貌。为村疫情防控工作捐款捐物献爱心的人越来越多，今天一天之内，村委会就收到捐款4850元。其中有老党员、老干部；有自主创业的个体工商业者；有在外的打工者，他们回不来便通过微信转账捐款；贫困户孙增岗、赵博兴、乔全良、孙红顺、曹昌平、常刚、王耀利等都出现在了捐款行列。

镇人大主席杨军战为村上送来一批口罩、手套、酒精和消毒液，解了大家口罩紧缺的燃眉之急；村委会继续对村巷和村民家周围进行消毒。

2月11日，星期二，正月十八，晴。铜川市规定，凡是从外地来的人，一律隔离14天。接到区上通知，移寨防控点、寺坡防控点予以撤销，以保证主要干道交通的通畅。同时，各村均加强了进村道路的管控。移村对进村的42个巷道口进行了封闭式管理，外来人员一律不许进村。村委会对移三路、耀旬路经过村庄路段及村中巷道集中进行了消毒。

贫困户孙小顺、孙三娃也出现在了捐款捐物的行列。村干部认为两人平时收入来源有限，劝其不要捐款，孙小顺坚持捐款200元，孙三娃捐款100元。

2月12日，星期三，正月十九，晴。五组一户村民家中老人去世，为劝导其丧事从简，尽量减少人员聚集，村"四支队伍"上门做其思想开导工作，现场为帮忙的村民和亲属发放了口罩。该户村民对疫情防控工作表示理解，承诺不聚集亲友，不过事，一切从简，入土为安。

下午与建军到村东泉子沟巡查，近期干旱，大家把重点放在疫情防控上，很容易忽视春季防火工作。沟内茅草深厚，道路难行，一旦出现火情，极难扑救。去年春季，泉子沟就曾经出现失火点，今日观察发现，一些地方的植被已经恢复，但许多幼小的柏树被烧死后，需要补栽。

2月13日，星期四，正月二十，晴。确诊病例还在上升，全国死亡病例已经上千。接到耀州区防疫指挥部通知，各村外出务工人员若未与打工单位沟通联系好，不要盲目出行；凡是在外人员若要回村，必须由村委会开具证明，支部书记签字并亲自到镇政府办理相关手续后，由村干部接回；被接回人员和接管人员，由各村落实居家隔离管控措施，全家隔离14天；隔离人员必须等到解除隔离后，方可离开；所有人员若离开后再返回，全家仍需隔离14天；因疫情防控工作需要，各村开具的各类证明必须由村支部书记亲手把关。

今日村上有一户外出返回人员，由村干部从高速公路出口处接回，并立即进行了居家隔离。

2月14日，星期五，正月二十一，大风降温。昨夜狂风怒号，空中传来非常恐怖的声音，像发怒的动物在哀号，让人有一种世界末日降临般的心悸。连日来以干吃面和面包等方便食品为主，已经拉了3天肚子，今日仍不见好转。

村巷中原张贴的抗疫宣传标语、横幅被大风吹掉，上午又紧急书写了30多幅到村巷各处张贴，另外书写了居家隔离的提示性布告，提醒村民及隔离户不要相互走动串门。

耀州区脱贫办对2020年疫情防控期间的脱贫攻坚工作做出安排，要求继续抓好"一查一补两落实"工作，做好脱贫攻坚问题大排查、补正建档立卡信息、落实问题台账和整改措施、落实巩固成果防返贫措施，扎实推进剩余贫困人员脱贫工作。

2月15日，星期六，正月二十二，大风。地面上的树木看起来纹丝不动，空中却传来呼呼的风声，好像要把碧蓝的天空撕破，这种奇怪的现象更令人感到恐怖。镇政府可以正常供应午饭了，今天是麻食，终于可以吃到一顿汤汤水水的饭食，竟然吃了两碗。拉肚子的症状减轻了许多。

晚上与建军、小红等到村防控点巡查后，与孙全顺、闫大牛一起值班，对过往车辆和人员进行检查。

胜利曙光

2月16日，星期日，正月二十三，晴。副区长徐晖年前至今只休息了除夕一天，从大年初一开始就一直在耀州忙抗疫的事情，每天电话不断，微信都是满的。她转来一封武汉来信，是耀州援鄂护士张凤艳写的《致所有关心我的亲人们》，信中讲述了张凤艳20多天在武汉抗击疫情的经历以及对牵挂她的亲人们的思念和感谢，非常感人。

已经两个周末没有回家了，带来的衣服也没有可换的了。此刻，最想的是回到家中美美地泡个热水澡。

2月17日，星期一，正月二十四，晴。疫情明显放缓，每日新增的确诊病例不断减少，虽然钟南山院士说拐点还没到来，但人们似乎已经看到了胜利的曙光。各级政府开始鼓励恢复生产，但目前的隔离、堵路等措施对生产不利。各村今日已陆续铲开之前封堵的生产路，许多农户这两天已走进田间地头，为麦田除草、打农药，为果园修枝、施肥。

去年秋入库的苹果受到疫情影响，错过了春节的销售黄金时期，目前大多仍存放在库中，价格也让果农非常心疼，仅有的几个外地客商报价也只有每斤1.8元，还必须是上好的果子。许多之前收购储存苹果的商户均称，赔大了。

中午在镇政府碰到一位养鸡大户，他说近日已积压了3000多盘鸡蛋（每盘30个），由于运输不畅，鸡蛋价格已跌到每斤2.4元，正常在3.2元左右才能保本。

对因防疫造成的监护缺失儿童进行排查，包括留守、事实无抚养或有其他困境儿童，所幸全村无此类现象。

2月18日，星期二，正月二十五，晴。与建军到龙石寨连栋大棚去查看，大棚中的樱桃树长势良好，但在近日的大风中，棚上个别地方的塑料膜被刮掉，破损严重，让人十分心疼。

三组村民乔平的父亲去世，已经通知了部分亲友准备过事。村党总支知道后及时劝解，乔平答应一切从简，取消亲友聚集吃饭等活动。

移村防疫以来共有4位老人去世，均按要求丧事从简。另外有20多户村民取消了原定的订婚、满月、结婚等酒席。

2月19日，星期三，正月二十六，晴。全国累计确诊病例今日达到7.5万人，死亡2008人，但从趋势来看，已处在向好的拐点上。铜川已连续多日没有发现疑似病例的情况，总共确诊的8例已全部治愈出院，让人十分欣慰。

截至今日，村垃圾卫生队除定期对隔离家庭进行垃圾清运、消毒之外，已先后对全村房前屋后包括卫生死角进行了共计256趟次的消毒。村"四支队伍"20多天来，一天也没有休息，先后向村民发放疫情宣传资料1000多份，书写张贴标语100多幅，悬挂横幅40多条，成立了7个排查点，组织了党员先锋队，发动村民组成了40多人的志愿者服务队伍，每日24小时不间断轮流值班。据不完全统计，村民自发为疫情防控工作捐助的物资及现金总价值3万多元。

2月20日，星期四，正月二十七，阴转小雨。每天仍有爱心人士到村委会来捐款捐物。

帮村党总支梳理和总结了一下一个月以来的抗疫工作，值得一提的是，在这次防控疫情阻击战中，移村行动快、力度大，走在了前面，早在1月21日，村上就已布置了对从湖北武汉返乡打工人员的排查隔离。面对复杂的地理条件和人口多、村子大的实际，做到了万无一失。移村地处耀旬公路与移三公路交会处，人员、车辆来往频繁，加之耀旬公路穿村而过长达4公里，入村各种路口达40多处，防控难度非常大。在这种情况下，村"四支队伍"依然做到了逐一排查出入村的人员和车辆、测量来往人员体温、登记外来人员信息、对外地车辆进行劝阻引导。

2月21日，星期五，正月二十八，晴。上午，"快板大王"何改荣老师到移村来，打算写一首表扬移村疫情防控工作的快板。这段时间来，何老师加入文艺志愿者队伍，一直活跃在防控一线，用他的快板宣传防控知识，讴歌一线防控干部的先进事迹，已累计编写快板40多首。

镇上要求报送志愿者的先进个人事迹，村"四支队伍"讨论后认为，乔疆、张博两位年轻人在这次疫情防控工作中表现非常突出。

张博，28岁，长期在西安务工，是村党总支确定的入党积极分子。这次年关回村后，他积极加入防控队伍中，从1月26日起，每天带领村志愿者在防控点轮流值班，一天也没有休息过，经常是早上8点出门，晚上10点才能回家。值班之余，他还坚持每天背着消毒设备，对村组公共场所进行大范围消毒。

乔疆，25岁，婚礼策划人，村集体活动热心人士。他主动请求负责在三组执勤点值守，从1月26日至今一天也没有间断过。在做好防控、宣传的同时，还为村防疫工作捐款600元。

2月22日，星期六，正月二十九，晴。头发已经很长，20多天没有洗澡，这周末仍然不能回家。

各乡镇生产道路基本恢复畅通，许多打工人员开始陆续返回工作岗位。按照要求，凡14周岁以上有外出务工要求的人员和即将返校的学生，须到村委会办理疫情联防联控通行证。在家中隔离期未满人员整户暂时不能办理。今日已有多人到村委会办理。

下午，耀州区农业局农村局长左琛等人到村查看春耕生产恢复情况。天气变暖，农户开始为麦田除草，整修土地准备播种秋粮，大棚中开始整地培育辣椒、西红柿等蔬菜种苗。

养殖户的鸡蛋滞销现象有所缓解；积压在果库的苹果仍受运输不畅和市场购买力影响，批发量有限。在与果农的交谈中，感受到大家对疫情过后的市场依然充满信心。

解除封闭

2月24日，星期一，二月初二，龙抬头的日子，晴。

小丘全镇封闭的道路已基本打开，检查点仍有人值守，过往车辆只要登记就可以通过，街道的大部分店铺已开始恢复营业。经统计，受疫情影响，移村有51户贫困户有外出务工意愿和产业发展需求。

陕西省抗击疫情工作领导小组今日出台9条措施，对做好分区分级防控、恢复生产生活正常秩序做出安排。按照实施意见，省际省内高速公路、国省干线、农村公路设置的检疫站点全部撤销，解除村组、小区封闭，恢复生产，恢复市场经营，商场、超市、酒店、宾馆、餐饮等市场经营活动即日起全面恢复，全面开放低风险地区各类公共服务机构和场所，等等。看来打赢这场阻击战，指日可待！

2月25日，星期二，晴。尽管铜川市已连续多日无新增确诊病例，各村口的检查点已经撤销，道路已经畅通，但在疫情彻底消除之前，还不能掉以轻心。铜川市委市政府通过微信告知广大群众，取消封闭式管理是为了方便通行，为了开展生产复工，而不是疫情结束，一级响应并没有解除，仍需慎重出行，减少不必要外出，严禁聚集、聚餐、聚会，出门必须佩戴口罩，要继续做好疫情防控工作。

从全国形势来看，确诊病例虽比之前增幅减小，但今日仍新增517人，总计达7785人，死亡人数累计2666人，另有疑似病例2824人。另外，周边国家特别是日本、韩国形势不容乐观。

2月26日，星期三，晴。预报今天晚间到明日将有雨雪天气。移村又有一位老人去世，这已是疫情以来的第6位。经劝导，家属自觉遵守规定，丧事从简。

村上的年轻人纷纷到村委会办理健康证明，为外出务工作准备，一部分人这两天已踏上返工的路程。

2月27日，星期四。早晨，雨点开始飘落，到中午已成中雨，持续到傍晚变成了鹅毛般的雪花。雪花落地即化，除了麦田里有薄薄一层外，其他地方全都变成了雪水，刚刚露头的旱情可以化解掉了。

省政府今日发布公告，耀州区等全省28个县区正式退出贫困县序列。至此，全省56个贫困县全部摘帽。

何改荣老师所写的快板《移村防疫做得好》今日在"文明耀州"公众号推出：

　　疫情防控消息传，湖北武汉出麻烦。

　　新冠肺炎被感染，疫情扩散一大片。

　　元月二十这一天，移村干部在值班，

　　你一语，我一言，大家都在说武汉。

　　张军朝，新闻人，还有支书吕建文。

　　记者遇事很敏感，预料形势很危险。

　　军朝讲了严重性，"四支队伍"都响应。

　　支部书记很果敢，提前防控定方案。

　　武汉来人全登记，隔离监控是重点。

　　通过两天细排查，详细情况手中拿。

　　叮嘱乡亲少走动，出了问题很严重。

　　正月初一这一天，上级指示传下边。

　　三委会，齐动员，控制疫情甭扩展。

　　所有干部都执勤，当好群众守护神。

　　移村大，不一般，人口众多上三千，

　　耀旬公路在中间，南北穿过六里三。

　　移三公路村南边，往来人车很频繁。

　　村庄路口四十多，管不好就出错。

　　防控力度难上难，四面八方要周全。

　　为了群众安全感，每个巷道都要管。

　　所有干部齐上阵，"四支队伍"冲前面，

四十多名志愿者，人人都把责任担。

每个路口都把控，不分晚上和白天。

返乡人，三十六，个个待在家里头，

生活用品和垃圾，专人管理很仔细。

宣传喇叭大声喊，消毒灭菌不间断。

疫情资料发到户，标语横幅都挂满。

杜绝车辆来回串，告诫乡亲少会面。

甭喝酒，莫聚餐，戴好口罩最安全。

红白喜事全取缔，防控疫情最紧急。

结婚满月和订婚，全部一律往后推。

老人去世怎么办，干部上门耐心劝，

丧事简办莫迟缓，避免疫情来感染。

感谢移村好群众，积极支持防疫情，

纷纷捐款又捐物，整整捐了三万多。

一线干部很辛苦，不论刮风和下雨，

紧盯来往车和人，登记排查量体温。

夜里冻得直发抖，谁都不打退堂鼓。

一天三顿方便面，吃得肚里直发酸。

果业局，崔连超，防控点上来回跑，

张军朝，把根扎，四个星期没回家，

敬业精神人夸赞，扶贫干部好模范！

"四支队伍"把心操，移村防控做得好，

齐心协力为群众，健康平安得确保。

接到镇政府通知，所有群众均必须进行扫码登记。上午村委会已认领到移村二维码，并通知各组组长抓紧时间办理，并于本周内完成。此码是为了群众在疫情防控期间方便进入超市、医院等公共场所而准备的。

春暖花开

疫情来得凶猛，比所有人预想的去得都快。相信在刚刚过去的一个月中，每个中国人的心灵都接受了一次洗礼。中华民族在大灾大难面前表现出的团结精神，让世界刮目相看。

春天再次来临，山坡上的山杏花已经开放，白花花地将灰褐色的坡岭装点得生机勃勃。最早发芽的是柳树，路边一排排的枝条上吐出嫩嫩的新芽来，一天一个样子，昨天还黄黄弱弱的样子，今天就已绿意盎然了。

经历了严冬，才更能感觉到春天的美好。田里挖野菜的人很多，人们的脸上似乎比以往多了一些平和，多了一些安详。一些麦田近日已打上了防虫防草的农药，村委会告知农户，要在打过农药的田地边设立提示标识，尽量劝导挖野菜的人不要到田地中去，可选择到没有耕种的荒山荒坡上去。

工作的重心又转到脱贫攻坚和经济发展上来。

省扶贫办等部门联合发出通知，要求以消费扶贫行动为抓手，拓展贫困户增收渠道，实现城市"菜篮子""米袋子"有效供给，帮助贫困群众持续增收，构建社会扶贫的长效机制。

驻村工作队在对已退出贫困户是否会返贫的排查中发现，赵振德家庭存在一定的隐患。赵振德与其老伴今年均已上70岁，两个儿子40多岁都没有成家，特别是小儿子，因为智力残疾，无任何劳动能力。其家庭于2018年脱贫退出，但随着两个老人劳动能力逐渐减退，这个家庭将面临收入来源有限、残疾人无法照顾的问题，存在一定返贫风险。在2018年脱贫退出的收入核算中，该户的年收入为16446元，人均4111.5元，其中打工和养老补贴占到大半。如果其打工收入减少或没有，问题将非常严重，对此，村"四支队伍"研究，决定为赵振德大儿赵军英申报护林员公益岗位。

有媒体曝光称，在去往照金的耀旬公路沿线水渠内，生活垃圾堆积拥堵，严重影响了游客去照金游玩的心情。这种情况在移寨、中原、移村等地方均有存在。针对记者报道情况，村"四支队伍"发动全体干部参加义务劳动，组织垃圾清运队伍，对公路沿线水渠中的垃圾进行清理。其实，这种情况以往就多多少少存在着，只是没有引起大家的重视。近期因防疫居家，一些村民偷懒随手乱扔垃圾，导致情况更为严重。

以往，村委会多次组织人力对公路边的垃圾进行清理，但过后一些不自觉的村民又将生活垃圾扔在路边或水渠中。为提高沿路居住的村民的环境意识，大家分头到一些村民家中进行入户宣传。

据新华社3月6日报道，习近平总书记在北京出席决战决胜脱贫攻坚座谈会并发表重要讲话。习近平总书记在讲话中说："脱贫攻坚工作艰苦卓绝，收官之年又遭遇疫情影响，各项工作任务更重、要求更高，我们要不忘初心、牢记使命，坚定信心、顽强奋斗，夺取脱贫攻坚战全面胜利，坚决完成这项对中华民族、对人类都具有重大意义的伟业！"

村"四支队伍"立即组织学习，并就当前的移情防控、春耕生产，特别是脱贫攻坚工作进行安排布置。大家认为，虽然目前全国疫情防控形势持续向好，但还绝不能掉以轻心，在坚持以往做法的同时，还必须对外来人员和返乡人员进行严格监测。

在对村上目前脱贫攻坚工作进行研究时，大家逐项排查，梳理的问题和短板工作，又进入紧张忙碌的状态中。

最后的堡垒

几日来，几乎是一天一个会议，从省上到区上，从区上到镇上，再从镇上到村上。会议的内容都是在安排当前如何应对疫情带来的挑战，按期完成脱贫攻坚任务。

在3月13日省扶贫办召开的全省扶贫办主任视频会议上，省扶贫办主任文引学强调，今年是脱贫攻坚决战决胜的收官之年，我省尚有18.34万人没有脱贫，决战总攻到了关键时刻，要一鼓作气，尽锐出战，全力完成脱贫任务，一举攻下脱贫攻坚最后堡垒。

在同日召开的耀州区脱贫攻坚及农业农村工作视频会议上，区委书记杨宏伟指出，耀州区脱贫攻坚工作面临严峻的形势和挑战，剩余脱贫任务依然艰巨，巩固脱贫成果的难度还比较大，群众满意度不够高，要求广大扶贫干部要明确工作导向，全面完成剩余脱贫任务。

此前召开的耀州区省级帮扶单位本年度第一次联席会议也认为，当前工作中还存在许多问题，如产业培育帮扶力度还比较弱，发挥省级部门优势不明显，帮扶责任人的帮扶责任还不明显等。会议强调要制定精准帮扶措施，抓好剩余人口的脱贫工作，要注重对扶贫对象的动态监测，特别是已脱贫户、边缘户和遭遇重大变故的家庭。

对移村来说，2019年脱贫攻坚工作取得了优异的成绩，在农村农业工作中村集体获得一个单项奖，奖励1万元；本人及高兴被评为"区级先进个人"；贫困户赵建被评为"脱贫致富明星示范户"。

但要攻克"最后的堡垒"，当前还有许多紧迫的工作要做，首要任务就是剩余贫困户的脱贫问题。为此，村"四支队伍"又投入对剩余贫困户、边缘户和已脱贫户的排查研判工作中。

按照"两不愁三保障"标准，驻村工作队与村"两委"逐户分析研判了剩余21户25人贫困家庭的收入情况、政策兜底情况，以及住房、饮水安全情况。根据研判统计结果来看，21户各项指标均已达到脱贫退出标准，在尚未计算今年合作社分红和打工收入的情况下，各户人均收入均接近或超过6000元。具体如下：

> 张小荣，40岁，全家2口人，妻子打零工。全家年低保补贴8268元，残疾补贴720元，护理费960元，2亩土地收入940元，打工收入1860元，共计12748元，人均6374元。

李长海，76岁，全家2口人，全家低保补贴4356元，养老补贴2556元，残疾补贴720元，儿子五保收入5500元，5.7亩土地收入2399元，共计15531元，人均7765.5元。

靳兴亮，62岁，全家2口人，妻子打零工。全家低保补贴8268元，残疾补贴1680元，养老补贴3480元，5.7亩土地收入2399元，共计15827元，人均7913.5元。

柴战利，47岁，单身，低保补贴5220元，残疾补贴720元，2亩土地收入940元，共计7180元。

王营朝，65岁，单身，五保补贴5500元，养老补贴1740元，1.9亩土地收入900元，共计8140元。

乔新民，47岁，单身，低保补贴5220元，残疾补贴1680元，3.8亩土地收入1786元，共计8686元。

吕小明，54岁，单身，低保补贴5220元，残疾补贴720元，1.9亩土地收入900元，共计6840元。

王东九，55岁，单身，五保补贴5500元，1.9亩土地收入900元，共计6400元。

张金莲，89岁，单身，低保补贴4356元，养老补贴3396元，共计7752元。

孙兰顺，47岁，单身，五保补贴5500元，4亩土地收入1880元，共计7380元。

赵向阳，55岁，单身，低保补贴4344元，残疾补贴720元，2.1亩土地收入940元，共计6004元。

张罗义，77岁，单身，五保补贴5500元，养老补贴2556元，1.9亩土地收入900元，共计8956元。

党改来，49岁，单身，现住镇敬老院。低保补贴4344元，残疾补贴720元，1.9亩土地收入900元，共计5964元。

王永红，43岁，单身，低保补贴4344元，残疾补贴720元，1.9亩土地收入900元，共计5964元。

柴新民，56岁，单身，低保补贴5220元，残疾补贴720元，3.8亩土地收入1800元，共计8040元。

杨忠魁，66岁，单身，低保补贴5220元，养老补贴1740元，1.9亩土地收入900元，共计7860元。

闫卫，30岁，全家2口人，低保补贴10440元，残疾补贴1440元，3.8亩土地收入1800元，共计13680元，人均6840元。

吴守福，79岁，低保补贴4788元，养老补贴2556元，1.9亩土地收入900元，共计8244元。

陈继高，54岁，单身，低保补贴5220元，残疾补贴720元，1.9亩土地收入900元，共计6840元。

乔羊娃，56岁，单身，五保补贴5500元，3.8亩土地收入1800元，共计7300元。

乔民学，63岁，单身，五保补贴5500元，养老补贴1740元，1.9亩土地收入900元，共计8140元。

在以上各户的收入计算中，未包含合作社分红收入，另外柴战利、吕小明、孙兰顺、赵向阳、柴新民、杨忠魁、闫卫、乔羊娃、乔民学等人均有不同数额的打工收入，暂未计算。各户的安全住房、安全饮水均有保障，均已享受合作医疗减免政策和大病补贴政策。

综合研判，上述各户均已达到脱贫退出标准。

海浪姑娘的未来规划

似乎一夜之间，村巷及房前屋后的杏花、梨花、樱花，还有山坡上的连翘、山桃，都鲜艳地盛开了。周末，摄影人寇会云和作家张梦华到乡下来采风，我与建军一起陪她们从前咀子水库绕道上焦子河村的山梁。一路上只见道旁的山坡上，白的杏花，黄的连翘，紫的丁香，一团团、一簇簇，在灰褐色的山色映衬下，格外盛艳。

焦子河，原名蛟子河，相传清朝顺治年间，当地连降暴雨，山洪暴发，谷水横溢，村民认为是蛟龙兴风作浪，故将村名叫作蛟子河。在山梁与淳化县接壤的地方，有一个小村庄名曰柳家湾，崖石陡立的一面石壁上，有一尊摩崖石刻造像。据考证，这一带是汉代的柳家湾宫殿遗址，地里散落着许多汉代的残砖断瓦。柳家湾没有柳树，几树粗壮的老杏树开着繁茂的花朵，农户正在旁边的坡地上忙碌。

建议会云也拍拍移村地窑的杏花，遂从山梁绕爷台山返回。刚到地窑遗址，正好碰上中宣部在柳林村担任第一书记的刘晓龙。晓龙任期已满，即将返回北京，正陪接替他的年轻干部鲁骥到移村参观渭北传统的地窑民宿遗址。

与晓龙谈起庙湾镇以及柳林村的香菇小镇建设，还有疫情的影响，也说到了海浪姑娘。海浪家距离柳林村很近，就在沮河东岸的塬上。在抗击疫情期间，海浪通过红十字会捐款500元的事感动了很多人。

这段时间来，通过朋友圈看到了海浪写的许多诗歌和散文，文中她写父亲、写母亲、写姐姐送给她的小狗欢欢，也写她所经历的艰辛与感动。

在《父亲》一文中，海浪写到她9岁时发生的一件事情。那天，父亲开着手扶拖拉机拉着海浪和母亲从医院返回山村，天刚下过暴雨，经过河边时，拖拉机打滑翻入滔滔河水中。父亲从泥水中爬起来，第一反应就是跳到河里寻找海浪和母亲，嘴里不停地呜咽着喊："我娃呢，我娃呢？"当从水中摸到海浪的一只脚，将她从水中拉出来时，父亲对母亲呼喊着："我可怜的娃呀，我找到我娃了——"父亲顾不上天黑雨大，一只手把海浪抱在怀里，一只手背着母亲，蹚过滚滚河水，把海浪和母亲送到医院。那一刻，海浪看到的是满脸鲜血的母亲和被浑浊的泥水糊满脸庞的父亲，也许从那一刻起，海浪就知道了父爱如山，就学会了感恩，学会了坚强……

在《坚强》一文中，海浪写道："总有人问我，怎么没有人见我哭过，我时常这样回答，如果眼泪能换来我手脚的自由，我相信我一定能哭出一条黄河。可是我也曾偷偷流泪，只是我知道，坚强的人可以流泪，但是不能被眼泪摧毁……"

在我的印象中，海浪比她文章中写得还要坚强，然而昨天晚上她却突然在微信中问我："叔叔，你这么多年还采访过别的残疾人吗？"我说采访过。

海浪问："他们是否都对未来有一个完美的规划？我是否也该对未来有一个规划？"

我的回答是"应该有"！但却不明白，海浪为什么此刻要问这样的问题。

海浪说，她似乎不知道应该怎样面对自己的未来。

这句话一瞬间让我也有点迷茫，突然感觉到，一段时间来，我们给海浪的身上强加上了许多让她感到沉重的东西。我们只知道她的坚强，却忽略了她内心深处的柔软。也许那些炫耀夺目的光环并不是海浪所需要的，这些光环让她觉得不仅要学会生活，还要承担那么多的社会责任，这份沉重让她对往后的路有点迷茫。

我告诉海浪，做好力所能及的事情，慢慢来。"你的文字感觉非常好，看了你写的散文和诗歌，非常美。我觉得你可以多写一些。"我说，"多写文章，会使人在浮躁中沉静下来。未来10年，我给你的建议是，在做好眼前事情的同时，多注意思考和积累，适当时候把自己的所感所想写下来，日积月累，就会有丰硕的成果！"

从内心来说，我希望海浪能成为一个作家或诗人，而不是一个一直用嘴唇打字做销售的电商姑娘。海浪身上所散发的精神和她超越常人的思想，远比她挣多少钱更能体现人生的价值。

海浪说今年颈椎不太好，用手机的时间比较少。我叮咛她："一定要学会用电脑，用辅助的工具打字，保护好眼睛太重要了！长期用嘴唇在手机上打字，对身体损伤太大了！"

海浪回答："好的叔叔，我会努力的，谢谢您！"

李长海的旧房拆掉了

3月的最后一天，对移村脱贫攻坚工作来说是个重要的日子，李长海的旧宅基地终于得以腾退。

在落实党和政府扶贫政策的过程中，在无怨无悔地帮助贫困群众脱贫致富的时候，扶贫干部一直在把贫困群众当作亲人，而不是工作中的对手和绊脚石。但是，任何事情都会有规矩，都会有尺度。当规矩和起码的道德底线被破坏的时候，维护公平公正的大局是必需的选择。

此前，为了做通李长海的思想工作，村"四支队伍"上门动员40余次，答应满足其提出的多项无理要求。李长海不仅不愿意配合工作，还强词夺理，多次谩骂扶贫干部和村干部，其旧宅基地腾退的期限从去年9月底一直拖延到现在，成为市、区挂牌督办的极个别户之一。按市、区要求，今天是腾退的最后时限。

近日，村委会挤出办公经费，专门为李长海盖好了两间搬迁过渡用房。上午10时，村"四支队伍"再一次约李长海到场，做最后的动员工作，李长海态度依然蛮横，出言辱骂村党总支书吕建文和村"四支队伍"。无奈，村"两委"只好启动强拆程序。

中午，在铜川市自然资源局督办人员的现场监督下，由派出所对拆除过程和腾退物品等进行全程录像，村"四支队伍"及全体村干部到场，并邀请李长海大儿李军战现场清点物品。在场干部逐一将李长海旧房中的物品搬离，大到桌椅板凳，小到一碗一筷，每样物品都经过详细登记、录像之后，集中到过渡用房，由李军战负责保管。

从集市上购物返回的李长海见此情景，站在旁边大喊大叫，现场干部无一人与之搭话争执，派出所执法人员用摄像机记录着每一个细节。慑于现场的气氛，李长海虽指手画脚，却始终没有动手强行阻拦。从其逐渐消退的怒火来看，他已开始从心理上接受眼前的现实。

一个多小时过去，屋内的所有物品全部搬离，几名干部进行了仔细检查后，挖掘机开始进场。李长海突然站到挖掘机前，扬起手高声喊："你们这是要老汉命呢！""我这房里放了150万，你们谁弄丢了谁赔！"见没人搭理，也没人上前劝阻，他站了一会主动离开。

在挖掘机的轰鸣中，破败潮湿的旧房终于变成了一堆瓦砾。这时，李长海已不再吵闹，嘴里嘟嘟囔囔走到过渡房，开始整理自己的物品。

不到两个小时，现场所有垃圾清理干净，地窑遗址保护区一下子变得清亮起来，所有帮扶干部的心里也敞亮了许多。

下午，李长海来到村委会，要求村上为其开具证明，声称拆除腾退过程中弄丢了他的东西，要到派出所去告。村干部告诉他："腾退拆除有派出所全程录像，有市、区有关部门全程监督，你可以直接去找派出所查看录像，无须村上开具证明。"

李长海此刻已没有了往日跋扈的做派，整个人也变得蔫蔫的，嘴里不停地嘟嘟囔囔，却听不清说什么。从心里说，这样的老人其实也很可怜，也许他到此刻都没有明白一个人该怎么活得自强自尊，活得惹人喜爱。

我劝他说："老李，旧房已经拆了，政策对每一个人都是公平的。你还是安安心心住在新房，好好安度晚年，不要再给儿子们添乱了。"李长海沉默一阵后离开，也未到派出所和镇政府闹事。

傍晚，与王小岗一起到拆除现场察看，李长海外出吃饭，大儿李军战、二儿李军旗还在为其整理杂物。在李长海旧宅基地腾退过程中，几个儿子表现一直不错，也多次劝父亲配合村上工作，但李长海就是不听。

晚上，据村移民搬迁点的群众说，李长海已住到搬迁点的新房中。村民孙小艳被拖欠3100元工资，一直无法讨回，通过王小岗向驻村工作队求助，为其代写一份申请执行书。孙小艳2016年初到一家农业发展公司打工，月薪1800元。其间，公司多次拖欠工资，孙小艳无奈于当年9月份离开，公司欠其3100元工资，一直催要无果。后经耀州区劳动人事争议仲裁委员会仲裁，判令公司支付所欠工资，但公司拒不执行，孙小艳只好申请耀州区人民法院强制执行。

遗落在山间的传统民居

小雨从昨晚开始下起，到上午时已经将田野浸润得湿漉漉的。清明节临近，防火形势又严峻起来，这是一场非常及时的春雨，缓解了旱情，也对麦苗和果树都有好处。即便如此，村"两委"依然对清明祭祖活动期间的防火工作进行了详细安排，从即日起，每个路口都有专人进行防火宣传，每一处祭祖场所派人携带防火工具严防死守，同时要求各村民组长认真做好宣传预防工作。

移村的传统民居保护和人居环境提升是今年驻村工作队与村"两委"考虑的一项重要工作，村委会邀请设计师王云波帮助编制相关规划，云波曾经参与过铜川多个民宿项目的设计工作。为了拓展思路，启发灵感，与建军、连超、云波一起考察了附近多处清代遗留下来的传统民居。

在清峪河谷一处名叫柏树山的地方，有一处清代乾隆年间所建的庄园，一直使用到20世纪90年代末，目前属于一丁姓人家所有。柏树山位于小丘镇与淳化县固贤乡交汇处，是一道从清峪河西岸土塬上延伸至河道的山梁，因上面长满了郁郁葱葱的柏树而得名。

据记载，清乾隆五十一年（1786），三原县东里堡一名叫刘毓英的官宦人家在此创建庄园，广置田产，名为"清川别业"。庄园依山就势，在面南的崖壁处凿挖有十余孔窑洞，窑洞用青砖、条石筑箍，院子中修建有凉亭、阁楼、转角楼等建筑，庄园东边有仓库、油坊和伙计居住及饲养牲口的土窑洞。

柏树山周围有六眼泉水，分别名曰卧龙潭、捉月池、凉水泉、汇泉、平泉、双泉。传说，刘家人从卧龙潭将泉水引到庄园内，方便取用，一日，一条小白蛇从水道中游到了家中的水缸中，刘家人非常害怕，打死了小白蛇，将水道改到了庄园外边。至此，刘家产业败落，其后人迷恋赌博，一夜之间将此处产业输给了泾阳县毛家堡的毛云长。毛家将产业一直维持到1953年，经公私合营改造，逐渐收归村集体所有。

据庄园现在的主人丁英科老人回忆，其父亲丁发全原为小丘镇坳底村人，1919年，18岁的丁英科到庄园给毛家当伙计，后成为毛家油坊和田产的掌柜的。庄园及田产收归集体所有后，将其中东家原住的西院分给了丁家人居住，东院则征为集体所有，主要用于油坊生产，直到近年油坊才废弃。改革开放后，丁家将东院也买了过来，一直居住到2000年左右才搬走。

如今，庄园已彻底废弃，仅剩残垣断壁和十多孔窑洞。庄园遗址东段隔河有个五松台，西山石崖上有清代民族英雄、著名金石学家吴大澂所书的"龙岗环翠"篆字摩崖石刻，南边阡陌纵横，土地平整，名为桃花川，长满了成片的桃林。

据老丁说，原建筑的凉亭柱子上有副对联："地占百弓都是水，楼无一面不当山"，山门上书有"别有天地"四字横额，另有"清川别业"四字刻于仓房（五孔石窑洞）门额上，一孔石窑内有吴大澂所题"陶斋"二字石刻，现已损毁。

在照金镇嵝岭村的马鞍岭上，也有一处清代所建的废弃民宅，尽管已很破败，但足以让人震撼。山梁朝向南边的地方，依山开凿有四孔窑洞，窑洞前盖有厢房、门厅，虽多处倒塌，但从青砖和粗壮的门柱判断，主人家过去绝对是十里八乡数一数二的富户。庄院按三进来设计建造，正院西边建有伙房，门厅西墙外有一棵粗壮的古槐，十分魁伟。门前沟内有溪水，对面山坡有成片农田。

正在纳闷庄子的主人是谁时，遇见几位在山坡上采摘四月红的村民，一问，其中一位正是庄园主人的后代马万长。马万长今年47岁，瘦瘦高高的，是村上的文保员。据他说，小时候还在这个院子住过，彻底废弃也就不到20年时间。

马万长的祖上是甘肃回族人，清代迁居于此。距庄院约200米外的一处山坳间，有一方"马忠魁家族墓"石碑，十多座坟冢分三排列于树丛杂草中。最少有两座墓冢前有倒塌的牌楼构件，拨开杂草尘土，精美的楷书碑文清晰可见。

从碑文可以考证出，马忠魁，清同治年前六品官员，后弃学理农；夫人樊姓，儿子名叫马德明，五个孙子分别名为天祐、天祥、天祯、天祺、天祉，曾孙名叫负图。碑石立于"大清同治五年岁次丙寅仲冬之月朔十日榖旦"。

马鞍岭的地名也因马家人迁居在此而得名，如今，村中不多的十几户人家均已迁至照金镇居住。

村医"孙来子"

在抗击疫情过程中，村民和爱心人士总计捐助现金14600元。村党总支和村委会对该笔款项的使用保管进行了研究，并对56名积极奉献爱心的村民和志愿者进行了表彰，制作了专门的荣誉证书。

小丘镇召开"党旗领航奔小康暨第五届道德模范"表彰大会，总结和安排全镇党旗领航奔小康及经济工作。2019年，小丘镇财政收入达到7035万元，人均可支配收入达到11500元。在本次表彰中，移村收获颇丰，获得"党旗领航奔小康"活动先进集体一等奖，奖金5000元；获得脱贫攻坚先进集体三等奖，奖金2000元。崔连超被评为优秀驻村工作队队长；毛小玲被评为脱贫示范户；本人被评为帮扶工作先进个人；王瑞民被评为先进工作者；常建军被评为优秀共产党员；孙兆顺、张秀琴分别被评为"助人为乐""孝老爱亲"道德模范；赵俊、王九岗被评为"创业明星"。

受表彰的村医孙兆顺是移村人心目中的健康保护神，提起他，移村人交口称赞。

孙兆顺小名"孙来子"，提起大名，移村人可能会感到陌生，但提起"孙来子"，则无人不知无人不晓，大半个移村的人都会记起这个乡医曾给予自己的帮助。

孙兆顺今年59岁，性格开朗，待人温和，从18岁开始就在村卫生室为村民看病行医；父亲孙继强在世时是一名党员，母亲勤劳质朴、为人和善，妻子常粉旦善良贤惠。兆顺的叔父、婶婶都是残疾人，堂弟孙兰顺一出生就患有智力残疾。从20世纪80年代起，兆顺就挑起了照顾叔父一家人生活的重担，为叔父、婶婶看病，补贴一家人的生计，只要他能帮助的他都会倾尽全力。

兰顺十多岁时，母亲去世，兆顺出钱、出力，安葬了婶婶。之后又全力照顾残疾的叔父和堂弟。起初家里人想不通，兆顺顶着压力，为叔父和堂弟提供着衣食住行。兆顺起早贪黑工作，不辞辛苦两边跑，感动着家人，也感化着家人，多年的坚持终于让全家人的生活与叔父、堂弟完全融合在了一起。

1998年，叔父因病去世，兆顺一家毫不犹豫地扛起安葬的重担。叔父去世时最放心不下的是堂弟，处理完叔父后事，兆顺就把堂弟接到自家来住，一家人勤俭节约，共同照顾。脱贫攻坚开始后，村上给兰顺办理了五保，纳入贫困户进行帮扶，兆顺这才算松了口气，但堂弟的日常生活一直由他照看。平时，他对孩子们说，有你们吃的穿的，就不能短了你大大的。儿媳妇娶进门，他交代的第一件事就是，不能嫌弃你大大！冬天，他让孩子们给兰顺早早生起炉子，把炕烧热。兰顺牙不好，不能吃硬一点的饭食，他就让妻子每天专门给兰顺把饭做软和一点。

2015年11月，父亲去世，兆顺伤心欲绝。父亲一生为人善良纯朴，在那些大家都不支持不理解的日子，父亲坚定地站在他的身后。村"两委"对兆顺的事迹非常敬佩，在父亲出殡前对他披红戴花进行表扬，希望全体村民向他学习，孝老爱亲。

从1984年筹资创办移村卫生室以来，孙兆顺免费治疗了多少困难病人，义务帮助了多少村民，连他自己都数不清了，乡亲们没有忘记，被帮助过的人铭记在心。村中曾有一名由村集体供养的五保户谭生华，孤苦一人，兆顺一直为其免费医治直至其去世。贫困户张罗义患有脑梗死，兆顺一直坚持为其免费治疗、送药。

2013年冬天，赵西军不到1岁的女儿晚上突发高烧，凌晨打电话给孙兆顺。兆顺很快赶到家里为孩子诊断治疗，并建议立即送医院。半夜三更，赵西军一家人慌乱不知所措，兆顺打电话联系医院、联系医生，开着自己的车把孩子送到医院。赵西军由于忙乱忘了带钱，兆顺把身上的钱全部拿出来为其垫付住院费，直到孩子挂上吊瓶，病情稳定后才拖着疲惫的身子离开，这时天已经大亮了。

提起孙兆顺治病救人的感人事迹，移村的群众说，三天三夜都说不完。贫困群众赵柯柯智力残疾，还患有癫痫病，一旦发作起来，不分时间地点，每次孙兆顺都是随叫随到，半夜三更将人送医院；五组曹玉林的父亲2014年突发脑梗死，孙兆顺及时送病人到医院就医，争取到了最佳治疗时间……

这些事迹在村民中口口相传，但你若当面问孙兆顺，他总会挠挠头，不好意思地笑笑说，不记得了。

如今，孙兆顺母亲已经80多岁，身体健康，两个儿子都娶了媳妇，已经有了一个孙子，全家8口人，是一个四世同堂、其乐融融的大家庭。

"不，是9口人！"说起家里的人口，孙兆顺一定要把堂弟孙兰顺算上。

春天里的寒流

报社工会继续在全社职工中倡导开展消费扶贫活动，近期又发动职工购买移村扶贫产品土鸡蛋550盒、手工馍300多袋，还有土鸡、苞谷糁和绿豆等，共计价值15000多元。

上午在村委会与镇、村干部讨论工作时，李长海突然推门走了进来，嘴里则叼着一根卷烟，手里夹着根纸烟向在场的干部手中递送，却无一人接手。李长海一边将烟卷装回纸盒中，一边开口质问："我是犯了国法，还是犯了村规？我的事到底咋处理？把我老汉的东西拉得乱七八糟，谁承担损失？"

见无人答话，李长海把矛头对准镇上在场的干部杨军战："杨主席，你看这事咋办？"

军战只好回答："这事你找村上、镇上都没有用，腾退当天有市上部门现场督办，有派出所全程录像，你要是丢了东西，可以到派出所查看录像。"

李长海走后，从镇村干部处得知，这两天李长海一直以自己丢了银行卡之类的借口寻事，因无人搭理，闹事的劲头已经减弱了下来。

在"三排查三清零"行动中，一些贫困户反映今年外出打工受到影响，移村目前主要涉及张平军、张平水兄弟二人。需要从实际出发予以解决，保证其有稳定收入。

下午到张平军、张平水家中去走访，约同王小岗与张平军、张平水兄弟张彦军面谈，征得张彦军同意后，现场敲定了张平水先到工队打工事宜。张平军、张平水均为聋哑人，但二人非常聪明，将自己收拾得也很干净利落，能用手势和唇语与大家完成简单的交流。二人原来一直在福建的虾场打工，今年受疫情影响，虾场一直未通知二人复工，因此耽搁。

近期养殖户中出现不同程度的猪崽死亡现象，引起了许多农户的紧张恐慌情绪。村委会副主任孙全顺在工作群中向大家发出提醒，一定要做好防疫工作。

贫困养殖户王月玲反映，她家的12头猪崽死亡9头，损失惨重。王月玲叹气道："真不知道咋活呀！"村干部告诉她，尽快到镇兽医站登记，站上有专人负责季节性防疫。村干部还发现，王月玲有把猪崽和鸡混养的现象，这种情况非常危险。

几日前开会时，与陕西调查总队驻瑶曲镇杏树坪村扶贫干部李永涛说起贫困户猪崽死亡一事，李永涛打来电话询问具体细节，想搞清楚猪崽死亡原因是否是由于非洲猪瘟等疫情引起的。

从调查情况来看，基本可以排除非洲猪瘟。王月玲去年在报社的帮扶下，养猪获得了较好的效益，今年想扩大养殖规模，于是联合其他养殖户通过贩子从汉中一私人养殖场购买回这批猪崽，价格比正规专业培育场的要便宜几百元，但猪崽出栏时个头不足，体重只有10公斤左右（正常应在15公斤），抵抗能力较差。加之在长途运输过程中遭遇西汉高速堵车，猪崽在高速路长达7小时的堵车过程中未采取降温、喷水等防范措施，导致猪崽从回来就患病严重，死亡率很高。而同期购买猪崽的常刚等养殖户就未出现这种现象。

在发展生产过程中，一定要多学技术，讲究科学，切不可贪图便宜或急功近利。王月玲表示，一定要汲取这次教训。

凌晨，一股寒流随风而来，席卷了清峪河、浊峪河两岸，刚刚开花的核桃树及正在挂果的苹果树受到影响，移村临近沟边约25亩苹果受灾严重。据临村干部说，河谷川道内的核桃花受冻，今年有可能绝收，还有一些未在大棚内的西红柿苗也被冻萎。

今春以来气候一直比较凉，气温上升很慢，已经影响到农户玉米的播种，许多农户担忧出苗率不够。加之春季以来一直缺少一场透雨，轻度旱情已开始显现，更加剧了大家心中的不安。移村机井近日又开始出现村民排队拉水的现象。

中午，仍有呼呼的狂风不时从塬上吹过，好在风中的气流不再那么咄咄逼人。这次寒流对塬上的果树及农作物影响较小，对河谷影响较大，应是寒流下沉的原因所致。

与崔连超、武博、赵晴艳一起到贫困户乔太平家去查看果园长势和受灾情况。乔太平家3口人，已在搬迁点分到住房，因其养有2头牛，去年还养了5头猪，故继续留在原借住其兄长的房子中搞养殖业。乔太平儿子在西安打工，从事快递业务，干得不错，近日买了一辆小轿车。到家时刚好碰到乔太平儿子回家来，新买的小车也开回来停在门口，引得旁边邻居羡慕赞叹。

乔太平妻子正在屋后的果园中疏果，崔连超等技术干部现场分析查看后认为，其苹果园受寒流影响不大，核桃树和花椒树有一定影响，不是很严重。

按照"三排查三清零"行动和防返贫监测预警及动态帮扶工作要求，移村有两户非贫困群众被纳入防返贫监测预警名单，分别是许新社家庭和原第一党支部书记常月亮家庭。全镇类似情况的家庭共有20户。

驻村工作队入户查看，对两户家庭进行研判，建立防返贫监测预警及动态帮扶台账。许新社属龙石寨一组村民，过去一直长期打工在外，去年以来因患病在城里无法找到工作而返乡。因其多年不在村，土地转由其兄弟经营，房屋也破败不堪。

常月亮去年因车祸导致家庭失去主要劳动力和收入来源，先后花去治疗费用70多万元，目前虽已出院回家，但仍不能自理生活，后续治疗也需要资金，家庭情况不容乐观。

村"四支队伍"已研究决定，为这两户家庭申请最低生活保障。经对村"四支队伍"2019年12月至今所开展的"一访两议四送三加强"活动有关数据进行统计，几个月来共入户走访群众236户次，议定了村帮扶计划和户帮扶措施，送政策、送技术，送温暖、送文化等各项活动有序开展，消费扶贫、扶贫宣传、作风建设三项加强活动也进展顺利。

山里有个葡萄寺

　　田里的麦苗开始抽穗，油菜花的颜色变得沉着起来，山坡上嫩嫩黄黄的刺槐叶子在墨绿色的青藤映衬下，特别惹人喜爱。

　　据几位摄影爱好者说，瑶曲镇上刘村有个葡萄寺遗址，原有一座宝塔，后在战争时期被炮火毁掉。周末便打算一同前往查看。

　　从上刘村旁的土石路盘山而上，约行40分钟，便可到达山顶的寺庙遗址。一株菩提树屹立在山顶平台边缘，显得有点孤独，却成为这里目前最有标志性的物证。地面和草丛中，到处散落着残砖断瓦，两方2米多长的石条断成数节，静卧在蒿草中；一块直径1.5米左右的巨大半月形大理石建筑构件，让人十分叹奇，如此巨大的石质建筑物是如何运到山顶上来的？

　　山上有古代盘山路遗迹，寺庙遗址平台上长满成片的艾草，荆棘丛中到处散落着青砖、石条、瓦当残片。随便翻看几块裂断的青砖，竟发现背后有图章式的印痕，其中每个里边都有一个"匠"字，应该为烧制人的记号，仔细辨认，可识别出"匠张阿兴""匠张洛侠"等文字。相传寺院所用的这些砖瓦都是从长安城人传人、手牵手、手手相连运过来的。当时如果哪个工匠烧了次品砖，是要受到惩罚的，弄不好还会被杀头。在建筑砖瓦上刻有印章文字，一般用在皇宫，是为了验证工匠的技术和做工的质量，葡萄寺现存的盖章青砖，足以说明，当时葡萄寺是皇家的名寺。

　　一个很大的砖石堆位于遗址平台中央，登上石堆顶部，发现有一方约2米深的大坑。据观察，这处乱石堆垒的土丘，应为传说中的寺庙古塔倒掉形成的，而顶部深坑应是盗掘文物的歹徒挖掘的盗洞。可以看到，塔基地宫已被挖开，露出了方形的基坑。现场察看后，文保人员说，这处深坑多年前就有，近几年应该没有盗掘者光顾。

据考证，葡萄寺原名应为普陀寺，始建于北齐，隋时被扩建为皇家寺院，唐时香火兴盛，明时毁于关中大地震。清嘉庆年间重修寺院，因民间将普陀寺叫成了谐音"葡萄寺"，遂误用至今。解放战争时，国民党胡宗南部将瑶曲一带作为进攻陕甘宁边区的前哨，双方在这里发生了一次战斗，寺庙毁于战火。

葡萄寺西距大香山寺约30公里，北距李世民避暑行宫玉华宫不到20公里，南距耀州城北的开福寺遗址约30公里，遗址呈圆形，占地约10亩，海拔1574米，为耀州区最高处，四周皆为丘陵台塬。

史料记载，公元604年，隋炀帝杨广即位后，大兴土木，广修寺庙，于公元612年按皇家寺院标准在原寺院基础上扩建了普陀寺。唐贞观二十年（646），李世民及其亲近臣僚在玉华宫避暑游猎，去往香山东北唐王洞避暑途中，经过普陀寺并为寺院题写碑文，并敕资对寺院进行扩建和修葺，从此普陀寺名声大振，香火兴盛，与福建普陀寺南北呼应。

明朝嘉靖三十四年十二月十二日（1556年1月23日）夜，关中发生大地震，普陀寺毁坏严重。清嘉庆二十三年（1818），重修寺院，始用民间谐音改名葡萄寺。

葡萄寺山顶浑圆，云雾缭绕，两侧绿树垂条，犹如群山中的神秘的美女。传说唐玄奘在玉华宫译经时，拜他为师的外国遣唐使就在此山住宿修业。彼时，山肩平坦处有市镇，香客络绎不绝。

站在菩提树下极目远眺，可隐隐约约望见大香山寺的影子，山坡上紫丁香开得正盛，点缀在大片的沙棘林中。路边到处是野花，梯田里有农民栽种的药用或油用牡丹。山坳间的上刘村有五六十户人家，村旁有一眼古泉，名曰铁头泉，传为寺中一和尚练就铁头功，一头撞地形成的。

下得山来，已是黄昏，夕阳下的渭北高原绿意盎然，鸟语花香，生机勃勃，村庄里飘散的炊烟有一种淡淡的草香味……

耀州区历史悠久，文化底蕴深厚，散落在北部山区的文物古迹众多，如何让这些文化遗存在经济社会发展中发挥作用，需要在保护的前提下，探索让文物活起来的新思路。

垃圾围村如何解决

村边沟畔的刺槐花逐渐盛开，采摘的人越来越多，孙小顺也加入这个行列。刺槐花是蒸焖饭的上好食材，但采摘人流也为树林管护特别是防火带来很大压力。吕社娃、赵军英等护林员不间断加强巡查，严防火灾隐患。

报社时政新闻部主任孙巍、副主任王晓阳带领部门记者，与省政协宣传处联手赴耀州开展主题党日活动，到移村看望慰问他们支部帮扶的孙小顺、乔满营两户贫困户，为他们带来了油、米等生活品，并分别为两户从省慈善协会争取到部分帮扶资金。

近年来，水电路网等农村基础设施建设基本到位，但是生活垃圾的收集和处理却一直是个短板，长期处于无序管理状态。许多村庄缺少或根本没有集中收集的垃圾箱、垃圾桶等设施，没有集中填埋的场地。一些农户随意处置倾倒生活垃圾，有的甚至将垃圾倒在公路两旁的排水渠中。有的临近塬畔沟边的村庄，随意选一沟壑倾倒，且未进行覆盖填埋，遇到大雨，垃圾被冲得满河道都是。

垃圾围村，夏季蚊蝇乱飞，气味十分难闻。特别是过度使用的各种塑料废品，严重污染环境，已经威胁到农村的人居环境，甚至是水源的安全，成为当前农村生态处理最为突出的问题。

整顿并从根本上解决农村垃圾处理问题已刻不容缓！

吕建文参加市人民代表大会，遂与其商量，将垃圾围村的问题写成了一份提案提交市人大。

在提案中，建议从以下几个方面入手，尽快解决这一问题——一是完善农村生活垃圾集中收集基础设施。可在每个农户门前放置小型垃圾桶（每个投资60元左右），或在村中不影响环境的地方设置大型垃圾收集箱，要求农户必须将生活垃圾倒在指定处，不得随意倾倒，长远可考虑分类收集。

二是建设相对安全的垃圾填埋场所。在不影响地下、地表水源安全、不影响人居环境的地方，建设填埋处理垃圾的专门场所，随时填埋，掩盖，消毒。

三是安排专人负责收集清理、拉运填埋垃圾。每个村子聘用专人或设立公益岗位，负责定时集中收集清运每户门前桶内垃圾，集中消毒，倾倒，填埋。

四是多种方式筹措资金，解决垃圾清运处理费用。经村民代表大会议定后，可向村民收取一定数量的垃圾处理费，每户每年120元到200元不等，用于解决垃圾集中收集处理、人员工资、设施维护更换等费用问题。在条件许可的情况下，各级政府可增加一定量的财政预算，进行政策性补贴和奖励。

五是健全农村垃圾管理体制，出台相关管理制度。每个乡镇包括行政村，均应建立健全相关管理制度，将生活垃圾管理纳入日常工作中，提高到生态环保环境保护的高度来重视，严管重罚，坚决杜绝随意倾倒、乱扔垃圾行为。

六是加强宣传，切实提高村民环保意识。通过横幅、展板、讲座、传单、微信群、媒体、宣传手册等各种形式，向村民大力宣传环境保护知识，讲明随意倾倒垃圾的危害，宣传垃圾集中处理的好处；通过制度包括村规民约的形式，对农户的行为进行约束，转变村民的生活习惯和环保观念，改变随意丢弃垃圾的陋习；发动村民共同参与环保，自觉参与垃圾的收集、清运和集中处理工作，积极参与环境卫生的管理。

上述方案已经在村"四支队伍"中经过讨论，近期将提交村民代表大会，议定具体实施细节。

这两日气温突然升高，中午竟然有了盛夏的感觉，但依然看不到下雨的迹象。空气中有一些土腥味，让人觉得眼睛和鼻子很不舒服，好在满眼的绿色十分可爱，还有湛蓝的天空可以舒缓心情。

近期正是麦子扬花"上面"的关键时刻，若再不下雨，今年夏粮的收成将受到严重影响。缺少雨水，会直接导致麦子的颗粒不够饱满或干瘪，有麦田的农户已经忧心如焚了。

由于缺少雨水，田里的虫害也露出苗头，特别是麦苗、果树等绿色植物上，已生出了许多蚜虫。虫害也会导致农作物减产，威胁到果树的健康生长。

遭遇车祸，贫困家庭雪上加霜

　　贫困户赵振德的儿子赵军英突遭车祸。5月2日上午7时许，赵军英骑电动摩托车经过耀旬公路时，被一辆陕A牌照的越野车撞出26米之远，全身多处骨折，头部受伤严重，送医院后至今已昏迷4天，仍在抢救中。

　　与崔连超、武博一起到赵振德家中了解情况。据赵振德说，肇事车主为高陵人，事后一直未露面，也没向医院交纳一分钱，目前给医院所交的7000元是他东拼西凑借来的。交警队已暂扣肇事车辆，并督促车主尽快交费。车主答应送1万元到医院，但至今未来。

　　赵振德今年73岁，妻子封淑芳68岁，二人身体不好；儿子赵军英今年41岁，是家中唯一的劳动力，单身未婚；二儿子赵柯柯，智力残疾，无劳动能力。该家庭于2018年脱贫退出，但是作为家庭顶梁柱的赵军英出事，可能导致这个家庭再次面临困境。

　　向医院主治大夫电话了解情况，答复是伤情比较严重，脑干受到严重损伤，即使抢救过来，也可能失去生活自理能力；右腿三处粉碎性骨折，可能面临截肢。医生说，伤者目前无任何意识，仅靠呼吸机维持，随时有生命危险。

　　建文将赵振德还有其侄子赵西军约到村委会，大家一起商议赵军英的救治问题。尽管在座的每一位都知道，救治的最好结果是挽回生命，但失去劳动能力后面临残疾甚至植物人的状况，对赵振德老两口来说，无疑又是一个沉重的打击。但现场没有一个人愿意说出放弃抢救的话来，尽管大家都很纠结。

　　经村"四支队伍"商定，决定立即为赵振德家庭申请临时救助，同时将其纳入防返贫预警名单中，并联系交警部门，督促肇事方尽快筹钱救人。

　　凌晨时分，窗外传来细碎的雨声，一直持续到天明。白天，雨声时断时续一直下到傍晚。这是一场迟来的透雨，终于缓解了今春以来的旱情，农户们可以舒缓一口气了，不再担心麦穗无法"上面"，不再担心苹果因旱干瘪掉落。

耀州区交警队事故科到村调查取证，但肇事方仍未送一分钱到医院，赵军英的情况十分危险，处于重度昏迷状态，全身无神经反应意识。其面临截肢的问题更加重了家人的心理负担。

为其家庭申请临时救助的工作正在加紧办理，已报镇办将其纳入防返贫监测预警机制。

与连超初步统计了一下，去年以来，全村建档立卡贫困户中已有8人因病去世。

5月9日清晨，天气放晴，天边有了阳光，时近中午云层又厚重起来。赵军英仍在抢救中，据其堂兄赵西军说，肇事方仍未出钱，也未到医院看望，警方表示将先垫付部分治疗费用。

陕西农村报社副社长徐标与西安四腾环境科技有限公司董事长白浩强一行，到村走访慰问支部所帮扶的姜淑琴、陈继高、闫卫三户贫困家庭，为每户送来了米、面、油等生活品和1000元救助金。其中，四腾公司为每户捐助500元，徐标个人为每户捐助500元。

白浩强是陕西省内著名民营企业家，十九大代表，其公司党委也被评为五星级党委。近几年来，四腾公司每年为移村赠订100份《陕西农村报》。

李长海在活动开展期间，突然到村委会吵闹，经劝说后回去。

市扶贫办开始督战"三排查三清零"工作开展情况以及中央和省委巡视考核反馈问题整改情况。村"四支队伍"对近期排查整改的问题进行梳理，多数问题已经得到整改和完善。如许新社、常月亮家庭的防返贫措施已落实，为常月亮争取到了7000元的临时救助；已成立村垃圾清运队，改进了村生活垃圾处理能力不足问题；完成了已腾退旧宅基地的复垦复绿工作；等等。

但又发现了新的情况，令大家郁闷的是，问题又出现在李长海身上。近两日李长海到镇卫生院看病，拒绝按先交款后报销的程序办理，拖欠镇卫生院600元不交，被卫生院暂扣了身份证和医保卡，李长海因此事已先后两次到镇政府和镇卫生院闹事。

兔儿梁，山洼间那座茅草房

5月10日，星期日，母亲节。昨晚赶回家里，想陪母亲过个节。早晨还没起床，母亲已经炒好菜，热好馒头，煮好鸡蛋，在楼下喊起来吃饭。在这样的节日里，还要母亲照顾我吃喝，实在惭愧。多年了，母亲一直坚持不吃肉。早饭后，打算到镇上去买点豆腐，中午为母亲包顿饺子吃。母亲坚持自己去，想着母亲走点路锻炼身体，就同意了。

买了两斤豆腐，在院中的园子里割了一把韭菜，母亲拌好馅子，我负责包饺子。记忆中，这是第一次陪母亲过这样的节日。朋友圈中，满满的都是关于母亲节的祝福。我觉得，其实不用我们多说什么，一个小小的陪伴，比说一万个祝福都要温暖。人到中年才懂得陪老妈的道理，不免心中愧疚，好在母亲身体依然健康，这就是做儿女的最大的福分。

原计划这两天有空到山坡上采一些蒲公英做饺子馅的，母亲血压高，吃蒲公英应该有好处，却因各种杂七杂八的事情耽搁了。母亲拌的饺子馅非常可口，而我包的饺子却不是很好看，但吃起来却别有一番香味，母亲吃了两碗。

下午返回移村时，从文王山、武王山绕道走照金，见山花烂漫，天色蔚蓝，便顺道到兔儿梁考察。兔儿梁是陕甘边照金革命根据地遗址所在地。

从照金镇沿通往石门关的盘山公路行进，在照金山北端拐向东边一条逶迤绵延的山岭，有一处盘旋曲折七八里，沟壑纵横、林木茂盛、流水潺潺、水草丰茂的所在。这里环境清幽，山鸟飞回，山涧盆地、洼地、坪地星罗棋布。从远处眺望，一脉龙脊般的山梁影影绰绰地蜷伏在一片广阔的洼地之间，犹如一只奋起欲跃的兔子，与照金山参差相接，这就是兔儿梁。

1933年3月8日，中共陕甘边特委在这里成立，下辖耀县、旬邑两个县委，金理科任书记，习仲勋任特委委员、特委军委书记。陕甘边特委成立后，依靠红二十六军的帮助，在照金进行了具有重大意义的乡村基层党组织建设实践，逐乡逐村发动群众，培养骨干，发展有觉悟的贫苦农民入党，建立起芋园、北梁、黑田峪、金盆、老爷岭、香山等一批农村党支部，在艰苦的革命斗争中形成了坚强核心。

1933年3月15日，陕甘边游击队总指挥部在兔儿梁成立，红二十六军特派员李妙斋任总指挥。同年9月李妙斋牺牲后，由吴岱峰继任，习仲勋任政委。陕甘边游击队总指挥部的成立，进一步从政治上和组织上整顿了各路游击队，提高了游击队的政治素质与军事素质，加强了组织纪律性。游击队紧密配合主力红军，为开辟照金新苏区做出了重要贡献。

同年4月5日，中共陕甘边区特委在兔儿梁召开陕甘边第一次工农代表大会，选举产生了陕甘边革命委员会，贫雇农周冬至当选为主席，习仲勋为副主席。革命委员会下设土地、粮食、经济、肃反、文化教育等职能部门。随后，照金、香山、芋园、七界石、老爷岭、桃渠原、马栏川等区乡村革命委员会基层政权相继建立。

陕甘边党政军组织在兔儿梁的建立和完善，标志着以照金为中心的陕甘边革命根据地的完全形成。

兔儿梁后的长梁，有茂密深幽的丛林，西边有一条小道，经暗门与七里川联通。东面的丛山密林与秀房沟西侧的龙家寨相连。当年，红军可在遮天蔽日的密林山坳中，神不知鬼不觉地来回转移。兔儿梁前面是壁立千仞陡峭无比的照金山，"一夫当关，万夫莫开"。红二十六军庙湾之战和芋园被围时的大部分伤员，都在这里得到了很好的掩护和救治。芋园之战时，李妙斋先是把伤员转移到秀房沟的龙家寨，为了躲避当地反动民团的搜查，他又机智地把伤员从深山密林中转入兔儿梁，兔儿梁成为当年红军掩护伤员的一个战略要冲。

如今，兔儿梁村的村民大都已搬迁到镇上居住，革命委员会遗址位于村民刘仓福家院落后方的台地上，三间土木结构的茅草屋经过了修缮保护，院子也经过了平整。屋后是郁郁葱葱的松林，屋前是一片开阔地，不远处有一眼清澈的泉水。群山掩映，松涛阵阵，谁能想到，当年在这里有一群心中充满理想的青年，立誓要拯救我们苦难的民族于水火之中，要为穷苦人打天下。

50多岁的刘仓福和弟弟一直坚持住在这里，养了7头牛，其中2头怀了牛娃。昨日，一头怀崽的母牛上山吃草后一直没有回来。他今日把儿子从镇上叫回来帮忙寻找，仍未找到，也未听见牛项上的铃铛儿响。他说如今山里没有猛兽，担心母牛躲到哪个山洼里下牛崽。

　　据刘仓福说，其爷爷早年就参加了红军，陕甘边特委成立时，就是在他家的茅屋里开的会。

　　从兔儿梁东行十多里，便可达到龙家寨山顶，这里与薛家寨红军大本营隔田峪川遥遥相对。龙家寨下的山洞曾为陕甘边游击队三支队驻地，三支队队长陈克敏叛变投敌后，引国民党军在龙家寨上设立炮兵阵地，攻打薛家寨。

　　如今，龙家寨上林莽深厚，艰难行进至薛家寨对面的山顶。从石门关前通向兔儿梁的道路也不好，多处被雨水冲刷出深沟，越野车勉强能够通过。车不能行进后，仍需步行约一个小时方可到达。

　　一路行进，一路帮刘仓福寻找丢失的母牛，至黄昏下山，依然没有找到，只能在心里祝福老刘，祝福牛儿母子平安。

冰雹，冰雹

　　田里的麦苗开始泛黄，估计一周后临近川道的麦子就可以收割了。但在不到一周的时间里，渭北旱塬上竟然连降三场冰雹，尤其是今天这场给农户带来的损失最为惨重。

　　上周五晚上，小丘塬上遭遇今年初夏第一场冰雹灾害，所幸持续时间较短，但仍给一些果农造成一定损失，未来得及套袋的幼果上，被打出一些伤痕，这些果子即使长大成熟后，也无法按正常商品果出售，价格将大幅降低。当晚伴随冰雹而至的还有六到七级大风，造成一些麦田倒伏现象，会影响到麦田产量。查看灾情时发现，第一、第二、第三村民小组受损很小，第四、第五、第六组处于村南，有不同程度的损失，其中五组29.6亩苹果受损最为严重。

　　本周二上午8时多，天空的雨云迅速聚拢，接着传来轰隆隆的雷声，阵雨伴随着冰雹突至，村南再次遭受冰雹袭击。至中午，雨终于停了，天空中阴云浮动，至晚方才飘散干净。

　　如果把前两场冰雹看作有损失的话，那么今天这场绝对就是灾难了。下午，应约到马咀村去考察大棚西红柿和吊篮西瓜的生产销售情况。上石柱塬的路上，看到北边天空乌云遮天蔽日，向南滚滚而来。17点18分，刚到马咀村农户张银香的大棚中，就听到外边传来响脆的雨点声，接着狂风大作，伴随而至的是"砰砰啪啪"的冰雹声，将大棚顶上的铁皮击打出巨大的响声。拉开大棚入口的门板，只见地面上的雹块弹跳飞舞，发出恐怖的敲打声，不一会地面便落了白花花的一层。冰雹小的如指甲盖大小，大的竟如核桃一般。

　　在几乎令人窒息的十多分钟里，冰雹敲碎了许多农户今年的丰收梦。苹果、樱桃、小麦、花椒、油菜……所有在这个季节开始成熟或正在成长的农作物均遭了殃。

　　这场冰雹袭击了耀州区东至石柱塬、演池塬，西至关庄塬、小丘塬的大片区域，密集的雹块在果园、麦田、菜地肆虐了十多分钟，个别地方长达20分钟。伴随着冰雹刺耳的敲击响声，是农户撕心裂肺般的疼痛。

　　随着雷声和乌云向东南方向飘去，下午5点30分，天空放晴，东边天际出现了一道彩虹，远处铜川新区的楼房在金灿灿的原野映衬下，显得有点惨白。老人们说，下午出现彩虹，预示天年不好，或旱或涝。然而农户已不能想得那么长远。苹果上留下的累累伤痕，注定许多果农今年的收入将大幅度降低，甚至赔本。田里的麦穗被打得七零八落，刚刚饱满起来的麦粒落得遍地都是。雨停5分钟后，在地上依然能捡起核桃大小的雹块。

　　张银香和老公从苹果园里回来了，浑身已经湿透。她本打算今天给两亩果园套袋子的，见到我们，一边让大家进棚品尝她的吊篮西瓜，一边自嘲地说："这下省劲了，不用给苹果套袋了。"此刻，谁也没有心情品尝她辛辛苦苦才换来成熟的果实。告别银香后，又到上安村孙富战的樱桃园查看，已经过去半个小时了，防护网上的冰雹块还没化掉，正在成熟的樱桃被打得落在地上，红形彤的一片。孙富战的樱桃园建在一处三面环沟的残塬台地上，有100多亩。据他粗略估计，今年的收入至少减少三分之一。富战说，庆幸的是樱桃的果子小，树叶比较密集，不然损失会更大。

雨后的原野又恢复了宁静，显出她美丽可爱的面孔，夕阳金灿灿地洒在麦田上、果园里，空气清新，沁人心脾。此刻谁会想到这片田野上，刚刚经历了一场惨烈的搏杀？

这场冰雹来得急猛，以至于镇上的防雹高射炮都没有来得及发挥作用。打电话询问建军移村的灾情，建军说损失最惨重的依然是村子南端，具体灾情仍在统计中。对移村来说，这是今年不到一周时间内，第三次遭受冰雹灾害。再坚强的农户，也经受不住接连三次的打击。

到晚上，经各组逐户统计，全村灾情基本统计出来：苹果受灾1004.8亩，估计损失102.67万元；小麦受灾1779.7亩，估计损失13.7万元；玉米受灾345亩，估计损失3.79万元；油菜受灾133.5亩，估计受损0.66万元；樱桃受灾236亩，估计损失74.34万元；核桃受灾60亩，花椒受灾50.7亩，蔬菜受灾面积不详，估计损失12.69万元。

以上合计受灾面积超过3776亩，其中灾情较重的501亩，经济损失预估达到207.85万元。

杨柳坪的地母庙

天气变得热了起来，中午在村中走了一圈，背上竟然汗津津的了。公路上出现了许多三原、西安牌照的车辆，建军说，都是到山里抓蝉蛹的，一只蝉蛹抵得上5个鸡蛋，在城里能卖2块钱。

在照金革命根据地创建过程中，有一个名叫杨柳坪的地方，曾经是红军陕甘游击队的驻地。为了搞清楚这段历史，周末约了市政协文史和学习委员会主任刘耀林等朋友一起到杨柳坪考察。刘耀林是研究照金革命根据地历史的专家，编撰了多部有关照金革命的史料。

从照金镇西行，从曲曲弯弯的山路绕上山巅，在群山环绕之处，有一块方圆两公里左右的山间平地，居住有几十户人家，绿树掩映，阡陌纵横，宁静优美，宛若世外桃源。

1932年初，红军陕甘游击队在刘志丹、谢子长率领下，从甘肃三嘉塬一带转战到照金，游击队一边在杨柳坪休整，一边着手开创照金革命根据地。同年9月，"两当兵变"失败后，习仲勋从富平辗转来到照金，在老爷岭贫雇农周冬至处打听到游击队下落，遂赶往杨柳坪找到红军游击队。刘志丹在杨柳坪村的地母庙与习仲勋会面，得到刘志丹的鼓励，习仲勋更加坚定了革命的信心。

杨柳坪是一处"鸡鸣三县"的绝佳隐蔽之地，隔野虎沟与山峦对面的淳化县、旬邑县相望。沿着立有一方"地母庙遗址"石碑旁的山路下行，曲曲弯弯的林间小道被荆棘遮掩阻挡，十分难行，好在林间绿草如茵，红红的野草莓在绿茵中眨眼，鲜亮的四月红鲜脆可口。走到无法下行的陡峭之处，方知走错了路，不得不原路返回，身上的衣服已被汗水浸透。

刚回到塬上，四只黄犬狂吠着冲了过来，对峙之际，一位牧羊的老人过来喊住了犬群。老人名叫赵德民，是少数还没有搬到镇上居住的村民之一。老人今年70岁，据他说，其爷爷就是地下党员，他父亲小时候见过刘志丹和习仲勋。经老人指点，方才找到了去往地母庙准确的山道。

绕过一个沟湾，复沿沟畔的小路下行约2里，这一路视线明显开阔，可俯视整个野虎沟。终于在半山的一块平地处找到了地母庙。其实只是几孔浅浅的土窑洞，其中两孔已经被坍塌的黄土掩盖，仅有一孔相对完整，不足3米深，低低矮矮的，里面放置有彩绘的地母塑像。一只健硕的野猪突然从窑洞里冲出，钻进了密密的树林中。

窑洞前的平地上有一棵碗口粗的老杏树，据说当年刘志丹和习仲勋就是坐在这棵杏树下的石墩上喝水聊天的。窑顶被一株茂密的山桃树荫护，枝条上挂满了小小的山桃，毛茸茸的。场院里厚厚的蒿草遮挡着路径，让人下脚时不由得战战兢兢，生怕有蛇虫之类蹿出。一棵茂密的柏树位于场院临近沟壑处，起到了屏障作用。

返回的半道上，在草丛中发现了一种少见的中药马皮泡，可以治疗烧伤。这是一种山间特有的野生菌类，圆圆的外形，软软的外壳，一捏里面会释放出黄色的烟雾来。

在杨柳坪村东边的山梁背面，还有一处金代遗留下来的摩崖石刻，掩藏在密密的松林中。蒿草丛生，无有路迹，在当地采药的村民带领下，方才找到。石刻由三部分组成，一处有三尊佛像，应为"西方三圣"，头均已被打断；一处为一方形石窟，高1米多，应为修行人打坐之所；还有一处，在一面平整的石崖上，线刻着一尊画像，描绘的是"佛祖割肉喂鹰"的故事。

在三尊佛像上部的石壁上，凿刻有十多个文字和精美的云纹（或为浪花），依稀可辨认出"大定十六年"字样。"大定"是金世宗完颜雍的年号，"大定十六年"即公元1176年。完颜雍在位时，励精图治，革除弊政，任人唯贤，任命政敌的旧臣张浩为宰相，兴汉治，重文学，积极发展经济，使金国出现了大定之治的短暂稳定繁荣局面。杨柳坪的村民如今大多已搬迁至照金镇，住上了漂亮的楼房。村子旁边的台地上，正在建设连排的大棚，据说要种植火龙果。

返回时，已是下午6点多，太阳高高挂在西天的山巅上，山野间开始吹过习习凉风……

三个再来一遍

1个月前，报社工会干事杨斌与陕西农村报所属金口碑联盟电商平台负责人到村对接洽谈了移村扶贫产品的线上销售事宜。经协商，由村上理出能够上线的产品种类，做好包装，确定规格及价格，并拍摄上线照片。金口碑商城逐步将移村产品推送至各电商平台。

经过1个月的筹备，移村的系列手工馍"移村大馒头"正式在金口碑联盟上线。该平台对移村近几年的扶贫工作做了简要介绍，重点推荐了移村的手工面馒头、白面花卷、杂粮窝窝头、手工菜馍、手工豆沙包等产品，在线购买十分方便。得到消息，移村大馒头线上反响很好，上线1个多小时就订出去了90多份。

脱贫攻坚到了最后的攻坚时刻，距离"三排查三清零"任务全部完成只剩了1个多月时间，5月22日上午，省委宣传部在耀州召开省级单位"两联一包"耀州扶贫团本年度第二次联席会议，要求各帮扶单位高度重视，抓紧最后的时间，全面完成脱贫任务。

常务副部长王吉德主持会议，扶贫团9个帮扶单位相关负责人、驻村工作队员，铜川市委宣传部部长吴延旗，耀州区区长张大军、副区长冯保华、省委宣传部干部处、宣教处、直属机关党委等部门负责人参加会议。

会议通报了2019年度耀州扶贫团9个帮扶单位及驻村工作队员的考核结果，陕西日报社、新华社陕西分社、省委宣传部、省储备粮集团等4个单位考核结果为优秀，其余5家单位为良好；本人及其他单位两位驻村工作队员考核结果为优秀。

自2014年以来，陕西日报社已累计给移村投入帮扶资金共计约186.7万元，引进项目及社会帮扶资金169.5万元。其中2018年到现在投入资金111.56万元，引进社会帮扶资金27.5万元。王吉德副部长对陕西日报社的帮扶工作表示肯定，特别对陕西日报社在消费扶贫和产业扶贫方面取得的成果给予了表扬。同时也指出，陕西日报社应打破以往走访慰问、给钱给物的简单帮扶方式，把资金集中到产业扶持上来。

王吉德副部长在总结讲话中向各帮扶单位提出两点要求：一是做好"三个再来一遍"——习近平总书记关于脱贫攻坚的讲话、论述学习再来一遍，围绕"两不愁三保障"和中央巡视组考核反馈问题的排查再来一遍，对排查问题的整改再来一遍；二是做好"三个不落"——脱贫任务完成不落一户一人，排查整改不落一个问题，扶贫团不落一个落后单位。

驻村工作队向报社提议，改变往年直接向贫困户发放猪崽、鸡苗的产业帮扶形式，将今年预算的产业帮扶资金投入到村集体经济合作社，从经营利润中向贫困户兜底分红，多余利润留归村集体所有；改变往年走访慰问、给钱给物的简单帮扶方式，将各支部这部分捐款统一集中起来，用于开展村"八星励志"活动，充实村爱心超市物资，激发贫困户干事创业的内生动力。

接到了机关党委专职副书记杨春生电话，社领导已同意相关提议，同时加大对移村产业扶持的力度，将今年报社给移村的产业帮扶资金由10万元增加到30万元，同时争取铜川市项目配套资金支持30万元。

靠近小丘塬南端的麦田已经开始收获，一些农户已经将收回的油菜堆放在村委会广场上晾晒。但愿不再有冰雹之类的灾害，能让农户颗粒归仓。天上的雨云一整天都在翻卷波动，人们的心都提到了嗓子眼，所幸到晚没有落下雨滴来。

不幸的消息传来，赵军英抢救无效死亡。令人感动的是，在儿子死后，赵振德将儿子的部分器官无偿捐给了医院；令人气愤的是，肇事方至今未赔偿一分钱，赵振德老人还得通过法律诉讼的形式追讨肇事方责任。

麦子上场，杏儿黄黄

天边涌起团团白云，让人回想起小时候的情景。夏日的午后，躺在山坡上，看山间的云起云涌，变幻出各种各样的形状来，时而像万马奔腾，时而像怪石乱树。

天气逐渐变热，室外温度已超过30度，农户的油菜已收获完毕。田里的麦子已经完全成熟，开始由南向北次第开镰，从早到晚都能听到收割机的轰鸣。各种农业机械的普及，让如今的"三夏"已没有了过去的紧张忙碌感。

"麦子上场，杏儿黄黄"，村巷中只要有水泥路面的地方，都已晒上了黄澄澄的麦子，农户房前屋后的杏树上，也挂满了开始成熟的杏儿。

记得小时候奶奶教给我的童谣，许多都是与吃有关的，其中一首是这样的：月亮月亮跟我走，一下走到场门口。场门口，一斗麦，送到石磨没人推。公鸡推，母鸡簸，剩下鸡娃拾麦颗。老鼠擀面猫烧火，我娃坐在炕上捏窝窝。

还有一首也记得非常清楚：罗罗面面，油馍串串，猪肉扇扇，蜂蜜罐罐，我娃是个福蛋蛋。福里生，福里长，从小就能把福享！

如今，人们已不再为缺吃少穿而烦恼，但生活中又似乎少了些什么，比如这些曾经的童谣和刻在童年记忆中的快乐。

从小丘镇脱贫攻坚工作会议获悉，从现在开始到年底，总共有七次各级各类考核检查，如正在开展的项目建设检查、县级"三排查三清零"行动交叉检查，即将开始的国家脱贫摘帽县评估抽查、国家脱贫攻坚普查，还有年终的省级成效考核和国家成效考核，等等。

村"四支队伍"研究认为，夯实各项工作还有十项事情要做——

一、住房、饮水、教育等保障措施再排查；

二、已脱贫户人均可支配收入的再核算，按规定必须达到5400元；

三、动态监测户的再排查，移村有常月亮、许新社、赵振德3户；

四、未办证残疾人的排查；

五、够标准但未办理低保家庭的排查；

六、慢性病及签约的排查；

七、贫困户政策清单和获得清单的更新；

八、贫困户巩固计划和未脱贫户帮扶计划的完善；

九、环境卫生的检查整顿；

十、脱贫户的跟踪监测，到6月底必须再集中研判一次。

另外，还必须随时注意有无突发意外的家庭。

下午与连超、高兴、小岗几人，分成两路到移民搬迁点各户中征询意见，填写移民搬迁调查表，到晚上近9点才忙完。从征询的意见来看，主要有两条：一是个别有身体残疾的人搬到新居后生活无法自理，如乔新民、王永红、张金莲等人，往日生活均由其亲属照顾，搬到移民搬迁点后，如今吃饭还得回到亲属那里，由亲属送饭十分不便。乔新民平时吃住均在其兄长处，王永红平时有姐姐照顾，孙兰顺平时由其堂兄照顾，有这种现象的约有十人。二是乔太平、赵建两户住房顶部有漏水现象，应属楼顶防水处理不好所致，此事已通知施工队尽快维修。

移村脱贫攻坚工作之所以能受到各级表扬，与驻村工作队长崔连超扎实的工作是分不开的，这是我驻村以来遇到的最好搭档。连超担任果业局总农艺师一职已经有11年，是一位专业技术过硬、为人处世谦虚低调的技术型干部，对全区果业发展有一整套清晰的思路。担任驻村扶贫工作队长4年来，连超为移村的脱贫攻坚工作付出了艰辛的努力。在近两年的扶贫工作接触中，深感基层有像连超这样勤恳工作、从不张扬的干部，是扶贫工作之幸。

村庄要发展，选对带头人

这两天气温一直保持在30度以上，有点热。天气预报下周有雨，农户加紧收割，昨天还看见村南村北成片的麦子，今天已收割得所剩不多，村委会广场上晒满了金黄的麦粒。

"七一"临近，小丘镇党委推荐了几位优秀党支部书记，其中移村党总支书记吕建文上任10年来，兴村富民的先进事迹受到大家的共同认可和交口称赞。

20世纪90年代初，高中毕业的吕建文来到耀州城，拉水泥、运煤炭、卖沙子，几年下来，靠自己的勤劳改变了祖辈靠天吃饭的命运，在城里有了自己的房、车和稳定的事业，每年都有可观的收入。

2009年的一天，建文在回村看望父母时，镇上的干部找到他，动员他说："农村的发展，如今最缺的是带头人。你在外打拼多年，思想活，眼界宽，能不能回来带着乡亲们共同发展？"

而此刻，移村这个渭北高原上的超大村庄，村集体不但没有一分钱积累，还欠了7万多元外债，村委会连办公的地方都没有。村巷破破烂烂，没有一米的水泥路，有100多户村民还居住在地下土窑洞中。

2010年8月，吕建文当选为村党支部书记兼村委会主任，他不顾家人的反对，放下自己发展得正顺当的企业，依然回到村上，决心带领移村走上快速发展的轨道。

上任伊始，为了准确把握村情，避免工作的盲目性，他一次次深入田间地头、农户家中倾听群众意见，反复与"两委"干部、党员交流座谈，谋划发展。经过深入调研，确定了办成一批实事好事、找到一条增收路子、解决一批矛盾纠纷、建设一个美丽乡村的"四个一"工作思路，结合村情实际，制订了村产业发展规划和农民增收规划。

移村地处渭北高原的苹果优生区，为此，吕建文在移村发起了以苹果为主导产业的致富行动。他多方争取苹果示范园建设项目，借来挖土机，免费为村民栽种苹果，让村干部、致富能手走出去观摩学习，请专家和致富能手现场培训。经过几年发展，全村苹果种植面积由最初的不到100亩发展到如今的1500亩，每亩效益比传统种植增长10倍以上，全村仅此一项每年增收1000多万元，从根本上实现了村产业结构的调整。

为了解决党支部和村委会的办公问题，吕建文开着自己的私家车跑镇上、区上、市上协调资金，挨家挨户说服村民拆迁，遇到资金不到位工程又急着开工的时候，他就自己垫资先干，先后垫付进去了几十万元。村中心社区办公楼以及文化广场投入使用时，吕建文又自筹5万元，为办公楼配备了桌椅，并积极整合农家书屋、计生服务室、村级卫生室、村便民服务大厅等资源，充分发挥了村级组织活动场所一室多用的功能。

脱贫攻坚战打响后，吕建文率先成立了合作社，将全村65户建档立卡贫困户都吸收进来，利用村中的闲置沟坡地发展中药材种植，每年为贫困户分红6万多元；为60户群众免费提供了5万元的丹参苗，每户为此增加收入2500多元。在陕西日报社、区果业局等帮扶单位的支持下，贫困户按计划如期脱贫。

2012年，吕建文邀请西安建筑科技大学设计院完成了村庄的建设规划，开始了将移村打造成真正宜居的美丽乡村的步伐。投资260万元完成2600平方米的中心文化广场及610平方米中心社区建设；投资2600万元完成了近200户村民的搬迁工程；争取美丽乡村项目资金4000多万元，改造加固移村传统地坑窑遗址14座，建起了花海、廊道及游客服务中心，为乡村旅游打下坚实基础。

随后，他又多方努力，积极争取基础设施建设资金1000多万元、水电路配套资金500多万元，对全村3公里的道路两边进行绿化，修建了景观墙，栽植了风景树，全村所有道路实现了硬化、绿化、净化、亮化；组建了村环卫队，制定长效保洁机制，农户无害化卫生厕所普及率达95%，"三堆六乱"消除，村容村貌焕然一新。

自打上任后，吕建文就将"进百家门、知百家情、解百家忧、办百家事"为工作出发点和落脚点。生活中，建文是个热心肠，只要群众有困难，他都会第一时间帮大家排忧解难。

2013年，四组村民陈新荣的女儿陈敏因患先天性脊柱侧弯需要手术，高昂的手术费给这户人家带来了巨大的压力。了解这一情况后，吕建文通过联系社会各界力量，为这个家庭争取到4万多元的救助资金，帮这个家庭渡过了难关。

2018年底，贫困户闫正长病重，吕建文带领村干部和帮扶干部多次前去看望，帮其解决家庭困难。闫正长去世后，他又带头为其捐款，发动村民帮其顺利安葬。

2019年夏，常月亮出车祸住院，巨额医疗费用一下子让这个家庭陷入困境。吕建文立即为其申请了救急难资金8000元，随后自己带头组织党员干部捐款2000多元，并将这一家庭纳入防返贫机制，确保其渡过难关。

村上群众家里有事，吕建文总是会到达现场，每次少则200元，多则上千元，类似这样给困难家庭带头捐款的事情，究竟有多少，连他自己都记不清了。

提起10年来的巨大变化，移村的干部群众如数家珍：村集体资产积累到了1000多万元；全村9公里多的巷道得到硬化，水电路网入户率达到100%；住在地坑窑中的村民全部搬入新居，村中留存的99处传统地坑窑作为历史和民宿文化的遗迹得到保护，其中14座得到整修利用，成为人们寻根旅游的好去处；全村近200户村民住上了漂亮的二层小楼房；村里建起了供村民休闲娱乐的文化广场，小桥流水、鲜花翠竹装点的花海和游园每天吸引着源源不断的游客。

一心扑在工作上，全心全意为群众办实事，吕建文以他出色的工作成绩赢得了全村干部群众的信任和好评，成为当之无愧的乡村发展致富带头人。他个人也先后获得"区级郭秀明式的好支书"等多项荣誉称号，被选为铜川市人大代表，2019年荣获市人大2018年度优秀代表建议奖，被任命为铜川市人大城乡建设与环境资源保护工作委员会委员。

移村正能量

年度脱贫任务完成已进入冲刺阶段，到6月30日任务完成必须清零。村"四支队伍"与区果业发展中心帮扶干部一起，对照"三排查三清零"行动各项任务，逐一评议了各项工作推进情况，截至今日，大部分工作已经完成：

第一，贫困户收入已全部过线；

第二，安全饮水已全部达标；

第三，义务教育精准资助全部覆盖；

第四，城乡居民基本医疗保险及大病保险所有贫困户全部覆盖；

第五，住房安全均已达到规定标准；

第六，"三年计划"任务已全部完成，水电路网入户率达到100%；

第七，驻村帮扶不存在工作松懈现象，户档资料均能如期更新，未发现漏点，政策清单、获得清单基本完善，公益岗位已按规定进行严格管理，应兜尽兜、应养尽养等方面未发现突出问题，防返贫预警机制已建立，驻村联户帮扶干部均已通过培训。

村"四支队伍"还对全村重残人员、重病人员及各村民小组掌握的生活困难人员逐一进行了研判，对认为可以纳入低保的家庭或个人进行了评议。

全村目前共有四级以上残疾人员148人。一些重残人员虽无劳动能力，但家庭收入较高，条件较好，经评议，认为不应纳入低保。比如村民常信超，虽为听力残疾二级，但其为城镇居民户口，有退休金的收入保障；陈子涵（5岁）听力残疾一级，其父母在西安打工，收入稳定，有能力照顾；常来芳（85岁）视力残疾一级，两个儿子均家庭富裕，有条件有能力照顾老人。

同时，同为残疾家庭的另外几户村民，大家认为应该纳入低保。如柴保民（65岁）精神残疾二级，虽也有两个儿子，但其中一个离婚带有一上小学的孩子，负担较重，另一儿子入赘外村，生活也比较困难，这种情况的残疾人员就应纳入低保。

对重病人员进行评议后，只有患白血病的刘强够条件纳入低保。排查疫情对外出打工人员的影响中得知，村中大多贫困务工人员近期已经陆续返回工作岗位，目前只有张平军和孙士华的儿子孙晓波留在村上未外出。整体来看，铜川本地因受疫情影响较小，打工人员的情况比较稳定，而南方的一些城市影响较大，打工人员未上岗者较多。在与连超等帮扶干部交谈中，大家均感到，村贫困户中许多人的精神面貌比以前有了很大改变。如孙石头、柴战利、孙小顺等人，对所争取的公益岗位非常珍惜，工作积极认真；韩建军、孙增岗等人的创业积极性非常高，韩建军一直在致力于将自己的养羊规模不断扩大。杨忠魁从广州回来后，也在积极准备发展养鸡。

另外，大家对村中敬老爱亲的良好风气也感触颇深，如孙兆顺多年来照顾其堂弟孙兰顺，闫根长一直照顾其弟弟闫正长一家，吕社娃、乔改民多年照顾患智力残疾的兄弟，靳兴亮妻子张秀琴30多年来对瘫痪在床的丈夫不离不弃，等等。

小丘镇政府所办的"丘隅田园"公众号推出了吕建文事迹的报道，到晚上阅读点击量已达到3000人次。

小丘镇业余作家朱俊平写了一篇移村四组村民赵东红靠收破烂供养两个孩子上大学的故事，在"故乡人故乡事"公众号上推出。事迹非常感人，充满正能量。赵东红今年50多岁，收破烂37年，靠自己辛苦勤劳支撑起一个贫困多难的家庭。不论在什么情况下，他都坚定不移地支持两个孩子的学业，孩子们也非常懂事好学。如今老大已经研究生毕业且走上工作岗位，老二也如愿考上了研究生。

吕建文、赵东红、孙兆顺、张秀琴等，这一个个充满正能量的人和事，树起了移村积极向上的良好村风，激励着每一个干部群众。

雨从早一直下到晚上，所幸村民的麦子早已收获并晾晒入仓。村中道路排水渠中遗留的一些垃圾被水流漫上路面，中午与杨军战、崔连超、张继臣、吕建文、常建军及村委会副主任王小岗、孙全顺一起，到村民家中借来工具，疏通了堵塞点，将道路上的垃圾清理干净。其间一些党员和群众也自发加入其中。

建一个什么样的养殖场

雨后有点晴热，在太阳下站一会就会浑身冒汗。报社铜川记者站站长杨光在电话上说，报社关于投资60万元帮扶移村建设养殖场，希望市上配套30万元的报告已送到铜川市委杨长亚书记处。

一大早，铜川市农业农村局于明辉局长、市财政局孟亚莉副局长及市农业农村局畜牧兽医局负责人唐振兴、市畜牧站站长左建成、耀州区农业农村局副局长袁彦峰等一行到村实地考察，对接指导养殖场建设一事，办事效率之高令人叹服。

于局长一行先到位于龙石寨东沟边的荒坡台地进行了查看，该处地目前无人耕种。在现场，相关专家们探讨后认为，建设养殖场各项条件都具备，缺陷是距离村庄太近，尽管该处台地比村庄整体低了20多米，通风条件很好，但距离最近的农户家只有200米，夏天养殖场的气味不好，会影响到农户生活。

随后于局长一行又到位于村南花海旁的一处台地进行了查看。该处台地不属于基本农田，且远离村庄，位处沟边易于通风，但该地目前属于村福地种养殖合作社所有，且栽植的苹果树已经成形，即将挂果。尽管合作社负责人村党总支书记吕建文同意无条件将此处土地使用权转让出来，但于局长一行还是觉得，将已经成形的果园毁掉太过可惜。

考察中，于局长表示一定会大力支持陕西日报社帮扶移村筹建养殖场项目，并叮咛唐振兴和左建武站长帮助移村进行设计规划，关于选址问题，抓紧请环保部门进行评估确定。

孟亚莉副局长也表示，一定认真落实杨长亚书记的批示，坚决支持，待项目前期手续办妥开工后，市财政局一定会协调安排相关项目配套资金。

6月19日上午，报社领导班子全体成员、各党支部负责人及部分党员干部共计70余人到村开展扶贫活动。陕西日报社向移村捐助产业帮扶资金30万元，报社各党支部为移村爱心超市捐款3.25万元，助力"八星励志"扶贫扶志活动的开展。移村党总支书、村委会主任吕建文在表态发言中承诺，一定管好用好项目资金，让其发挥最佳效益，同时把移村的"八星励志"活动从贫困户推广到全体村民中去。

报社领导班子成员及各党支部分别深入联户帮扶贫困户家中走访慰问，了解贫困群众要求，解决实际困难。每到一户，社领导都与贫困群众拉家常、话发展，仔细聆听他们对扶贫工作的意见建议，向他们详细阐述报社的扶贫措施和重点帮扶项目，鼓励大家通过勤劳的双手创造出属于自己美好的生活。

指示村党总支和驻村工作队，一定要将养殖项目建好、管好，争取早点建成见效，同时打出移村自己的养殖品牌。

到底应该建一个什么样的养殖场，与建文一起到耀州区农业农村局拜访。新任局长张国锋表示，一定会大力支持报社援建移村养殖场项目，同时建议，目前耀州区的养猪场存栏已近饱和，区上目前重点扶持的是养羊产业的发展，希望村上利用这些帮扶资金，建设一座存栏500只以上规模的养羊场，区农业农村局在报社30万元及市财政配套支持30万元基础上，可再进行大力扶持，争取项目资金不少于100万元。

张国锋局长的提议一下子开阔了养殖项目筹建的思路。他已将相关提议向区人大常委会主任、区脱贫攻坚领导小组副组长杨满收及副区长冯保华做了汇报，各位领导明确表示支持，答应于端午节后到村考察，现场协调相关事宜。

养羊场的规划

昨日下了一点小雨，今天一丝云彩都没有，中午已经闷热难耐了。两日来，先后考察走访了4个养羊场，希望能搞清楚养殖场建设的流程和养羊产业的效益和发展前景。

昨天下午在区农业农村局赵军社副局长的带领下，与建文一起，先后到石柱镇克坊村的程明牧业和孝慈村的养羊场进行考察，这两个养羊场的规模和现状形成鲜明对比。

程明牧业从外观就显出现代养殖场的气魄与特有的文化气息，有精致醒目的招牌和便利的停车场，进场处有喷泉、群羊雕塑，厂内有绿化很好的办公区域，有产品展示大厅和"牧羊人"农家乐，主营羊肉烧烤。羊舍整洁美观，进入需要换穿工作服，圈内羊只也很健壮。据羊场主人舒春良介绍，目前建有7个大型圈舍，每圈存栏可达500只，现总计存栏3200只。在经营上，程明牧业采取了联盟式的生产发展模式，采用种羊、饲料、防疫、销售、流程、合同"六个统一"的抱团方式应对市场风险，目前已吸纳80多家羊场加盟。克坊村的羊场占地50多亩，后续发展仍在扩建中，预计新增场地20多亩。舒春良说，他是从300只羊起步，一点一点发展到目前这个规模的，对未来的发展充满信心。

反之，孝慈村的养羊场就让人感到有点心凉。该处养羊场由扶贫项目支持150万元完成基础设施建设，位于村边沟畔，选址还是比较理想的。羊场共有5个圈舍，满圈存栏在500—700只。但是该羊场建成后就受限于没有周转资金，一直闲置。

据粗略概算，存栏500只的养羊场如果满圈运营的话，需要周转资金约为100万元。其中购买母羊、种羊和肉羊的费用约为70万元，饲料费用按每只羊平均每天3元计算，5个月饲养周期总计约需20万元，防疫、人工等杂费约5万元。

对村集体经济或村上的农户来说，几乎没有人能拿得出这么多的周转资金；对外承包的话，一时也很难寻找到合适人选。在这种情况下，孝慈村一名村干部出面承包先将羊场运转了起来，目前存栏仅有135只。从现场饲养的情况来看，不是很理想，许多羊只都显得营养不良，瘦骨嶙峋。这种情况如持续下去，该羊场很难有盈利的可能。

程明牧业与孝慈村两个养羊场，一好一坏，经验和教训都值得总结。

今日与杨军战、张继臣、常建军、王小岗、孙全顺一起，再次到小丘镇白瓜村和山家坡两个养羊场进行考察。

白瓜村的养羊场由扶贫项目投资200万元建成，后期运营资金约300万元由承包人何继红自筹，目前存栏达到1500只，饲养的品种以杜泊为主，5个月可出栏一批，每只羊可养到180斤左右，羊场已进入良性循环，单只羊的利润可达到500元，效益可观。

山家坡的羊场为原村支部书记郑成有个人投资，目前存栏100只。据老郑说，基础设施建设花了15万元，买羊花了15万元，目前正在由小往大滚动发展，预计到年底，存栏量可发展到300只。

今天考察的两个羊场的发展和运营都比较好，各有特点，也让人提振了不少信心。其中白瓜羊场走的是规模化现代养殖的路子，投资大，综合效益也好；山家坡羊场走的是小规模滚动发展的路子，投资小，利润规模有限，风险也小。

建文带辰阳屠宰厂的丁总到村考察，据丁总介绍，目前铜川市场每天肉羊的消费量约为1000只，西安市场的需求量更大，整体市场供不应求。关于移村建设多大规模的养羊场，丁总认为，规模应扩大到存栏1000只以上效益才会最好，因为500只与1000只存栏所用的基础设施成本如料场、办公、人力、水池、道路硬化等，几乎是一样的。承建了瑶曲镇车洼养羊场的建设单位负责人杨志杰也认为，应将存栏规模放在1000只。

根据几日来的考察，结合各方面专家的意见，考虑到资金、效益等各方面因素，驻村工作队与村"两委"研究后基本确定了移村养殖场的建设思路，决定将养殖方向从生猪调整为风险更小、成本更低、效益更好、更加符合环保要求的肉羊养殖，建设一座标准化肉羊养殖场。

养羊场项目按照高标准、现代化,既能快速推进、又为长远发展留出空间的思路进行设计,总预算为300万元,分一期、二期两个阶段实施。一期计划投资210万元,其中基础设施建设150万元,用于购买种羊、饲料等周转资金60万元;二期计划投资90万元,主要为扩大养殖规模的基础设施建设。项目一期预计于今年10月底前建成,设计存栏量为500只;二期计划明年9月底前建成,存栏量1000只以上。

沉甸甸的获得清单

6月30日,晴间多云。"三排查三清零"百日冲刺行动的最后一天。到晚上,移村上半年脱贫攻坚各项数据资料已全部核算填写到位,全村剩余贫困群众的脱贫任务基本完成,已脱贫户的防返贫机制已完全建立。

赵振财搬迁安置的问题在村"两委"的努力下,也基本上协调到位,这件事意味着移村"三排查三清零"行动中最后一道难关攻克。上半年的"八星励志"评星活动如期开展,爱心积分正在公示中。村"四支队伍"和所有帮扶干部们脸上终于有了轻松的笑容。

驻村工作队整理好了移村脱贫攻坚7年来贫困群众的获得清单。这是一份沉甸甸的成绩单,凝结着各级帮扶单位和所有帮扶干部的心血和汗水,主要有12项内容。

一、基础设施:打深水井一眼,解决了群众生活用水和生产灌溉用水问题;新修生产路12公里;硬化村巷10.5公里;安装路灯220盏;完善了居民新区巷道及给排水和绿化亮化设施;建设美丽乡村示范片区,带动了全村及周边村庄的乡村旅游和农产品销售;建设村级游园一个,方便了群众休闲娱乐;修建了2600平方米的村文化广场。

二、产业扶贫：帮助60户贫困群众发展中药材种植；为村集体建成果蔬连栋大棚一座；扶持村民种植业，为每户发放有机肥一袋，土壤疏松剂一桶，累计开展果树、养殖等技术培训7次以上。

三、就业扶贫：全村享受特设公益岗位补贴9人，护林员岗位4人，实现贫困劳动力就业90余人，人均年收入增加15000元；开展技能培训2次，累积培训70余人次；2017年至2019年，共有32人享受外出务工交通补贴共计11800元；先后扶持5户自主创业。

四、健康扶贫：全村65户175名贫困群众享受到了城乡居民基本医疗保险和大病保险财政补贴减免政策，2017年每人150元，2018年每人190元，2019年每人150元，2020年每人150元；建起村级标准化卫生室3个；贫困群众享受住院、慢病门诊报销等政策，接受签约家庭医生服务；贫困群众和60岁以上老人每年享受免费体检一次以上。

五、教育扶贫：全村无义务教育阶段辍学学生；建档立卡贫困家庭现就读子女共27人，其中幼儿园至高中阶段20人，中高职大学生7人。在耀州区内和区外就读的14名义务教育阶段贫困学生，均享受到每天4元钱的营养膳食补助；3名小学生和4名中学生享受了困难家庭学生寄宿生活补助，每年分别为1000元、1250元；7名小学生和2名特教学生享受到了困难家庭非寄宿生生活补助减半政策。

六、移民搬迁：建成移民搬迁安置点一个，41户93人贫困群众顺利搬迁入住，享受到了人均25平米、腾退旧宅基地人均补贴1万元的易地搬迁扶贫政策；陕西日报社为18户"三无"贫困户搬迁入住购买家具捐助18万元。

七、危房改造：2016年以来，先后通过危房改造为贫困群众3户6人解决了住房问题，其中2户享受D级危房改造补助各1.5万元，1户享受D级危房改造补助2.58万元。

八、生态扶贫：2016年以来，累计选聘6名贫困群众为生态护林员，每人每月发放岗位补贴600元；2017年以来，有4户贫困群众享受到共计45亩退耕还林补贴4050元，3户享受到6亩新一轮退耕还林补贴

3000元，1户享受到60亩省级森林生态效益补偿金780元。

九、兜底保障：全村46户105人享受到国家低保政策；9户9人享受五保政策；全村60岁以上老人513人均领取养老金；70岁以上190名老人领取到高龄补贴（年底将达到197人）；全村共有持证残疾人146人，其中贫困残疾人60人，51人享受困难残疾人生活补贴，16人享受重度残疾人护理补贴。

十、金融扶贫：2017年以来，累计为6户贫困家庭发放小额贷款共计25万元，全部用于发展种养殖产业，效果显著。

十一、扶贫扶志：2018年陕西日报社为移村提供20万元、耀州区果业局提供2万元"八星励志"活动奖励基金，有力促进了扶贫扶志活动的开展；陕西日报社提供4万多元帮助移村建起爱心超市；2018年以来，共计有23户次被评为年度"八星励志"示范户；65户贫困群众均通过爱心积分兑换到生活用品；2020年6月，陕西日报社再次为爱心超市捐款3.25万元。

十二、其他方面：2017年以来，陕西日报社联系省武警医院先后三次到村开展义诊活动，为村民免费发放药品价值3万元；陕西日报社每年组织文化扶贫活动，累计为村民义务书写春联上千幅；2018年冬季，陕西日报社驻村工作队联系侨联，为42户贫困群众发放棉被42套，价值2.6万元；2018年底，村委会对全村65岁以上老人进行了集中慰问，发放肉、米、油等慰问品价值6万多元；2019年，陕西日报社帮助贫困户乔满营修缮房屋，投资1.97万元；2017年以来，陕西日报社扶持贫困群众发展养羊、养猪、养鸡等产业，累计投资超过40万元，2020年再次投资30万元，正在协调项目配套资金，计划为村集体经济合作社建设现代化养殖场一座；2020年以来，全村共计改造卫生厕所356户，有效提升了全村人居环境；村委会从2019年下半年开始组建了村垃圾清运队，每月定期对村中居民生活垃圾进行集中清运处理，减缓了垃圾围村的困境。

以上清单中未包含消费扶贫统计数据，据不完全统计，从2018年下半年以来，陕西日报社通过单位集体采购、职工个人购买、联系社会单位购买等形式，为移村贫困群众和村集体经济合作社销售农副产品超过60万元。

"八星励志"活动的推进与拓展

天空中云来雾气，太阳虽不时隐在云层后面，照射不是那么强烈，但空气中浮动着一股潮潮的气息，让人觉得更加闷热。

脱贫攻坚任务即将完成，移村"四支队伍"开始考虑如何有效接续乡村振兴的问题。将"八星励志"扶贫扶志活动从贫困群众推广到全体村民中，是一个非常好的抓手。

经村"四支队伍"研究并征询部分村民代表意见，初步议定了移村"八星励志"活动新的评分办法。在新的评分标准中，除给贫困户每季度30分的基础分外，其余与其他村民一视同仁。评分标准中充分体现了关心和参与集体公益事业、体现传统美德、体现好人好事、体现干事创业等事项。讨论中大家认为，在评分标准中还应增加扣分项目，如不尊重不赡养老人、乱扔垃圾、邻里不和、聚众赌博等，均要减除分数甚至得出负分。

将讨论结果整理成初稿，驻村工作队完善后交村"四支队伍"讨论通过，并面向全体村民公示。

小丘镇移村"八星励志"评比奖励办法

为了深入开展"八星励志"扶贫扶志活动，激励全体村民干事创业的热情，营造积极向上的良好村风，助推脱贫攻坚任务全面完成，有效接续乡村振兴，经村"四支队伍"研究并征询部分村民代表意见，村党总支、村委会决定，将"八星励志"活动从建档立卡贫困户推广到全体村民中。具体如下：

一、活动内容和基本原则

1.从2020年7月1日起，移村党总支、村委会在所有村民（以户为单位）中开展以"热爱集体觉悟高、诚实守信品行好、精神面貌变化大、摆脱现状愿望强、不等不靠动力足、勤劳致富步子快、致富点子提得多、示范带动成效佳"8个星目为基本内容的励志表彰活动。

2.村"四支队伍"通过"日常走访观察、村组干部推荐、村民代表评议"，按照公平公正、公开透明的原则，对在移村生产生活的所有村民，依据公开的标准每个季度进行打分，得分经村党总支、村委会研究确定后，广大村民可按照得分到村爱心超市兑换相应的奖励商品。

3.对在日常生产生活中有不良表现的家庭和个人，村"四支队伍"将视具体情况在评分中给予扣分，扣分事项与奖励分数一并公开公示，扣分将冲减奖励得分直至扣完。

4.村党总支、村委会根据各户的综合表现，每年度进行一次总评比，评出年度"八星励志"示范户进行表彰奖励。

二、奖励积分评比标准

1.移村建档立卡贫困户每户有基础分50分/季度；

2.积极参加村公益劳动者每人30分/次，表现突出者50分/次；

3.在勤劳致富、干事创业方面表现突出者每户50—100分/季度；

4.引领产业发展，对全村有模范带头作用的种植、养殖大户和致富能人，每户100分/季度；

5.有助人为乐、见义勇为等突出表现者每人50分/次；

6.在孝老爱亲、邻里和睦等方面表现突出者每户50分/季度；

7.个人或家庭获得村、镇及各级奖励的50—100分/次；

8.家庭红白事崇尚节俭、节约原则，带头移风易俗者50分/户次；

9.在村各项事业发展及创集体荣誉方面有突出表现者50—100分/次；

10.在维护村庄及家庭卫生环境方面表现突出者30分/季度；

11.在子女教育方面表现突出者50分/次；

12.其他方面表现优秀者视情况奖励30—100分/次。

三、减分事项

1.有不尊重老人、不赡养老人行为者扣50分/次；

2.乱扔垃圾、有损公共环境卫生行为者扣50分/次；

3.家庭卫生环境脏乱差者扣30分/次；

4.胡拉是非、挑邻里矛盾、造谣生事者扣50分/次；

5.不按要求参与村集体活动者扣30分/次；

6.对孩子教育不当造成不良后果者扣30分/次；

7.有打架斗殴、聚众赌博等不良行为者扣50—100分/次；

8.不配合村集体事业发展，有故意扯皮习难行为的扣50—100分/次；

9.大操大办红白事在群众中影响恶劣的扣50—100分/次；

10.有群众反映的其他不良行为和表现的扣30—100分/次；

11.游手好闲，荒废耕地者扣50分/次。

四、评分奖励程序

村组干部、村民代表推荐→"四支队伍"评星、打分→公示评星结果及得分→村"两委"研究确定最终评星和得分→爱心超市兑换商品。

中共小丘镇移村党总支

小丘镇移村村民委员会

2020年7月7日

项目入库

突然接到好友惠军安妻子发来的微信，是从军安的微信号发的。军安突发脑出血去世，年仅45岁！这是继去年几位艺术界的好友突然离世后的又一噩耗。

一整天一点东西都没有吃，喝了几口面汤就再也咽不下去，夜里辗转反侧无法入睡，一会迷糊一会清醒。惠军安是我十多年的朋友，一直致力于新媒体的推广，是陕西最早开发手机阅读的媒体人。记得年前他还说要成立一个咪咕文学院，没想到却等来这样一个消息，让人心痛不已。生命如此脆弱无常，只有且行且珍惜。

上午与建文碰头时，见他满脸疲惫，才知道他儿子最近高考，加上这两天的市级交叉检查和养殖场项目的事，忙得焦头烂额。

建文告知，养殖场的设计预算方案已经做好，目前主要是选址和土地问题。从土地部门了解到，办养殖场土地手续之前，还必须由第三方做出勘界报告，费用大概在2万元。

下午，与建文一起到耀州区人大拜访杨满收主任，向他介绍了关于陕西日报社扶持移村养殖项目的进展情况。杨主任谈道，今年的项目资金在4月份已经划分到相关项目中。他现场打电话给区扶贫局任帅局长，指示将移村的养殖场建设尽快列入项目库中，只有这样，区上才能计划和安排项目扶持资金。

之后与建文又到市扶贫局拜访了焦毅局长和张凌宇副局长，听取了他们对这一项目的建议。鉴于今年扶贫项目资金比较紧张，焦局长建议利用现有报社的30万元及市财政局配套的30万元资金，尽快先将养殖场建起来并投入运营，随后继续争取项目配套资金支持。

即将入伏，这两天早晨起来却凉飕飕的，有点奇怪。背部已经疼了好几天，应该是最近没有休息好的缘故。今天依然没有减轻，不能很自如地扭动身体。昨晚全顺给了一贴膏药，还没有来得及用。

与建文一起到市农业农村局拜访于明辉局长和畜牧兽医局负责人唐振兴，谈了目前项目的进展情况。于局长指示畜牧兽医局全力支持移村这一项目的建设。唐振兴找来其他一些成熟养羊场的建设方案和图纸，供移村参考。

中午，勘界人员到村，现场对照土地卫星地图后发现，前期建文推荐备选的那处土地在基本农田的红线之内，不能作为养殖场建设使用。从卫星图中看到，只有旁边沟湾半坡上有一处约23亩的坡地不在红线之内。但要建养殖场，必须平整成三个平台，道路也需要整修。好处是这里地处沟湾中，不影响周边环境，目前地面的附着物主要是花椒树，需要与村民商谈赔付事宜。

随后，与建文一起到镇政府上办好了耀州区项目库所需的资料，力争在近期项目库调整时完成所有手续。下午从耀州区农业局反馈回来消息，张国锋局长再次表示，一定会大力支持，并明确会想办法保证项目配套资金，养殖场后续发展缺口资金逐步解决；关于列入耀州区项目库一事，区农业局会帮助移村积极办理。

7月16日，入伏第一天，不热，很舒服。但在这种潮潮的天气，蚊虫却正是肆虐之时，头上和手臂上被叮出了好几个包，贴上了全顺给的膏药，感觉好了许多。

报社新派来一位驻村工作队员鲁明志。上午，明志到村报到。明志是从事新闻工作多年的老记者，在榆林记者站驻站20多年，有丰富的基层工作经验。

7月17日，星期五，小雨。空气清新，温度适宜，有点置身江南的感觉。背部不再疼痛，基本能够自如活动了。

卢尚义副社长带领机关党委专职副书记杨春生等，上午到村检查指导工作。详细了解了养殖场项目进展情况，驻村工作队与市、区有关领导及职能部门沟通的情况，以及国家普查即将开始等情况后，卢尚义副社长介对项目选址、入库等进展表示肯定，指示抓紧项目落地，认真对待国家普查，不漏过一个问题。

牛兴保老人的党旗

国家脱贫攻坚普查人员到达铜川。本次普查内容包括所有建档立卡贫困户基本情况，"两不愁三保障"实现情况、主要收入来源、获得帮扶和参与脱贫攻坚项目情况，以及村基本公共服务情况等，是对脱贫攻坚成效的一次全面检阅。

村"四支队伍"要求各帮扶责任人近日必须认真检查户档资料和相关数

据，针对在外居住的6户贫困户魏秀梅（渭南）、柴亚茹（铜川新区）、柴新民（水库）、吕小明（泾阳）、常改来（敬老院）、朱秋玲（铜川新区）等，要提前通知他们回村配合普查。

上午与明志、建军、小岗及三组组长乔小强一起，到村东沟湾处查看养殖场选址。该处沟湾朝向东北方向，是一处僻静的所在，比周边塬地低十多米，距离耀旬路约2公里，离村巷硬化道路及供电、供水设施很近，是十分理想的养殖场选址，大致分为三个台地，目前已平整出第一层台地约11亩土地。第二、三层台地上有村民栽植的花椒树和少量苹果树，有20多亩，可作为后续发展所用。

牛兴保老人病重，老人今年84岁，已经五六天水米不进了，由其三儿照顾。下午与建文、明志、连超一起去看望，老人骨瘦如柴，双眼深陷、面色青黑，大口地呼气，观其容颜很难有康复的希望。据其儿子说，几日来只喂进了少量的流食和水，老人已经听不到别人的呼唤，也说不出一句话。说到后事问题，老人的3个儿子都表示，已经准备好了相关事宜，同时提出，老人当了一辈子村干部，是个老党员，曾经叮咛过儿女们，希望去世后村党总支能送一面党旗。吕建文代表村党支部答应了这个要求，同时也提出，党旗是神圣的，不可乱用和损毁。

细雨蒙蒙，空气凉爽舒适。从乔小强和王小岗处得到好消息，养殖场选址所需的土地已经与相关农户谈妥了流转条件，可以签订合同了。场地中涉及5户村民的180棵苹果树和10多棵核桃树、1棵柿子树，农户每棵树的赔付要求是280元，估计200元可以谈妥。

7月25日，星期六。昨夜雨声不大，却一直下到清晨。连日的降雨，已有酿成灾害的迹象。村委会组织人力开展防汛、防滑工作，对村内可能存在隐患的地段和农户进行排查，安排应急值守和应急处置事项。同时，通过微信群宣传安全提示，提醒村民注意收听天气预报和灾害预警信息，尽量减少外出；妥善照顾老人和孩子，不要在大雨中骑行自行车；遇到积水路段，应注意绕行，避免涉水；不要在有雷电时到大树下和电线杆旁避雨；不要进入孤立的棚屋、岗亭和低矮的建筑物；不要站在山顶、屋顶或接近导电性高的物体；暂时切断低洼地带的室外电源；暂停在空旷的地方户外作业；危险地带和房屋安全性不高的村民要转移到安全场所；等等。

牛兴保老人去世，后事由长子出钱，在三儿子家中操办。老人一生为人豪爽义气，为村集体的发展做出过许多贡献，在村民中有很高的声望。得知老人去世，村民纷纷前来帮忙。

下葬定于明天上午，按照农村习俗，今日是"入事"时间，亲戚朋友都要前来参加祭奠仪式。村党总支、村委会为老人举行了一个简单的追悼会，一面折叠得整整齐齐的党旗放在老人遗像旁边。

牛兴保共有5个儿女（4个儿子、1个女儿），除四儿车祸去世外，其他儿女对父亲都很孝顺。尤其是三儿和三儿媳王莉，在老人生病期间端茶送水，精心照顾老人生活起居，得到亲戚邻里一致好评。王莉曾经还被评为村上的好媳妇，受到表彰。在今日的追悼会上，村妇女联合会特意安排了一项内容，为好媳妇王莉披红戴花，在乡亲们中倡导尊老爱亲的良好风气。

追悼会过程中，我注意到现场的村民和亲友，大家把目光不时投向那面鲜红的党旗上。

国家普查

7月29日，星期三，晴。室外有点热，好在早晚温差很大。一大早就将所有建档立卡贫困户、各户帮扶责任人及村、组干部召集到了村委会。

小丘镇人大主席杨军战对本次普查工作的重要性及原则进行了说明；驻村工作队队长崔连超宣布了6个分组的引导员和贫困户名单，对本次普查涉及的26个事项逐一进行了解读；村党总支和村委会现场征询各户还有没有不满意和尚未解决的问题。

在引导员和各户确定不再有疑惑问题后，会议要求各帮扶责任人，今天之内必须再遍访一次所帮扶的家庭。对在外打工、未在村居住的9户人家，除张平军、杨忠魁分别在福建、北京无法返回外，其余各户均必须在明后天返回村上。

下午，杨志杰带来了关中奶山羊养殖场的设计图纸，厚厚的一大本，与建文等人研究图纸后认为，这个设计方案不太合适移村养殖场的建设构想。一方面是其圈舍设计为单排，比较浪费土地；另一方面是其场地排列与移村所选场址不符。比较起来，还是石柱镇克坊村的养羊场设计比较简洁大方。建文联系了程明牧业的舒春良，舒总答应这两日将设计图纸提供给移村。

入夜，天气凉爽了起来，半轮月亮挂在中天，让村庄变得温润了许多。好长时间没有听到村委会旁边那户人家传出竹笛声了，尽管只有一曲《走在乡间的小路上》，但还是有点想念。

7月30日，星期四。中午一场短促的阵雨骤至，随后变成了零星的雨点，地面被打湿了薄薄一层。国家脱贫攻坚普查组到达移村。

普查人员分成了3个小组，今日对36户贫困户进行检查。至下午，从各帮扶责任人和引导员处反馈回的信息看，各户情况都很好，一切顺利。其间出现了一些小的插曲，如个别贫困户的残疾证只提供了复印件，原件没有放在身边，帮扶干部立即驱车帮其取回。

中午与普查组两位干部聊天时，想听取他们的意见。检查人员首先肯定了移村帮扶工作的成绩，肯定了"两不愁三保障"的达标情况，一再表扬移村的贫困群众满意度很高，但也以建议的方式指出，各户的资料填写还应该再认真仔细一些。

7月31日，星期五。天气有点炎热，普查组今日继续对剩余的贫困户进行入户检查。对在外打工无法返回的杨忠魁、张平军、吕小明等人，在电话访问的同时，通知他们尽可能于近日返回，完成面访。

持续5年多的脱贫攻坚工作即将面临收官，对这次普查，村"四支队伍"、所有帮扶干部和村组干部，都既有点兴奋，也有点紧张。兴奋的是5年奋斗的成果需要得到检阅和认可，紧张的是生怕工作有什么疏漏之处。

从大家的反馈可知，普查组对各户脱贫达标情况的检查非常认真仔细，从"两不愁三保障"到安全饮水、家庭收入、打工补贴、子女上学、创业就业等，问得仔细，算得精准，查得全面。在对各户的普查中，有个别户的访谈不出所料地出现了一些意外，但普查人员立刻就判断出了中间的症结所在。如李长海，一如既往地向访谈人员东拉西扯，讲一些不着边际的事情，甚至说起了他20世纪80年代贷过款的事情，还向检查人员讲起了他所理解的政策，一再向检查人员抱怨，他家还应该享受到更多的政策，等等。事实上，普查人员一看就全明白，按条件，他家应享受到的各项扶贫政策均已落实。

8月2日，星期一，多云间零星小雨。就在大家认为这次普查会顺利过关而高兴时，却在谁也没有料想到的地方出现波折。

上午，建文驱车专程从渭南接回了贫困户魏秀梅的女儿王璐璐，接受普查人员面访。王璐璐今年28岁，后在亲戚帮助下到渭南打工，并在渭南结婚成家，但其户口一直未从村中转走，至今仍与母亲魏秀梅在一个户口本上。魏秀梅身体不好，去年以来，王璐璐将母亲接到渭南照顾其生活，但母女二人所享受的扶贫政策村上坚持落实到位。

在普查人员的访谈中，王璐璐突然提出了一个问题，为什么移民搬迁安置中，别的贫困户能享受到每人1万元的旧房拆除腾退补贴，而她和母亲没有？并以此为由拒绝在访谈记录上签字。

吕建文代表村党总支、村委会就这一问题现场进行了解答。按政策规定，腾退补贴针对的是有旧房需要拆除腾退的贫困户，而王璐璐家庭属于无房户，不存在拆除腾退的问题，因而不能享受到相关政策补贴。据了解，魏秀梅2010年左右从窑洞搬出后一直借住在王瑞民的老宅中，没有属于自己的房屋。

普查人员当面打电话给市住建部门咨询相关政策，证实村上的做法是正确的。王璐璐听到答复后表示接受，但却说她和母亲在搬迁安置协议上未签字，是村干部代签的。帮扶干部解释，签订协议时，她与母亲在渭南居住，村干部打电话与其进行了沟通，在征得本人同意后才代为签字。普查人员询问王璐璐对此是否知情，王璐璐答复知情。

在两个问题得到澄清后，王璐璐终于同意在访谈录上签了字。

这虽然只是一个本不该有的插曲，但也反映出帮扶干部工作不够耐心细致的问题，给大家提了醒，必须多与贫困户沟通，掌握每个人的思想动态。

"历史文化名村"的保护与发展

晴热潮湿的天气很适合秋禾的生长，今年田里的苞谷长势特别旺盛，丰收在望。遗憾的是苹果因冰雹而受损，从果园中带回几个早熟的苹果，果面上都有冰雹留下的疤痕。

路上遇见常刚，得知他今年的生猪不算已经卖掉的，目前存栏还有70头。最近生猪价格保持在每斤19元的高位上，按这个行情，每头猪养到300斤的话，销售收入就有5700元，除去猪崽成本2000元和1500元的饲养成本，每头猪的纯利润可达2200元。常刚的70头猪到春节前出栏销售，今年的养殖利润可以达到13万元。加上他的8亩苹果，家庭收入有望超过20万元。

普查结束后，帮扶干部们沉浸在愉快轻松的气氛中，这种欢快的气氛似乎很久都没有过了。但大家手中的活却没有人放松，根据普查中暴露出的问题，村"四支队伍"和区果业中心的帮扶干部们继续完善补充档案资料。

养殖场项目的推进成了最紧迫的工作。与建文沟通了一下进展情况，本周内勘界报告、图纸修改就可以完成，下周力争完成项目评审和议标工作，下旬确保开工。

王月玲到村委会来咨询养殖场建设情况，想等场子建成后来打工。她今年从私人贩子手中购回的猪崽损失惨重，对养猪有点丧失信心。她说，儿子现在甘肃打工，但给家里帮衬得很少，好在丈夫张双全的身体一天天好了起来。

移村去年顺利通过了陕西省历史文化名村的评审和公示，上午建文从住建厅在铜川召开的相关会议上反馈回了信息，省厅已明确给入选的村庄以支持，并要求地方财政安排专门的扶持资金帮助入选村庄开展保护工作。同时要求，各村要编制历史文化名村保护方案。王云波答应帮助移村完成这一工作。

下午云波到村，与建文、明志一起陪她到村中实地察看，重点考察了地窑遗址和老村的现状。返回村委会后，大家根据考察情况进行了商议，初步达成一个整体规划的设想，并请云波按这一设想拿出初步的编制方案。

基本思路是坚持"以农为本，以民为本，创建现代农业科技示范区、建设美丽乡村幸福家园"，以优势果业种植升级农业生产，带动二、三产业发展，以优势地理位置带动区域商贸和农旅发展，将移村建设成为经济繁荣、设施完善、人民幸福、环境优美、城乡融合发展的美丽乡村历史名村和生态型美丽乡村示范区。

以耀旬公路为中轴线，将移村划分为3个功能区——

其一是传统地窑遗址保护区。以现存的99座地坑窑及已经保护的14座地窑为依托，与苹果主题公园有效衔接，规划建设农旅及民俗项目。

其二是现代化居民社区。以村委会和新村居民点为中心，集中建设移村新社区，统一建设标准化别墅式独立小院，统一垃圾和污水处理。远期可考虑将全村居民全部集中搬迁到新社区，对老村进行复垦。初步估算，全村剩余600户搬到新区占地约需400亩，但老村复垦的土地可达1500亩，仅此一项全村可增加耕地1100亩以上。

其三是产业和采摘、种植园区。以陕果铜川集团及海升农业在移村的采摘园为示范点，规划建设移村的采摘、种植园区，配套建设果库、果醋酿造厂、果脯加工厂等深加工项目；以正在设计建设的养殖场为基础，利用三组沟湾台地建设养殖示范区。

整个方案要求体现出两个原则：一是保护，必须保留渭北传统农耕文化的特色，保留地窑遗址的完整性，使渭北传统民俗得到保护和传承，留得住乡愁，唤得起记忆；二是发展，要通过环境优美、生活安康、产业兴旺等方面，彰显现代农村的活力和吸引力，让发展有充足的后劲，让居民有自豪感和幸福感。

共享农庄的构想

在考虑编制历史文化名村保护方案的同时，关于开发利用农村闲置民宅和土地的设想逐渐清晰起来。几年来，由共享单车引发的共享经济已延伸到城市生活的多个方面，那么能否在乡村也发展共享经济呢？

结合之前的调研，在多次与社会各界朋友沟通中，大家一致认为，在乡村发展共享经济的条件已经成熟，理由如下：

其一，有社会资源。改革开放40年来，随着大量农村劳动力进入城市打工和居住，目前在农村长期闲置着大量民宅。在移村，目前长期闲置的民宅有100多处，小丘镇估计不少于500处，全耀州区粗略估计不少于2000处。这些民宅若能开发利用起来，既能增加房屋所有者的收入，也能带动乡村旅游和民宿产业，促进城乡一体化发展，助力乡村振兴。

其二，有市场需求。随着老龄化社会的到来，目前生活在城市的大批老年人有回归田园生活的愿望，多数老年人有到乡下住住的想法，急需要一个平台帮助他们联络、组织、寻找这样的地方。生活在城市的一些特殊群体如作家、画家、音乐家以及追求自由闲适和个性化生活的人群，非常向往农村绿色环保的环境，渴望能在乡下找到适合自己创作和生活的一片天地。

其三，有开发基础。经过连续几年的脱贫攻坚和美丽乡村建设，农村水、电、路、网等基础设施大幅改善，各种生活条件已与城市不相上下，加之接下来乡村振兴战略的实施，农村将有更大的发展，人居环境将更加美丽。

基于上述背景，共享农庄的基本构想是，联手社会有识之士或企业，成立丘隅共享农庄管理公司，以移村为发展基地，逐步整合耀州区乃至全铜川市的农村闲置民宅，打造共享庄园、共享田园、共享果园等板块为主要内涵的乡村共享经济，为农户增加收入，带动乡村旅游和民宿产业，促进城乡一体化发展，助力乡村振兴。

共享农庄的业务主要有3大块：

一是共享庄园，与有长期闲置民宅的农户签订托管运营协议，在确保房屋能够安全使用及基本完善水、电、路、厕的基础上，通过网络面向全国各地有需求的城市人群招租。

二是共享田园，流转农村闲置土地，规划打造适合家庭种植的小块菜园，面向城市居民出租，租赁人可亲自管理，也可由公司托管。

三是共享果园，利用农村现在的坡坎地或农民自己无法管理的闲置土地，栽种苹果、柿子、核桃等易于打理的小型果园，面向城市居民出租，租赁人可亲自管理，也可由公司托管。

在运作思路和发展构想上，可分3步走：

第一步，以移村为基地，总计托管100处民宅，打造共享庄园示范样板，规划建设共享田园和共享果园，1年内完成签约、招租、土地流转和果树栽植。

第二步，从小丘镇向耀州区各乡镇辐射，在各乡镇设立分支机构，不断复制移村模式，总计托管500处民宅，打造5—10处蔬菜和果树示范园，3年内完成；

第三步，从耀州区向全铜川市辐射，总计托管1000处民宅，打造10—20处蔬菜和果树示范园，5年内完成。

共享庄园、共享田园、共享果园，建设开发与经营同步实施，面向城市居民寻租。

实体开发的同时，建设丘隅共享农庄线上宣传推广平台，包括展示与推介的网站、易于大众化传播的微信公众号、抖音、微视等平台，最终实现业务的网上签约和数字化管理。网络平台与示范基地同步建设，是市场运营的主要抓手和交易手段。

项目以丘隅共享农庄管理公司为业务起步的母公司，通过各种渠道的资金合作，逐步打造现代化的集团化公司，实现规模化、品牌化运营，长远发展可考虑在省内及全国建设连锁公司。

经过测算，项目的启动投资预算不会超过200万元，主要是办公设施、示范园的打造、网络平台的建设和人员工资及周转资金。

从收益测算看，前景可观，利润可观。以共享庄园为例，每处年租金平均1万元，除去给农户的租金和村委会管理费用约4000元、人员工资等外，每处的年利润约5000元，若实现1000处民宅的整合计划，仅这一项，年利润就在500万元以上。加上共享田园和共享果园，5年后年利润在1000万元以上。

共享农庄是一个既能盘活农村闲置资源，又能满足目前很多城市人群回归田园的简单构想，真正实施起来，还需要很多有识之士共同参与，还有许多意想不到的困难需要解决。

班子研判

昨夜入睡前，发现有黑色的小甲虫不断从门缝下钻进屋来。出门一看，只见门下边、窗台上，黑压压爬满了这些小东西。给门缝、窗户上都喷上药，几乎用完一筒杀虫喷雾剂后，终于不再有虫子钻进屋来，方才在忐忑中睡下。早晨拉开门一看，只见楼道内特别是窗台上，到处是这种黑色小甲虫的尸体，还有一些小小的飞蛾，看得人头皮发麻，仿佛置身美国盗墓大片的情境中。这些小家伙虽然不咬人，没有毒性，但这么黑压压一群若钻到屋内，也够恐怖的。

分析原因，估计是昨日的暴雨引起的。昨天傍晚，一场特大暴雨从东北而来，横扫渭北高原，到小丘塬时雨势稍小，但也足以引起人们对灾情的担忧。晚上，朋友圈中疯狂转发一条消息和相关视频，西安市新城广场西南角的一处明代秦王府城墙坍塌，所幸未造成重大人员伤亡事故，只是可惜了这处文物古迹。

小丘镇党委对移村“两委”班子进行研判，镇财政所唐大营所长一行到村，在问卷调查的基础上，对村“四支队伍”和20多位进行了访谈。

移村党总支下辖2个支部、4个党小组，党总支班子成员5人，其中党总支书记1人，副书记1人，支委3人。全村有党员61名，培养后备干部3人，预备党员1人，积极分子20余人。2020年5月，被陕西省委组织部评为村级党组织标准化建设示范村。

移村委会班子成员7人，其中村委会主任1人（兼），副主任2人，村委会委员4人，辖6个村民小组。2015年，移村被评为铜川市乡村旅游示范村；2018年，被省住建厅、环保厅、农业厅评为陕西省美丽宜居示范村；2019年6月，被住房和城乡建设部评为中国传统村落；2019年，入选中国传统历史文化名村名录。

从研判总体来看，移村"两委"班子能够团结协作，默契配合，分工明确，办事公正，能够坚决贯彻执行中央及各级党委政府的指示，具有较强的号召力、凝聚力和战斗力。近年来，在党建、脱贫攻坚、美丽乡村建设、村集体经济发展等方面，锐意进取，努力工作，取得了显著的成绩。脱贫攻坚任务基本完成，全村65户建档立卡贫困户已按期实现脱贫。村基础设施建设得到完善，生产路、村巷道路得到硬化，建设美丽乡村示范片区，村庄环境得到进一步美化。村集体经济从无到有，得到长足发展，固定资产累积达到1000万元。

移村党总支组织广大党员，按时开展"三会一课"，认真组织党员干部学习十九大精神，开展不同形式的组织活动和面对面的交流学习，经常教育党员干部要增强"四个意识"，坚定"四个自信"，做到"两个维护"，不断强化党员意识，提高党员素质，引导党员干部敢于争先，关注民生、服务民生，从生活中的点滴做起，服务群众，让群众得实惠。2019年，移村党总支所属两个党支部与陕西日报社两个五星级党支部结对联建，开展了一系列丰富多彩、富有成效的主题党日和联建活动，有力促进了村党总支省级标准化支部的建设。

移村"两委"成员在日常工作中，都能以高度的政治责任感，做到履职尽责、廉洁自律，受到群众的高度认可和赞扬。

村党支部书记、村委会主任吕建文能够按照立党为公、执政为民的要求，坚定理想信念、践行党的宗旨、增强党的观念、发扬优良传统；能够不断增强"四个意识"，坚定"四个自信"，做到"两个维护"；带领班子成员不断加强基层组织建设，充分发挥党组织的创造力、凝聚力和战斗力，发挥党员先锋模范作用，努力做好抓实脱贫攻坚工作，为实现富民强村和全面建成小康社会提供坚强的政治保证和组织保障；近3年来，未受到任何组织处分。

综合研判，移村"两委"在班子建设及日常工作中，还存在思想观念不够解放、发展步子迈得不够大、工作方式方法还有点粗糙、青年党员少、后备力量不足等问题。比如，在村集体经济发展中，由于受到资金限制，不能够放开手脚，显得缩手缩脚，固步保守；在移村地坑窑遗址的保护、开发、利用上，缺乏智慧和灵活的招商引资办法，项目后续发展迟滞不前。再如，在脱贫攻坚中，针对李长海等钉子户的问题，思想工作不到位，方法简单，导致问题解决的难度不断加大。

在下一步的工作中，移村"两委"还需要夯实以下3个方面的工作：

一是加强班子后备力量建设。吸引更多的大中专毕业生回乡创业，对其中符合入党条件的，积极鼓励帮助培养其加入党组织，条件许可时，充实到村干部队伍中来。

二是壮大村集体经济，有效接续乡村振兴。尽快完成移村养殖场、小丘现代观光采摘园项目建设，力促早日见效；对村连栋大棚进行规范化管理；积极谋划历史文化名村的保护和地窑遗址保护项目的开发利用；多渠道招商引资，力争在发展乡村旅游上创出一条可行之路。

三是不断提升人居环境。通过"户改厕"、垃圾集中收集处理等工作，有效改善村庄环境卫生；通过美化、绿化房前屋后和村巷道路，不断打造美丽移村；通过宣传引导、示范引领，教育引导广大村民不断提高环境美化意识，从根本上改变户内环境卫生面貌。

渭北雨季

一夜雨声，从午夜一直下到黎明，方才停了一会，又淅淅沥沥下了起来。连续几日的秋雨让防汛形势变得严峻起来，周边不断传来阴雨致房屋、道路倒塌的消息，让大家的神经更加紧张。上午去老三包子店时，发现隔壁一家农户院子中的水窖坍塌，形成了直径3米、深约5米的大坑。

按镇党委政府的通知，从昨日开始，村上已经安排各组组长对近期多雨造成的隐患进行排查，包括道路是否存在水毁，一些农户的老宅是否存在漏雨或倒塌风险等。从各组反馈回的信息看，移村基本上不存在水毁隐患。但还是提醒大家，要加强巡查和值守，及时沟通信息，做好应急处置工作。村"四支队伍"安排大家24小时轮流值班，严加防范，每日按时上报村上防汛安全情况。

阴雨对秋禾和苹果的成熟也造成了一定的影响。玉米进入收获期，阴雨太多会造成已成熟的颗粒发霉甚至出芽；苹果若不能及时卸袋照射阳光，会造成糖度不够、果面色泽不匀甚至大量落果现象。此刻，农户的心情比雨天发霉的果子还要酸涩。

排查安全隐患时发现，还有两名村民住在地下土窑洞中。贫困户常炳兴在他原来居住的地坑窑中养了几只羊，近期偶尔还会住在窑洞中。80多岁的村民乔某，一直不愿与儿子们一起住到塬上的平房中，坚持住在土窑洞里。

老人们的窑洞情结可以理解，但未经加固保护的窑洞遇到阴雨天气十分危险，排水也不通畅。今日再次动员，两位老人终于搬离了窑洞。村干部告诫其儿女，必须让老人住在安全的房屋中，不能出现任何差错。

在排查地窑遗址的保护区的隐患时，孙全顺发现了其中存在的问题。地窑保护项目实施时，对窑洞顶部的地面用地砖进行了铺设，十分美观，也方便了游客观光。但这种地砖起不到防水作用，防渗漏功能甚至不如农户用碌碡滚压的土窑面好，雨水会从砖缝渗下去，威胁到窑洞主体安全。

为了防止出现窑洞塌陷造成人员伤亡，村委会在地窑遗址周围用绳子围出了警戒线，提醒过往行人暂时不要到地窑去。

空气潮湿，被子好像被水浸过一样。晚上，房间挤进了许多黑色像蚂蚁一样的小虫子，长着小小的翅膀，会飞，钻得到处都是，比上次阻挡在门外的小甲虫更恐怖，让人浑身感觉都不舒服，下意识地疼痒起来。喷了很多药，地上死了很多。用胶带封严实了窗缝、门框，拉上窗帘，在门外的过道和窗台上也喷上药，方才好点。

阴雨已经持续了3天，早晨起来，雾很大，蒙蒙细雨还在飘落。地面湿湿的，空气潮潮的。村民们早已穿起了长袖外套，而我只有短袖T恤，几周没有回家取衣服，没想到气温会降得如此之快。

一只狡猾的苍蝇在室内飞来飞去，拿起喷剂准备杀灭时，它就会飞到你无法看到的地方。刚坐下来准备办公时，它又讨厌地在眼前飞来绕去，胡乱喷了些药剂，没将苍蝇杀死，却将自己喷晕了。

下午，天色放亮，天边涌起了一团团云朵，但看不出天气有晴好的迹象。爷台山、凤凰山、嵯峨山都被灰白的云团缭绕着，空气中是冷清的气息，有点江南梅雨季节的味道。

阴雨造成养殖场工地迟迟无法开工，让人心里不免发焦。建文从设计院取回的设计图纸中仍有一些地方需要修改和完善，如按照建筑标准设计养殖场，标准过高，建设成本太大；草料场位置设计、储料间面积不够合理；肥料堆放场、配电房、防疫室等辅助设施的设计需要补充；需要有水电设计方案；等等。

常建宏和妻子邢琴侠向驻村工作队求助，说是儿子想去当兵，但学历审核没通过，看能不能帮一帮。随即打电话给镇武装部长李双霖，请关照此事。晚上双霖从区武装部打来电话说，常龙提供的文凭和填报的学校不一致，希望其尽快与学校联系。

平地风波

持续阴雨，五组村民何某与妻子一起，在新浪微博上发了一条消息，标题十分扎眼："三代两家同住一院危房，小丘移村无人过问！"

文中配发了多幅房屋有裂缝的图片，文中这样写道："看看这就是三代两家六口人挤在同一个院子里的危房，这只是外面，里面顶棚踏（塌）了一大块土压在顶棚上，后墙一个大洞，在邻界（家）不好拍，这天天下雨，我好怕有一天正做（坐）着踏（塌）了咋办？小丘镇移村五组是不是把这两家人销户了？么（没）人过问，两家依然在使用此危房，只因代（贷）款买了个车，政府认为我不是贫困户，这世道公平吗？大家说！"

这危言耸听的文字和图片立即引起了区、镇领导和村"四支队伍"的高度重视。上午，驻村工作队与镇、村干部立即上门调查了解此事。

一进门，何某就冲着吕建文喊："你来干啥，拿钱了没有？今天你不拿钱，就走不了！"

建文答："我们今天是来调查解决问题的，没打算走！"

何某不容建文与大家说话，一直在粗暴地指责和埋怨村干部，如"我比你能耐大，你知道我的本事，你不敢把我怎么样"等，其中还充斥着一些污秽的语言。在场的干部始终保持着克制与冷静，等其发泄完的时候再详细了解情况。

何某今年50岁，妻子44岁，全家4口人，两个儿子，大儿在上海打工已经两年，二儿在上中学。其母亲80岁，与何某弟弟在一个户口本上，其弟20多年前打工外出后一直没有回来，现由何某照顾日常生活。

当何某说到其弟已经外出25年没有音讯，老妈应该由弟弟抚养时，建文问道："老妈也是你的妈，你弟外出不回不管老妈，你是老大，管老妈不应该吗？"

明志也问："你弟弟20多年没有音讯，为什么不向公安机关报案，如今网络这么发达，公安机关查找一个人应该很容易，你忍心让弟弟就这么音讯全无？"

何某支支吾吾起来，连超趁此核实其家庭的实际情况。

与村"四支队伍"之前掌握的基本一致，何某家有107平米的平房，属于一级安全住房，平时两个儿子不在，他和妻子、母亲都在平房居住，不存在三代人住房不安全的问题。何某微博图片中所拍的有裂缝瓦房系其20世纪90年代所盖，共36平米，何某盖好平房后一直未拆除旧房，用其堆放杂物，并未住人。何某平时贩卖蔬菜，有面包车1辆，四轮拖拉机1台，三轮农用车1辆，加上儿子打工，家庭收入在村中属于中上水平，家中无残疾人或慢病患者。这样的家庭条件，已经远远超过了识别为贫困户的标准。

何某说其弟何小卫多年没有音讯，事实上，去年以来，由何某出面，在其弟的宅基地上，又盖起了一院平房，说明两兄弟是有密切联系的。

从现场调查情况看，何某所发微博严重背离事实，对移村乃至小丘镇、耀州区的脱贫攻坚工作、防汛工作造成极其恶劣的影响。其制造虚假舆论的主要原因是发泄心中的不满，认为其未享受到国家扶贫政策。另外，何某还曾因聚众上访闹事，受到公安机关打击，为此一直耿耿于怀。

关于如何处理此事，村"四支队伍"有两种意见：一是追究何抹黑脱贫攻坚工作的法律责任，同时追究新浪微博未经核实就发布虚假信息的侵权责任；另一种意见是以批评教育为主。从村上的和谐稳定大局考虑，吕建文坚持第二种意见。

村"四支队伍"讨论后同意建文提议。经过批评教育，何某认识到自己的不当行为和虚假言论造成的危害，删除了微博内容。在整个事件的调查处理过程中，何某的妻子一直没有出面。

总有雨过天晴的时候

凌晨时分，听见门下有"刺啦刺啦"的声响，起来一看，竟然是一只黑脊背蝎子，正在努力地从门缝中往里钻。这种蝎子的毒性非常强，想半天也没弄清楚它是从哪里钻进办公楼来的。所幸发现得早，要是被这种小东西蜇了，估计半个月都好不了。

贫困户柴新民向铜川市纪委投诉，称村福地合作社没有向其分红，市纪委将此事交由区纪委查办。柴新民今年57岁，单身，智力残疾三级，一直在浊峪河上游的长命水库看门，很少回村居住。

吕建文是福地合作社的负责人，查看合作社分红底册，询问有关当事人后得知，柴新民的投诉与事实不符。2017—2018年度，合作社以现金形式向每户贫困户发放1500元分红，柴新民在水库未能返回，村委会委员、时任第四村民小组组长赵西军帮其代为领取，10天后柴新民回村时，赵西军在村委会当面将分红交到其手中，并由在场的第五村民小组组长孙文拍照留证；2018—2019年度分红时，合作社通过信用社将1500元分红打到了柴新民的银行卡上，有信用社转款明细可以查证。

几日来，区纪委一直在村就柴新民投诉一事进行调查问话。在最初的调查中，柴新民称赵西军给钱的事情他不记得，银行卡上也没有钱。村干部都知道，柴新民属于智力残疾三级，脑子一会清醒一会糊涂。今天，柴新民突然清醒了过来，说清楚了赵西军代领后将钱交给了他本人一事。关于信用社转款一事，他从水库打电话给吕建文，说他想起来了，卡上的钱是他去年到延安旅游时取的。

村委会这段时间遇到的烦心事似乎特别多。何某微博、柴新民投诉的事情刚处理完，村民王某与邹某又因房屋地界纠纷闹得不可开交，村委会多次协调无果；王某与常某又因地中的果树枝条被折，差点动了刀子；林业部门反馈，两户村民有破坏林地行为……这些琐事搅得大家心烦意乱，头比斗还大。

在脱贫攻坚工作看到胜利的曙光的时候，在移村各项发展取得长足进步的时候，为什么还会有这些不和谐的事情发生，是最近雨下得太多，让一些人的脑子也锈蚀发霉了么？与老王聊起这些事，老王说，农村工作就是这样，十个指头伸出来不一般齐，他所经历的烦心事比这多多了。

提升村民的综合素养和认识问题的思维方式、解决问题的途径方法，不是一朝一夕的事情，生活的贫困好解决，精神的贫困需要帮扶的路子会更长，花费的时间和精力要更多。

我想，总有雨过天晴的时候。从历史的角度看，这么多年来中国农民的文化程度、综合素质的提高举世瞩目。从过去不识字的人居多，到现在人人会用手机，大学生比比皆是；从过去村里打架斗殴、吵吵闹闹不断，到现在正气满满，人人争相创业致富，家家户户重视孩子教育，这一点一滴的进步和变化才是主流。

也有令人开心的事。常建宏的儿子常龙参军的事宜已经基本办妥，通过了体检、学历审核等事宜，开始政审。邢琴侠上午陪儿子到村委会办理相关手续时，专门到办公室表达谢意，言语、神态间流露着满满的喜悦之情。我告诉她，儿子参军是好事，也是儿子人生中一次重大的机遇，希望常龙到部队后好好锻炼，争取立功机会，多学技能，为将来走向社会打好基础。

又一轮脱贫攻坚专项检查即将开始，本次全省将抽调5000名干部，在全省开展一次深入的市级交叉检查。

经过5年多的艰苦工作，脱贫攻坚在一轮又一轮的考核、检查中，已完成了基本的任务。如果说，此刻还有哪一户贫困家庭没有落实国家扶贫政策，还有哪一户"两不愁三保障"没有达标，还有哪一户的住房和安全饮水没有解决，还有哪一户没有参加农村合疗、大病保险和城乡居民基本养老保险，那么就是当地党政领导和扶贫干部的严重失职。

村"四支队伍"在讨论中认为，积极配合好检查的同时，要尽快将工作重心转移到夯实防返贫机制和接续乡村振兴上来，积极筹划产业发展。

不经历风雨，怎么见彩虹

终于雨过天晴，连续三天的暴晒，地面已经干硬起来，地里也不再有积水，养殖场终于可以开工了！

上午施工单位负责人杨志杰到村上来，与建文、军战、明志一起到孟虎村的养羊场参观，就移村羊场设计中的一些缺陷进行商议修改。大家发现，过去很多羊场圈舍内的踏板采用的都是木条，羊蹄踩上去后很容易被掰裂受伤，冬天又因为下面通风很容易导致羊只受冻。在新的设计方案中，采用一半实地、一半为空心水泥踏板的方式，能够有效解决这一问题。

施工人员今天正式进入工地，但在测量中发现，原来平整的地基东西高低相差将近1.2米，必须用推土机进行标准化平整。

果园里也开始忙碌起来，果农在卸摘早熟的苹果，有人将摊点摆在了路边，不时有拉运的大货车停靠装车。今年苹果因为受冰雹影响，产量减少，果面不好，价格并不高，在2—2.5元，与去年基本持平。

今日白露，一夜之间，村委会广场上铺满了金黄色的玉米棒子，又到了收获的季节，脱粒机从早到晚都在轰响。

担心的事情终于来了，养殖场建设工地在放线和平整地基时，遭到三组村民吕某、靳某的出面阻拦。二人向市长热线留言告状，昨日还闹到铜川市国土资源局，施工准备工作被迫停止。上午到现场察看时，见场上的地基处理只做了一半。吕社娃与几位老人坐在村边的路旁聊天，说到项目建设，在场的村民表示都很支持。问到吕某、靳某阻挠项目的事，村民们直摇头，没人说。

据了解，吕某今年52岁，单身，曾经因抢劫被判刑入狱3年，出狱后一直无正当职业，因无房在村中旧学校居住，在村委会多次协调下签订了租住协议，但一直没有支付过租金。靳某，现年28岁，去年才结婚，为复转军人，现在咸阳揽活打工。

中午与连超、小岗、全顺一起，到吕某家调查了解其阻拦项目施工的理由。吕某、靳某二人只说离家太近，怕羊传染疾病。向二人讲明项目的来龙去脉及对村集体经济发展的重要性时，靳某竟然说："你们投资商只顾自己的利益，不顾村民的死活！"

驻村工作队向其纠正："我们是帮扶单位，不是投资商！项目是为发展移村集体经济争取的，作为帮扶单位，我们不从项目中谋一分钱的利益，请你不要曲解！"并向二人指出："作为村民，你们有权向任何一级政府部门反映你们的意见，但你们不是执法部门，无权阻挡项目建设。若由你们个人阻挡造成项目建设损失的，责任将由你们个人来承担！"

二人说，是土地局叫他们阻挡施工的。问是土地局谁，二人又拒不回答。辩解中，吕某竟然口口声声扬言，他坐过3年牢，谁都不怕，谁敢施工，他就打谁！

竟然把自己坐过牢当成资本来炫耀，我不知道这是恬不知耻，还是毫无底线。

二人不断吵嚷指责村党总支和村委会。靳某声称，这次闹事就是针对村上的，还提到他的复转军人"光荣之家"牌子，村上一直压着不给他。事实上，镇武装部颁发"光荣之家"荣誉牌时，要求每一名复转军人必须到镇政府去拍照、签字认证，但村委会通知靳某后，其一直未去认证，牌子并未发放到村委会。

无法谈到一起，大家只好离开。

下午吕某、靳某到村委会来，再次与村干部发生口角。从村民及村干部中了解到，二人打着"项目建成后会影响环境"的理由阻挠施工，其实有着不可告人的个人目的。

中午在镇政府与杨军战、程康等人聊起项目建设时，大家认为，从目前的选址上来说，也客观存在一定的问题——距离村庄不足500米。与军战、连超、建文等人商议后，大家一致同意，放弃现在的选址，绝不采用有人提议的"安抚"阻挠施工者的办法，将养殖场移向沟湾更远更低处，宁可多花钱，也要将项目建设得无任何违规之处。之后与建文、连超、明志及施工方一起，到沟湾下方坡地踏勘地形。觉得有一处地方比较合适，此处距离村庄远远超过500米，远离水源地在2公里以上，缺陷是整块地平整出来只有5亩，比较屈狭，需要在上方另行平整办公用地，距离水电较远，将来硬化路面也需要不少投资。建文当即通知勘界公司，立即修改勘界报告，同时邀请土地、环保部门到场进行评估。

乔小强、王小岗连夜与涉及的4户村民进行沟通，商谈土地流转及地面附着物的赔偿问题。

早晨，阴转中雨。乔小强和王小岗回过话来，4户村民全都答应给地，事情进展非常顺利。中午与建军陪同区环保局工作人员冒雨到项目选址去查看。环保人员表示，1万只存栏以上规模的养羊场才需要办理环境评估手续，像移村这样存栏500—1000只的羊场，只需要登记备案就行。

总有雨过天晴的时候。连续多日的阴雨过后，太阳又暖暖地照在田野和村庄上，橘红色的霞光从柔和变得绚烂夺目。养殖场项目的备案手续已经全部办好，新地基也已经平整出来，开始放线，水电也已协调到位，终于可以开工建设了！

不经历风雨，怎么见彩虹！这句话一直在耳边萦绕。

深恋这片黄土地

柿子又红了，沉甸甸地挂满枝头。这是驻村以来的第三个秋天，树叶落了三遍，苞谷收了三茬。

时至庚子岁深秋，年初那场刻骨铭心的疫情似乎早已远去，已经很少有人再谈论新冠病毒，就连美国死亡人数超过20万也懒得去说。只有此刻，才真正能够体会，做一个中国人是多么幸运，多么幸福！随着扶贫任务接近尾声，驻村结束的日子在一天天临近，此刻内心似乎又回到了刚到村时的那种状态，忐忑中还有一丝丝焦虑，不过此刻这种忐忑和焦虑更多是一种不舍。不知道，两年中种下的那些种子会不会生根发芽和茁壮成长？不知道，离开后那份牵挂，会是什么样子？

两年中，我想我们做得更多的不是具体的工作，更有意义的是在聆听脚下这块土地随着时代的节拍前进的声音，这声音中有艰辛，有阵痛，有快乐与欣慰，但总归是那么铿锵有力。这声音会一直回响在我的脑海里，也必将成为历史的足音，激励着和我一样深爱着脚下这片大地的人们。

两年中，我把自己的灵魂已经融入了这片土地上，感受着它一朝一夕的变化，随着它一起呼吸，一起高兴和快乐，一起体会四季的轮回和生命的顽强。

脱贫攻坚是人类历史上一场波澜壮阔的伟大实践，是中华民族从积贫积弱走向繁荣富强的又一个里程碑，是中国共产党的初心使命和对全人类庄严的承诺。

有幸参与这场伟大实践，对我们个人来说，是历练，是人生的升华和心灵的净化，是一生用不尽的财富。也许再过若干年，当人们再回顾这场战役的历史意义时，我们不再纠结于曾经做了多少工作，但我们经历过的一切寂寞、病痛、焦虑、兴奋、快乐，都将化作思绪万千的记忆，化作大地上的一滴晨露，化作蓝天下那缕缕云彩，都将与脚下这块大地融为一体，历史会记住我们所做的一切。

两年中，我收获了人生中最多的感动，记住了无数可爱的面孔，懂得了对友谊的珍爱，学会了如何处乱不惊。两年中，我明白了这场战役的意义，知道了打赢这场战役的艰辛和不容易。

看到一篇新闻报道——

……报告指出，陕西省脱贫攻坚工作取得决定性进展，贫困人口从2015年底的229.88万人，减少至2019年底的18.34万人，贫困发生率下降至0.75%，56个贫困县全部脱贫摘帽，区域性整体贫困基本解决。

报告显示，脱贫攻坚推动陕西省贫困群众生活水平显著提升，贫困地区农村居民人均可支配收入由2014年的6963元提高到2019年的11412元；全省贫困家庭适龄儿童无失学辍学，贫困人口基本医疗保险、大病保险和医疗救助"三重保障"实现全覆盖。目前，剩余贫困人口中，5.3万人落实产业帮扶、6.1万人安置就业、17.3万人纳入兜底保障，均稳定实现"两不愁三保障"，达到脱贫标准。

……自脱贫攻坚工作开展以来，全省累计选派驻村工作队15843支、驻村干部86566人，培训各类扶贫干部275.76万人次；持续推进"3+X"产业扶贫工程，各类特色产业扶贫项目覆盖贫困人口435万人次。

……下一步，我省将在全面实现任务清零见底、加快消除洪涝地质灾害影响、加强监测预警防返贫、助力脱贫攻坚与乡村振兴有机衔接等方面发力，不让脱贫人口和摘帽地区在乡村振兴中掉队。

绵绵秋雨还在飘落，移村2020年度贫困群众脱贫退出民主评议大会如期召开，剩余21户25人按照"两不愁三保障"标准，实现稳定脱贫！

养殖场的工地上，圈舍、储料间、消毒间的墙体已经建成，办公用房的地基已经平整了出来。在羊场对面，一户村民也开始建设一座养牛场，村委会规划的养殖园区有了初步的雏形。

共享农庄的设想已得到几位文化企业的朋友的认可，正在商谈有关细节；以柿子为原料的果醋厂还在规划中……

后记

诗和远方

2021年1月21日，下了一场小雪，结束了连续50多天没有雨雪的暖冬天气。接下来又是一个阳光明媚的日子，地面上还留有雪消后的一缕缕湿气。

上午，移村养羊场二期工程比预定时间提前开建。下午给全村脱贫的每个家庭送去了2021年1月22日的《陕西日报》，报上用整版篇幅刊发了《移村：笑脸里的脱贫"成绩单"》的报道。看到自己的照片刊发在报纸上，吴守福、张金莲、孙小顺、吕社娃、韩建军还有赵博兴、赵建笑得更加灿烂。

1月22日同一天，报社领导与行政、采编、子公司支部代表再次到村开展走访慰问活动，为移村养羊场又送来30万元项目帮扶资金，各支部为爱心超市捐款2.55万元。这一天，养殖场首批70只母羊入栏，耀州区委书记杨宏伟、区人大常委会主任杨满收、副区长冯保华、副区长徐晖等与报社领导一起见证了这一时刻。

在1月22日《陕西日报》的报道中，晒出了一份沉甸甸的成绩单——

耀州区：全区共有贫困村58个、贫困户10026户，建档立卡贫困群众31884人。2019年实现全区脱贫摘帽，2020年实现贫困人口动态清零。2015年全区贫困群众人均纯收入3024元，2020年全区贫困群众人均纯收入1.07万元，增长253.8%。

小丘镇：全镇共16个行政村8218户30678人，贫困村6个，贫困户1067户，建档立卡贫困群众3115人。到2020年底，小丘、原党、独石、孟虎、白瓜、文岭6个贫困村脱贫摘帽，所有贫困人口脱贫退出。

移村：全村864户3209人，贫困户65户，建档立卡贫困群众175

人。到2020年底，所有贫困人口实现脱贫退出，全村人均年纯收入达到1.52万元。

在此前看到的报道中得知，铜川市原有3个贫困县，174个贫困村，贫困人口总规模16119户47467人。到2020年底，贫困县、贫困村全部摘帽，贫困人口全部脱贫；全市贫困地区人均可支配收入从2015年的6913元增长到11000元。国家脱贫攻坚普查结果显示，全市"两不愁三保障"及安全饮水达到100%，群众满意度100%!

1月26日，陕西省第十三届人民代表大会第五次会议上，省长赵一德在政府工作报告中讲道，2020年，陕西省脱贫攻坚取得决定性胜利，18.34万剩余贫困人口全部脱贫。至此，陕西省2015年底的229.88万人贫困人口动态清零，56个贫困县全部脱贫摘帽。

在2021年的新年贺词中，国家主席习近平总结："2020年，全面建成小康社会取得伟大历史性成就，决战脱贫攻坚取得决定性胜利。我们向深度贫困堡垒发起总攻，啃下了最难啃的'硬骨头'。历经8年，现行标准下近1亿农村贫困人口全部脱贫，832个贫困县全部摘帽。"

入夜，整理完手头的资料，步出室外，只见一轮圆月高挂中天，亮如白昼。这才注意到，今天是腊月十五，新年的脚步又将临近。村委会广场上、远处的田野和房屋上，好像铺了一层白白的雪花，惊奇之余，发现并没有下雪，而是月光。人们常说月光如水，此刻说"月光如雪"才更准确，原来月光也可以让大地变得美丽如洗！

省委政研室的扶贫干部田海堂在工作群中给大家说："扶贫干部作为国家政策的最终执行者，在扶贫的道路上，大家的努力和付出换来的是群众的幸福指数！月光、星光、灯光，就是扶贫干部的诗和远方！"

记者采访脱贫后诗兴更浓的赵博兴时，他也说"有了诗，更有了远方"。此刻我想，我们为之奋斗的，不就是让每一个家庭、每一个人都有一个充满诗意的远方吗？

最后，还是要说感谢的话，感谢孙留伟、蔺晓东、张仙利、弋舟、徐中强等朋友对书稿创作给予的鼓励和支持，感谢在书稿录入、校对、设计等工作中付出艰辛劳动的朋友，感谢与我在移村朝夕相处的战友们！还要感谢陕西日报社、陕西省作家协会、陕西省省扶贫办、铜川市乡村振兴局、耀州区委宣传部、耀州区乡村振兴局的大力支持！感谢出版社的领导和编辑！

张军朝

2021年1月27日